SALL
Mord

© Lena Sjöberg

Jakob Wegelius, 1966 in Göteborg geboren, studierte Literatur, Philosophie und Kunst. Der renommierte Autor und Illustrator wurde bereits zwei Mal mit dem Augustpreis für das beste schwedische Kinderbuch des Jahres ausgezeichnet, zwei Mal erhielt er auch den Luchs. Für »Sally Jones. Mord ohne Leiche« erhielt er 2017 den Deutschen Jugendliteraturpreis.

Jakob Wegelius

Sally Jones

Mord ohne Leiche

Aus dem Schwedischen von Gabriele Haefs

CARLSEN

MIX
Papier aus verantwortungsvollen Quellen
FSC® C083411

Veröffentlicht im Carlsen Verlag
Juli 2018
Mit freundlicher Genehmigung des Gerstenberg Verlages

Originalverlag: Bonnier Carlsen, Stockholm
Originaltitel: »Mördarens Apa«

Umschlag- und Innenillustrationen: Jakob Wegelius
Umschlaggestaltung: formlabor
Corporate Design Taschenbuch: bell étage
ISBN 978-3-551-31696-7

INHALT

ERSTER TEIL

ZWEITER TEIL

DRITTER TEIL

DIE PERSONEN

Henry Koskela
HUDSON QUE
STOP
SLOW
HALF
FULL
FULL

LUIGI · FIDARDO

Ana Molina

ELISA · GOMES

Fado da Alfazema
ALPHONSE MORRO

COMPANHIA · CARRIS · DE · FERRO · DE · LISBOA
CARRIS
Jorge Amadéo Tomás da Costa

RAUL·GARRETTA

Fabulous
Forzini
FORZINI

João

AYESHA·NARAYANAN

C. A. THURSGOOD · B. WILKINS

GEOFF
GERRARD

Captain Anderson

HIND SWARAJ
~OR~
INDIAN HOME RULE
~BY~
M.K. GANDHI
maji sahiba

S.K.H. der MAHARADSCHA von BHAPUR

Doktor Rosa Domingues

KRIMINALKOMMISSAR·FERNÃO·UMBELINO

DIE SCHREIBMASCHINE

Vor Kurzem hat mir der Chief eine Schreibmaschine geschenkt. Es ist eine *Underwood No. 5* Baujahr 1908. Der Chief hatte sie bei einem Schrotthändler hier im Hafen von Lissabon gekauft. Mehrere Tasten waren beschädigt und der Umschalthebel war verschwunden. Der Chief weiß, dass ich schrecklich gern beschädigte Gegenstände repariere.

Ich habe einige Abende gebraucht, um meine Underwood No. 5 wieder instand zu setzen. Das hier ist das Allererste, was ich darauf schreibe. Zwei Tasten haken noch immer, doch das lässt sich mit einer Zange und ein paar Tropfen Schmieröl sicher richten.

Aber das hat Zeit bis morgen. Vor meinem Kajütenfenster ist es schon dunkel. Das Licht der Schiffe, die draußen auf dem Fluss vor Anker liegen, lässt das schwarze Wasser glitzern. Ich habe meine Hängematte aufgespannt und werde gleich schlafen gehen.

Ich hoffe, mir bleiben heute Nacht die bösen Träume erspart.

~

Es ist wieder Abend.

Heute hatten wir Glück, der Chief und ich. Jeden Morgen früh gehen wir in ein Hafencafé, wo sich die arbeitslosen Seeleute sammeln in der Hoffnung, für einen Tag Arbeit zu finden. Meistens gibt es keine, doch heute konnten wir zuschlagen. Wir haben von der Morgen- bis zur Abenddämmerung Kohlensäcke gewuchtet. Das war schlecht bezahlt, aber wir brauchen jeden Centavo, den wir verdienen können. Mein Rücken und meine Arme tun weh. Und mein Fell juckt ganz schrecklich vom Kohlenstaub.

Vor allem jedoch bin ich müde. Ich habe auch gestern Nacht unruhig geschlafen. Dass ich eine ganze Nacht schlafen konnte, ohne von Albträumen geweckt zu werden, ist mindestens einen Monat her.

Und immer stellen sich dieselben Träume ein.

In manchen Nächten bin ich wieder im Maschinenraum der *Song of Limerick*. Starke Arme halten mich von hinten fest, während die Dampfmaschine dröhnt und das Schiff bald untergehen wird.

In anderen Nächten träume ich von Kommissar Garretta. Es ist dunkel und ich weiß nicht, wo ich bin. Vielleicht zwischen den Gräbern auf dem Friedhof von Prazeres. Ich kann nur Garrettas kleine Augen sehen. Sie leuchten kalt unter seiner Hutkrempe. Und ich rieche verbranntes Schießpulver aus seiner Pistole. Der Schuss hallt noch immer in meinen Ohren wider.

Doch der schlimmste Traum handelt vom Chief. Ich stehe vor einem Eisentor in einer hohen Mauer und warte auf ihn. Die Zeit vergeht und ich friere bis auf die Haut. Ich versuche mir einzureden, dass sich das große Tor jeden Moment öffnen wird. Aber im tiefsten Herzen weiß ich, dass ich mich selbst belüge. Der Chief sitzt für immer hinter der Mauer.

Ab und zu schreie ich im Schlaf. Vor nicht allzu langer Zeit wurde ich davon geweckt, dass der Chief mit hoch erhobener Rohrzange in meine Kajüte gestürzt kam. Er hatte mich schreien hören und dachte, jemand habe sich an Bord geschlichen und wolle mir etwas antun. Und so hätte es ja auch sein können. Wir haben uns hier in Lissabon gefährliche Feinde gemacht.

Nein, jetzt bin ich zu müde, um mehr zu schreiben. Aber morgen geht es weiter. Ich freue mich so sehr über meine Underwood No. 5!

~

Heute ist es neblig. Der Nebel kam am Nachmittag vom Atlantik hereingezogen. Ich war vorhin auf Deck und konnte nur bis zu den Kränen weiter draußen auf dem Kai sehen. Vom Fluss sind ab und zu die heiseren Nebelhörner der Schiffe und der Klang der Schiffsglocken zu hören. Es klingt ein bisschen gespenstisch.

Der Chief und ich haben auch heute Kohlensäcke geschleppt. Die ganze Zeit habe ich dabei an meine Underwood No. 5 gedacht. Und jetzt habe ich entschieden, wozu ich sie benutzen will.

Ich werde die Wahrheit aufschreiben.

Die Wahrheit über den Mord an Alphonse Morro.

Damit alle erfahren, was wirklich passiert ist.

Und vielleicht wird das Schreiben mir helfen mich von meinen Albträumen zu befreien.

ERSTER
TEIL

KAPITEL 1

Ich, der Chief und die *Hudson Queen*

Für alle, die mich nicht kennen, muss ich zuallererst erzählen, dass ich kein Mensch bin. Ich bin ein Menschenaffe. Von Wissenschaftlern habe ich gehört, dass ich zur Art *Gorilla gorilla graueri* gehöre. Die meisten von uns leben in Afrika, im tiefen Dschungel an den Ufern des Kongo. Vermutlich stamme auch ich ursprünglich von dort.

Wie ich zu den Menschen geraten bin, weiß ich nicht. Und ich werde es wohl auch nie erfahren. Ich muss noch sehr klein gewesen sein, als es geschehen ist. Vielleicht wurde ich von Jägern oder Einheimischen gefangen und dann verkauft. In meiner allerersten Erinnerung sitze ich mit einer Kette um den Hals auf einem Steinboden. Es kann in Istanbul gewesen sein, aber sicher bin ich mir da nicht.

Seither lebe ich in der Welt der Menschen. Ich habe gelernt, wie ihr Menschen denkt, und ich verstehe, was ihr sagt. Ich habe Lesen und Schreiben gelernt. Ich habe gelernt, wie man stiehlt und betrügt. Ich habe gelernt, was Gier ist. Und was Grausamkeit ist. Ich hatte viele Besitzer und die meisten würde ich lieber vergessen. Ich weiß nicht, wer mir meinen Namen gegeben hat. Oder warum.

Aber jedenfalls heiße ich Sally Jones.

~

Viele halten jetzt den Chief für meinen Besitzer. Aber der Chief ist keiner, der andere besitzen will. Er und ich sind Geschäftspartner. Und Freunde.

Der Chief heißt eigentlich Henry Koskela.

Wir sind uns vor vielen Jahren zum ersten Mal begegnet, als ich blinde Passagierin auf einem Frachtdampfer namens *Otago* war. Ich wurde von der Besatzung entdeckt und der Kapitän befahl, mich über Bord zu werfen. Doch da schaltete sich der Erste Maschinist ein und rettete mir das Leben. Und das war eben der Chief.

Zwei Jahre darauf liefen wir einander abermals über den Weg, diesmal im Hafenviertel von Singapur. Ich war sehr krank und ich war vor einer schmuddeligen Kneipe an einen Pfosten gekettet. Der Chief erkannte mich und kaufte mich dem Kneipenbesitzer ab. Dann nahm er mich mit auf das Schiff, auf dem er damals arbeitete, und gab mir Essen und Medizin. Und damit hatte er mir zum zweiten Mal das Leben gerettet.

Als ich langsam gesund wurde, fing ich an dem Chief bei allerlei Tätigkeiten im Maschinenraum zu helfen. Die Arbeit machte mir Spaß und durch den Chief wurde ich auch zur fähigen Maschinistin. Alles, was ich über das Seemannsleben und Schiffsmotoren weiß, habe ich von ihm gelernt.

Seitdem sind wir zusammen, der Chief und ich. Von Südostasien haben wir uns langsam nach Amerika vorgearbeitet. In New York haben wir unseren eigenen Frachter gekauft, die *Hudson Queen,* und mit ihr fuhren wir dann Lasten an den Küsten von Amerika, Afrika und Europa. Wir versorgten uns selbst und verdienten genug, um das Boot in Schuss zu halten.

Es war ein gutes Leben. Ein besseres kann ich mir nicht vorstellen.

Ich hoffe, dass es wieder so werden kann.

~

Vor fast vier Jahren wurde dann alles anders. Da setzte bei mir und dem Chief eine Unglückssträhne ein. Den ganzen Sommer lang waren wir in britischen Gewässern gefahren. Als der Herbst kam, beschlossen wir wärmere Gefilde aufzusuchen, um den

Winterstürmen auf der Nordsee zu entgehen. In London nahmen wir eine Ladung Konservendosen auf, die zu den Azoren gebracht werden sollten, einer Inselgruppe im Atlantik.

Anfangs ging die Reise gut. Wir hatten schönes Wetter mit milden Winden. Aber an einem frühen Morgen nahm unser Glück ein Ende. Wir kollidierten mit einem Wal. Der Wal kam unbeschadet davon, aber bei der *Hudson Queen* brach das Steuerruder entzwei. Während wir versuchten den Schaden zu beheben, kippte das Wetter um und ein scharfer Wind kam auf. Die *Hudson Queen* trieb hilflos umher. Ohne Treibanker wären wir verloren gewesen. Erst als der Wind nachließ, konnten wir ein Behelfssteuer bauen. Wir steuerten das portugiesische Festland an und suchten Zuflucht in Lissabon.

Als wir unsere Ladung gelöscht hatten, musste die *Hudson Queen* ins Trockendock, damit das Ruder repariert werden konnte. Die Reparatur dauerte zwei Wochen und verschlang unsere gesamten Ersparnisse. Der Chief ging zu allen Handelskontoren im Hafen und versuchte für die *Hudson Queen* eine neue Fracht zu bekommen. Aber es gab keine. An den Kais lagen viele Frachter mit leerem Laderaum und der Hoffnung auf eine bessere Zukunft.

Die Wochen vergingen. Es ist nie lustig, irgendwo festzusitzen. Aber man kann in schlechteren Häfen als Lissabon hängen bleiben. Samstags fuhren wir immer mit der Straßenbahn durch die Stadt. So schöne Straßenbahnen wie in Lissabon gibt es sonst nirgendwo, nicht einmal in San Francisco.

Unser Liegeplatz war im Hafen unterhalb der Alfama. Die Alfama ist ein armes Viertel, tagsüber verschlafen und nachts voller Gefahren. Dort wohnen alle Arten von Menschen. Niemand runzelt die Stirn angesichts der siamesischen Zwillinge, die in der Rua de São Pedro Schnürsenkel verkaufen. Und auch nicht angesichts der Teufelstänzer von der Pfefferküste, die bei Neumond in den finstersten Gassen anzutreffen sind. In der Alfama runzelt man nicht einmal die Stirn, wenn man einen Gorilla im Blaumann sieht. Und das ist gut so.

Abends gingen wir meistens in die Kneipe O Pelicano. Dorthin gehen viele Seeleute, wenn sie nach Lissabon kommen. Die Kneipe liegt in der Rua do Salvador, einer schmalen und düsteren Gasse, in die sich die Sonnenstrahlen nur selten verirren. Der Besitzer heißt Senhor Baptista. Er war früher Koch auf den Schiffen der Reederei Tansbrazil und gibt Seeleuten immer ein Glas Aguardente vor dem Essen aus. Aguardente ist eine Art Schnaps, ich bekam stattdessen ein Glas Milch.

Ich habe viele gute Erinnerungen an unsere Abende im O Pelicano. Aber auch eine schlechte.

Im O Pelicano sind wir nämlich Alphonse Morro zum ersten Mal begegnet.

KAPITEL 2

Morro

An dem Abend hatten der Chief und ich lange im Maschinenraum der *Hudson Queen* gearbeitet. Ich weiß noch, dass es regnete, als wir zum Abendessen an Land gingen. Das Licht der Gaslaternen im Hafen spiegelte sich im nassen Straßenpflaster. In den engen Gassen der Alfama gurgelte das Schmutzwasser in Rinnsteinen und Gullys.

Das O Pelicano war warm und verräuchert. Um die runden Tische drängten sich die üblichen Gäste. Etliche begrüßten den

Chief und mich mit einem Nicken oder einem Winken. Es waren Seeleute und Tagelöhner aus dem Hafen, hohläugige Straßenmädchen und schlaflose Musiker. Eine große, schwarz gekleidete Frau namens Rosa sang einen Fado über unglückliche Liebe. In den Armenvierteln von Lissabon gibt es viele Fadosängerinnen und -sänger.

Einen Gast hatte ich noch nie gesehen. Er saß allein an einem Tisch bei der Tür und schaute von seiner Kaffeetasse auf, als wir hereinkamen. Das schmale Gesicht war sehr blass und die Augen unter der Hutkrempe glänzten schwarz. Ich spürte, dass er mir und dem Chief mit Blicken folgte, als Senhor Baptista uns zu einem freien Tisch in der hintersten Ecke der Kneipe führte.

Senhor Baptistas Frau, Senhora Maria, brachte uns zwei Teller Tomatensuppe mit Brot. Wir hatten gerade mit dem Essen angefangen, als der einsame Mann bei der Tür sich erhob und zu unserem Tisch kam. Ich hatte den Eindruck, dass er auf uns gewartet hatte.

„Ich heiße Morro“, sagte er leise. „Ich habe gehört, Sie haben ein Schiff. Und Sie brauchen Arbeit.“

Der Chief sah zuerst überrascht aus, dann froh.

„Das stimmt allerdings“, sagte er. „Setzen Sie sich.“

Der Mann, der sich Morro nannte, schaute sich ängstlich um und nahm dann Platz.

„Es geht um einige Kisten“, sagte er und seine Stimme war so leise, dass der Chief sich ein wenig vorbeugen musste, um hören zu können. „Die sollen in Agiere abgeholt werden. Das ist ein kleiner Hafen am Fluss Zêzere … ich habe eine Karte bei mir."

Morro zog eine zusammengefaltete Landkarte aus der Innentasche seiner Jacke und breitete sie auf dem Tisch aus. Der Chief vertiefte sich in den Anblick der Karte. Mir war klar, dass ihn die Flusstiefe interessierte.

„In den letzten Wochen hat es sehr viel geregnet", sagte Morro. „Der Wasserstand der Flüsse ist hoch. Sie brauchen keine Angst zu haben, dass Sie auf Grund laufen könnten."

„Es kommt darauf an, wie schwer wir geladen haben", sagte der Chief. „Von wie vielen Kisten ist hier die Rede? Und was enthalten diese Kisten?"

„Azulejos", sagte Morro. „Also Keramikfliesen. Es sind sechs Kisten. Jede wiegt ungefähr dreihundert Kilo."

Der Chief machte ein überraschtes Gesicht.

„Ist das alles? Warum lassen Sie die Kisten nicht mit Pferd und Wagen nach Lissabon schaffen?"

„Die Azulejos sind sehr kostbar und empfindlich", antwortete Morro eilig, als ob er auf diese Frage schon gewartet hätte. „Die Wege sind schlecht. Ich will nicht, dass die Fliesen zerbrechen. Na, nehmen Sie den Auftrag an?"

„Das kommt auf die Bezahlung an", sagte der Chief und lächelte.

Morro zog einen Briefumschlag heraus und reichte ihn dem Chief. Der Chief öffnete den Umschlag und blätterte mit dem Daumen durch das Bündel Geldscheine, das darin lag. Ich konnte ihm ansehen, dass er mit so viel nicht gerechnet hatte.

„Die Kisten sollen hier in Lissabon an den Cais do Sodré gelöscht werden“, sagte Morro. „Wenn das innerhalb von vier Tagen passiert, bekommen Sie noch einmal so viel Geld.“

Der Chief strahlte.

„Dann haben wir eine Abmachung“, sagte er und streckte die Hand aus.

Morro drückte sie eilig und erhob sich. Ohne ein weiteres Wort bahnte er sich zwischen den Tischen einen Weg und verschwand durch die Tür, hinaus in die Nacht.

~

Zwei Stunden später spazierten der Chief und ich zurück zum Hafen und zur *Hudson Queen*. Es regnete nicht mehr und ein diesiger Mond lugte durch die über den Himmel jagenden Wolkenfetzen. Der Chief war strahlender Laune. Er hatte im O Pelicano einen ausgegeben, um zu feiern, dass wir einen Auftrag hatten. Und noch dazu einen so gut bezahlten Auftrag.

„Jetzt ist das Glück wieder auf unserer Seite“, sagte er, als wir den Kai erreichten. „Für das Geld können wir so viel Kohle bunkern, dass es bis zum Mittelmeer reicht. Und da gibt es immer Frachten für ein Schiff wie die *Hudson Queen*.“

Ich hätte mich auch gern gefreut, aber etwas hielt mich davon ab. Der Mann, der sich Morro nannte, hatte mir die Laune verdorben. Vielleicht lag es an seinem Blick. Außerdem hatte ich riechen können, dass er Angst hatte.

KAPITEL 3
Agiere

Am nächsten Morgen stand ich vor der Dämmerung auf und heizte unter dem Dampfkessel ein. Nach dem Frühstück hatten wir Dampf genug und die *Hudson Queen* war bereit zum Auslaufen. Wir verließen unseren Ankerplatz und steuerten den Tejo an. Unser Kurs führte nach Nordosten, den breiten Fluss hinauf.

Es war ein wunderschöner Herbsttag. Die Sonne schien und im Steuerhaus sang der Chief aus voller Kehle. Er singt immer dasselbe Lied, wenn er nach vielen Tagen im Hafen wieder aufs Meer hinausfahren kann:

Du grausames Mädchen, leb wohl,
leb wohl, goodbye, farewell,
ich will nicht länger warten
und segle von Pol zu Pol.

Mein Schiff liegt an der Reede
und wir segeln um die Welt,
und ohne deine Liebe
leb ich, wie's mir gefällt!

Der erste Tag der Reise verlief gut. Auf dem Tejo war lebhafter Verkehr. Uns begegneten kleine Dampfer mit winkenden Passagieren und breite Segelboote, die mit Wein, Gemüse und Obst beladen waren.

In der Dämmerung erreichten wir Constância, eine kleine Stadt mit weiß gekalkten Häusern, die auf einer Anhöhe lag. Dort gingen wir für die Nacht vor Anker und am nächsten Morgen fuhren wir den kleineren Fluss Zêzere hoch. Hier war die Strömung stärker und der Chief hatte alle Hände voll zu tun, um zwischen Sandbänken und Untiefen die Fahrrinne zu finden. Uns begegneten kaum noch Boote und am Ufer sahen wir so gut wie keine Häuser oder Bauernhöfe mehr.

Am späten Nachmittag erreichten wir einen kleinen Wasserfall. Weiter kamen wir dann nicht. Am Südufer gab es einen Steinkai und ein einsames Haus. Ich stand vorn und hielt Ausschau, während der Chief uns vorsichtig an den Anleger bugsierte.

Als wir angelegt hatten, gingen wir an Land und schauten uns um. Das einsame Haus war nicht mehr bewohnt. Die Fenster hatten kein Glas mehr und auf der Rückseite war ein großer Teil des Daches eingebrochen. Ein schmaler Weg führte zwischen den Bäumen in den Wald. Mitten auf dem Weg wuchsen Farnsträucher und Unkraut. Nichts ließ annehmen, dass in letzter Zeit Menschen hier gewesen sein könnten.

Von Kisten mit Azulejos keine Spur.

„Was meinst du?", fragte der Chief und fuhr sich durch die Haare. „Sind wir betrogen worden?"

Ich zuckte mit den Schultern. Eigentlich sah es ja so aus. Andererseits hatte der Mann, der sich Morro nannte, uns doch eine große Summe als Anzahlung gegeben. Das Ganze war schon seltsam. Und beunruhigend. Die verlassene Stelle hier kam mir ein bisschen unheimlich vor.

Als wir wieder auf der *Hudson Queen* waren, kochte der Chief in der Kombüse Abendessen, während ich die Maschinen für die Nacht bereitmachte. Wir wollten bis zum Morgen hierbleiben. In der Dunkelheit zu wenden und mitten auf dem schmalen Fluss zu fahren wäre zu gefährlich gewesen.

Wir aßen wie immer in der Kajüte. Dann nahmen wir die Rommékarten hervor und der Chief rauchte eine Zigarre, während wir eine Partie spielten. Ich gewann, deshalb musste der Chief den Abwasch übernehmen.

Es wurde ein schöner, stiller Abend. Langsam ging die Sonne unter und die Mücken tanzten im Abenddunst über dem Fluss. Ich spannte meine Hängematte zwischen dem Mast und einer Wante auf und schaute den Schwalben zu, die oben unter den Wolken umherjagten. Der Chief saß an Deck und spleißte neue Vertäuungsleinen für das Rettungsboot. Als das Licht zu schlecht wurde, legte er die Arbeit weg und holte sich ebenfalls eine Hängematte.

Das Rauschen des Wasserfalls wirkte einschläfernd. Vor dem Einschlafen hörte ich noch, dass der Chief in seiner Matte schon schnarchte.

~

Ich weiß nicht, wie spät es gewesen sein mag, als ich aufwachte. Die Sterne funkelten am schwarzen Himmel. Ich brauchte einen Moment, um zu begreifen, was mich geweckt hatte.

Es war ein Geräusch, ein knarrendes Geräusch. Und es kam aus dem Wald hinter dem verfallenen Haus. Einen Augenblick darauf sah ich weit hinter den Bäumen ein flackerndes Licht.

Ich glitt aus der Hängematte und schlich mich zu der des Chiefs hinüber. Er fuhr mit einem Ruck hoch, als ich vorsichtig seine Schulter antippte. Seeleute schlafen an Bord selten tief.

Ich zeigte auf den Wald und er schaute hinüber. Das Licht zwischen den Bäumen war jetzt stärker und man konnte ahnen, dass es von einer Laterne stammte, die sich hin und her bewegte.

Eine knappe Minute darauf rollte ein von einem Pferd gezogener Wagen am Haus vorbei und auf die unebene Grasfläche vor dem Anleger. Drei Männer saßen auf dem Kutschbock und eine weitere Person ritt auf einem eigenen Pferd hinterher. Alle vier waren wie Bauern angezogen, mit verschlissenen Joppen, Lammfellwesten und Schlapphüten.

Der Reiter stieg vom Pferd, reckte sich und trat dann auf den Anleger. Er hatte einen kurzen schwarzen Bart mit silbernen Strähnen, die im Mondlicht glitzerten. Der Chief stieg über die Reling und auf den Kai, um dem Mann entgegenzugehen.

„Gott sei gelobt!", sagte der Mann mit dem Bart und lachte dröhnend. „Ihr habt es geschafft! Der heilige Nikolaus muss über euch gewacht haben. Monforte ist mein Name. Ihr könnt mich Papa Monforte nennen. Meine Freunde tun das auch."

Der Mann streckte dem Chief seine Pranke hin und sie schüttelten einander die Hände.

„Meine Männer möchten, so bald es geht, wieder nach Hause", sagte Papa Monforte. „Es wäre also schön, wenn wir die Ladung sofort an Bord bringen könnten. Wäre das möglich?"

Die drei anderen Männer waren bereits vom Wagen gestiegen und hatten angefangen die Leinen um die Holzkisten loszubinden.

„Sicher. Das lässt sich schon machen …", sagte der Chief.

„Hervorragend“, sagte Papa Monforte lachend und klopfte dem Chief freundschaftlich auf die Schulter. „Dann mal los.“

Der Chief kletterte wieder an Bord. Wir zündeten zwei Petroleumlampen an und halfen die Ladeluken zu öffnen und die Dampfwinsch betriebsbereit zu machen. Der Chief arbeitete stumm und verbissen. Er wirkte nachdenklich.

„Das hier gefällt mir nicht“, flüsterte er mir zu, als wir gerade den Ladebaum ausfahren wollten. „Wer lädt denn mitten in der Nacht Fliesen? Und mitten in der Wildnis?“

Ich nickte, um meine Zustimmung zu zeigen. Mir kam das Ganze mehr als verdächtig vor.

Papa Monforte und seine drei Leute standen wartend beim Wagen. Im Laternenlicht konnte ich sehen, dass sie den Chief mit harten, wachsamen Blicken verfolgten. Mit Blicken, die an Soldaten oder Banditen denken ließen, nicht an Bauern.

Der Chief kratzte sich am Kinn, wie er das immer macht, wenn er versucht einen Entschluss zu fassen. Dann nahm er eine Laterne und ging an Land. Ich streckte eine Hand aus, um ihn zurückzuhalten. Aber es war zu spät.

„Alles klar?“, hörte ich Papa Monforte fragen.

„Alles klar“, sagte der Chief. „Ehe wir laden, würde ich doch gern einen kurzen Blick in die Kisten werfen.“

Papa Monfortes Gesicht lag im Schatten. Er lachte wieder. Ebenso dröhnend wie vorhin, aber nicht ganz so herzlich.

„Wieso das denn?“, fragte er.

„Ich möchte wissen, was darin ist.“

„Das wissen Sie doch schon, mein guter Mann. In den Kisten sind Azulejos."

Ich sah dem Rücken des Chiefs an, wie angespannt er war.

„Fliesen sind empfindlich", sagte er. „Ich muss mich davon überzeugen, dass die Azulejos unversehrt sind. Sonst riskiere ich doch, dass ich als der Schuldige dastehe, wenn sie bei unserer Ankunft in Lissabon beschädigt sind."

„Ich garantiere Ihnen, dass hier alles seine Richtigkeit hat", sagte Papa Monforte. Seine Stimme war gedämpft, aber hart. „Und jetzt laden wir."

Der Chief stellte die Laterne auf den Boden und schob die Hände in die Hosentaschen.

„Nein", sagte er. „Das tun wir nicht. Nicht, solange ich nicht weiß, was ich an Bord meines Schiffes nehme."

Papa Monforte und der Chief sahen einander für einen Moment schweigend an. Dann seufzte Papa Monforte und hob die Hand.

Gleich darauf hatten seine drei Kumpane jeder einen Revolver aus dem Hosenbund gezogen.

KAPITEL 4

Eine Ladung Waffen

Wir luden bei vorgehaltener Pistole. Der Chief war so wütend, dass seine Hände zitterten, als wir die Kisten von den Haken nahmen und im Laderaum verstauten. Meine Hände zitterten ebenfalls, aber vor Angst. Ich hatte furchtbare Angst, der Chief könnte mit den Banditen Streit anfangen oder eine andere Dummheit begehen und ihnen damit einen Grund liefern, auf ihn zu schießen.

Papa Monforte und einer seiner Männer waren zum Steuerhaus hochgegangen und hatten die Petroleumlampe über dem Navigationstisch angezündet. Sie sahen sich etwas an und ich vermutete, dass es sich um die Flusskarte handelte. Da die Fensterluken offen standen, konnte ich ihre Diskussion hören. Papa Monforte wollte sofort losfahren, während die anderen es für klüger hielten, bis zur Morgendämmerung zu warten. Am Ende sagte Papa Monforte:

„Ich mache mir mehr Sorgen wegen der republikanischen Garden als wegen irgendwelcher Sandbänke. Wir müssen uns nachts bewegen. Lasst uns machen, dass wir hier wegkommen."

Sie befahlen dem Chief, alles für die Abfahrt bereitzumachen. Er weigerte sich.

„In dem Fall", sagte Papa Monforte gelassen zu ihm, „kann ich nichts mehr mit dir anfangen, mein Freund. Dann musst du an Land gehen und ich steuere selbst das Boot den Fluss hinunter. Aber den Affen nehme ich natürlich mit. Der ist doch für die Maschine zuständig. Wenn wir auf Grund laufen, gebe ich ihm die Schuld. Und dann ist er des Todes."

Der Chief und Papa Monforte starrten einander an. Schließlich ging der Chief zum Steuerhaus nach oben. Sein Gesicht war schwarz vor Wut. Das hier würde niemals gut gehen. Das war mir klar.

Einer der Banditen kam mit mir in den Maschinenraum, um sich davon zu überzeugen, dass unter der Dampfmaschine Feuer gemacht wurde. Mit verwunderter Miene sah er zu, wie ich durch die Luke Kohlen ins Feuer schaufelte.

„Du bist ja vielleicht ein komischer Affe“, sagte er und ließ seine Pistole um seinen Finger wirbeln. „Was du so alles kannst.“

Ich hörte ihm nicht zu. Um meine Angst im Zaum zu halten, musste ich mich auf meine Arbeit konzentrieren. Ich machte meine Runde mit dem Schmierkännchen, und als ich gerade fertig war, plingte der Maschinentelegraf. Der Chief befahl „Langsam voraus“. Ich ließ den Dampf los. Die Kolben und die Stempel nahmen ihre Arbeit auf. Die *Hudson Queen* legte ab. Ich dachte an die scharfen Felsen unten auf dem Flussboden und jeder Muskel in meinem Körper wartete darauf, auf Grund zu stoßen.

Um mitten in einem Fluss ein Boot zu manövrieren, braucht man Fahrt. Sonst treibt das Boot einfach ziellos umher. Ich ging davon aus, dass der Chief halbe Fahrt befehlen würde, sowie wir die Flussmitte erreicht hätten. Das tat er dann auch.

In Gedanken versuchte ich auszurechnen, wie weit wir wohl gekommen waren. Als ich schon dachte, dass wir es vielleicht geschafft hätten, hörte ich irgendwo unter mir einen kurzen dumpfen Knall. Dann durchlief ein heftiges Zittern den Schiffsrumpf. Durch das Zischen der Maschine hörte ich das scheußliche kreischende Geräusch von Blech, das an Steinen zerschnitten wird. Ich und der Bandit kippten um. Er kam zuerst wieder auf die Beine und stürzte zu der Leiter, um an Deck zu gelangen.

Ich drosselte die Dampfzufuhr zur Maschine und hob dann die Bodenbretter, um ins Kielschwein hinabblicken zu können.

Aber ich brauchte kein Licht, um zu begreifen, was geschehen war. Nur wenige Dinge sind für einen Seemann erschreckender als das Rauschen von strömendem Wasser unter dem Decksboden. Voller Panik fing ich an, im Maschinenraum nach Holzklampen und Lumpen zu suchen, um das Leck abzudichten. Aber ich brauchte Hilfe. Ich musste den Chief holen.

Oben an Deck herrschte Chaos. Papa Monfortes Männer hatten begriffen, dass das Schiff Wasser zog. Jetzt schrien sie und verlangten, ihre Kisten aus dem sinkenden Schiff zu retten. Einer der Banditen hatte noch immer seine Pistole auf den Chief gerichtet. Das war vielleicht auch klug so. Die Augen des Chiefs sahen geradezu wild aus.

„Wo ist das Leck?", fragte er, sowie er mich sah.

Ich zeigte auf die Steuerbordseite, auf einen Punkt gleich vor dem Dampfkessel.

„Ist das Leck vom Maschinenraum her zu erreichen?"

Ich nickte.

„Na dann", sagte der Chief. „Dann müssen wir ran."

Ohne auf den Banditen mit der Pistole zu achten, drehte der Chief sich um und ging rasch auf die Tür zum Maschinenraum zu.

„Stehen geblieben oder ich schieße!", schrie der Bandit.

Der Chief flucht fast nie, aber was er nun über seine Schulter zu dem Banditen mit der Pistole sagte, kann ich einfach nicht aufschreiben.

Der Chief und ich gaben uns alle Mühe, um das Leck abzudichten. Es gelang uns nicht. Schon nach einer Viertelstunde war das Wasser bis zum Deck gestiegen und das Leck im Rumpf war nicht mehr zu erreichen. Der Chief rannte an Deck, um die Tiefe auszuloten. Er wollte wissen, wie tief die *Hudson Queen* sinken würde, ehe sie auf dem Flussboden aufschlug. Ich lief hinterher.

Papa Monforte und seine Mannen hatten das Rettungsboot zu Wasser gelassen und beluden es jetzt mit Gewehren.

Die Gewehre stammten aus einer der Holzkisten im Laderaum!

Wir hätten also Waffen nach Lissabon bringen sollen, durchaus keine Fliesen!

Als der Chief gerade das Bleilot über die Reling warf, grummelte es unter uns. Die Glasscheibe aus dem Steuerbordbullauge des Maschinenraums explodierte und eine zischende Dampfwolke schoss hinaus in die kühle Nachtluft. Der Chief und ich wussten, was passiert war. Das kalte Flusswasser hatte die Rohre des Dampfkessels erreicht. Bald würde das Wasser auf den glühend heißen Kohlenofen treffen. Und dann würden weitere und kräftigere Explosionen erfolgen.

Papa Monforte und seine Mannen wurden von Panik erfasst. Sie ließen sich geradezu ins Rettungsboot fallen. Der Letzte, der unten im Laderaum gestanden und Gewehre hinaufgereicht hatte, musste ins Wasser springen, um sie einzuholen.

Der Chief und ich mussten das Schiff ebenfalls verlassen. Uns blieb nichts anderes übrig. Zuerst versuchte der Chief in die

Kajüte zu gelangen, um die Schiffskasse zu holen. Das war unmöglich. Kochend heißer Dampf erfüllte schon das Bootsinnere.

Ich kann nicht schwimmen. Der Chief zog mir einen der beiden Rettungsringe der *Hudson Queen* über den Kopf. Den anderen nahm er selbst. Dann sprangen wir ins Wasser. Wir hatten uns etwa dreißig Meter vom Schiff entfernt, als hinter uns eine weitere dumpfe Explosion zu hören war. Der Dampf rauschte durch den Schornstein der *Hudson Queen* und eine weiße Wolke stieg zum Nachthimmel empor.

KAPITEL 5

Ein trauriges Schauspiel

Nass und durchgefroren saßen wir unter einer Weide am Ufer, während die *Hudson Queen* unterging. Das Licht der Laternen und die Lampe im Steuerhaus beleuchteten das traurige Schauspiel. Der Chief schlug die Hände vors Gesicht.

Ich war vor allem froh darüber, dass wir beide noch lebten.

Dichter Morgennebel hing über dem Flusstal, als die Sonne aufging. Sobald sich die Nebelschwaden lichteten, sahen wir, dass unser Schiff nun auf Grund lag. Der Mast, das halbe Steuerhaus und der Schornstein ragten noch über die Wasseroberfläche. Auf dem Masttopp saß ein Reiher und hielt Ausschau über seine Jagdgründe. Allerlei Wrackteile trieben am Ufer vorüber.

Papa Monforte und seine Leute waren verschwunden. Wir konnten sehen, dass sie das Rettungsboot in der Nähe des Anlegers und des verfallenen Hauses an einen Baum gebunden hatten. Wir gingen durch den Wald hinüber. Das letzte Wegstück schlichen wir. Es bestand doch die Gefahr, dass die Banditen sich im Haus versteckt hatten.

Stumm und vorsichtig schoben wir das Rettungsboot ins Wasser und der Chief ruderte mit raschen, lautlosen Ruderschlägen hinaus zur *Hudson Queen.* Wir vertäuten das Boot am Steuerhaus und kletterten auf das Dach, um uns ein Bild von den Schäden zu machen. Die Dampfexplosionen im Maschinenraum schienen in Deck und Rumpf keine Löcher gerissen zu haben. Wie es im Bootsinneren aussah, war nicht so leicht zu sagen.

Für den Moment konnten wir nicht sehr viel mehr tun. Und es wäre dumm gewesen, länger zu bleiben als notwendig. Wenn die Banditen noch im Haus wären, könnten sie jederzeit herauskommen und uns erschießen.

Wir verließen die *Hudson Queen* und ruderten mit der Strömung nach Süden, deshalb kamen wir gut voran. Der Chief sagte nicht viel, er grübelte. Ab und zu wurden seine Augen schwarz und dann legte er sich in die Riemen, dass das Boot fast abhob. Ich ging davon aus, dass er an Papa Monforte und seine Banditen dachte. Oder vielleicht auch an den Mann, der sich Morro genannt hatte.

Erst lange nach Mitternacht kamen wir in Constância an. Die wenigen Lichter der kleinen Stadt ließen den Fluss glitzern. Auf einer Anhöhe zeichnete sich vor dem dunklen Himmel ein Kirchturm ab. Wir zogen das Boot auf eine Sandbank und fanden einen Weg, der zwischen stummen Häusern mit geschlossenen Fensterläden einherführte.

Der Marktplatz lag in der Nähe des Ufers. Warmes Licht schien aus einem offenen Tor. Beim Näherkommen rochen wir den Duft von frisch gebackenem Brot. Der Chief klopfte an und der Bäcker fuhr vor Erstaunen hoch, als er mich sah. Als er genug gestarrt hatte, konnten wir zwei warme Brote kaufen. Der Chief fragte, ob es im Ort eine Polizeistation gebe.

„Natürlich“, sagte der Bäcker. „Aber unser Polizeimeister ist auf einer Hochzeit in Santarém. Sein Konstabler heiratet. Die beiden sind sicher erst in ein paar Tagen wieder da.“

Der Chief dankte und wir gingen zum Boot zurück. Ohne auf die Dämmerung zu warten, ruderten wir los und erreichten dann den Tejo.

Später an diesem Vormittag nahm uns ein Holzkahn ins Schlepptau. Der Kahnschiffer war ein sympathischer Mann. Er lud uns zu Suppe und Zwieback ein, obwohl wir dafür nichts bezahlen konnten. Für unser restliches Geld hatte der Chief in Constância die Brote gekauft. Jetzt waren wir total abgebrannt. Alles, was wir besaßen – abgesehen von dem Rettungsboot –, lag auf dem Grund des Zêzere.

Als wir in Lissabon ankamen, ließ der Holzschiffer unser Rettungsboot vom Schlepptau. Wir ruderten zum alten Ankerplatz der *Hudson Queen* und banden das Boot an einen Pfahl unter dem hohen Kai. Danach gingen wir geradewegs zur Rua da Alfândega, wo sich das Büro der Lissaboner Hafenpolizei befindet.

Die Hafenpolizei hatte schon Feierabend und niemand machte auf, sosehr der Chief auch gegen die Tür hämmerte. Der Chief ließ sich mit dem Rücken an der Mauer zu Boden gleiten und legte die Stirn auf die Knie. Ich setzte mich neben ihn. So saßen wir dann lange da, bis sich der Chief endlich mit einem schweren Seufzer erhob. Sein Gesicht war grau und seine Augen waren rot vor Müdigkeit.

„Essen und Schlafen", sagte er. „Das ist jetzt das Richtige. Danach wird alles in einem helleren Licht erscheinen. Wir gehen ins O Pelicano."

Senhor Baptista merkte sofort, dass etwas nicht stimmte, als wir sein Lokal betraten. Er und Senhora Maria tischten uns gebratenen Fisch und Reis auf. Der Chief erklärte, dass wir keinen Centavo mehr zum Bezahlen hätten. Senhor Baptista schien das nicht gehört zu haben. Er holte die Aguardenteflasche und schenkte dem Chief ein Glas ein.

„Trink erst mal das hier", sagte Senhor Baptista. „Und dann erzählst du uns, was passiert ist."

Der Chief erzählte alles. Senhor Baptista hörte mit offenem Mund zu.

„So was habe ich noch nie gehört!", sagte er mehrmals. „Ist das denn wirklich wahr?"

Es war klar, dass Senhor Baptista seinen Ohren kaum traute. Ich konnte ihn verstehen. Es war wirklich eine unglaubliche Geschichte. Das fand ja sogar ich, die ich selbst dabei gewesen war.

„Genau so war es", sagte der Chief zum Abschluss. „Das kann ich beschwören."

Senhor Baptista schwieg eine Weile. Dann sagte er:

„Das waren bestimmt Anarchisten. Die lassen immer wieder Bomben hochgehen oder zetteln Krawalle an. Wer könnte denn sonst versuchen Waffen nach Lissabon zu schmuggeln?"

Der Chief zuckte müde mit den Schultern.

„Das waren Banditen. Ich habe keine Ahnung, von welcher Sorte. Ich weiß nur, dass sie mich gezwungen haben, mein eigenes Schiff auf Grund zu setzen. Der Anführer hat sich Papa Monforte genannt. Und ja … der, der uns dorthin gelockt hat, hieß Morro. Den haben wir hier getroffen."

„Ja, daran kann ich mich natürlich erinnern", sagte Senhor Baptista. „Ein mickeriger Kerl. Mit Schnurrbart und elegant angezogen. Den hatte ich hier noch nie gesehen. Aber wenn er sich noch mal blicken lässt, rufe ich sofort die Polizei. Wart ihr übrigens schon dort?"

Der Chief erzählte, dass wir es in Constância und in der Rua da Alfândega versucht hatten.

„Dann rate ich euch, zur Wache in der Baixa zu gehen", sagte Senhor Baptista energisch. „Die liegt zwei Straßen oberhalb des Comércioplatzes. Diese Wache ist rund um die Uhr geöffnet. Je schneller ihr Anzeige erstatten könnt, desto besser. Es gibt keinen Grund, bis morgen zu warten. Ich gebe euch Geld für die Straßenbahn."

Der Chief wollte das Geld für die Straßenbahn nicht annehmen. So weit sei der Weg doch nicht, fand er. Im Nachhinein frage ich mich, ob es nicht doch besser gewesen wäre, mit der Straßenbahn zu fahren. Dann hätte alles ganz anders kommen können. Aber sicher ist das nicht. Solche Dinge kann man ja nicht wissen.

KAPITEL 6

Ein nächtliches Drama

Es war dunkel, als wir das O Pelicano verließen. Aus Bars und offenen Fenstern hörten wir streitende Stimmen, Lachen und klagende Töne ungestimmter Gitarren. Wir gingen zum Hafen, um dann an den Kais entlang zum Comércioplatz zu spazieren.

Das Essen und der Schnaps hatten dem Chief gutgetan. Als wir den Fluss erreichten, blieb er an der Kaimauer stehen, atmete in der milden Brise, die vom Atlantik her wehte, tief durch und sagte:

„Du wirst schon sehen, das kommt alles wieder in Ordnung. Wenn die Polizei die Banditen verhaftet hat, muss die Versicherungsgesellschaft unser Schiff bergen. Bestimmt bezahlen sie uns dann einen neuen Heizkessel und eine neue Einrichtung für die Kajüte. Und bis dahin wohnen wir im Hotel und essen jeden Tag bei Senhor Baptista. Das hört sich doch gar nicht so schlecht an?"

So ist es mit dem Chief. Er wird leicht wütend oder traurig, aber das ist selten von Dauer. Doch jetzt fragte ich mich, ob er wirklich glaubte, was er da sagte. Es klang einfach zu schön, um wahr zu sein.

Wir standen noch immer am Rand des Hafenbeckens, als ich hinter uns rasche Schritte näher kommen hörte. Ich drehte mich um.

Zuerst erkannte ich den Mann nicht. Sein Gesicht lag im tiefen Schatten der Hutkrempe. Er trat dichter an uns heran und fragte:

„Koskela?"

Jetzt drehte sich auch der Chief um. Wir schauten beide den Mann an, der sich Morro nannte.

Die Gaslaterne vor einem Lagerhaus warf ein gelbliches Licht über sein schmales Gesicht. Seine Augen schienen hervorzuquellen, wie vor Angst. Unter seiner zugeknöpften Weste hing der Schlips lose. Die Silberkette, die er um den Hals trug, glänzte. In seiner ausgestreckten zitternden Hand hielt er eine sehr kleine Pistole.

Und die war auf die Brust des Chiefs gerichtet.

Mein Herz setzte einige Schläge lang aus. Aus dem Augenwinkel sah ich, wie der Chief verdutzt den Mund öffnete. Dann machte er ihn wieder zu und wurde ganz weiß im Gesicht.

Die Sekunden tickten langsam, langsam vorbei. Ich versuchte, ganz still dazustehen und nicht meine Zähne zu zeigen. Morros Hand zitterte immer schlimmer. Ein Schweißtropfen sickerte unter seinem Hut hervor und lief langsam seine Stirn hinunter.

Mehrere Minuten schienen vergangen zu sein, als der Schweißtropfen endlich Morros Nasenspitze erreicht hatte. Dort hielt er inne, zitterte ein wenig und fiel dann endgültig hinunter.

Nun trat Morro einen Schritt zurück. Und dann noch einen. Danach ließ er die Pistole sinken, murmelte etwas Unverständliches und rannte los.

Der Chief stand wie gelähmt da und starrte Morro mit zusammengebissenen Zähnen hinterher. Plötzlich wurden seine Wangen feuerrot und in seinen Augen blitzte es.

„Also verdammt!“, schrie er und nahm die Verfolgung auf.

Morro rannte nach Westen, auf den Comércioplatz zu. Es war eine milde Nacht und am Hafen waren noch allerlei Leute unterwegs. Ich konnte mit dem Chief nicht Schritt halten, aber ich sah, dass er Morro bald einholen würde.

Später, vor Gericht, meinten viele, der Chief habe Morro ins Wasser geworfen. Einige hatten sogar gesehen, dass der Chief Morro geschlagen hatte, ehe er ihn ins Wasser warf. Aber das stimmt überhaupt nicht! Denn ich habe ja alles mit eigenen Augen gesehen!

Der Chief packte Morro am Kragen, um ihn aufzuhalten. Morro verlor das Gleichgewicht, stolperte über eine Vertäuungsleine und fiel ins Hafenbecken. Es war ein Unfall, und wer etwas anderes behauptet, lügt.

Als ich beim Chief ankam, stand er keuchend da und schaute ins Wasser. Auf dem Boden lag ein kleines Schmuckstück mit einer zerrissenen Kette. Ich erkannte die Kette sofort. Vor ganz kurzer Zeit hatte sie noch um Morros Hals gehangen. Die Kette war im Handgemenge sicher abgerissen worden, ehe er ins Wasser gefallen war. Ich hob sie auf und steckte sie in die Tasche, damit niemand sie stehlen könnte.

Denn jetzt strömten Menschen um uns zusammen. Sie redeten und schrien empört und wild durcheinander. Der Chief legte sich auf den Boden und schaute ins Hafenbecken. Auch dort war Morro nicht zu sehen. Der Chief riss sich die Jacke vom Leib und sprang ins Wasser.

Ich hätte versuchen müssen ihn zurückzuhalten. Es war Ebbe und das in den Atlantik zurückströmende Wasser hatte eine Geschwindigkeit von mindestens sieben oder acht Knoten. Der Chief hatte nicht die geringste Chance, Morro im Wasser zu finden. Er konnte sich ja selbst kaum über Wasser halten. Als er den Kopf über die Wasseroberfläche heben konnte, war er schon an die zwanzig Meter abgetrieben worden.

Zum Glück lag dort ein Kahn und der Chief konnte eine Vertäuungskette erreichen. Dort hing er dann und rang um Atem. Ich rannte zu ihm, aber einige Schauerleute kamen mir zuvor und zogen ihn hoch. Weder früher noch später habe ich den Chief jemals so jämmerlich und verzweifelt erlebt.

„Großer Gott", schluchzte er. „Was habe ich getan …"

Die Polizei war offenbar ganz in der Nähe gewesen, denn in weniger als einer Minute fuhren zwei schwarze Wagen vor. Ein breiter Mann in einem grauen Wollmantel stieg vom Beifahrersitz des ersten Autos. Aus dem anderen sprang eine Handvoll Beamter in blauen Uniformen. Der Mann im Wollmantel erkundigte sich bei den Umstehenden, was geschehen sei. Dann befahl er den Polizisten, die Suche nach dem ins Wasser gefallenen Mann zu organisieren.

Inzwischen strömten Menschen aus allen Richtungen herbei. Mit lauter Stimme versuchten die Polizisten die Neugierigen an der Suche nach dem Verschwundenen zu beteiligen.

Der Chief hatte sich ein wenig erholt, lief nun besorgt an der Kaimauer hin und her und versuchte im schwarzen Wasser Morro zu entdecken.

„Wir müssen weiter stromab suchen", sagte er mit Panik in der Stimme. „Herrgott, wenn die Strömung ihn vom Land wegführt, ist er verloren. Wir brauchen ein Boot …"

Zwei Polizisten waren zu uns getreten. Der eine legte dem Chief die Hand auf die Schulter, während der andere seine auf der Pistole ruhen ließ, die aus einem offenen Holster am Gürtel seiner Uniformjacke ragte.

„Du kommst jetzt mit.“

Der Chief sah die beiden überrascht an.

„Aber hier ist ein Mann im Wasser. Wir müssen …“

„Darum können sich die anderen kümmern. Kommissar Garretta will mit dir sprechen.“

Die beiden Polizisten führten den Chief zu den Polizeiwagen. Ich lief hinterher, aufgewühlt und von bangen Ahnungen erfüllt.

Der Mann im Wollmantel lehnte an dem einen Auto und blätterte in einem Notizblock.

„Name?“, fragte er, ohne aufzublicken, als die Polizisten den Chief zu ihm brachten.

„Koskela“, sagte der Chief.

„Den ganzen Namen, wenn ich bitten darf“, sagte der Mann, noch immer ohne aufzuschauen.

„Henry Koskela“, sagte der Chief ungeduldig. „Hören Sie doch, wir brauchen ein Boot und Lampen …“

Der Mann im Wollmantel hob die Hand, um den Chief zum Schweigen zu bringen. Erst danach hob er den Blick von seinem Notizblock. Seine Augen waren ausdruckslos.

„Henry Koskela, Sie sind hiermit verhaftet.“

Dem Chief klappte das Kinn hinunter. Ehe er etwas sagen konnte, hatten die Polizisten ihn auf die Rückbank des Autos gestoßen.

Ich trat einen Schritt vor, um ebenfalls einzusteigen. Der Mann im Wollmantel vertrat mir den Weg.

„Kein Viehzeug in meinem Wagen“, sagte er leise. „Also, hau ab!“

Anschließend setzte er sich auf den Beifahrersitz und das Auto fuhr los. Für einen Moment sah ich das verängstigte Gesicht des Chiefs durch die Heckscheibe, dann verschwand das Auto in hohem Tempo in Richtung Comércioplatz.

Inzwischen herrschte am Hafen ein heftiges Gedränge. Die Stimmung war aufgeheizt. Ich wusste nicht, wohin. Verwirrt blieb ich stehen, bis ich merkte, dass die Menschen in meiner Nähe mich drohend anstarrten. Einige grobe Kerle, die nicht nüchtern aussahen, bildeten einen Kreis.

„Jetzt schnappen wir uns den Affen!“, hörte ich einen aufgeregt brüllen.

Nur einige Meter weiter stand ein älterer Polizist mit strengem Gesicht.

„Nichts da!“, rief er. „Für heute Abend hat es genug Ärger gegeben. Lasst das Tier laufen.“

Ich rannte los, ohne mich umzusehen. Eine leere Flasche kam durch die Luft geflogen und zerbrach kurz vor mir. Ich hörte den Polizisten wieder rufen.

Erst nach ungefähr fünfzig Metern wagte ich, mich umzuschauen. Ich nahm drohend erhobene Fäuste wahr, aber niemanden, der mich verfolgte.

Gleich darauf kletterte ich eine der wackeligen Leitern an den Kais unterhalb der Alfama hinunter. Dort dümpelte noch immer unser Rettungsboot vor sich hin. Ich band es ganz schnell los und schob es so weit unter die Hafenmauer, wie das überhaupt nur möglich war.

Mein Herz hämmerte und deshalb konnte ich nicht klar denken. Aber ich wusste, dass ich hier wohl in Sicherheit war. Zumindest, bis es wieder hell wurde.

KAPITEL 7

Der Affe des Mörders

Zwei Nächte und zwei Tage lag ich versteckt im Rettungsboot.

Zuerst hatte ich furchtbare Angst, die wütenden Menschen auf dem Kai könnten mich finden. Ich lauschte auf Stimmen, bereit, sofort die Vertäuung zu lösen und mich mit dem Boot abzustoßen. Der Fluss war mein Fluchtweg. Aber wenn ich unseren alten Liegeplatz aufgab, wie sollte der Chief mich je finden, wenn die Polizei ihn wieder freiließ?

Irgendwann spätnachts bin ich dann wohl aus purer Erschöpfung eingeschlafen. Ich wurde davon geweckt, dass ich fror, und ich kroch unter ein Stück Segeltuch, um den graukalten Morgennebel auszusperren, der jetzt aus dem Fluss aufstieg.

Der nun folgende Tag war sicher der längste, den ich je erlebt hatte. Das Wasser des Tejo floss zischend vorbei und die Sonne wanderte langsam, langsam über den Himmel. Die ganze Zeit wartete ich darauf, die Stimme des Chiefs zu hören oder sein Gesicht über die Kaimauer lugen zu sehen. Was machte er nur so lange? Die Polizei musste ihn doch laufen lassen, sowie sie begriffen hatten, dass das, was Morro passiert war, ein Unfall gewesen war.

Als es wieder dunkel wurde, war ich außer mir vor Unruhe. Wo steckte der Chief denn bloß? Hielt die Polizei ihn noch immer fest? Und wenn ja, warum? Der Mann im Wollmantel hatte mir Angst gemacht. Was, wenn er dem Chief etwas angetan hatte?

Kälte und Angst hielten mich die ganze Nacht wach. Je müder ich wurde, desto schneller wirbelten die schrecklichen Vorstellungen durch meinen Kopf. Es kam mir vor wie ein böser Traum. Die *Hudson Queen* war untergegangen und der Chief war verschwunden. Und ich hatte keine Ahnung, was ich jetzt machen sollte.

Mit der Sonne kam die Wärme und ich schlief ein. Diesmal habe ich wohl sehr lange geschlafen, denn es war schon Nachmittag, als ich aufwachte. Unruhe und Angst schlugen sofort wieder ihre Krallen in mich. Außerdem brannte mein Magen vor Hunger.

Als die Dämmerung einsetzte, wusste ich, dass ich noch eine Nacht im Boot nicht überstehen würde. Ich musste etwas unternehmen, um den furchtbaren Gedanken ein Ende zu setzen. Und ich musste etwas essen.

Mir fiel nur ein Ort ein, wohin ich gehen könnte. Das O Pelicano. Senhor Baptista würde mir etwas zu essen geben. Und er würde sich wundern, weil ich allein kam. Er würde mir helfen den Chief zu finden.

Ich wartete, bis es dunkel genug war. Dann kletterte ich auf den Kai und lief im Schutze der Dunkelheit durch die Gassen der Alfama. Ich hatte mir die Mütze tief ins Gesicht gezogen und hielt mich in den Schatten zwischen den Straßenlaternen. Als ich an der Ecke der Rua das Escolas Gerais die Straßenbahnschienen überquerte, wurde ich dennoch entdeckt. Einige alte Männer spielten vor einem abends geöffneten Tabakladen Karten. Einer sah mich und rief:

„Seht mal! Da ist ja der Affe! Der Affe des Mörders!"

Die Leute in meiner Nähe drehten sich um. Einige zeigten auf mich. Ich lief schneller und versuchte mich nicht umzuschauen. Ein Stück die Rua do Salvador hoch konnte ich das Kneipenschild über der Tür des O Pelicano sehen. Jetzt war es nicht mehr weit. Hinter mir erklangen laute Stimmen. Neugierige Gesichter schauten aus Fenstern und Türspalten. Ich lief los. Vor mir drehten einige Männer sich um.

„Haltet den Affen!“, schrien hinter mir Stimmen. „Das ist der Affe des Mörders! Haltet ihn!“

Die Männer vertraten mir mit ausgestreckten Armen den Weg. Mein Herz hämmerte wie wild.

Ich rannte in einen offenen Torweg. Der Hof dahinter lag im Dunkeln. In einer Ecke gab es eine Regenrinne. Ich fing an nach oben zu klettern. Erregte Stimmen hallten zwischen den Mauern wider, als meine Verfolger in den kleinen Innenhof stürmten. Ich kletterte weiter, ohne nach unten zu blicken.

Einige Minuten darauf saß ich zusammengekrümmt etliche Dächer weiter. Ich zitterte am ganzen Leib. Und mein Herz schlug noch immer laut und schnell.

Dann legte sich mein Zittern langsam. Ich wiegte mich hin und her, um mein Herz ebenfalls zur Ruhe zu bringen. Ich muss in Bewegung bleiben, dachte ich. Ich muss etwas essen. Das waren die einzigen vernünftigen Gedanken, die in meinem verwirrten Kopf Platz hatten.

Nach einer Weile begriff ich, wo ich war. Von den Dächern aus sah die Stadt ganz anders aus. Meine Beine zitterten und wollten mich kaum tragen, deshalb lief ich auf allen vieren, um nicht von den Dachziegeln zu rutschen. Einige Male musste ich zum nächsten Haus springen, um weiterzukommen. Das war scheußlich.

Am Ende sah ich einen Dachvorsprung dem Haus gegenüber, in dem das O Pelicano liegt. Ich schaute über den Dachrand. Senhor Baptista hatte an diesem Abend offenbar volles Haus.

Vor der Tür standen Gäste und rauchten. Lärm und Lachen hallten in der Gasse wider. Wie konnte ich mich da nach unten wagen?

Vor Hunger war mir schon schwindlig und mein Magen zog sich krampfhaft zusammen. Ich kletterte zurück über den Dachfirst. Auf der anderen Seite lag ein Innenhof mit Mülltonnen. Vorsichtig stieg ich an der Regenrinne nach unten und fing an in den Tonnen zu wühlen. Ich hatte Glück. Jemand hatte einen Sack voll altem Brot weggeworfen.

Mit dem Sack über der Schulter kletterte ich die Regenrinne wieder hoch und ging weiter über das Dach, bis ich hinter einem Schornstein eine geschützte Stelle gefunden hatte. Dort aß ich das Brot aus dem Sack. Die Kanten waren so hart, dass ich sie im Regenwasser einer Dachrinne aufweichen musste.

Nach dem Essen kam die Müdigkeit. Ich lehnte mich an den Schornstein und blickte über die riesige Stadt. Tausende von Lichtpünktchen funkelten in der schwarzen Nacht. Es hätte beruhigend und freundlich aussehen können. Aber nicht für mich. Ich war jetzt allein. Überall lauerten Gefahren.

In Gedanken konnte ich noch immer die schrillen Stimmen hören, die hinter mir hergeschrien hatten:

„Seht mal! Da ist der Affe! Haltet ihn! Da ist der Affe des Mörders!"

Der Affe des Mörders.

Warum hatten sie mich so genannt?

Es lief mir eiskalt das Rückgrat hinunter, als ich die Antwort fand.

Sie hielten den Chief für einen Mörder!

Und glaubten, er habe Morro ermordet!

Was, wenn die Polizei das auch glaubte?

Hatten sie ihn deshalb nicht freigelassen?

Würde der Chief im Gefängnis enden?

KAPITEL 8

Das Lied

Ich blieb die ganze Nacht dort sitzen, fast ohne mich zu bewegen. In mir herrschte Chaos. Erst als die Morgendämmerung heraufzog, konnte ich Ordnung in meine Gedanken bringen. Alles würde gut werden. Ich hatte doch nicht als Einzige gesehen, wie Morro ins Wasser gefallen war. Alle, die an jenem Abend auf dem Kai gestanden hatten, konnten der Polizei bezeugen, dass es ein Unfall gewesen war. Der Chief war kein Mörder. Deshalb mussten sie ihn freilassen.

Was dumme Menschen auf der Straße schrien, spielte keine Rolle.

Jetzt musste ich versuchen zu schlafen. Danach würde ich sicher eine Möglichkeit finden, Kontakt zu Senhor Baptista aufzunehmen.

Ich fand eine Dachluke und kletterte auf einen engen, verschmutzten Dachboden, der nach Taubenkot stank. Hier würde ich mich ungestört ausruhen können.

Wieder knurrte mein Magen. Ich durchwühlte meine Taschen nach einem Brotrest und bemerkte, dass dort noch etwas anderes war. Ich zog eine dünne Silberkette hervor, die ich im ersten Augenblick nicht wiedererkannte. Dann fiel es mir ein. Es war das Schmuckstück, das Morro auf dem Kai verloren hatte.

Der Anhänger erwies sich als Medaillon. Ich klappte es vorsichtig auf. Im Medaillon lag eine von einem roten Bändchen zusammengehaltene Haarsträhne. Im Deckel war ein gemaltes Porträt, unter dem eine kurze Inschrift stand:

Mein Herz will ich dir geben.
Du bist mein ganzes Leben.
Für meinen geliebten Alphonse von Elisa

In mir krampfte sich alles zusammen. Das Mädchen auf dem Bild war bestimmt Morros Geliebte. Sie hatte den kleinen Vers geschrieben.

Und jetzt war Aphonse Morro tot.

Ertrunken und für immer verschwunden.

Die arme, arme Geliebte.

Und der arme Chief. Er war doch nicht schuld an dem Unfall. Aber er würde es sich trotzdem niemals verzeihen können. Das wusste ich.

Ich schlang mir die Arme um den Kopf und legte mich in den Schmutz auf dem harten Holzboden.

~

Ich schlief den ganzen Tag. Im Traum hörte ich jemanden in der Ferne singen. Es klang traurig und schön. Ich glaube, ich weinte im Schlaf.

Als ich die Augen wieder aufschlug, war schon Abend. Die Tauben flogen gurrend durch ein großes Loch nur wenig über dem Boden aus und ein. Der Gestank der Taubenkacke brannte in meinen Nasenlöchern.

Nach einer Weile ging mir auf, dass ich den Gesang aus meinem Traum noch immer hören konnte. Er war nur schwach zu vernehmen und verschwand ab und zu im Lärm der Straße unten.

Aber er war da.

Ich kletterte auf das Dach. Gerade gingen am Himmel die Sterne auf. Ein sanfter Wind wehte von Norden. Der Gesang schwebte im Wind. Ich lauschte.

Und plötzlich, ohne zu begreifen warum, hatte ich ein starkes und heißes Gefühl im Bauch. Ein Gefühl, dass vielleicht doch nicht alles so schrecklich war, wie es mir vorkam.

Ohne zu überlegen, glitt ich vorsichtig über die noch immer sonnenwarmen Dachziegel und sprang über eine enge Gasse auf das nächste Haus. Ich stieg auf den Dachfirst und schaute auf der anderen Seite hinunter. Der Gesang war jetzt deutlich zu hören. Und ich sah, woher er kam.

Die Frau saß an einem offenen Mansardenfenster. Sie hatte irgendeine Arbeit auf den Knien liegen und sang dabei. Über die Schultern hatte sie sich einen Schal gelegt und ihre dunklen Haare waren zu einem achtlosen Knoten hochgesteckt.

Das warme Gefühl in meinem Magen war noch immer vorhanden. Ich lehnte mich mit dem Rücken an den Schornstein und lauschte. Nach einer Weile schloss ich die Augen und fühlte mich durch und durch ruhig.

Ich bin dann wohl wieder eingeschlafen. Ich merkte nicht, dass der Mond hinter den Hügeln im Binnenland aufging und ein kaltes Licht über der Stadt verbreitete. Als ich die Augen öffnete, war der Gesang verstummt.

Das Licht in der Mansarde war erloschen.

Aber die Frau saß noch immer am Fenster. Und sie schaute zu mir herüber. Ihr Gesicht war blass und ihre Augen waren groß.

Ich floh auf demselben Weg, den ich gekommen war, und hielt erst inne, als ich mein Versteck bei den Tauben erreicht hatte.

Was in aller Welt war nur in mich gefahren? Wie hatte ich dumm genug sein können, mich von der Frau am Fenster entdecken zu lassen? Was, wenn sie die Polizei rief? Oder ihren Nachbarn erzählte, was sie gesehen hatte? Vielleicht sammelte sich schon das ganze Viertel, um Jagd auf mich zu machen!

Ich traute mich erst spätnachts von meinem Dachboden. Da hatte das O Pelicano schon geschlossen. Die Fenster der Kneipe waren dunkel. Senhor Baptista und Senhora Maria waren nach Hause gegangen. Und ich hatte keine Ahnung, wo sie wohnten.

Auf dem Rückweg zu meinem Versteck nahm ich einige verschrumpelte Äpfel aus der Mülltonne im Hinterhof mit. Als ich sie gegessen hatte, schlief ich ein und versank bis zum nächsten Nachmittag in einem unruhigen Schlaf.

Ich wartete, bis es dunkel wurde, dann machte ich mich zum

dritten Mal auf den Weg zum dem O Pelicano gegenüberliegenden Dach. Abermals versuchte ich genug Mut zu sammeln, um nach unten zu klettern und in die Kneipe zu gehen. Aber die ganze Zeit kamen und gingen Leute. Wenn ich einfach durch die Tür träte, würde bald die ganze Alfama wissen, dass ich dort war. Und wie sollte Senhor Baptista mich dann beschützen können?

Nach einer Weile bemerkte ich ein breites Holztor, das zehn Meter von der Kneipe entfernt war und einen Spaltbreit offen stand. Von meinem Aussichtspunkt aus konnte ich sehen, dass das Tor in einen Innenhof zwischen den Häusern führte. Vielleicht besaß das O Pelicano eine Hintertür zu diesem Innenhof?

Ich beschloss das Risiko einzugehen. Sowie die Gasse menschenleer war, kletterte ich nach unten. Mit pochendem Herzen lief ich die wenigen Schritte bis zum Tor. Das glitt auf und ich schlüpfte hindurch. Offenbar hatte mich niemand gesehen.

Ich hatte richtig geraten. Der Torweg führte zu einem düsteren kleinen Innenhof. Es gab zwei Türen im Haus auf der rechten Seite, wo das O Pelicano lag. Das Stimmengewirr aus der Kneipe war deutlich zu hören. Ich war da, wo ich hinwollte.

Mit vorsichtigen Schritten ging ich durch einen kurzen, schmalen Gang. An dessen anderem Ende gab es zwei Türen. Die eine führte in die Kneipe, die andere zu einer Kellertreppe. Jetzt wusste ich nicht, was ich tun sollte. Vielleicht könnte ich mich im Keller verstecken und warten, bis alle Gäste gegangen wären?

Ich konnte keinen Entschluss mehr fassen. Die Tür zur Kneipe öffnete sich. Senhor Baptista hatte ein Tablett mit leeren Gläsern in der Hand und pfiff vor sich hin, als er hinter sich die Tür mit dem Fuß zuschob. Dann entdeckte er mich, fuhr zusammen und hätte fast das Tablett fallen lassen.

„Sally Jones", sagte er und schnappte nach Luft. „Großer Gott, was hast du mich erschreckt!"

Er stellte seine Last ab und atmete einige Male tief durch, um sich zu beruhigen. Dann sagte er:

„Was machst du denn hier? Ich meine … hätte sich nicht irgendwer um dich kümmern müssen?"

Ich begriff nicht so recht, was er meinte.

„Der Chief ist doch wegen Mordes verhaftet", sagte Senhor Baptista jetzt. „Warst du dabei, als es passiert ist?"

Ich spürte, wie meine Beine schwer und mein Magen kalt wurden.

Der Chief war festgenommen worden. Wegen Mordes!

„Stimmt das … was die Zeitungen schreiben?", fragte Senhor Baptista. „Dass er diesen Morro erschlagen und dann in den Fluss gestoßen hat?"

Ich starrte ihn an und schüttelte den Kopf.

„Nein, das hätte ich mir denken können …", sagte Senhor Baptista. „Ich kenne Koskela ja nicht näher, aber Mörder … nein, so einer ist er nicht."

Senhor Baptista sah plötzlich ein wenig verlegen aus. Er schielte zur Tür hinter sich.

„Hier ist heute Abend volles Haus", sagte er. „Viel zu tun."

Er verstummte und schien zu überlegen. Dann räusperte er sich nervös und sagte:

„Ich weiß ja nicht, warum du hier bist … aber müssten wir nicht die Polizei anrufen, damit sich jemand um dich kümmert? Allein kommst du doch nicht zurecht …“

Wieder schüttelte ich den Kopf.

„Du wirst gesucht“, sagte Senhor Baptista. „Viele glauben … ja, dass du gefährlich bist. Wenn sie dich erwischen, werden sie dir etwas antun. Etwas Schlimmes werden sie dir antun. Und hier kannst du nicht bleiben. Das könnte auch für mich böse enden. Und für Maria. Das wage ich nicht zu riskieren. Verstehst du, was ich meine?“

Ich stand ganz still da. Etwas presste meine Brust zusammen. Senhor Baptista war doch meine einzige Hoffnung, der Einzige, der mir helfen konnte.

„Das hier ist nicht leicht“, sagte Senhor Baptista mit unglücklicher Stimme. „Aber mir bleibt nichts anderes übrig. Es tut mir wirklich leid …“

Dann strahlte er plötzlich.

„Vielleicht könnten wir den Zoo anrufen?“

Ich fuhr zusammen und wich eilig zur Tür zurück.

„Warte doch“, sagte Senhor Baptista und kam hinter mir her. „Lissabons Zoo ist ein feiner Tierpark. Da würden sie sich sicher gut um dich kümmern. Du wärst in Sicherheit …“

Ich ergriff die Flucht. Hinter mir hörte ich, wie Senhor Baptista meinen Namen rief.

Die Gasse war leer. Ich zog mich an einer Regenrinne hoch und kletterte, so schnell ich konnte. Erst als ich auf dem Dach angekommen war, blickte ich nach unten. Senhor Baptista stand vor dem großen Holztor und schaute sich in der Gasse nach allen Seiten um. Nach einer Weile zuckte er resigniert mit den Schultern und ging wieder hinein.

Ich blieb noch lange dort oben sitzen. Ich wusste, ich sollte besser zusehen, dass ich wegkam, falls Senhor Baptista doch die Polizei rief. Aber ich hatte einfach keine Kraft mehr.

Irgendwann machte ich mich dann wieder auf den Weg über die Dächer. Die allererste Morgendämmerung färbte den Himmel metallisch grau. Als die Sonne aufging, schlief ich bereits zwischen den Tauben auf dem Dachboden.

~

Der Hunger weckte mich, aber ich wollte nicht aufstehen. Ich hatte keine Ahnung, wie spät es war. Ich blieb in meinem Dämmerschlaf liegen und glitt in schreckliche Träume hinein und wieder heraus.

Dann hörte ich ihn plötzlich wieder.

Den Gesang.

Mühsam hob ich mich auf die Ellbogen. Die Tauben flatterten unruhig um mich herum. Der aufwirbelnde Staub brachte mich zum Niesen. Mit einem Mal war ich wach.

Als ich auf das Dach kam, war es dunkel. Der Wind hatte sich für die Nacht gelegt und der Gesang war hell und klar zu hören.

Ich kletterte denselben Weg wie am Vorabend. Die Frau im Fenster schien fast auf mich gewartet zu haben. Sie sah mich an, als ich mich mit dem Rücken an den Schornstein lehnte.

So blieb ich sitzen. Vielleicht eine Stunde, vielleicht zwei. Ich wünschte, dass das Lied niemals ein Ende nähme. Erst als es ganz dunkel war, verstummte die Frau und verließ das Fenster. Einige Minuten darauf war sie wieder da. Sie hängte vorsichtig etwas an einen Haken gleich unter dem Fenster und machte das Fenster dann zu.

Ich blieb sitzen. Nach kurzer Zeit nahm ich den wunderbaren Duft von frisch gebackenem Brot wahr. Ich wusste sofort, woher der kam. Eine halbe Stunde später erlosch das Licht hinter dem Fenster der Frau. Ich wartete noch eine halbe Stunde, dann erhob ich mich auf steifen Beinen, sprang auf das nächste Dach und kletterte zur Mansarde hinunter. Es konnte eine Falle sein, aber das war mir jetzt egal.

Am Haken hing ein Stoffbeutel. Lautlos nahm ich ihn vom Haken und zog mich dann zurück. Als ich wieder auf der anderen Seite der Gasse angekommen war, setzte ich mich und öffnete den Beutel. Er enthielt ein ganzes Brot, ein Stück Käse, eine Flasche Milch und vier große Äpfel.

Ich fing sofort an zu essen. Dann schaffte ich es gerade noch, zum Dachboden zurückzukehren. Dort schlief ich sofort ein.

Ich verbrachte den ganzen folgenden Tag in meinem Versteck. Erst als ich von den Kirchen das Abendläuten gehört hatte, wanderte ich über die Dächer zur Mansarde und setzte mich wieder vor den Schornstein, der dem Fenster der Frau gegenüberlag. Das Fenster war geschlossen und das Zimmer dahinter dunkel.

Eine Weile nachdem die Sonne untergegangen war, wurde im Zimmer Licht gemacht. Ich sah die Frau dort drüben einige Male und schließlich öffnete sie das Fenster. Sie schaute genau zu mir herüber. Ich bewegte mich nicht. Wir sahen einander an. Dann setzte sie sich mit ihrer Handarbeit hin und fing an zu singen.

Um kurz vor Mitternacht hängte sie wieder einen Beutel mit Essen für mich an den Haken und schloss das Fenster.

~

Am dritten Abend zog ein Unwetter vom Atlantik her über Lissabon. Es goss wie aus Kannen und die Sturmböen ließen die Dachziegel unruhig klappern. Ich wurde durch und durch nass, während ich darauf wartete, dass die Frau das Fenster öffnete.

Am Ende schaute sie heraus, suchte im strömenden Regen, bis sie mich gefunden hatte, und rief dann:

„Wenn ich heute Abend für dich singen soll, musst du schon rüberkommen. Sonst holen wir uns alle beide eine Erkältung!“

KAPITEL 9

Die Frau am Fenster

Sie hieß Ana. Ana Molina.

Das wusste ich natürlich noch nicht, als ich an jenem Regenabend durch ihr Fenster stieg. Sie stand ganz hinten in dem dunklen Zimmer. Sie wirkte ruhig, aber ich sah, dass sie die eine Hand nahe bei der Türklinke hielt. Vermutlich war sie bereit die Tür aufzureißen und loszurennen. Das war eigentlich kein Wunder. Ich sah bestimmt schrecklich aus. Mein Fell war verfilzt und verdreckt. Mein Blaumann hatte an den Knien und

Ellbogen lange Risse, weil ich so viel über rostige Dächer und raue Hausfassaden geklettert war.

Ich ließ mich auf den Boden sinken und blieb sitzen.

„Ich heiße Ana", sagte sie leise nach einer Weile. „Und ich weiß, wer du bist. Angeblich bist du gefährlich. Stimmt das?"

Ich schüttelte den Kopf.

Die Pupillen in Anas Augen weiteten sich ein wenig, als ihr aufging, dass ich verstand, was sie sagte. Dann schien sie zu dem Schluss zu kommen, dass ich wirklich nicht gefährlich sei. Sie ließ die Türklinke los und trat einen vorsichtigen Schritt auf mich zu. Als sie den scharfen Gestank des Taubenkots wahrnahm, hielt sie sich die Hand vor die Nase.

„Heilige Mutter Gottes, wie riechst du denn bloß!", rief sie. „Im Treppenhaus ist ein Badezimmer. Soll ich dir eine Badewanne einlaufen lassen?"

Ich nickte. Wilde Gorillas baden nicht allzu oft. Aber ich habe gelernt Wasser und Seife zu benutzen, um mich sauber zu halten. Das muss sein, wenn man mit Maschinen arbeitet.

Während ich badete, schrubbte Ana meinen Blaumann und meine Schirmmütze im Waschbecken. Es war sicher schon lange nach Mitternacht, als sie den einzigen Tisch in ihrem Zimmer mit Brot, Milch und Obst deckte. Meine Kleider hingen zum Trocknen am Kamin und ich saß in eine Decke gewickelt auf der Küchenbank. Ana saß mir gegenüber und sah mir beim Essen zu. Als ich fertig war, räumte sie ab und sagte:

„Jetzt lege ich mich schlafen. Du kannst hier auf der Bank

übernachten. Morgen früh gehe ich zur Arbeit. Ich werde dich nicht wecken. Wenn du aufwachst, musst du selbst entscheiden, ob du hier bleiben willst oder nicht. In der Speisekammer gibt es noch Brot und Obst. Wenn du gehen willst, kannst du so viel mitnehmen, wie du willst. Ich komme heute Abend zurück. Dann mache ich Essen für uns, falls du noch hier bist."

Ana löschte die Petroleumlampe über dem Tisch, sagte Gute Nacht und verschwand hinter einem Vorhang vor der Wand. Dort hatte sie eine kleine Schlafnische mit Bett und Waschschüssel. Ich legte mich auf die Bank und zog die Decke über mich.

Der Regen prasselte gegen das Fenster. Vom Kamin her hörte ich das Seufzen des brennenden Holzes. Vor dem Einschlafen dachte ich, dass ich wohl hier sein würde, wenn Ana am nächsten Tag von der Arbeit kam. Dann würde sie vielleicht für mich singen. An diesem Abend hatte sie das ja vergessen.

~

Und so kam es, dass ich bei Ana Molina einzog. Nachdem sie mich erst einmal hereingelassen hatte, brachte sie es nicht übers Herz, mich wieder wegzuschicken. Das Gerücht über den Affen des Mörders hatte sich schließlich überall in der Alfama verbreitet. Ana war klar, dass ich keinen anderen Zufluchtsort hatte. Mir ist wohl nie ein lieberer Mensch begegnet als Ana Molina. Weder vorher noch nachher. Und auch keiner, der schöner gesungen hätte.

Ana arbeitete in einer Schuhfabrik draußen in Alcântara. Der Direktor hieß Santos und war ein echter Sklaventreiber, das ging mir nach und nach auf. Jeden Morgen, nur sonntags nicht, stand Ana mit der Sonne auf und kaufte Brot in der Konditorei Graça, die schräg gegenüber in der Rua de São Tomé lag. Nach dem Frühstück lief sie zur Straßenbahn. Sie kam erst gegen neun Uhr abends zurück und dann brachte sie das Abendessen mit. Meistens waren das Sardinen mit Bohnen oder Reis. Nach dem Essen setzte sie sich ans Fenster und sang, während sie für die Leute im Viertel Strümpfe stopfte. Das Strümpfestopfen war ihre Abendarbeit, mit der sie sich zu ihrem Lohn aus der Schuhfabrik etwas dazuverdiente. Wenn ihre kleine Wanduhr elf schlug, legte sie die Stopfnadel weg und ging zu Bett, um am nächsten Morgen ihre Arbeit zu schaffen.

So war Anas Leben. Und durch meinen Einzug bei ihr änderte sich nicht viel. Anfangs jedenfalls nicht.

An meinen ersten Tagen bei Ana schlief ich fast nur. Ich war bis ins Mark erschöpft und wachte lediglich ab und zu auf, um einen Schluck Milch zu trinken und einen Bissen Brot zu essen. Erst am dritten Tag konnte ich nicht mehr weiterschlafen. Ich setzte mich auf und schaute durch das Mansardenfenster. Graue Wolken trieben in ziemlichem Tempo über die Dächer der Alfama. Auf der anderen Seite des Innenhofes sah ich den Schornstein, an den ich mich gelehnt hatte, um Anas Gesang zu lauschen.

Auf einem der Stühle neben dem Tisch lag ein hoher Stapel

alter Zeitungen. Ich musste sofort an Senhor Baptista denken. Was hatte er noch gesagt? Eben, dass er in der Zeitung gelesen hatte, dass der Chief Morro ermordet und in den Fluss gestoßen habe. Aber das stimmte doch nicht! Senhor Baptista musste das falsch gelesen haben.

Ich legte die Zeitungen auf den Tisch. Nachdem ich fast den ganzen Stapel durchgeblättert hatte, blieb mein Blick an einer kleinen Meldung hängen. Die war erst zwei Tage alt.

DIÁRIO DE NOTÍCIAS, Outubro 12

MÖRDER FESTGENOMMEN

Wie unsere Zeitung bereits berichtete, spielte sich am vergangenen Donnerstagabend auf dem Kai unterhalb der Alfama ein tödliches Drama ab. Der 26-jährige Sekretär Alphonse Morro, wohnhaft im Bairro Alto und angestellt in einem der Lissaboner Hafenkontore, kam nach einem Handgemenge mit einem finnischen Seemann namens Koskela ums Leben. Sein Leichnam wurde nicht gefunden. Es ist davon auszugehen, dass er von der Strömung weggetragen wurde, die am Donnerstagabend bei Ebbe aufgrund des hohen Wasserstandes im Tejo besonders stark war. Der Seemann Koskela wurde an Ort und Stelle verhaftet und auf die Polizeiwache in der Baixa gebracht. Nachdem mehrere Zeugen einstimmig versicherten, dass Koskela Morro zuerst misshandelt hatte, um dann den leblosen Körper ins Wasser zu werfen, steht Koskela nun unter Mordverdacht und befindet sich derzeit im Lissaboner Zentralgefängnis in Campolide.

Ich las diesen Bericht zweimal. Vielleicht hoffte ich, beim ersten Mal etwas missverstanden zu haben. Aber das hatte ich nicht. Plötzlich fiel mir das Atmen schwer. Ich hatte das Gefühl, als ob tief unten in meinem Hals etwas feststeckte. Ich legte mich wieder auf die Bank, presste mir die Decke ganz fest auf den Kopf und kroch in mich zusammen.

So fand mich Ana, als sie abends aus der Fabrik zurückkam.

Ich hörte, wie sie mit der Zeitung raschelte, die noch immer auf dem Tisch lag. Dann merkte ich, dass sie sich neben mich auf den Rand der Bank setzte. Eine Hand streichelte vorsichtig meine Schulter.

„Dieser Seemann Koskela. Über den sie da schreiben", sagte sie vorsichtig. „Ist das dein Freund?"

Ich musste erst Kraft sammeln, bevor ich nickte, noch immer mit dem Kopf unter der Decke.

„Es gab ja ziemlich viel Gerede, als es passiert ist", sagte nun Ana. „Ich habe von irgendwem gehört, dass du auf Koskelas Boot gearbeitet hast. Als Maschinistin. Stimmt das denn wirklich?"

Ich nickte erneut.

Ana schwieg und streichelte immer wieder meine Schulter.

„Dann kannst du ja lesen", sagte sie nach einer Weile. „Ich meine, da die Zeitung aufgeschlagen war. Kannst du auch schreiben? Ich würde gern wissen, wie du heißt."

Ich hörte, dass sie zu ihrem kleinen Sekretär ging und eine Schublade aufzog. Als sie zurückkam, sagte sie:

„Hier sind Papier und Stift."

Ich ließ die Decke los und zwang mich zum Sitzen. Das Licht

der Petroleumlampe stach mir in die Augen. Nach einem Moment hatte ich mich daran gewöhnt. Ich nahm den Stift und schrieb meinen Namen. Meine Handschrift war krakelig, aber zu lesen.

„Sally Jones", sagte Ana. „Soll ich dich Sally nennen?"

Ich schüttelte den Kopf. Niemand, den ich kenne, nennt mich Sally.

Ana sah ein wenig verdutzt aus. Dann fragte sie:

„Sally Jones?"

Jetzt nickte ich. Es gibt Menschen, die einen Vor- und einen Nachnamen haben. Ich bin ein Gorilla und habe nur einen Namen. Und zwar Sally Jones.

„Na dann, Sally Jones", sagte Ana und lächelte. „Willst du mir beim Tischdecken helfen? Ich habe Reis und für jede von uns einen Maiskolben gekauft."

Nach dem Essen sang Ana für mich, während sie am Fenster Strümpfe stopfte. Ich wurde warm und ruhig und schlief die ganze Nacht.

Als ich aufwachte, war mir eine Idee gekommen. Während Ana in der Konditorei Graça war und Brot kaufte, griff ich zu Papier und Stift, die noch immer auf dem Tisch lagen, und schrieb eine Mitteilung. Ich legte den Zettel neben Anas Kaffeetasse. Sie sah ihn sofort, als sie zurückkam.

„Ich war da. Es war ein Unfall", las sie vor.

Dann sah sie mich mit ernster Miene an, überlegte und sagte: „Wenn das stimmt, dann wird dein Freund freigesprochen.

Niemand wird wegen Mordes verurteilt, wenn es keine Beweise dafür gibt, dass dieser Mensch schuldig ist."

Sie zögerte einen Moment und fügte hinzu:

„Aber in der Zeitung steht, dass es Zeugen gibt ..."

Ich schüttelte den Kopf, nahm den Stift und schrieb:

Die lügen!

Ana musterte mich besorgt.

„Warum sollten sie das tun?"

Ich überlegte und zuckte dann mit den Schultern. Auf diese Frage wusste ich keine Antwort.

Wir schwiegen eine Weile. Dann streichelte Ana meine Hand.

„Du wirst schon sehen, alles wird gut. Ich kann mir nicht vorstellen, dass jemand einen Unschuldigen ins Gefängnis stecken würde."

Im tiefsten Herzen ahnte ich, dass sie das nur sagte, um mich zu beruhigen. Aber ich versuchte, nicht daran zu denken. Ich wollte so gern, dass es die Wahrheit wäre.

KAPITEL 10

Das Haus am Park ohne Namen

Als Ana gegangen war, blieb ich am Tisch sitzen und überlegte, womit ich den Rest des Tages zubringen sollte. Ich konnte ja nicht nur auf dem Sofa liegen und grübeln. Dann würde ich höchstens den Verstand verlieren. Nachdem ich einige Runden durch das einzige Zimmer der Wohnung gedreht hatte, öffnete ich die Tür zum Treppenhaus. Dort war alles still. Ich schlich mich bis zum nächsten Treppenabsatz nach unten und schaute aus einem Fenster. Unten auf der Straße begegneten sich gerade zwei Straßenbahnen. Ein Karren fuhr auf den Bürgersteig, um ihnen auszuweichen. Es wurde gebrüllt und gehupt. Einige Männer in einem Straßencafé fuchtelten mit den Händen, aus Angst, der Karren könnte ihren Tisch umstoßen.

Das Haus, in dem Ana wohnte, lag bei einem kleinen namenlosen Park, dort, wo die enge und dunkle Rua do Salvador auf die lebhaftere Rua de São Tomé stößt. Im Park gab es nur zwei Bänke und einige hohe Bäume, die zwischen den Häusern eingeklemmt wirkten. Auf einer Bank saß ein älterer Mann in einem weißen Anzug und rauchte. Kinder in abgenutzten Schuluniformen spielten vor einem Baum Karten.

Es kam mir unwirklich vor, dass das Leben einfach ganz normal weiterging. Gab es denn außer mir auf der ganzen Welt niemanden, dem es nicht egal war, was aus dem Chief wurde?

Ich blieb lange dort sitzen und schaute aus dem verstaubten Treppenhausfenster. Plötzlich ging mir auf, dass sich der Chief ebenso Sorgen machen musste. Nicht nur darum, was aus ihm werden sollte, sondern genauso gut um mich. Er wusste ja nicht einmal, ob ich noch lebte oder tot war. Woher sollte er denn auch ahnen, dass ich eine Person gefunden hatte, die mir wohlgesinnt war? Es hätte doch auch sein können, dass ich in den Zoo gebracht und in einen Käfig gesteckt worden wäre. Oder die Polizei hätte mich einfach einschläfern können. Die bloße Vorstellung würde dem Chief das Herz brechen, das wusste ich.

Meine ganze mühsam erkämpfte Gelassenheit wäre fast in Rauch aufgegangen. Ehe das Gefühl der Hoffnungslosigkeit mich wieder packte, lief ich zurück in Anas Wohnung. Ich brauchte etwas zu tun, etwas, mit dem ich die schrecklichen Gedanken verjagen könnte.

Mein Blick fiel auf den Korb mit den Strümpfen, die Ana gerade stopfte. Am Vorabend hatte ich so ungefähr gesehen, wie sie das machte. Ich griff zu Stopfnadel, Garn und zwei Wollsocken mit großen Löchern an den Fersen. Zwei Stunden später hatte ich die Technik durchschaut. Für den Rest des Tages stopfte ich ohne Unterbrechung einen Strumpf nach dem anderen.

Ana staunte natürlich gewaltig, als sie sich nach dem Abendessen zu ihrer Abendarbeit ans Fenster setzte. Alle Strümpfe im Korb waren bereits geflickt. Sie streichelte meine Wange und sah sich meine Arbeit ein wenig genauer an.

„Die Stiche könnten ein bisschen dichter sitzen. Aber ansonsten hätte ich es selbst nicht besser machen können", sagte sie.

Dann öffnete sie einen Schrank unter dem Spülbecken. Dort lag ein großer Sack und in dem Sack lagen viele Tüten, auf die kleine Zettel genäht waren. Auf jedem Zettel stand der Name der Familie, deren löchrige Strümpfe die Tüte enthielt.

Und da wusste ich, dass ich an den kommenden Tagen nicht untätig herumsitzen würde.

~

Jeden Morgen, wenn Ana in die Fabrik gegangen war, lief ich mit dem Strumpfkorb zum Fenster im Treppenhaus hinunter und setzte mich auf einen Stuhl. Dort arbeitete ich, bis ich

Hunger bekam. Dann ging ich wieder nach oben und aß ein wenig. Anschließend kehrte ich zum Fenster zurück und stopfte Strümpfe, bis Ana nach Hause kam.

Die Aussicht aus dem Fenster war meine Gesellschaft und half mir, die schrecklichen Gedanken zu verdrängen, die die ganze Zeit in meinem Kopf auf der Lauer lagen. Auf der Straße unten gab es so viel zu sehen. Schon nach wenigen Wochen erkannte ich die meisten Einwohner des Viertels. Ich wusste, welche Nachbarinnen einander nicht leiden konnten und welche Schulkinder im Obstladen Früchte stahlen. Ich wusste, wie oft der Fischhändler zum Barbier ging und an welchen Tagen der Barbier Fisch kaufte.

Einer von denen, die ich jeden Tag sah, war der Mann im weißen Anzug, der auf einer Bank im Park saß, als ich zum ersten Mal aus dem Treppenhausfenster geschaut hatte. Mir ging erst nach einer Weile auf, dass er in unserem Haus wohnte.

Jeden Tag, gleich nach dem Mittagsläuten, tauchte er unter meinem Fenster auf der Straße auf. Er spazierte nach Norden durch die Rua de São Tomé und verschwand dann nach und nach aus meinem Blickfeld. Eine Dreiviertelstunde später kehrte er auf demselben Weg zurück. Er machte im Park eine Pause, rauchte eine dünne Zigarre und kam dann auf unser Haus zu. Ganz leise konnte ich hören, wie irgendwo unter mir eine Tür geschlossen wurde.

Ich hätte gern gewusst, wer der Mann war. Er sah vornehm aus in seinem sorgfältig gebügelten Anzug und mit dem schön geschnitzten Spazierstock. Seine Haare und sein gepflegter Kinnbart waren so weiß wie sein Anzug. Sein Gesicht war beleidigt und mürrisch.

Ansonsten sah ich keine Spur von anderen Hausbewohnern. In der Wohnung unter uns war es immer still und niemand ging dort aus oder ein. Ab und zu glaubte ich Akkordeonmusik zu hören, aber es war schwer zu entscheiden, ob die aus dem Erdgeschoss unseres Hauses oder aus der Nachbarschaft kam.

~

Eines Abends, als Ana aus der Schuhfabrik zurückkehrte, brachte sie die Zeitung *Diário de Notícias* mit. Sie schlug eine Seite auf und reichte sie mir.

„Das sind keine guten Nachrichten", sagte sie mit ernstem Gesicht.

Ich setzte mich auf die Küchenbank und las.

DIÁRIO DE NOTÍCIAS, Novembro 5

EIN POLITISCHER MORD?

In den vergangenen Tagen gab es hartnäckige Gerüchte, denen zufolge sich hinter dem Mord am Schreiber Alphonse Morro politische Motive verstecken. Laut unseren Quellen war Alphonse Morro ein überzeugter Monarchist. Er soll wiederholt seine Ablehnung der Republik zum Ausdruck gebracht und die Rückkehr von König Manuel gefordert haben. Sollten sich diese noch unbestätigten Angaben belegen lassen, wäre es nicht unwahrscheinlich, dass der Seemann Koskela den Mord im Auftrag einer linksrevolutionären Gruppe durchgeführt hat. Die Anarchisten haben schon häufiger gezeigt, dass sie vor tödlicher Gewalt gegen ihre politischen Feinde nicht zurückschrecken.

Kriminalkommissar Raul Garretta, der im Mordfall Alphonse Morro ermittelt, wies die Gerüchte, nach denen die Tat aus politischen Gründen begangen sein soll, strikt zurück.

„Es gibt keinerlei Hinweise darauf, dass der Mord mit Politik zu tun haben könnte. Es scheint sich vielmehr um eine zufällige Begegnung gehandelt zu haben, die nach irgendeiner Auseinandersetzung in tödlicher Gewalt endete. Solche Vorkommnisse sind in der Alfama und ihrer Umgebung ja leider nicht selten. Ich kann jedoch nicht ausschließen, dass Koskela Anarchist ist. Die anarchistischen Lehren üben bekanntlich auf moralisch unterentwickelte Individuen eine ganz besondere Anziehungskraft aus."

Der Termin für die Verhandlung gegen den Seemann Koskela steht noch nicht fest, aber selbige wird wohl innerhalb der nächsten zwei Monate stattfinden.

Am nächsten Tag las ich den Artikel mehrere Male. Davon wurde ich jedoch kein bisschen klüger. Ich habe eigentlich kaum Ahnung von Politik. Und auch der Chief interessiert sich nicht sonderlich dafür. Dass er Anarchist sein sollte, war einfach nur Unsinn. Ich stellte mir vor, dass er nicht einmal wusste, was damit genau gemeint war.

Aber vielleicht gab es ja doch irgendeinen Zusammenhang. Senhor Baptista hatte sofort an Anarchisten gedacht, als der Chief von der Waffenladung erzählt hatte. Was hatte das zu bedeuten?

Weiter kam ich nicht in meinen Überlegungen. Ich beschloss, das Wichtigste in diesem Artikel sei das Ende. Die Verhandlung gegen den Chief sollte in den nächsten beiden Monaten stattfinden. Und dann würde die Wahrheit ans Licht kommen und der Chief aus dem Gefängnis entlassen werden!

Je mehr ich darüber nachdachte, umso optimistischer wurde ich. Die Polizei musste den Chief doch jeden Tag besser kennenlernen. Und niemand, der den Chief kannte, konnte ihn ernsthaft für einen Mörder halten!

KAPITEL 11
Der Aufseher

Ana gab sich alle Mühe, damit ich mich bei ihr sicher fühlte. Dennoch war ich die ganze Zeit auf der Hut und bereit zur Flucht, falls jemand mich bei ihr suchen sollte. Ich hatte nur einen leichten Schlaf und wurde oft von Geräuschen auf der Straße geweckt. Und wenn ich dann erst einmal wach war, fiel es mir schwer, wieder einzuschlafen.

Eines Nachts, etwa eine Woche nachdem ich eingezogen war, hörte ich im Traum aus der Ferne schwere Schritte. Ich setzte mich auf der Bank auf und lauschte. Es war kein Traum. Jemand kam die Treppe hoch. Ich schlich zur Schlafnische hinüber und schüttelte Ana behutsam, bis sie aufwachte.

Noch benommen, begriff sie im ersten Moment nicht, was los war. Dann hörte auch sie die näher kommenden Schritte.

„Oh, großer Gott", sagte sie. „Das ist Jorge."

Ana schwang die Beine über die Bettkante, zog ihren Morgenrock an und nahm dann meinen Arm.

„Das ist nicht gefährlich", flüsterte sie mit dringlicher Stimme. „Jorge ist mein Verlobter. Er ist lieb, das musst du mir wirklich glauben, aber er soll nicht wissen, dass du hier wohnst. Ich erklär dir das später. Du musst aus dem Fenster klettern und auf dem Dach bleiben, bis ich dir ein Zeichen gebe. Er geht immer, ehe es hell wird. Beeil dich …"

Ich war gerade erst in die kühle Nacht entwischt, als auch schon energisch an Anas Tür geklopft wurde. Sie schloss rasch das Fenster hinter mir und ich schlich lautlos über das Dach, bis ich hinter einer Giebelmauer ein Stück entfernt eine geschützte Stelle gefunden hatte. Ich wollte ja nicht zuhören, wenn Ana Besuch von ihrem Verlobten hatte.

Jorge blieb bis zur Dämmerung, wie Ana gesagt hatte. Sowie die Sonne das Kreuz auf der Kirche Santa Cruz do Castelo auffunkeln ließ, öffnete sie das Fenster wieder.

Als ich in das dunkle Zimmer stieg, stand Ana am Ausguss und spülte einen Aschenbecher. Sie trug nur ihr Nachthemd und ihre Haare waren zerwühlt. Im Zimmer stank es nach Tabak und Wein. Auf dem Tisch standen eine leere Flasche und zwei umgestoßene Gläser.

Ana drehte sich um und streckte die Hand nach dem Schal aus, der über einem Stuhl hing.

„Ich muss mich für die Arbeit fertig machen", sagte sie und legte sich rasch den Schal um die Schultern.

Ich sah noch, was sie zu verstecken versuchte. Hoch oben auf dem rechten Arm prangte ein dicker Bluterguss.

~

Jorges vollständiger Name war Jorge Amadéo Tomás da Costa. Das stand unter seinem Foto, das in Anas Schlafnische an der Wand hing. Er lächelte selbstsicher und trug irgendeine Uniform.

„Mein Jorge ist Aufseher bei der Straßenbahn", erzählte Ana und lächelte stolz, als sie mir einige Tage darauf das Foto zeigte.

Ich überlegte, was so ein Aufseher wohl machte. So richtig begriffen habe ich das eigentlich noch immer nicht.

Der blaue Fleck an Anas Arm verblasste inzwischen. Sie klang liebevoll, wenn sie davon erzählte, wie wichtig Jorge war und welchen verantwortungsvollen Posten er bekleidete. Ana und Jorge waren seit fünf Jahren verlobt und wollten heiraten, sowie Jorge seine alte Mutter verlassen könnte.

„Er ist so lieb zu seiner Mama", sagte Ana. „Im Moment braucht sie ihn viel mehr als ich. Also kann ich warten."

Ich wusste schon damals, was ich von Jorge hielt. Er war ein Dreckskerl. Ich fand nie einen Grund, meine Ansicht zu ändern. Während ich bei Ana wohnte, kam er ungefähr einmal die Woche zu Besuch. Meistens erschien er mitten in der Nacht und ich konnte seinen Schritten auf der Treppe anhören, dass er betrunken war. Jedes Mal musste ich Hals über Kopf durch das Fenster verschwinden.

„Es geht mir um euch beide. Ich will nicht, dass er weiß, dass du hier wohnst“, erklärte Ana einmal. „Du musst verstehen, Jorge mag keine Tiere. Das tun ja nicht alle. Man kann trotzdem ein guter Mensch sein.“

Aber Jorge war kein guter Mensch. Ab und zu kam er samstags zum Essen zu Ana. Dann kaufte Ana Wein aus dem Alentejo, deckte mit dem guten Service und briet Leitão à Bairrada, Spanferkel. Das war Jorges Lieblingsessen, wie sie mir erzählte. Ich musste wie immer auf das Dach klettern, ehe er kam, und warten, bis er nach Hause gegangen war. Aber jetzt blieb ich immer in der Nähe, um bereit zu sein, falls Ana nach mir rief.

Es tat weh zu hören, wie er sie ausschimpfte. Er fand den Wein, den sie gekauft hatte, offenbar zu billig. Die Haut des Spanferkels war nicht knusprig genug. Und ihr neues Kleid sah aus wie ein Putzkittel. Der Aufseher Jorge hatte immer Grund, sich zu beklagen.

Wenn Jorge bei ihr übernachtet hatte, hatte sie manchmal blaue Flecken an einem oder an beiden Armen. Ich hörte sie niemals schreien oder um Hilfe rufen. Doch wenn Jorge nach Hause gegangen war, weinte sie manchmal. Einmal sagte sie: „Mein Jorge muss uns leidtun. In ihm steckt so viel Wut.“

KAPITEL 12

Signor Fidardo

Sonntags hatte Ana frei. Dann machte sie sauber, ging in die Kirche und schrieb an ihre Schwester, die als Missionarin in Afrika war. Abends kochte sie immer etwas besonders Gutes.

An meinem zweiten Sonntag erzählte Ana, dass wir zum Essen Besuch bekommen würden. Zum Glück war damit nicht Jorge gemeint.

„Heute Abend kommt Signor Fidardo“, sagte sie. „Er ist mein Nachbar. Und ein guter Freund.“

Ana hatte im Hafen eingekauft und wollte Fischsuppe kochen. Während wir gemeinsam das Gemüse klein schnitten, erzählte sie von Signor Fidardo. Das Haus gehörte ihm und er hatte das Mansardenzimmer an Ana vermietet. Er selbst wohnte unten im Haus und hatte dort eine zur Straße gelegene Werkstatt. Signor Fidardo baute Musikinstrumente, vor allem Ziehharmonikas. Dieses Handwerk hatte er schon als Junge in Italien gelernt. In seiner Jugend hatte er nach Amerika auswandern wollen, aber er war nur bis Lissabon gekommen. Von da hatte er ein Schiff nach Amerika nehmen wollen. Ana wusste es nicht genau, aber sie glaubte, dass Signor Fidardo in Lissabon jemanden kennengelernt und sich verliebt hatte, als er auf das Schiff wartete. Jedenfalls war er geblieben. Jetzt wohnte er seit vierzig Jahren hier in dem Haus bei dem kleinen Park ohne Namen.

Ich war nervös vor diesem Besuch. Ana merkte es.

„Ich habe Signor Fidardo schon von dir erzählt", sagte sie beruhigend. „Er wird es nicht weitersagen. Das verspreche ich dir."

Um Punkt sieben wurde leise an die Tür geklopft. Ana öffnete und ein älterer Mann in einem blendend weißen Leinenanzug kam herein. Dass Signor Fidardo der Mann im weißen Anzug war, hatte ich mir schon gedacht. In der einen Hand hielt er eine Weinflasche und einen großen Rosenstrauß. In der anderen hatte er eine Gitarre und eine Tüte aus der Konditorei Graça.

Sofort füllte ein angenehmer Duft nach Rasierwasser das

kleine Zimmer. Ich nieste. Meine Nase reagiert empfindlich auf starkes Parfüm.

Signor Fidardo sah mich missbilligend an. Dann wandte er sich an Ana:

„Ist der Affe erkältet?", fragte er. „Vielleicht wäre es besser, wenn wir beide zum Essen nach unten zu mir gingen. Ich will mir keine Affengrippe einfangen."

„Sei nicht albern, Luigi", sagte Ana. „Das hier ist Sally Jones. Und sie isst mit uns zusammen."

Ehe sich Signor Fidardo zu Tisch setzte, wischte er den Stuhlsitz mit seinem Taschentuch ab. Ich vermute, er hatte Angst, an seiner schönen weißen Hose könnten Affenhaare kleben bleiben.

Sowie Essen und Wein serviert worden waren, schien Signor Fidardo meine Anwesenheit zu vergessen. Er und Ana plauderten über alles Mögliche, vor allem über Musik und gemeinsame Bekannte. Nach dem Kaffee griff Signor Fidardo zu seiner Gitarre und fing an eine wehmütige Melodie zu spielen. Ana ließ sich auf ihrem Stuhl zurücksinken und sang.

Sie sangen und spielten, bis der Mond durch das Mansardenfenster schien. Ich saß auf der Küchenbank und wünschte, sie würden niemals aufhören. Signor Fidardo spielte mit geschlossenen Augen und alle missvergnügten Fältchen in seinem mürrischen Gesicht waren verschwunden.

~

Signor Fidardo aß fast jeden Sonntag bei uns. Meistens kochte Ana und dann brachte Signor Fidardo Wein und Gebäck zum Nachtisch mit. Ab und zu sorgte er für das Hauptgericht, dann gab es Hummer vom Mercado da Ribeira unten im Hafen.

Nach dem Essen sang Ana und Signor Fidardo begleitete sie auf der Gitarre oder dem Akkordeon. Er konnte beides sehr gut. Meistens sang Ana wehmütige Fados. Ich hatte dieselben Lieder von Rosa im O Pelicano gehört, aber niemals mit so viel Einfühlungsvermögen und Gefühl wie von Ana. Wenn Ana sang, vergaß man die ganze Welt und alle Sorgen für eine Weile.

Signor Fidardo wollte Ana zum Auftreten überreden.

„Du bist die begabteste Fadista in der ganzen Alfama, Ana. In ganz Lissabon. Nein, in ganz Portugal. Es ist eine Schande, der Welt deinen Gesang vorzuenthalten."

Ana freute sich, das war ihren Wangen anzusehen, aber sie gab immer dieselbe Antwort:

„Ich bin damit zufrieden, hier zu Hause zu singen. Auf einer Bühne zu stehen ist nichts für mich."

„*Chiacchiere!*", rief Signor Fidardo. „Unfug! Dieser Jorge hat es dir verboten! Meinst du, das hätte ich nicht begriffen?"

Ana wollte nicht weiter darüber reden.

Irgendwann begriff ich, dass Signor Fidardo Anas bester Freund sein musste. Deshalb beschloss ich ihn leiden zu können. Allerdings nur ein bisschen. Denn er mochte mich ja nicht.

„Gott weiß, was sich im Fell so eines Ungeheuers für scheußliche Dinge verstecken", murmelte er einmal und schielte missbilligend zu mir herüber.

„Überleg dir gut, was du sagst", mahnte Ana. „Sie versteht mehr, als du glaubst."

Da blickte Signor Fidardo mir zum ersten Mal in die Augen. Er sagte:

„Das bezweifle ich."

KAPITEL 13

Eine böse Vorahnung

Die Wochen vergingen. Der Prozess gegen den Chief rückte näher. Ich war hoffnungsvoll und hatte zugleich schreckliche Angst und konnte an nichts anderes denken.

In manchen Nächten konnte ich überhaupt nicht schlafen. Dann öffnete ich das Fenster und kletterte aufs Dach. Wenn der Wind von Westen kam, roch ich Salz und Tang des Atlantik. Das beruhigte mich. Ich dachte, dass ich trotz allem Glück gehabt hatte. Ich war satt und gesund und hatte manchmal den Duft des Meeres. Und ich wollte, dass der Chief das wusste.

Da kam mir die Idee, ihm einen Brief zu schreiben.

Eines Tages, als Ana zur Arbeit gegangen war, zog ich eine rote Blechdose aus ihrer untersten Schreibtischschublade. Diese Dose nahm Ana hervor, wenn sie an ihre Schwester in Afrika schreiben wollte. Darin lagen Papier, Stifte, Umschläge und eine Rolle Briefmarken.

Ich hätte dem Chief gern so viel erzählt. Und ich hätte ihn gern so viel gefragt. In Gedanken schrieb ich eine Seite nach der anderen voll, aber sowie ich dann versuchte die Worte zu Papier zu bringen, war alles ganz anders, als ich mir das gedacht hatte. Am Ende beschloss ich, nur das Wichtigste zu schreiben.

Mir geht es gut. Hoffentlich kommst Du bald frei.

Auf den Umschlag schrieb ich:

An den Seemann Henry Koskela
Gefängnis in Campolide, Lissabon

Von Ana Molina, 28 Rua de São Tomé, Alfama, Lissabon

In der folgenden Nacht, als Ana schlief, schlich ich mich hinaus und warf den Brief einige Straßen weiter in einen Briefkasten. Vier Tage später brachte der Briefträger einen kleinen grauen Umschlag für Ana. Sie bekam nicht oft Post, deshalb war sie ein wenig überrascht. Noch mehr staunte sie, als sie den Umschlag öffnete und den Brief las.

Sehr verehrte Frau Ana Molina,

ich heiße Koskela und sitze im Knast. Ich soll einen Mann ermordet haben, doch das stimmt nicht.

Ich habe einen Brief von Ihnen bekommen. Aber ich glaube, dass meine Maschinistin Sally Jones den Brief geschrieben hat. Ich war so froh darüber, wie man sich das überhaupt nur vorstellen kann. Sie ist ein sehr gutes und feines Wesen und es wäre das größte Unglück meines Lebens, wenn es ihr schlecht erginge, nur weil ich im Gefängnis gelandet bin.

Liebe Frau Molina, bitte kümmern Sie sich um sie, wenn ich hier nicht rauskomme. Und geben Sie ihr eine gute Arbeit. Sie schafft fast alles.

Lassen Sie bei Gott und all seinen Engeln nicht zu, dass sie in einen Käfig gesperrt wird.

Hochachtungsvoll
H. Koskela
Vom Schicksal geschlagener Seemann

Ana las mir den Brief des Chiefs vor. Als sie ihn gelesen hatte, wurde mir ganz schrecklich kalt. Der Chief klang überhaupt nicht wie sonst. In seinen Worten gab es weder Freude noch Hoffnung. Er schien nicht mit einem Freispruch zu rechnen.

Ich bereute fast, dem Chief geschrieben zu haben. Jetzt konnte ich mir nicht mehr einreden, dass er stark und munter war und nur auf seine Freilassung wartete. Stattdessen hatte ich eine böse Vorahnung. Und die ließ mir keine Ruhe.

~

Nur neun Tage darauf, am Donnerstag, dem 9. Februar, wurde der Chief vor Gericht gestellt. Als Ana an diesem Abend nach Hause kam, brachte sie eine Zeitung mit. Sie musterte mich besorgt.

„Ich habe schlechte Nachrichten", sagte sie zögernd. „Dein Freund Koskela ist gestern schuldig gesprochen worden. Er muss eine lange Gefängnisstrafe absitzen, fürchte ich. Fünfundzwanzig Jahre …"

Ich schlang mir die Arme um den Kopf und kroch auf der Küchenbank in mich zusammen.

KAPITEL 14

Tage und Nächte

Ich weiß nicht, wie lange ich auf der Küchenbank lag.

Tage und Nächte glitten vorüber.

Lange und schlimme Tage und Nächte.

Ich hatte keine Kraft und keinen Willen. Ich wollte nur, dass der Chief zurückkam. Aber das würde nicht passieren. Oder erst in fünfundzwanzig Jahren.

Und dann wäre ich vermutlich schon tot und begraben.

Ab und zu sah Signor Fidardo nach uns. Er schaute mich an, ohne etwas zu sagen. Danach hörte ich, wie er und Ana im Eingang flüsterten.

„Sie will nicht essen", sagte Ana eines Abends mit tränenerstickter Stimme. „Und sie bewegt sich kaum. Ich glaube, sie wird sterben. Bald muss ich einen Tierzarzt holen."

„Tu das", sagte Signor Fidardo. „Dann wird sie in den Zoo gebracht und in einen Käfig gesteckt. Oder eingeschläfert. Das hätte schon längst passieren müssen."

Ana wurde wütend. Sie schickte Signor Fidardo weg und knallte hinter ihm die Tür zu.

~

Ana machte sich immer größere Sorgen um mich. Sie wagte nicht mehr, mich allein in der Wohnung zu lassen. Deshalb ging sie auch nicht zur Arbeit.

Eines Nachmittags kam Signor Fidardo mit einem Briefumschlag. Ein Bote hatte ihn vor die Tür gelegt. Ich hörte, wie sie den Umschlag aufschlitzte.

„Na, worum geht es?", fragte Signor Fidardo.

„Der ist von Santos. Mir wird gekündigt, wenn ich in dieser Woche nicht wieder zur Arbeit erscheine."

„Damit ist der Fall doch erledigt", sagte Signor Fidardo und klang fast erleichtert. „Ich kann sofort zur Post gehen und im Zoo anrufen. Wenn du Glück hast, wird der Affe noch heute abgeholt."

„Nein, Luigi. Sally Jones bleibt bei mir. Und ich werde sie erst allein lassen, wenn ich weiß, dass sie durchkommt."

Signor Fidardo schnaubte gereizt.

„Red keinen Unsinn, Ana. Der Affe kann dir doch unmöglich wichtiger sein als deine Arbeit! Lass mich dir helfen. Der Affe muss weg hier!"

Sie schwiegen eine Weile. Dann hörte ich Anas Stimme:

„Willst du mir wirklich helfen?"

„Liebe Ana, natürlich will ich das."

„Dann kann Sally Jones vielleicht bei dir in der Werkstatt sein. Tagsüber, wenn ich arbeite. Sie stört doch nicht ..."

„In meiner Werkstatt?", rief Signor Fidardo verärgert. „Das ist absolut, total und vollkommen ausgeschlossen! Ich kann doch keinen Affen in meinem Werkzeug und meinen Instrumenten herumwühlen lassen. Wie sähe das denn aus?"

„Ich verstehe. Das brauchst du nicht zu erklären", sagte Ana.

Das Geräusch der Tür, die ins Schloss fiel, riss mich aus meinem Dämmerzustand.

Ich dachte daran, was ich gerade gehört hatte. Signor Fidardo hatte recht. Ana durfte nicht meinetwegen ihre Arbeit verlieren.

Ich musste mich zusammenreißen.

~

Ich brauchte alle meine Willenskraft, um von der Bank aufzustehen. Aber weiter kam ich nicht. Ich blieb am Tisch sitzen. Zuerst freute sich Ana. Sie glaubte natürlich, ich sei endlich auf dem Weg der Besserung. Nach einer kleinen Weile kamen ihr dann aber Zweifel. Ich saß ja nur da und starrte so leer vor mich hin wie vorher auf dem Sofa. Obst und Milch, die sie aufgetischt hatte, hatte ich noch immer nicht angerührt.

Signor Fidardo kam abends zurück. Er sah müde und besorgt aus.

„Sag bitte, dass du morgen in die Fabrik gehen willst", flehte er.

Ana schüttelte den Kopf.

„Aber das ist doch Wahnsinn, Ana. Wovon willst du denn leben, wenn du deine Stelle verlierst?"

„Es wird schon irgendwie gehen", antwortete sie.

Nun seufzte Signor Fidardo tief. Er ließ die Schultern sinken.

„*Va bene,* wie du willst", sagte er resigniert. „Der Affe kann bei mir sein, während du arbeitest. Aber nur für zwei Wochen. Nicht einen einzigen Tag länger. Danach überlässt du ihn dem Zoo. Wenn du dich nicht selbst um ihn kümmern kannst."

Ana strahlte und umarmte Signor Fidardo.

„Danke, Luigi! Du wirst doch lieb zu ihr sein?"

„Nicht besonders", antwortete Signor Fidardo mürrisch.

Ana lächelte müde. Dann sah sie mich an.

„Geht das? Dass du bei Signor Fidardo bist, wenn ich arbeite?"

Ich hatte keine Lust, Signor Fidardo zur Last zu fallen. So wenig, wie er mich in seiner Werkstatt haben wollte. Aber wir wollten beide, dass Ana wieder arbeiten ging. Also nickte ich.

Signor Fidardos Werkstatt lag unten im Haus und hatte zwei Fenster zur Straße. Über der Tür hing ein schlichtes emailliertes Schild mit dem Text:

Sr. Fidardo
Fabricante de acordeão
Luthier

Es war keine große Werkstatt, aber es herrschte peinliche Ordnung. An der einen Wand standen ein Arbeitstisch und eine Hobelbank und darüber hingen Werkzeugtafeln und lange Reihen von Schraubzwingen und Spannern. Stemmeisen und Meißel waren der Größe nach aufgehängt. Etliche andere Werkzeuge hatte ich noch nie gesehen. Ich nahm an, dass die nur von Instrumentenbauern benutzt wurden.

Die andere Wand war von einem Schrank mit Hunderten von kleinen Schubladen und Fächern voller Glasflaschen und Farbdosen bedeckt. In einer Ecke stand eine nagelneu aussehende Bohrmaschine. Elektrische Lampen an der Decke sorgten für gute Beleuchtung bei der Arbeit und das Licht spiegelte sich in den blank lackierten Gitarren und Geigen wider, die an einer quer durch den Raum gespannten Leine hingen. Auf einem Regal standen Ziehharmonikas in unterschiedlicher Größe, alle bedeckt von bunten Ornamenten und schön ausgeschnittenen Messingaufsätzen.

Hinter der Werkstatt gab es einen muffigen kleinen Lagerraum, dessen Tür geschlossen werden konnte. Dort sollte ich mich aufhalten, meinte Signor Fidardo.

„Damit du mich nicht störst. Oder meinen Kunden Angst einjagst“, erklärte er.

Ich machte mir einen Platz in einer Ecke frei und da saß ich dann, bis Ana mich abends holen kam.

Am nächsten Morgen hatte Signor Fidardo einen großen Holzkasten in das Kabuff gestellt. In dem Kasten lagen lauter Knöpfe. Knöpfe aus Perlmutt, Elfenbein und schwarzem Ebenholz.

„Die sind für das Akkordeon“, erklärte er. „Ich habe den Kasten aus einer Konkursmasse in Mailand gekauft. Die Knöpfe müssen nach Material, Farbe und Größe sortiert werden. Also leg einfach los. Ana hat erzählt, dass du Strümpfe stopfen kannst. Dann kannst du sicher auch Knöpfe sortieren. Und wenn du den ganzen Tag hier sein musst, kannst du dich ja wohl auch nützlich machen. Sonst schicke ich dich wieder zu Ana nach oben. Und dann verliert sie ihre Arbeit.“

Ich brauchte eine Weile, um in Gang zu kommen. Erst saß ich lange ganz still da, sah den Kasten an und lauschte auf die Geräusche, die Signor Fidardo in der Werkstatt machte. Ich erkannte den Geruch von Hobelspänen, Lack und gut geöltem Stahlwerkzeug. Diese Düfte erinnerten mich an die kleine Werkstatt, die der Chief und ich uns auf der *Hudson Queen* eingerichtet hatten.

Ich hätte plötzlich gern gewusst, ob sie im Gefängnis eine

Werkstatt hatten. Die Gefangenen mussten doch tagsüber auch etwas zu tun haben. Wenn der Chief nur eine gute Arbeit hat, dachte ich, dann erträgt er es vielleicht, eingesperrt zu sein. Jedenfalls für einige Zeit.

Ohne es zu merken, hatte ich eine Handvoll Knöpfe auf dem Boden verteilt und mit Sortieren angefangen.

Im Kasten lagen mindestens tausend Knöpfe und ich arbeitete langsam. Ich dachte die ganze Zeit an den Chief. Das tat weh. Ich versank oft in verzweifelten Gedanken und konnte stundenlang wie gelähmt dasitzen.

Aber die Arbeit tat mir trotzdem gut. Nach einigen Tagen kehrte langsam mein Appetit zurück. Ana hätte vor Freude fast geweint, als ich zum ersten Mal seit langer Zeit das Abendessen probierte.

Nach einer Woche waren die Knöpfe sortiert.

„Das hat aber gedauert", sagte Signor Fidardo.

Er versuchte sich unzufrieden anzuhören. Ich merkte jedoch, wie sehr er darüber staunte, dass ich die Aufgabe gelöst hatte. Er zog einen Lappen aus der Tasche seines Arbeitskittels, reichte ihn mir und sagte:

„Und jetzt müssen die Knöpfe poliert werden. Einer nach dem anderen. Damit sie richtig funkeln."

KAPITEL 15

Eine kleine rote Ziehharmonika

Signor Fidardo sorgte in seiner Werkstatt für Ordnung und Sauberkeit. Das Kabuff dagegen war das pure Chaos. Boden und Regale waren vollgestopft mit zerbrochenen Instrumenten, Ersatzteilen, leeren Farbdosen, unbrauchbarem Werkzeug und Resten von allen erdenklichen Holzsorten.

Schon am ersten Tag war mein Blick an einem kleinen roten Akkordeon in einem der obersten Regale hängen geblieben. Es war abgenutzt und hässlich und sah aus, als ob jemand es von hoch oben mit aller Wucht auf den Boden geworfen hätte. Ein Gewirr aus kleinen verbogenen Metallarmen ragte aus einem Loch an der einen Seite.

Aus irgendeinem Grund wanderte mein Blick immer wieder zu diesem ramponierten Akkordeon. Ich hatte das seltsame Gefühl, dass es mir etwas sagen wollte.

Abends aß ich zusammen mit Ana und dann sang sie für mich, während wir Strümpfe stopften. Ich merkte, dass sie versuchte fröhliche Lieder auszusuchen, wahrscheinlich, um mich aufzuheitern. Das war lieb von ihr, aber die fröhlichen Lieder machten mich noch trauriger als die traurigen. Ich weiß nicht, warum.

Während Ana sang, versuchte ich, nicht an den Chief im Gefängnis zu denken. Stattdessen dachte ich an die rote Ziehharmonika. Ich sah den zerbrochenen Mechanismus vor mir und überlegte, wie so eine Ziehharmonika überhaupt funktioniert.

Die Tage vergingen. Das Polieren von Akkordeonknöpfen ist eine eintönige Arbeit. Ab und zu kam es vor, dass ich mit dem Lappen in der Hand und den Knien voller Knöpfe einschlief. Eines Nachmittags nickte ich ein, während Signor Fidardo versuchte ein verstimmtes Akkordeon zu richten. Ich hörte im Schlaf die Musik und glaubte, der Chief spiele. Ich konnte ihn sogar vor mir sehen. Er war munter und konzentriert. Wie er ist, wenn er versucht ein verzwicktes Motorenproblem zu lösen.

Mit einem Ruck fuhr ich hoch. Der Traum verflog.

Aber jetzt wusste ich, was die rote Ziehharmonika mir die ganze Zeit zu sagen versucht hatte.

~

Ich fand in einer Ecke eine Leiter, stieg hoch und nahm die Ziehharmonika vom Regal. Signor Fidardo kam dazu, als ich das Instrument gerade untersuchte.

„Das ist nur noch Schrott", sagte er. „Es war mal ein feines Instrument, aber jetzt taugt es nur noch als Ersatztteillager. Du kannst es haben, wenn du etwas zum Spielen brauchst. Aber erst, wenn du alle Knöpfe poliert hast."

An diesem Abend nahm ich die Tüten mit den sortierten Knöpfen mit nach oben zu Ana. Im Mondschein am Fenster polierte ich die ganze Nacht. Als die Sonne aufging, leuchtete auch der letzte Knopf.

Die rote Ziehharmonika gehörte mir.

Am nächsten Tag hatte Signor Fidardo auswärts zu tun. Er fuhr zum anderen Flussufer nach Barreiro, um Bienenwachs und Harz zu kaufen. Sowie ich allein war, machte ich mir unter dem kleinen Fenster des Kabuffs Platz frei und baute aus zwei leeren Kisten und einigen breiten Brettern einen Tisch.

Dann suchte ich alles ausgediente Werkzeug zusammen, das in den Regalen wild durcheinanderlag. Dort gab es krumme Meißel und eine stumpfe Säge, verschlissene Zangen, Hämmer und Feilen ohne Schaft und Messer mit hässlichen Scharten in der Klinge. Auch einen alten schiefen Amboss.

Als Erstes nahm ich den Schaft eines unbrauchbaren Meißels und setzte dort eine Feile ein. Mit der Feile konnte ich die Säge und ein Messer schleifen. Mit Säge, Messer, Feile und einem Stück Eichenholz stellte ich einen Schaft für den Hammer her. Mit dem Hammer konnte ich den Amboss begradigen. Auf dem Amboss bearbeitete ich die Meißel und mit den Meißeln konnte ich die Zangen reparieren. Dann legte ich alles Werkzeug am Querende des Tisches zurecht.

Jetzt hatte ich wieder eine eigene Werkstatt.

Als Signor Fidardo aus Barreiro zurückkam, hatte ich schon angefangen die rote Ziehharmonika auseinanderzunehmen. Er blieb auf der Schwelle stehen. Ich arbeitete weiter daran, den Balg loszuschrauben. Nach einer Weile trat Signor Fidardo an meinem Tisch:

„Dieses Werkzeug … hast *du* das gerichtet?“

Ich drehte mich um und nickte. Signor Fidardo machte ein verwirrtes Gesicht. Dann sagte er:

„Und jetzt … jetzt willst du auch versuchen die Ziehharmonika zu reparieren?“

Wieder nickte ich. Signor Fidardo fuhr sich zerstreut über den Schnurrbart. Er ging zurück in seine Werkstatt. Ich hörte, wie er auf Italienisch vor sich hin murmelte.

Für den Rest des Tages ließ Signor Fidardo mich in Ruhe weiterarbeiten. Er verabschiedete sich nicht einmal, als es Zeit für mich wurde, zu Ana nach oben zu gehen. Ehe ich an diesem Abend auf der Küchenbank einschlief, dachte ich, dass ich jetzt seit zwei Wochen bei Signor Fidardo war. Und länger durfte ich doch nicht bleiben. Ich würde an Anas Küchentisch weiter an der Ziehharmonika arbeiten müssen.

Als Ana am nächsten Morgen in die Schuhfabrik gegangen war, stieg ich zu Signor Fidardo nach unten, um meine Ziehharmonika zu holen. Ich hoffte so sehr, dass ich auch einiges an Werkzeug mitnehmen dürfte.

Aber zu meiner Überraschung schien Signor Fidardo total vergessen zu haben, dass ich nicht mehr willkommen war. Er hatte eine elektrische Lampe über meinen Arbeitstisch im Kabuff gehängt. Und auf dem Tisch lag ein dickes Buch.

Es war ein Handbuch für den Akkordeonbau.

KAPITEL 16
Orgel für die Toten

Um die rote Ziehharmonika reparieren zu können, musste ich zuerst begreifen, wie sie funktionierte. Als Maschinistin weiß ich, dass man am besten lernen kann, wie ein Motor funktioniert, indem man ihn auseinandernimmt und dann wieder zusammenbaut. Das galt bestimmt auch für eine Ziehharmonika.

Zum Auseinandernehmen brauchte ich zwei Tage. Zum Zusammensetzen vier. In dieser Zeit konnte ich auch das Handbuch von vorn bis hinten lesen.

In Gedanken machte ich mir eine Liste von allen Teilen, die hergestellt oder ausgetauscht werden mussten, damit die rote Ziehharmonika wieder zu einem richtig guten Instrument werden könnte. Es wurde eine lange Liste. Und eine teure. Jede Schraube und jeder Messingbeschlag würden kosten. Ganz zu schweigen von Lack, neuen Stimmzungen und gegerbtem Leder für einen neuen Balg. Woher sollte ich nur so viel Geld nehmen?

Während ich mir das noch überlegte, fing ich vorsichtig an die Stimmplatten aus dem Tonstock zu lösen. Ich befreite alle Teile sorgfältig von Rost und altem Wachs. Ich musste behutsam sein, um die empfindlichen Stimmzungen nicht zu beschädigen.

Mit einem Messer schnitt ich dann das eingetrocknete Leder von den Klappen. Ich versuchte die schön geformte Abdeckung aus dünnem Messing zu putzen, stellte aber fest, dass sie an mehreren Stellen vor Alter gesprungen war. Ich fügte „dünne Messingplatte“ zu meiner Liste der benötigten Materialien hinzu, die ich mir auf irgendeine Weise besorgen musste.

Danach versuchte ich die verblichene Farbe und den abgeblätterten Lack von dem Gehäuse aus Walnussholz abzukratzen. Das ging nicht gut. Meine Schaber und Messer hinterließen Spuren in dem weichen Holz. Irgendwann fasste ich mir ein Herz und ging mit meinem stumpfen Werkzeug zu Signor Fidardo.

„Was willst du?“, fragte er gereizt. „Soll ich deine Messer schleifen? Meinst du, für so was hätte ich Zeit?“

Ich schüttelte den Kopf und schaute hinüber in die hintere Zimmerecke. Dort standen Signor Fidardos Schleifstein und ein Wetzrad. Er begriff, was ich meinte.

„Messerschleifen ist eine Arbeit für Fachleute", sagte er. „Aber sicher. Versuch es ruhig, wenn du willst."

Auf der *Hudson Queen* hatte ich dafür gesorgt, dass Messer und Schaber immer scharf gewesen waren. Der Chief hatte mich die Technik gelehrt. Es ist vor allem eine Frage von ruhiger Hand und genauen Winkeln.

Signor Fidardo stand neben mir und schaute verdutzt zu, wie ich seinen Schleifstein benutzte. Ich machte mit dem Wetzrad weiter und zog zuletzt die Messer über einen Lederriemen. Als ich fertig war, sah er sich eine der frisch geschliffenen Messerklingen an. Dann riss er sich ein langes weißes Haar aus und zog es über die Schneide.

Das Haar wurde sofort in zwei Hälften geteilt.

Er sah mich über den Brillenrand hinweg an und sagte:

„Nicht schlecht, gar nicht schlecht. Jedenfalls nicht für einen Affen, meine ich."

Als ich mit meinem Werkzeug wieder in mein Kabuff ging, hörte ich Signor Fidardo hinter mir murmeln:

„Auch nicht für einen Handwerker, da soll mich doch dieser und jener …"

Am nächsten Morgen wollte Signor Fidardo mit mir reden, sowie ich unten in der Werkstatt erschien.

„Ich habe nachgedacht", sagte er. „Und jetzt habe ich einen Vorschlag."

Der Vorschlag sah so aus, dass ich ihm tagsüber in seiner Werkstatt helfen sollte. Ich sollte zweimal am Tag den Boden fegen, abends in den Regalen und auf den Tischen Staub wischen und bei Bedarf Abfälle auf den Hof bringen. Außerdem sollte ich dafür sorgen, dass seine Messer, Schaber und Stemmeisen immer scharf wie Rasierklingen wären. Letzteres sei ein Ehrenamt, fügte er hinzu.

„Im Gegenzug", sagte Signor Fidardo, „bekommst du, was du aus meinem Lager benötigst, um deine Ziehharmonika zu reparieren. Du wirst alles Mögliche brauchen, von Nägeln bis zu tscherkessischem Walnussholz. Aber ich glaube, das ist dir ohnehin schon klar. Na, haben wir eine Abmachung?"

Ich wollte schon die Hand ausstrecken, als mir einfiel, welche Angst Signor Fidardo davor hatte, sich schmutzig zu machen. Also nickte ich nur.

~

Der Arbeitstag in Signor Fidardos Werkstatt lief nach einem festen Muster ab. Das war mir nur recht. So ist es ja auch auf See.

Sechs Tage in der Woche, um Punkt halb sieben, ging Signor Fidardo in seinem weißen Anzug hinaus auf die Straße und bog um die Ecke des Café Nova Goa in der Rua do Salvador, um dort seinen Morgenkaffee zu trinken. Eine halbe Stunde darauf erschien er in Arbeitskleidung in der Werkstatt. Um die Zeit war ich im Kabuff meistens schon voll am Werk.

Wir arbeiteten bis neun, dann kochte Signor Fidardo uns in der Kochnische hinten in der Werkstatt einen Brei. Die Frühstückspause dauerte zwanzig Minuten. Danach arbeiteten wir bis eins. Nun zog Signor Fidardo abermals seinen Anzug an und begab sich zum Mittagessen in eins der vielen kleinen Lokale der Gegend. Ich blieb im Kabuff und aß die Brote, die ich mir morgens bei Ana geschmiert hatte.

Auf dem Rückweg vom Mittagessen rauchte Signor Fidardo im Park eine *Partagas Aristocrat*. Dann war es Zeit für eine Siesta auf der Pritsche in der Kochecke. Irgendwann stellte ich fest, dass er sich für seinen Mittagsschlaf sogar einen Schlafanzug anzog. Der Schlafanzug war hellblau und die Hose hatte Bügelfalten.

Während Signor Fidardo schlief, räumte ich die Werkstatt auf und schliff seine Messer und Stemmeisen. Um drei Uhr wachte er auf und zog wieder seine Arbeitskleidung an.

Fünf Stunden darauf legte Signor Fidardo sein Werkzeug weg und nahm eine Flasche, auf deren Etikett *Campari* stand, aus dem Regal. Er schenkte sich ein Gläschen ein und trank langsam und schweigend an seinem Arbeitstisch. Ich bekam ein Glas Milch.

Danach machten wir das Licht aus und schlossen für die

Nacht die Werkstatt ab. Signor Fidardo ging zum Essen aus und ich lief nach oben zu Ana und wartete darauf, dass sie aus der Schuhfabrik nach Hause kam. Der Arbeitstag war vorüber.

~

Ich fühlte mich wohl bei der Arbeit in Signor Fidardos Werkstatt. Die Tage flogen nur so dahin.

Die Nächte dagegen wollten nie ein Ende nehmen. Ich lag schlaflos auf der Bank und vermisste den Chief so sehr, dass meine Augen brannten. In sternenlosen dunklen Nächten stieg ich oft aus dem Fenster und versuchte mich auf den Dächern der Alfama müde zu klettern. Ab und zu gelang mir das und ich sank erschöpft auf die Bank, wenn ich zurückkehrte. Aber meistens war ich noch immer wach, wenn im Morgengrauen Anas Wecker klingelte.

Ich glaube, die Arbeit an der roten Ziehharmonika rettete mich davor, vor Kummer den Verstand zu verlieren. Auch wenn ich doch eigentlich gehofft hatte den Chief retten zu können.

~

Der Sonntag war der einzige freie Tag in der Woche. Was Signor Fidardo dann unternahm, war mir lange unbekannt. Bis Ana es mir eines Tages erzählte.

„Sonntags spielt Luigi Orgel für die Toten“, sagte sie und erklärte danach:

„Jeden Sonntag um zehn zieht er seinen schwarzen Anzug an – ja, so einen hat er auch – und dann fährt er mit der Straßenbahn zum Friedhof nach Prazeres. Er spielt in der Friedhofskapelle bei Beerdigungen die Tretorgel. Das tut er seit vielen, vielen Jahren. Sonst tritt er nie auf. Er sagt immer, wenn ein echter Musikant spielt, dann weinen die Zuhörer. Und seine Zuhörer weinen nie."

Sonntagsabends aßen wir immer mit Signor Fidardo zusammen. Danach spielten und sangen Ana und er. Das war für mich der Höhepunkt der Woche.

Aber an einem Sonntag nahm es ein trauriges Ende. Jorge war in der Nacht zuvor da gewesen und Ana hatte unter dem einen Auge einen hässlichen blauen Fleck. Meistens konnte sie die Spuren von Jorges Fäusten verstecken, doch diese hier war einfach nicht zu übersehen. Sie saß ja im Gesicht.

Ana war nervös, ehe Signor Fidardo kam. Sie sah immer wieder in den Spiegel und puderte sich die Wangen, bis die fast weiß waren. Das half nichts. Ich sah, wie Signor Fidardo erstarrte, als er hereinkam und das Lampenlicht auf Anas Wange fiel. Er legte Blumen, Wein und Gebäck weg, die er mitgebracht hatte. Ana versuchte sich nichts anmerken zu lassen und machte sich auf die Suche nach einer Vase, während sie über den schönen Blumenstrauß redete.

„Hat Jorge das da getan?", fragte Signor Fidardo und seine Stimme war ganz anders als sonst. Sie klang ein bisschen erstickt.

Ana drehte sich langsam um.

„Das war ein Versehen", sagte sie. „Das war nicht mit Absicht. Jetzt setz dich. Es gibt Risotto mit Würstchen."

Signor Fidardo setzte sich. Ich sah, dass seine Hände ein wenig zitterten.

„Was denn für ein Versehen?", fragte er.

„Bitte, Luigi, nun mach dir bloß keine Sorgen. Wir können doch über etwas anderes reden."

Ich konnte ihrer Stimme anhören, dass sie mit den Tränen kämpfte.

„Du musst ihn verlassen, Ana", sagte Signor Fidardo mit dumpfer Stimme. „Er schlägt dich. Man schlägt keinen Menschen, den man liebt. *Jorge è un maiale.* Er ist ein Schwein."

Nun liefen Ana die Tränen über die Wangen. Sie bat Signor Fidardo zu gehen.

Ehe er ging, schaute Signor Fidardo mich ganz kurz an. Ich weiß nicht, ob ich mir das einbildete, aber ich glaubte in seinem Blick eine gewisse Enttäuschung zu sehen. Vielleicht fand er, ich hätte Ana vor Jorge beschützen müssen. Ich wohnte doch bei ihr.

Und eigentlich stimmte ich ihm ja zu. Ab und zu hätte ich Jorge gern zusammengeschlagen und ihn für immer vertrieben. Aber ich schlage niemals zu. Das wage ich nicht. Ich weiß ja, wie stark ich bin.

KAPITEL 17

Der Werwolf in der Rua de São Tomé

Die Wochen vergingen. Frühling lag in der Lissaboner Luft. Vom Fenster im Treppenhaus aus sah ich, dass die Kastanien in dem kleinen Park schon zarte grüne Blätter hatten.

Und ich arbeitete jetzt wirklich an der roten Ziehharmonika. Ich hatte Material und Werkzeug. Zeit hatte ich auch, denn für meine täglichen Aufgaben in Signor Fidardos Werkstatt brauchte ich nie lange.

Wenn ich morgens in die Werkstatt hinunterkam, merkte ich

oft, dass die Dinge auf meinem Arbeitstisch nicht mehr genau dort lagen, wo ich sie hinterlassen hatte. Mir war klar, dass Signor Fidardo meine Arbeit verfolgte. Aber er sagte nichts dazu. Erst wenn er bemerkte, dass ich nicht mehr weiterwusste oder gleich einen schwerwiegenden Fehler begehen würde.

„*Mio dio!*", konnte er dann rufen. „Knochenleim muss mindestens drei Wochen härten, ehe du Leinöl darüberstreichen kannst. Das muss doch sogar ein Affe begreifen können!"

Je mehr ich über Instrumentenbau lernte, umso mehr bewunderte ich Signor Fidardos Fachkenntnisse. Er war nicht nur ein sehr fähiger Handwerker, sondern auch Erfinder und Konstrukteur von neuem Werkzeug. In seiner Sammlung hatte er eine Menge besonders zurechtgeschliffener Stemmeisen und Hobel, Zwingen, die das Werkstück in allen vorstellbaren Winkeln hielten, und ein Gerät, das gleichzeitig bohren, versenken und schrauben konnte. Es machte ihm Spaß, mir zu erklären, wie seine einzelnen Erfindungen funktionierten, und ich konnte sie so oft ausleihen, wie ich sie brauchte. Das einzige Werkzeug, das er mir nicht überließ, war seine elektrische Bohrmaschine.

„Dafür habe ich ein Vermögen bezahlt", sagte er. „Was würde meine Versicherung sagen, wenn ein Affe sie ausleihen dürfte?"

Eines Morgens begann Signor Fidardos feine Tischbohrmaschine plötzlich, verbrannt zu riechen und in alle Richtungen Funken zu sprühen. Signor Fidardo war ein großartiger Instrumentenbauer, aber von elektrischen Geräten hatte er einfach keine Ahnung. Deshalb rief er eine nahe gelegene Reparaturwerkstatt an. Die konnten allerdings erst nachmittags jemanden schicken.

„Rühr ja nicht meine Sachen an, wenn ich weg bin", sagte Signor Fidardo zu mir und dann fuhr er in den Hafen, um eine Ladung Mahagoni aus Honduras zu inspizieren, die soeben mit einem Schiff aus New Orleans gekommen war.

Kaum war er aus der Tür, da sah ich mir die defekte Bohrmaschine genauer an. Ich konnte der Versuchung einfach nicht widerstehen.

Signor Fidardo kam nach zwei Stunden zurück. Er war schlecht gelaunt. Das Holz war nicht gut genug gewesen und außerdem zu teuer. Noch übler wurde seine Laune, als der Reparateur aus der Werkstatt nicht zum abgemachten Zeitpunkt erschien. Senhor Rosso, so hieß der Mann, kam erst um kurz nach fünf. Nun hatte Signor Fidardo seine Bohrmaschine den ganzen Tag nicht benutzen können und war schrecklich verstimmt.

„Ich vermute, dass die Maschine überhitzt war", sagte Senhor Rosso, nachdem Signor Fidardo von Rauch und Funken erzählt hatte. „Entweder stimmt etwas mit der Lüftung nicht oder es ist das Lager. Dann wollen wir mal nachsehen …"

Senhor Rosso untersuchte die Maschine und drückte anschließend auf den Knopf. Alles funktionierte tadellos.

„Aber das ist doch seltsam!", rief Signor Fidardo.

„Nein, eigentlich nicht", sagte Senhor Rosso. „Da hat schon

jemand das Problem gelöst. Das Lager ist frisch geschmiert und die Lüftungsöffnung ist gereinigt worden. Sie haben mich unnötig herkommen lassen, Signor Fidardo."

Als der Reparateur gegangen war, blieb Signor Fidardo stehen und starrte seine Bohrmaschine an. Dann ging ihm offenbar ein Licht auf. Er drehte sich zu mir um und seine Ohren wurden plötzlich rot wie Backbordlaternen. Er schimpfte mich ausgiebig aus, vor allem weil ich ihn vor Senhor Rosso blamiert hatte. Danach beruhigte er sich wieder.

„Zur Strafe", sagte er, „musst du von jetzt an dafür sorgen, dass die Bohrmaschine immer funktioniert. Und wenn du das gut machst, darfst du sie vielleicht ab und zu einmal benutzen."

~

Ich weiß noch, dass ich guter Laune war, als ich an diesem Abend zu Ana nach oben ging. Es hatte unglaublichen Spaß gemacht, an der elektrischen Bohrmaschine zu arbeiten. Außerdem hatte ich die achte und letzte Lackschicht auf das Gehäuse des Akkordeons aufgetragen. Es war jetzt spiegelblank. Am nächsten Tag wollte ich mit der Herstellung des neuen Balgs beginnen. Darauf freute ich mich!

Ana war noch nicht von der Arbeit gekommen. Ich deckte den Abendbrottisch und setzte mich dann unter der Decke auf die Bank, um zu warten. Ich war sicher müde, denn ich schlief sofort ein.

Als ich die Augen aufschlug, schien der Vollmond durch das

Fenster. Die Wanduhr zeigte Viertel nach zehn. Ana war über eine Stunde zu spät. Das machte mir keine Sorge. In der Schuhfabrik wurde in Schichten gearbeitet und die Frau, die Ana ablöste, kam manchmal zu spät. Ana würde sicher sehr bald zu Hause sein.

Ich schlief wieder ein. Als ich das nächste Mal erwachte, fuhr ich mit einem Ruck hoch. Auf der Treppe vor der Tür waren Schritte zu hören.

Ich brauchte einige Sekunden, um zu begreifen, dass es nicht Ana war. Die Schritte waren schwer und langsam. In dem Moment, in dem die Türklinke sich bewegte, ging mir auf, dass ich vergessen hatte abzuschließen. Ich wollte schon durch das Fenster die Flucht ergreifen, aber es war zu spät. Die Tür wurde aufgerissen. Ich blieb mit der Decke bis zum Kinn auf der Bank sitzen.

Es war Jorge. Er knallte die Tür hinter sich zu und kam ins Zimmer getorkelt. Mit sich brachte er einen scharfen Alkoholgeruch. Er riss die Augen auf, um im Dunkeln sehen zu können.

„Na, guten Abend, Ana“, sagte er, als er mich entdeckte. „Hier sitzt du und wartest. Und für uns gedeckt hast du auch. Aber wo ist das Essen? Und der Wein?“

Im Mondschein konnte Jorge mich vor dem Fenster nur als schwarze Silhouette sehen. Ich blieb bewegungslos sitzen. Auch in meinem Kopf stand alles still. Ich hatte keine Ahnung, was ich tun sollte.

„Nun sag doch was, Mensch!“, brüllte Jorge. „Sitz nicht nur da. Zünde die Lampe an und mach dich an die Arbeit!“

Als er keine Antwort bekam, trat Jorge einen Schritt vor. Er hob drohend die Faust. Dann erstarrte er.

„Ana …?“, fragte er unsicher und beugte sich zu mir vor.

Nun sah er mein Gesicht. Unsere Blicke begegneten einander. Ich zog die Oberlippe hoch und bleckte die Zähne.

Jorge schrie nicht auf. Offenbar bekam er keine Luft. Mit einem seltsamen wimmernden Laut stolperte er rückwärts, machte kehrt und stürzte durch die Tür. Ich hörte, wie er im Hinunterrennen im Treppenhaus gegen die Wand stieß. Ich brauchte einen Moment, um mich zu sammeln. Dann begriff ich, was hier soeben passiert war. Ich kam rasch auf die Beine und öffnete das Erkerfenster. Der Luftzug von der offenen Tür her vertrieb Jorges Schnapsfahne.

Als Ana eine halbe Stunde später kam, brannte die Lampe über dem Tisch und das Reiswasser kochte schon fast auf dem Herd. Ich saß auf dem Sofa und legte eine Patience.

„Entschuldige, dass ich so spät bin“, sagte Ana und stellte eine Tüte mit ihren Einkäufen auf den Küchentisch. „Du hast dir doch hoffentlich keine Sorgen gemacht?“

Ich schüttelte den Kopf.

~

Nach diesem Abend kam Jorge nie wieder zu Ana. Sie begriff nicht, warum. Wenn sie versuchte ihn vom Postamt aus anzurufen, legte er einfach auf. Als sie zu ihm nach Hause ging, um zu fragen, was passiert sei, öffnete er nicht. Bei seiner Arbeit erfuhr sie, er habe sich krankgemeldet. Er schien etwas mit den Nerven zu haben. Auf keinen der sicher hundert Briefe, die sie ihm schrieb, antwortete er. Ohne die geringste Erklärung verschwand er für immer aus ihrem Leben.

Ana wurde vor Liebeskummer krank. So, wie sie über mich gewacht hatte, als ich so unglücklich war, musste ich jetzt über sie wachen. Jeden Morgen musste ich ihr Kaffee ans Bett bringen, damit sie aufstehen und sich für die Arbeit bereitmachen konnte.

Es war schrecklich, sie leiden zu sehen. Ich hatte ein entsetzlich schlechtes Gewissen. Oft hätte ich fast aufgeschrieben, was an jenem Abend passiert war, damit sie Bescheid wüsste.

Aber das tat ich nicht.

~

Der Einzige, der erfuhr, was passiert war, war Signor Fidardo. Er begegnete Jorge zufällig eines Tages in der Straßenbahn. Jorge war bleich und abgemagert. Sein Blick, der bisher hart und selbstsicher gewesen war, war jetzt ängstlich und irrte umher.

„Ich muss Sie warnen, Signor Fidardo“, flüsterte er. „Sie könnten in großer Gefahr schweben. Sie wohnen doch im selben Haus wie Ana Molina. Hüten Sie sich vor ihr. Vor allem bei Vollmond. Sie verwandelt sich in … in einen Werwolf! Ich habe es mit eigenen Augen gesehen. Es ist entsetzlich! Sie dürfen niemandem davon erzählen. Sonst würde man mich doch für verrückt halten. Aber das bin ich nicht. Das bin ich nicht …“

Dann stieg Jorge aus der Straßenbahn und verschwand in der Menschenmenge auf dem Rossioplatz.

Signor Fidardo grinste hämisch, als er mir von seiner Begegnung mit Jorge erzählte. Ja, er wollte sich ausschütten vor Lachen.

„Ich bin ja nicht so dumm, dass ich mir nicht so ungefähr zusammenreimen könnte, was da passiert ist. Das hast du richtig gut gemacht! Tausend Dank, Sally Jones.“

Und damit hatte mich Signor Fidardo zum ersten Mal beim Namen genannt.

KAPITEL 18

Das Geschenk

Ich hatte einmal einen Orang-Utan namens Baba geliebt. Er hatte mich im Stich gelassen. Mit Liebeskummer kenne ich mich also aus. Ich weiß, wie unmöglich es scheint, dass er jemals ein Ende nehmen wird. Aber meistens tut er das doch. Auch bei Ana war das schließlich der Fall.

Es dauerte jedoch einige Monate. Sie arbeitete tagsüber und nachts weinte sie. Und in der ganzen Zeit sang sie nicht einen einzigen Ton.

Signor Fidardo machte sich wegen Anas Liebeskummer keine besonderen Sorgen. Dagegen fand er es überaus beunruhigend, dass sie nicht mehr sang.

„Das ist doch typisch", sagte er düster. „Jetzt ist sie diesen Musikhasser Jorge endlich los. Und dann hört sie auf zu singen."

Aber Signor Fidardo hätte sich keine Sorgen zu machen brauchen. Als der Kummer um Jorge sich gelegt hatte, fing Ana wieder an zu singen. Und jetzt sang sie möglicherweise noch schöner als früher. Ihre Stimme war kräftiger und schwereloser zugleich geworden.

Signor Fidardo versuchte sofort wieder, sie zum Auftreten zu überreden. Ana sagte noch immer Nein. Aber es war jetzt eine andere Art *Nein*, eine, die nicht mehr so überzeugt klang.

~

Die rote Ziehharmonika war inzwischen fast fertig. Ich hatte einen ganz neuen Balg aus Ziegenfell hergestellt. Ich hatte das Gehäuse auf der Bassseite und den größten Teil der Mechanik von Bass und Diskant erneuert. Ich hatte jedes Stück Holz geschliffen, bemalt und lackiert. Wenn die Sonne auf den harten Lack schien, funkelte das Instrument wie ein roter Rubin.

Nun musste ich nur noch aus dünnem Messing eine neue Abdeckung sägen. Signor Fidardo nahm ein großes schweres Buch aus einem Regal in der Werkstatt und legte es auf meinen Arbeitstisch.

„Dieses Buch habe ich vor langer Zeit von meinem Onkel bekommen. Ich hatte es in meinem Rucksack, als ich vor fast fünfzig Jahren aus Italien gekommen bin. Es ist noch immer die schönste Sammlung von Mustern für Akkordeongriffplatten, die es überhaupt gibt. Such dir das Muster aus, das dir am besten gefällt, und übertrag es dann mit Pauspapier auf die Messingplatte."

Drei Tage darauf hatte ich mir ein Muster ausgesucht und es auf die Platte gezeichnet. Nach einer weiteren Woche hatte ich das Muster mit Signor Fidardos Juweliersäge ausgeschnitten. An einem späten Abend bohrte ich Löcher für die Nägel und befestigte die Abdeckung mit der kleinsten Sorte Messingnägel am Gehäuse.

Die Ziehharmonika war fertig.

Aber noch nicht ganz. Etwas fehlte noch und ich wusste, was.

In Signor Fidardos Buch gab es mehrere Seiten mit schön gezeichneten Buchstaben. Ich kopierte die, die ich brauchte, und sägte sie aus einem übrig gebliebenen Stück Messing aus. Als die Buchstaben geschliffen und geputzt waren, ließ ich sie mithilfe eines rasierklingenscharfen Stemmeisens vorsichtig vorn im Gehäuse ein.

Und jetzt funkelte der Name KOSKELA messinggelb auf meinem Akkordeon.

~

An diesem Abend stimmte Signor Fidardo die Ziehharmonika. Er feilte vorsichtig an jeder Stimmzunge, bis der Ton rein wurde. Ein Akkordeon hat viele Töne und er wurde erst fertig, als Ana von der Arbeit kam. Dann bat er sie herein und holte die Campariflasche hervor.

„Wir müssen feiern", sagte er. „Das macht man immer, wenn ein Lehrling mit seiner ersten Arbeit fertig ist."

Ana und Signor Fidardo standen lange bewundernd vor meiner Ziehharmonika. Ich war stolz.

„Mir war nicht klar, dass das Akkordeon für Koskela ist", sagte Ana und lächelte mich an.

„Mir auch nicht", sagte Signor Fidardo. „Aber das hätten wir eigentlich wissen müssen. Ein schöneres Geschenk kann man doch jemandem, der im Gefängnis sitzt, überhaupt nicht machen."

Danach probierte Signor Fidardo die Ziehharmonika aus und Ana sang dazu einen Fado. Es klang wunderbar.

~

Am nächsten Tag nahm mich Signor Fidardo mit in seine Wohnung im zweiten Stock. Dort hatte er sein Lager. Kostbare Furnierscheiben lehnten an einer Wand, und in den Regalen darüber lag nach Art und Qualität sortiertes Holz. Die Regale an der gegenüberliegenden Wand waren voller Musikinstrumente. Einige waren auch in an den Ecken verstärken Kisten mit Handgriffen aufbewahrt, andere in weiche Tücher gewickelt. In einer Ecke standen zwei Tretorgeln und eine glänzende Basstuba.

Signor Fidardo nahm einen Instrumentenkoffer aus dem Regal. Der war leer und sah ganz neu aus, mit verchromten Verschlüssen und einem mit Leder umwickelten Handgriff. Von innen war er mit weichem blauem Samt gefüttert, um das Instrument vor Kratzern und Staub zu schützen.

„Das ist der perfekte Koffer für Koskelas Akkordeon", sagte Signor Fidardo. „So ein schönes Instrument kann man doch nicht in einen schnöden Karton legen."

Am selben Abend schrieb Ana dem Chief einen langen Brief. Sie erzählte, die Ziehharmonika sei von mir, und sie erzählte von meiner Arbeit in Signor Fidardos Werkstatt. Wir legten den Brief zu der Ziehharmonika in den Kasten und am nächsten Tag schickten wir ihn mit einem Dienstmann zum Gefängnis in Campolide.

Ich hätte natürlich den Chief am liebsten besucht, um das Geschenk selbst zu überreichen, aber das war nicht möglich. Häftlinge, die wegen Mordes einsaßen, durften nur von ihren Anwälten und ihren engsten Verwandten im Gefängnis besucht werden.

Zwei Wochen vergingen. Ich machte mir Sorgen, ob der Chief die Ziehharmonika wirklich bekommen hatte oder ob sie vielleicht von den Gefängniswärtern beschlagnahmt worden war. Aber dann traf eines Tages für Ana ein kleiner grauer Briefumschlag ein. Wir wussten sofort, von wem der kam. Ana öffnete ihn und las vor:

Verehrte Frau Molina,

ich habe das schöne Akkordeon und Ihren freundlichen Brief erhalten. Den habe ich viele Male gelesen. Sie haben ein Herz aus purem Gold. Jetzt weiß ich, dass es meiner Maschinistin Sally Jones gut geht, während ich hier im Knast sitze. Sie können mir glauben, dass das mein Unglück viel erträglicher macht.

Grüßen Sie Sally Jones von mir. Das Akkordeon ist sehr schön. Ich habe niemals ein schöneres gesehen und ich werde sicher auch lernen darauf zu spielen. Aber es gibt ja teuflisch viele kleine Knöpfe, die man auseinanderhalten muss. Ich werde jeden Tag üben, bis ich diesem gottverlassenen Ort den Rücken kehren darf!

Hochachtungsvoll
H. Koskela

Der Brief des Chiefs machte mich so froh, wie ich es lange nicht mehr gewesen war. Er hörte sich mehr wie er selbst an als im vorigen Brief. Auch Ana war der Unterschied aufgefallen.

„Dein Freund hat die Hoffnung offenbar nicht aufgegeben", sagte sie.

~

Das Leben kam mir ein bisschen leer vor, als die Ziehharmonika für den Chief fertig war. Plötzlich hatte ich tagsüber nichts mehr zu tun.

Signor Fidardo wusste Rat:

„Ich habe zwei Akkordeons zur Reparatur bekommen. Bei dem einen muss der Balg abgedichtet werden, das andere braucht neue Riemen. Welches willst du übernehmen?"

Ich nahm das mit den Riemen. Lederarbeit macht Spaß.

Am nächsten Tag bestellte Signor Fidardo für mich einen neuen Arbeitstisch. Der war wie sein eigener, mit Schubladen und Fächern, mit einem fest montierten Schraubstock an einer Seite, Werkzeughaltern und einem verstellbaren Hocker mit gepolstertem Ledersitz. Er räumte in der Werkstatt um und der neue Tisch konnte vor einem der hohen hellen Fenster stehen.

„So", sagte er, als er fertig war. „Der Lehrling eines Instrumentenbauers kann doch bei der Arbeit nicht im Müll sitzen."

Zuerst hatte ich meine Zweifel. Bisher hatte außerhalb des Hauses – bis auf den Chief – niemand erfahren, dass ich dort wohnte. Wenn ich jetzt aus dem Kabuff auf einen Fensterplatz in der Werkstatt übersiedelte, würde mein Geheimnis entlarvt werden. Was würden die gemeinen Menschen, die mich „Affe des Mörders" genannt hatten, dazu sagen, dass ich bei Signor Fidardo arbeitete? Und was, wenn sie die Polizei auf mich hetzten? Oder wenn sie Signor Fidardo etwas antaten?

Signor Fidardo begriff, was mich quälte.

„In der Alfama regen sich alle schon auf, wenn nur eine Möwe dem Bischof auf den Hut kackt", sagte er. „Die Leute hier lieben Sensationen. Es wird einige Tage geredet und geklatscht werden, wenn sie entdecken, dass du bei mir arbeitest. Aber dann kriegen sie die Sache wieder satt und reden über etwas anderes. Glaub mir."

Ich glaubte Signor Fidardo. Und es kam so, wie er gesagt hatte. Das Gerücht, dass Signor Fidardo sich einen Affen als Lehrling zugelegt hatte, verbreitete sich blitzschnell in der Alfama. Viele schauten bei der Werkstatt vorbei, um zu sehen, ob das Gerücht stimmte. Auf der Straße vor meinem Fenster herrschte oft Gedränge. Aber schon nach zwei Wochen blieb niemand mehr stehen, um mich bei der Arbeit anzustarren.

Signor Fidardo fing nun an mich zu kleinen Besorgungen in die Nachbarschaft zu schicken. Ich holte Pakete von der Post ab und kaufte Zigarren im Tabakladen der Witwe Pereira. Ab und zu nahm Signor Fidardo mich zum Mittagessen mit ins Café. Die Leute begrüßten mich wie alle anderen. Niemand schien sich noch an den „Affen des Mörders" zu erinnern.

KAPITEL 19

Das Grab der Elisa Gomes

Der Sommer hatte eine drückende Hitze gebracht. In den Mittagsstunden kam die Alfama fast zum Stillstand. Das weißliche Sonnenlicht brannte von einem immer tiefblauen Himmel und die Menschen suchten Schutz in ihren Häusern und schlossen die Fensterläden. Erst am Abend erwachte die Stadt zum Leben. Die Läden öffneten und die Straßenhändler erschienen in ihren Buden. Autos, Pferdewagen und Straßenbahnen drängten sich durch das Gewimmel in den Gassen.

Zwei Stunden vor Mitternacht fingen Bars und Kneipen an sich zu füllen. Durch offene Türen strömte Fadomusik hinaus in die Nacht. Sogar in den kleinsten und schäbigsten Kaschemmen ertönten Gitarrenklänge und es wurden wehmütige Lieder über Liebe, Kummer und bittersüße Sehnsucht gesungen. Signor Fidardo wollte Ana noch immer zum Auftreten verlocken und lud sie deshalb ein, wenn er wusste, dass gute Fadistas in der Nähe waren. Ich durfte auch mitkommen. Wir hörten viele gute Sängerinnen, aber keine hatte eine so innige und lebendige Stimme wie Ana. Sicher hoffte Signor Fidardo, dass Ana das selbst bemerken würde.

Am Ende gab sich Ana geschlagen. Sie versprach, eines Sonntags mit nach Prazeres zu kommen und zu singen, wenn Signor Fidardo bei einer Trauermesse Orgel spielte. Sie war schon vorher mehrere Tage lang nervös. Aber das wäre nicht nötig gewesen. Alle waren bezaubert von ihrem Gesang, sogar der Totengräber auf dem Friedhof weinte ein bisschen.

Am nächsten Sonntag ging Ana wieder mit, um bei einer Beerdigung zu singen.

Und auch am folgenden Sonntag.

Die Nachricht von ihrer Stimme verbreitete sich in Lissabon. Die Menschen fuhren nach Prazeres und besuchten die Beerdigungen wildfremder Menschen, nur um Ana hören zu können. Manche meinten, es sei es geradezu wert, sich begraben zu lassen, wenn man Ana Molinas Gesang nur auf diese Weise hören könnte.

Ich fuhr sonntags immer mit nach Prazeres. Aber ich ließ mich bei den Beerdigungen nicht sehen. Affen im Blaumann passen nicht zu solchen Anlässen. Ich wanderte dann allein auf dem Friedhof umher. Seltsamerweise fühlte ich mich dort wohl, obwohl es ein merkwürdiger und auch ziemlich unheimlicher Ort war. Mausoleen aus weißem Marmor lagen Wand an Wand an den geharkten Kieswegen. Sie sahen aus wie kleine Paläste oder Kirchen, mit zierlichen schmiedeeisernen Gittern vor dem Eingang und Steinkreuzen auf dem Dach. Es war eine ganze Stadt für die Toten, ein Stadtviertel neben dem anderen in einem riesigen Labyrinth.

Es kam oft vor, dass ich mich auf meinen Wanderungen durch Prazeres verirrte. Und so fand ich dann das Grab der Elisa Gomes. Ich war in einer verborgenen Ecke des Friedhofs unterwegs, wo ich noch nie gewesen war. Hier wurden offenbar jene begraben, die sich keine großen Grabsteine oder Marmorbauten leisten konnten. Hier standen auf den Gräbern Eisenkreuze oder schlichte Granitsteine. Ich blieb vor einem vernachlässigten Grab stehen, das von Unkraut und altem Laub bedeckt war. In den bemoosten Grabstein war ein Bildnis aus Emaille eingelassen. Es stellte eine junge Frau dar und ich hatte sofort das Gefühl, sie schon einmal gesehen zu haben. Nur konnte ich mich nicht erinnern, wo.

Da ich ohnehin schon verspätet war und wusste, dass Ana und Signor Fidardo bei der Friedhofskapelle auf mich warteten, konnte ich zunächst nicht weiter über diese Frage nachdenken.

Aber am selben Abend spät, als ich gerade einschlafen wollte, war die Erinnerung plötzlich da. Ich stand auf und suchte in der Tasche meines Blaumanns. Dort lag noch immer das silberne Medaillon, das Alphonse Morro an einer Kette um den Hals getragen und das er am Kai verloren hatte, ehe er ins Hafenbecken gestürzt war. Ich zog das Medaillon hervor, öffnete den Deckel und betrachtete das kleine gemalte Bild von Morros Verlobter. Es hatte große Ähnlichkeit mit dem der Frau auf dem Grabstein.

Am nächsten Sonntag ging ich wieder zu dem überwucherten Grab mit dem Emailleporträt. Ich zog das Medaillon hervor, hielt es hoch und verglich die Bilder.

Es war kein Zweifel möglich. Die Bilder zeigten dieselbe Frau.

Der Inschrift auf dem Grabstein zufolge hieß sie Elisa Gomes. Sie war vor vier Jahren mit nur dreiundzwanzig gestorben. Warum war sie so jung gestorben? Auf diese Frage gab der Grabstein keine Antwort. Mir schauerte. Alphonse Morro hatte sie vielleicht ermordet. Er war doch ein Schurke gewesen. Ich hatte noch immer Albträume von dem Augenblick, in dem er seine Pistole auf die Brust des Chiefs gerichtet hatte.

Ich hatte das Gefühl, eine wichtige Entdeckung gemacht zu haben. Aber inwiefern sie wichtig sein sollte, war mir nicht klar. Es war nur ein Gefühl.

Ich fegte die Blätter vom Grab, dann blieb ich eine Weile dort stehen und sah das Bild der Toten an, die niemand mehr zu betrauern schien.

~

Es wurde mir zur Gewohnheit, jeden Sonntag zum Grab der Elisa Gomes zu gehen. Ich befreite es von Laub und Zweigen und kratzte Moos und Flechten vom Grabstein. Nach und nach lernte ich dann den Friedhofsaufseher kennen. Er hieß João und war ein seltsamer Mensch. Aber nicht auf eine unangenehme Weise. Im Gegenteil.

Fast alle, die mir zum ersten Mal begegnen, behandeln mich wie einen Affen. Und das ist ja auch kein Wunder. Ich bin schließlich ein Affe. Die Leute glauben, dass irgendwer mich dazu dressiert haben muss, Menschenkleider zu tragen, ungefähr so, wie Zirkusbären lernen, auf den Hinterbeinen zu gehen, und Papageien lernen können, Flüche auszustoßen. Dass ich eigene Gedanken denken und begreifen könnte, was Menschen sagen, können sich nur wenige vorstellen. Bis sie mich dann kennengelernt haben.

Bei João war das anders. Er kam eines Tages zu mir, während ich gerade aus dem Boden vor Elisa Gomes' Grab Disteln ausriss. Als ich mich umdrehte und er mein Gesicht sah, zuckte er nicht einmal mit der Wimper. Er fragte nur freundlich, ob ich Hacke und Spaten leihen wolle.

Ich nickte und er holte die Geräte. Dann redete er mit mir wie mit einer alten Bekannten. Er schien es durchaus nicht seltsam oder ungewöhnlich zu finden, dass sich ein Gorilla mit Grabpflege beschäftigte.

„Es ist schön, dass jemand sich um dieses Grab kümmert“, sagte er. „Ich habe schon oft gedacht, dass ich das tun müsste. Elisa zuliebe. Sie wurde doch ermordet, die arme Kleine. Aber eigentlich war es ja ein Unfall. Ja, du kennst die Geschichte natürlich.“

Ich schüttelte den Kopf.

„Ach was, nicht?“, fragte João. „Dann werde ich sie dir erzählen. Elisa Gomes arbeitete als Hausmädchen, weißt du, bei einem reichen Bankier in Chaido. Carvalho, so hieß er wohl … Na ja, eines Tages brachte die Post für den Bankier ein Paket. Elisa nahm es an. Als sie das Paket ins Arbeitszimmer des Bankiers stellen wollte, ging es in die Luft. Es war eine Bombe, geschickt von irgendwelchen Anarchisten, die den Bankier umbringen wollten. Aber der Bankier, der kam ungeschoren davon. Die Einzige, die bei der Explosion ums Leben kam, war die arme Elisa. Und sie war doch fast noch ein Kind …“

João sah aufrichtig traurig aus. Er seufzte tief und erzählte dann weiter.

„Elisa hatte keine Familie. Hier habe ich jedenfalls noch nie jemanden gesehen. Abgesehen von ihrem Verlobten natürlich. Morro hieß er. Er hat das Grab bezahlt, obwohl er ebenso jung und arm war wie sie. Er war außer sich vor Kummer, der Junge. Es war ein herzzerreißender Anblick. Herzzerreißend …“

João putzte sich ausgiebig die Nase und wischte sich dann mit dem Taschentuch die Augenwinkel.

„Drei Jahre lang kam Morro jeden Tag her. Er war nicht gerade gesprächig, also habe ich ihn nicht näher kennengelernt. Aber er sorgte dafür, dass Elisas Grab das schönste und gepflegteste auf dem ganzen Friedhof war. Ab und zu brachte er Blumen mit, immer gelbe Nelken. Doch eines Tages kam er dann plötzlich nicht mehr. Das ist so ungefähr ein Jahr her. Seither habe ich ihn nicht wiedergesehen. Angeblich wurde er ermordet, ein betrunkener Seemann im Hafen soll ihn erschlagen haben. Das hat offenbar in der Zeitung gestanden. Ich weiß nicht, ob es stimmt. Aber jedenfalls ist Morro tot, sonst hätte er Elisas Grab doch nicht so verkommen lassen …"

Nun lief eine dicke Träne über Joãos Wange.

„Entschuldige", sagte er und schniefte ein bisschen. „Das ist alles so traurig …"

Wir standen eine Weile schweigend da. Dann ging João, nachdem er mir erklärt hatte, wohin ich Hacke und Spaten stellen sollte, wenn ich fertig war.

Ich war bedrückt und hatte auch ein schlechtes Gewissen. In meiner Vorstellung war Alphonse Morro bisher ja nur ein Schurke gewesen. Jetzt fiel mir plötzlich ein, wie gequält sein Blick an dem Abend im O Pelicano gewesen war, als er zum Chief und mir an den Tisch gekommen war. Hatte ich da in seinen Augen die Sehnsucht nach Elisa gesehen?

Meine Gedanken wanderten weiter zu dem, was João über die Bombe gesagt hatte, die Elisa Gomes getötet hatte: dass hinter dem Attentat *Anarchisten* gesteckt hätten. Es hatte doch in der Zeitung gestanden, dass Kommissar Garretta den Chief für so einen Anarchisten hielt …

War das nur ein Zufall?

Oder gab es da einen Zusammenhang?

Aber wenn ja, wie sah der aus?

KAPITEL 20

Die Abende im Tamarind

Die Hitze hielt sich noch bis Mitte Oktober. Dann kamen die ersten richtigen Regengüsse des Herbstes und spülten den Staub des Sommers aus der Stadt. Die Abwasserkanäle liefen über und die Rinnsteine waren lehmig vor Schmutz. Der Fluss färbte sich graubraun.

An diesem Tag ging mir auf, dass es genau ein Jahr her war, seit die *Hudson Queen* gesunken und der Chief festgenommen worden war. Es schien sehr lange her zu sein. So furchtbar lange. Und dabei war nur ein Jahr vergangen. Wie lange würden erst fünfundzwanzig Jahre dauern?

Bei diesem Gedanken wurde ich so traurig, dass ich einige Wochen lang alle Arbeitslust verlor. Signor Fidardo merkte das natürlich. Deshalb trug er mir auf, ein Musette-Akkordeon zu reparieren, das der französische Botschafter in Lissabon ihm gebracht hatte. Der Botschafter hing sehr an seinem Instrument und Signor Fidardo hatte versprechen müssen die Reparatur eigenhändig durchzuführen.

„Du darfst mich jetzt nicht im Stich lassen, Sally Jones", sagte Signor Fidardo. „Ich verlasse mich darauf, dass du beim Akkordeon des Botschafters erstklassige Arbeit leistest. Sonst kriege ich Ärger."

Signor Fidardo wusste, was er tat. Ich musste mich zusammenreißen und schon bald war ich wie immer in der Werkstatt an der Arbeit. Nach und nach verlor sich meine Traurigkeit dann auch.

~

Um diese Zeit fing Ana an in jeder Woche einen Abend im Tamarind aufzutreten, einem Fadorestaurant in der Rua de São Miguel. Der Restaurantbesitzer engagierte Ana, nachdem er sie bei der Beerdigung seiner Schwester auf dem Friedhof von Prazeres gehört hatte.

Die Samstagabende waren Anas Abende im Tamarind. Signor Fidardo und ich gingen immer mit und hörten zu. Ana bestand darauf, sonst hätte sie sich nicht auf die Bühne gewagt. Wenn wir dabei waren, kam es ihr fast vor wie ein normaler Sonntagabend zu Hause am Küchentisch, sagte sie.

Nach und nach wurde Ana immer sicherer, was sie selbst und was ihr Publikum anging. Bald brauchte sie mich und Signor Fidardo nicht mehr. Wir gingen trotzdem weiter mit. Anas Gesang bekommt man niemals über.

Signor Fidardo und ich hatten einen Stammtisch in einer Ecke dicht bei der Bühne. Dafür hatte Ana gesorgt. Und es war ein Glück. Wenn Ana auftrat, war das kleine Lokal immer voll besetzt. Alle Tische waren schon Wochen im Voraus ausgebucht. Deshalb fing der Besitzer des Tamarind an die Fenster aufzureißen und Stühle auf den Bürgersteig zu stellen, damit auch dort noch Leute sitzen und zuhören konnten. Bald reichten die Stühle nicht mehr aus. Da kam jemand auf die gute Idee, einen eigenen Stuhl mitzubringen. Jeden Samstag kamen dann immer mehr Menschen mit eigenen Stühlen und ließen sich draußen auf der Straße nieder. Die Menschen im Viertel schleppten Sessel und Bänke aus ihren Häusern. Am Ende war es so voll in der Rua de São Miguel, dass die Polizei beschloss die Straße an Samstagabenden für den Autoverkehr zu sperren. Auf diese Weise konnten auch die Polizisten bleiben und zuhören.

Direktor Santos aus der Schuhfabrik liebte Fado. Er hatte Ana einmal bei der Arbeit singen hören und wollte mehr. Mehrere Samstage hintereinander versuchte er im Tamarind einen Tisch zu bekommen, aber immer war alles ausgebucht. Am Ende hatte der Direktor die Sache satt und bestellte Ana in sein Büro:

„Senhora Molina", sagte er. „Von nun an haben Sie jeden Samstag bezahlten Urlaub. Unter der einfachen Bedingung, dass Sie in Zukunft auch freitags im Tamarind singen. Denn dann wird es auch mir gelingen, mir ab und zu einen Tisch zu sichern."

Anas Name wurde nicht nur in der Alfama bekannt, sondern in ganz Lissabon. Wenn sie in der Stadt unterwegs war, kamen ab und zu fremde Menschen zu ihr und drückten ihr die Hand oder machten ihr ein Kompliment. Sie hatte sogar einen heimlichen Verehrer, der ihr mehrmals die Woche einen Brief schrieb und mitteilte, wie viel Anas Gesang ihm bedeutete. Ana nannte ihren heimlichen Verehrer „Canson", nach dem Fabrikat des Briefpapiers, das er benutzte. Wer er wirklich war, ahnte sie nicht.

Signor Fidardo war sehr glücklich über Anas Erfolge. Mehr als einmal hörte ich ihn mit stolzer Stimme rufen: „Was habe ich gesagt!" Ana selbst nahm alles gelassen hin. Sie lebte wie bisher, arbeitete tagsüber und stopfte abends Strümpfe.

Aber so ganz wie bisher war es eben doch nicht. Auf Direktor Santos' Veranlassung hin hatte sie jetzt samstags frei. Dann machte sie mit mir kleine Ausflüge in Lissabon und in die Umgebung. Ab und zu fuhren wir mit der Bahn nach Cascais oder Estoril und spazierten am Strand entlang. Andere Male setzten wir mit der Fähre über nach Barreiro. Meistens aber nahmen wir die Straßenbahn zum Jardim Botânico, Lissabons botanischem Garten, und wanderten unter den hohen Baumwipfeln über die Kieswege.

Auf unseren Ausflügen war Ana schweigsam. Das machte mir nichts aus, denn es war kein trauriges Schweigen. Ich glaube einfach, dass Ana sich ein wenig von ihrer eigenen Stimme ausruhen musste.

KAPITEL 21

Der Hügel hinter dem Gefängnis

Die Tage wurden kürzer. Im Park vor unserem Haus wurden die Blätter am Kastanienbaum gelb. Bald wirbelten sie über die Straßenbahnschienen, wenn kühle Winde durch die Rua de São Tomé fegten. Ein Tiefdruckgebiet nach dem anderen zog vom Atlantik herein, mit Nebel und wochenlangem Regen. Ich musste mehrmals am Tag in Signor Fidardos Kamin Feuer machen, damit sein kostbares Holzlager nicht durch die Feuchtigkeit beschädigt würde. Es war wieder Winter in Lissabon.

Das Leben mit Ana und Signor Fidardo war zum Alltag geworden. Zu einem guten Alltag. Ich gewöhnte mich an den Gedanken, dass ich jetzt zu ihnen gehörte. Aber der Chief fehlte mir jeden Tag und ich wünschte so sehr, ich könnte ihn im Gefängnis besuchen.

Ich schrieb dem Chief ab und zu einen Brief ins Gefängnis. Und er schrieb zurück. Wir waren beide keine großartigen Briefschreiber, deshalb fielen unsere Mitteilungen ziemlich kurz aus.

Eines Tages kam ein Brief vom Chief, der anders aussah als seine bisherigen.

Sehr verehrte Ana Molina,

ich möchte Sie um einen Gefallen bitten, obwohl ich schon so tief in Ihrer Schuld stehe.

Von meinem Zellenfenster aus sehe ich einen Hügel mit zwei kleinen Bäumen auf einem unbebauten Grundstück. Wenn Sie mit Sally Jones auf diesen Hügel gingen, könnte ich ihr etwas zeigen, worüber sie sich freuen würde, das glaube ich jedenfalls.

Der Hügel liegt an der Nordwestecke des Gefängnisses. Ich werde jeden Abend nach sieben nach Ihnen Ausschau halten.

Hochachtungsvoll
H. Koskela

Ich las den Brief mehrere Male und mir wurde dabei immer seltsamer zumute. Die Aussicht, den Chief zu sehen, hätte mich überglücklich machen müssen. Und ich freute mich natürlich auch. Aber gleichzeitig war ich nervös, ja sogar ein bisschen ängstlich. Wie sah der Chief jetzt aus, nach einem ganzen Jahr im Gefängnis? Was, wenn er krank und verzweifelt war? Was, wenn ich ihn nicht wiedererkennen könnte?

Ana bemerkte meine Unruhe.

„Natürlich gehen wir hin“, sagte sie. „Und zwar am Sonntagabend. An allen anderen Abenden arbeite ich ja. Ich werde herausfinden, wie die Bahnen fahren.“

Sie legte ihre Hand auf meine und fügte hinzu:

„Das wird gut gehen. Da bin ich sicher.“

Es war ein Mittwoch. Die nun folgenden Tage wurden sehr lang. Von den Nächten ganz zu schweigen. Ich konnte kaum die Augen zumachen. Als der Sonntag endlich gekommen war, war ich so nervös, dass ich nicht einmal essen konnte.

Am Vormittag sangen und spielten Ana und Signor Fidardo wie immer in der Kapelle des Friedhofs von Prazeres. In dieser Zeit ging ich zum Grab der Elisa Gomes und half João, die Kieswege zu harken und Unkraut zu jäten. Ich ging ihm immer bei allem Möglichen zur Hand, wenn ich dort war. Das vertrieb die Zeit und João schien sich über meine Gesellschaft zu freuen. Er erzählte mir, wie die Menschen, die hier lagen, gestorben waren. Es waren Geschichten über grauenhafte Morde und entsetzliche Unglücke. João machte sich oft selbst solche Angst, dass seine Stimme zitterte. Aber über Elisa Gomes erfuhr ich nicht mehr.

Als wir wieder nach Hause kamen, war es bereits höchste Zeit für Ana und mich, uns auf den Weg nach Campolide zu machen. Ana war ein wenig verärgert, weil ich beim Unkrautjäten mit João meinen Blaumann verschmutzt hatte. Sie hatte ihn erst am Vortag gewaschen und gebügelt.

„Dein Freund Koskela soll doch sehen, dass ich mich gut um dich kümmere", sagte sie.

Wir fuhren mit einer Straßenbahn zum Rossioplatz und stiegen dort in einen Zug nach Cintra um. Ich war noch nie auf dem Rossio gewesen. Das war ein riesiger Bahnhof. Acht Gleise lagen unter einem hohen Gewölbe aus Glas und Stahlträgern. Dienstmänner, Träger und Reisende wimmelten auf den Bahnsteigen durcheinander. Ich zog den Geruch nach Kohle und Rauch ein und lauschte dem Zischen der großen schwarzen Dampfloks. Es kam mir vertraut und gemütlich vor und konnte für eine kurze Zeit meine Unruhe dämpfen.

Wir setzten uns in ein Abteil und sahen den Bahnhof vor dem Fenster vorübergleiten. Dann fuhr der Zug in einen Tunnel und für sicher zehn Minuten sahen wir im Fenster nur unser eigenes Spiegelbild, bleich im flackernden Licht einer elektrischen Lampe an der Abteildecke.

Als wir den Tunnel verließen, teilte der Schaffner mit, die nächste Station sei Campolide. Dort stiegen wir aus. Ana erkundigte sich nach dem Weg zum Gefängnis und wir gingen zu Fuß weiter.

Wir hatten die Stadt jetzt verlassen, waren aber noch nicht richtig auf dem Land. Hier wohnten arme Leute in niedrigen kleinen Häusern an schmutzigen Kieswegen. Hohläugige Kinder starrten uns aus dunklen Fenstern an und hier und dort weideten magere Ziegen.

Wir brauchten nicht lange zu gehen, dann tauchte schon das Gefängnis vor uns auf. Ich hatte mir ein klobiges, düsteres Backsteingebäude vorgestellt, das von einer Mauer und Stacheldraht umgeben wäre. Und ungefähr so sah es auch aus.

Es war nicht schwer, den Hügel zu finden, den der Chief meinte. Aber wir brauchten eine Weile, um ihn zu erreichen, da wir um das gesamte Gefängnisgelände herumgehen mussten. Als wir dort ankamen, war es fast schon sieben. Leichter Nieselregen fiel aus tief hängenden, rasch dahineilenden Wolken. Das Gefängnis wirkte fast verlassen. Nur hinter einigen Fenstern im Erdgeschoss brannte Licht. Die Zellen lagen offenbar in den beiden oberen Stockwerken. Sie hatten keine Fenster, nur kleine schwarze Löcher mit Gittern.

Eine Viertelstunde verging. Der Regen fiel jetzt dichter. Und plötzlich konnte ich hinter den Gitterstäben in einem Fensterloch im obersten Stockwerk ein Gesicht erahnen. Eine Hand wurde herausgestreckt und winkte uns zu. Mein Herz machte einen Sprung und ich hob beide Hände über den Kopf und winkte zurück. Ana winkte ebenfalls.

Dann wurde die Hand wieder zurückgezogen. Ein Augenblick verging. Etwas bewegte sich in der Dunkelheit hinter dem Gitter.

Mit einem Mal waren Töne zu hören.

Leise Töne einer kleinen Ziehharmonika.

Es war eine schlichte Melodie, die der Chief oft gesummt hatte. Sie ist finnisch und sehr wehmütig. Der Chief spielte mehrere Strophen. Erst verspielte er sich einige Male und ich glaubte zu hören, wie er hinter dem Gitter fluchte. Dann ging es immer besser. Die letzten Strophen spielte er laut und klar und mit Einfühlungsvermögen. Es klang wunderbar. Ich sah auf Anas Wange eine Träne glitzern.

Als das Akkordeon verstummte, hörte ich aus den benachbarten Zellen aufmunternde Rufe. Ana und ich klatschten in die Hände. Es hallte einsam an der hohen Gefängnismauer wider.

Nun fing Ana an zu singen.

Sie sang ein portugiesisches Lied, das große Ähnlichkeit mit der Melodie hatte, die wir soeben vom Chief gehört hatten. Es war traurig, aber doch erfüllt von einer stillen Freude. In einem kleinen Zellenfenster nach dem anderen tauchten bleiche Gesichter auf. Die Fenster im Erdgeschoss wurden geöffnet und die Wachen schauten heraus. Das ganze Gefängnis hörte zu. Ja, sogar das große Backsteingebäude schien verwundert zu lauschen.

Als der letzte Ton verklungen war, war es für einen Moment

ganz still. Dann kam der Applaus. Der wollte einfach kein Ende nehmen.

Der Chief und ich winkten einander noch einmal zu. Wir winkten immer weiter, bis Ana mir eine Hand auf die Schulter legte. Wir mussten jetzt wirklich gehen, wenn wir den letzten Zug zurück in die Stadt nicht verpassen wollten.

~

Im folgenden Jahr fuhren Ana und ich an zwei Sonntagabenden im Monat zu dem Hügel hinter dem Gefängnis. Jedes Mal hatte der Chief eine neue Melodie auf der Ziehharmonika gelernt. Und jedes Mal sang Ana ein Lied für ihn und die anderen Gefangenen.

Unsere Besuche bedeuteten dem Chief sehr viel. Mehr als mir damals bewusst war. Das Leben im Gefängnis war hart und gefährlich. Die Wachen waren brutale Männer und die meisten Insassen brutale Verbrecher. Aber so hart und brutal sie auch sein mochten, sie alle wollten Ana Molina singen hören. Deshalb sorgten sie dafür, dass der Chief am Leben blieb und dass er seine Ziehharmonika behalten durfte.

KAPITEL 22

Ein Gruß von der anderen Seite

Der Frühling kam, mit klarem Himmel und trockenen Winden. Ende März hatte ich das Musette-Akkordeon des französischen Botschafters repariert. Der Botschafter war sehr zufrieden und lobte Signor Fidardos einzigartige Kunstfertigkeit.

„Bild dir jetzt bloß nicht zu viel ein", sagte Signor Fidardo ein bisschen mürrisch zu mir, als der Botschafter gegangen war. „Die Franzosen hatten noch nie viel Ahnung von Akkordeons.

Einen Italiener hätten wir nicht so leicht an der Nase herumführen können."

Der Botschafter bezahlte großzügig für die Reparatur seines Akkordeons. Signor Fidardo überlegte eine Weile und gab mir dann einen Teil des Geldes. Normalerweise bekam ich keinen Lohn, den lieferte Signor Fidardo stattdessen bei Ana ab. Ich wohnte und aß ja schließlich bei ihr. Ich fand das gut und richtig so. Deshalb wollte ich das Geld des Botschafters zuerst nicht annehmen. Aber Signor Fidardo bestand darauf:

„Du hast jeden Centavo verdient", sagte er. „Und eigentlich noch mehr. Ich bin sicher, dir fällt etwas Schönes ein, wofür du das Geld ausgeben kannst."

Am nächsten Tag kaufte ich die beiden teuersten Zigarrenkisten in Witwe Pereiras Tabakladen. Die eine bekam Signor Fidardo, die andere packte ich ein und schickte sie mit der Post an den Chief. Für Ana besorgte ich einen schönen Füllfederhalter, mit dem sie Briefe an ihre Schwester in Afrika schreiben konnte.

An dem Geld, das noch übrig war, hatte ich einige Zeit später selbst Freude. João hatte mich auf die Idee gebracht, neben Elisa Gomes' Grabstein einen Strauch mit schönen Blüten zu setzen. Das war eine gute Idee. Denn obwohl das Grab jetzt gepflegt war, sah es ein bisschen kahl und düster aus. Ana half mir, auf dem Blumenmarkt, der jeden Samstag auf dem Figueiraplatz stattfand, eine schöne Pflanze auszuwählen. Ich entschied mich für einen Hibiskus mit gelben Blüten. Ich stellte mir vor, dass

Gelb Elisa Gomes' Lieblingsfarbe gewesen sei. João hatte mir ja erzählt, dass Alphonse Morro immer gelbe Nelken auf ihr Grab gelegt hatte.

Am nächsten Tag nahm ich den Hibiskus mit, als wir mit der Straßenbahn nach Prazeres fuhren. Sobald wir dort ankamen, ging ich ins Friedhofsbüro, um João zu suchen. Er saß an seinem kleinen Schreibtisch und trank Kaffee. Ich bekam ein Glas Milch und dann redete er über alles Mögliche. Wir wollten gerade zum Geräteschuppen gehen, um Spaten und Blumenerde für den Hibiskus zu holen, als an die Tür geklopft wurde.

„Ahoi, da drinnen! Irgendwer zu Hause?"

Der Mann, der hereinkam, war Seemann, das sah ich sofort. Vermutlich war er eben erst von einer langen Reise in warme Gegenden zurückgekehrt, denn er war sonnenverbrannt und wettergegerbt und sein Landgangsanzug roch ein wenig muffig. Er hatte sicher viele Monate in einer feuchten Seekiste gelegen.

Er stellte sich nicht vor, sondern zog nur einen zusammengefalteten Briefumschlag aus der Tasche und reichte ihn João.

„Ich habe versprochen diesen Umschlag hier abzugeben. Bitte sehr. Er hat mich aus dem Fernen Osten hierher begleitet, deshalb ist er ein bisschen zerknittert."

João nahm den Umschlag entgegen und fragte, was er enthalte.

„Keine Ahnung", sagte der Seemann. „Ich hab den von einem Kerl dort im Fernen Osten bekommen. Er wusste wohl, dass mein Schiff auf der Heimfahrt nach Lissabon war, denn er bat mich, den Umschlag mitzunehmen und dem Aufseher auf diesem Friedhof hier auszuhändigen. Eine Flasche Gin hat er mir für meine Mühe gegeben. Und die habe ich mir jetzt verdient! Also, das wär's dann. Ich will die nächste Bahn zurück in die Stadt erwischen. Und tschüss."

Der Seemann tippte sich mit zwei Fingern an die Stirn und ging mit raschen Schritten davon.

João machte sich eine Weile an dem Umschlag zu schaffen, dann suchte er im Chaos auf dem Schreibtisch nach einem Brieföffner. Vorsichtig schlitzte er den Umschlag auf und zog dessen Inhalt heraus.

Im Umschlag hatten zwei Fünfpfundnoten und ein zusammengefalteter Brief gelegen. João stieß einen Pfiff aus. Zehn Pfund war viel Geld. Er rückte seine Brille gerade und faltete den Brief auseinander.

Zuerst runzelte João die Stirn, als ob das, was er las, in einer fremden Sprache verfasst wäre. Dann sah ich, wie er erbleichte. Er starrte den Brief mit offenem Mund an. Durch das Fenster zur Straße hörten wir das Rasseln und Scheppern der Straßenbahn, die gerade von der Haltestelle abfuhr.

Als João endlich aufschaute, sah er erschüttert aus. Mit leichtem Zittern in der Hand reichte er mir den Brief. Ich las:

Dieses Geld soll, so lange es reicht, zur Pflege von Elisa Gomes' Grabstätte verwendet werden. Auf ihrem Grab sollen immer gelbe Nelken blühen.

João glaubte an Gespenster. Und er fürchtete sich vor ihnen. Deshalb hatte er ja vor langer Zeit angefangen auf dem Friedhof zu arbeiten. Er hatte gehofft, die tägliche Arbeit auf den Gräbern werde ihn von seiner Gespensterangst befreien. Aber das war nicht passiert.

Jetzt brach ihm auf der Stirn der kalte Schweiß aus und seine Lippen waren weiß.

„Das da", sagte er und zeigte auf den Brief, den ich in der Hand hielt. „Das ist ein Gruß von der *anderen Seite.* Von einem Toten! Er findet keine Ruhe …"

Ich begriff nicht, wovon João da redete. Wer fand keine Ruhe? In meinem Kopf drehte sich alles. Aber dann verstand ich es plötzlich. Ich hatte das Gefühl, mich an einem elektrischen Gerät verbrannt zu haben. Ein Stoß fuhr durch meinen Leib.

Alphonse Morro! Der Brief konnte von keinem anderen als Alphonse Morro geschrieben worden sein!

Mein Herz hämmerte los.

Morro lebte!

Der Brief war der Beweis!

Meine Gedanken überschlugen sich. Jetzt war Eile geboten, höchste Eile! Ich stürzte aus dem Friedhofsbüro und weiter zur Kapelle.

Ich musste Ana und Signor Fidardo holen!

In der Kapelle hatte soeben die Trauermesse begonnen.

Atemlos legte ich das Ohr an die Tür. Sie waren erst bis zum Sündenbekenntnis gekommen. Ich legte die Hand auf die Klinke, um hineinzugehen und die Zeremonie zu unterbrechen. Im letzten Moment aber kam ich wieder zur Vernunft. Ich setzte mich draußen auf eine Bank und wartete.

Eine Stunde später war die Messe zu Ende. Als der Geistliche und die Trauergemeinde mit dem Sarg in Richtung des frisch ausgehobenen Grabes verschwunden waren, zog ich Ana und Signor Fidardo zum Friedhofsbüro.

Es wurde eine wirre Begegnung. João war noch immer aufgewühlt von dem Brief und wollte nur über Gespenster reden. Ana und Signor Fidardo kannten João zwar, aber eben nur ein bisschen. Jetzt wussten sie natürlich nicht, worum es eigentlich ging.

Als sich João endlich beruhigt hatte, gingen wir alle vier zu Elisa Gomes' Grab. Dort zog ich Morros Silbermedaillon hervor und zeigte es Ana und Signor Fidardo. Dann erzählte João geduldig die ganze Geschichte, von Elisa Gomes' schrecklichem Tod bis zum Brief mit dem Geld, den der Seemann aus dem Fernen Osten mitgebracht hatte. Ana und Signor Fidardo hatten natürlich viele Fragen und João beantwortete sie nach besten Kräften.

Inzwischen war es schon später Nachmittag. Die hohen Zypressen auf dem Friedhof warfen lange Schatten über die Reihen von Grabsteinen und Kreuzen. Wir verabschiedeten uns von João und gingen zur Straßenbahnhaltestelle.

Ana war jetzt ebenso froh und eifrig wie ich.

„Die Polizei hat Alphonse Morros Leichnam nie gefunden", sagte sie. „Ich weiß noch, dass ich das in der Zeitung gelesen habe. Also kann er doch überlebt haben. Und dann ist Koskela unschuldig. Wir müssen der Polizei den Brief zeigen!"

Signor Fidardo seufzte.

„Das können wir natürlich. Aber ich fürchte, wir werden eine Enttäuschung erleben. Die Polizei wird uns nicht ernst nehmen."

Ana und ich sahen ihn an.

„Warum nicht?", fragte sie.

„Erstens", sagte Signor Fidardo, „wird die Polizei nur ungern hören, dass sie vielleicht einen Unschuldigen ins Gefängnis gesteckt haben. Zweitens können wir nicht beweisen, dass wirklich Alphonse Morro den Brief geschrieben und Geld geschickt hat. Das wissen wir ja nicht einmal selbst ganz sicher."

Ich wollte protestieren. Ich war mir sicher, dass Morro den Brief geschrieben hatte.

Signor Fidardo erriet, was ich dachte. Er blieb stehen und sah mich an.

„Ich weiß, wie gern du glauben willst, dass Morro lebt", sagte er. „Und ich sage nicht, dass du dich irrst. Ich sage nur, dass du damit rechnen musst, dass die Polizei uns keine Hilfe sein wird. Eher sogar im Gegenteil."

Wir gingen schweigend weiter.

„Und dieser Seemann?", fragte Ana, als wir bei der Haltestelle angekommen waren. „Der kann doch sicher den Mann beschreiben, der ihm den Brief gegeben hat. Und erzählen, wo sie sich begegnet sind."

Signor Fidardo nickte.

„Doch, da hast du natürlich recht. Aber dann müssen wir diesen Seemann zuerst ausfindig machen. Und wie soll das gehen?"

„Kann die Polizei ihn nicht suchen?", fragte Ana.

„Wir wissen weder, wie er heißt, noch auf welchem Schiff er arbeitet", sagte Signor Fidardo. „Es gibt sicher zehntausend Seeleute in Lissabon. Und die meisten sehen wohl ungefähr so aus wie der Mann, den João beschrieben hat. Auch wenn die Polizei zu einer Fahndung bereit wäre, wäre das sinnlos."

Die Straßenbahn kam um die Ecke und wurde langsamer. Wir stiegen ein und Signor Fidardo kaufte Fahrkarten für uns. Auf der Rückfahrt in die Stadtmitte ging mir auf, was zu tun war.

Ich wünschte, dass die Nacht bald käme.

KAPITEL 23

Der Ferne Osten

Sowie Ana an diesem Abend eingeschlafen war, öffnete ich vorsichtig das Mansardenfenster und kletterte hinaus. Drei Nächte und drei Tage suchte ich nach dem Seemann vom Friedhof in Prazeres. Ich schaute in jede Bar, in jedes Bordell und jede schmuddelige Spelunke im Hafen von Lissabon, von Alcântara bis nach Cais do Sodré. Ich besuchte alle Seemannsheime in der Stadt und jede Seemannskirche. Ich lief auf den Kais hin und her, bis ich meine Beine nicht mehr spürte.

Als ich in die Rua de São Tomé zurückkam, hatte Ana sich die Augen rot geweint. Sie war meinetwegen außer sich vor Sorge gewesen. Signor Fidardo war wütend und schimpfte mich aus. Aber er verstand, warum ich weg gewesen war.

„Na", fragte er, als er sich beruhigt hatte. „Hast du den Seemann gefunden?"

Ich schüttelte den Kopf.

Dann legte ich mich auf die Bank und schlief ein.

Am nächsten Tag nahm Ana sich am Vormittag frei und ging mit Morros Brief zur Polizeiwache beim Largo da Graça. Sie war empört, als sie zurückkam.

„Die haben mich nur ausgelacht", erzählte sie. „Einer wurde böse. Er sagte, die Polizei habe keine Zeit für solchen Unsinn."

Signor Fidardo schüttelte düster den Kopf.

„Das hab ich mir ja gleich gedacht."

~

Meine Freude an der Arbeit war wie weggeblasen. Ich lag nur noch auf Anas Küchenbank und grübelte. War Alphonse Morro wirklich am Leben? Oder war das nur Wunschdenken? Und wenn er noch lebte, wie sollte ich ihn jemals finden können? Ich schwankte zwischen Hoffnung und Verzweiflung, ohne auch nur im Geringsten klüger zu werden.

Am Ende kam Signor Fidardo und holte mich nach unten in die Werkstatt.

„Wir haben neue Aufträge bekommen. Du kannst gleichzeitig

grübeln und arbeiten. Das mache ich seit fünfzig Jahren und es funktioniert ganz ausgezeichnet."

In der Werkstatt wartete eine Ziehharmonika mit einem scheppernden Geräusch, das behoben werden musste. Das Scheppern lag daran, dass mehrere Stimmplatten sich gelockert hatten. Ich fing an Bienenwachs und Harz zu mischen, um sie wieder zu befestigen.

Einige Wochen vergingen. Ich arbeitete tagsüber, nachts stromerte ich durch den Hafen, in der Hoffnung, den Seemann zu finden.

Er ließ sich jedoch nicht blicken und irgendwann gab ich die Suche dann auf. Stattdessen plante ich jetzt, mich auf eins der Schiffe im Hafen zu schleichen, um so in den Fernen Osten zu gelangen und Alphonse Morro auf eigene Faust zu suchen. Aber der Ferne Osten war groß. Da könnte ich auch gleich ein Pfefferkorn in einem Kohlenkasten suchen. Und die Reise als blinde Passagierin war noch dazu gefährlich. Mein letzter Versuch hätte ja um ein Haar ein schreckliches Ende genommen. Doch ich würde es wieder tun, wenn mir keine bessere Idee kam.

Mir kam keine bessere Idee.

Anders als Ana.

~

Eines Morgens weckte sie mich, noch ehe der Wecker geklingelt hatte. Der Himmel vor dem Fenster war grau und aus der Stadt war nur das ferne Klirren eines Milchkarrens zu hören, der in irgendeiner Gasse über die Pflastersteine holperte. Ana hatte sich in ihren Morgenrock gehüllt und ihre Haare waren zerzaust. Ihre Augen waren noch immer vom Schlaf trübe.

„Ich habe geträumt", sagte sie und unterdrückte ein Gähnen. „Von Alphonse Morro und Elisa Gomes. Ich glaube, ich habe möglicherweise eine Idee."

Sie bat mich, Morros Medaillon hervorzuholen.

„Das ist vielleicht etwas an den Haaren herbeigezogen, aber … man weiß ja nie", sagte sie und öffnete den Deckel des Medaillons.

Sie las das kleine Gedicht, das unter dem Bild von Elisa Gomes stand. Dann nickte sie.

„Dieses Medaillon", sagte sie, „war vielleicht die einzige Erinnerung, die Alphonse Morro noch an seine Elisa hatte. Falls er noch lebt, will er es sicher zurückhaben. Was, wenn wir ihn damit herlocken könnten?"

Sie sah mich an und spürte wohl, dass ich ein bisschen enttäuscht war.

„Entschuldige", sagte sie. „Das war wohl keine so großartige Idee. Im Traum kam sie mir besser vor."

An diesem Tag dachte ich bei der Arbeit immer wieder an Anas Idee. Ich konnte es nicht lassen, obwohl es mir sinnlos vorkam. Wir hatten doch keine Ahnung, wo Alphonse Morro sich aufhielt. Wie also sollten wir ihn mit dem Medaillon herlocken können?

Ana kam an diesem Abend früher als sonst aus der Schuhfabrik nach Hause. Ich hatte noch nicht einmal das Reiswasser kochen können.

„Ich habe mich wahnsinnig beeilt“, sagte Ana und legte eine nach Sardinen riechende Papiertüte auf den Tisch. „Ich habe noch eine Idee, musst du wissen.“

Statt den Fisch nun zu braten, erzählte Ana eifrig von ihrer neuen Idee.

„Wir verschicken Zettel“, sagte sie. „Mit einem ganz kurzen Text. Nur den kleinen Vers aus dem Medaillon und dann unsere Adresse hier. Die Zettel sollen in jeder Hafenstadt im Fernen Osten ausgehängt werden. Wenn Alphonse Morro einen davon sieht, wird er begreifen, dass er gemeint ist. Und dann wird er auch begreifen, was das bedeutet: dass wir hier sein Medaillon haben!“

Ana sah mich erwartungsvoll an. Ich überlegte. Zettel. In Hafenkontoren und Seemannsheimen und Kneipen. In jeder Hafenstadt im Fernen Osten.

Doch, das könnte vielleicht klappen. Aber wie sollten wir die Zettel dorthin schaffen?

Die Antwort fiel mir fast sofort ein: Senhor Baptista!

Zwanzig Minuten darauf betraten Ana und ich das O Pelicano. Wie immer hingen fast nur Seeleute über den Tischen, mit der Pfeife im Mundwinkel und einem kleinen Glas Aguardente vor sich. Senhor Baptista breitete die Arme aus, als er uns sah. Da wir in derselben Gegend wohnten, waren er und ich uns seit jenem Abend vor anderthalb Jahren, als ich Hilfe suchend zu ihm gekommen war, oft über den Weg gelaufen. Es war deutlich, dass er sich noch immer ein bisschen schämte, weil er mich damals weggeschickt hatte. Jetzt würde er sich wohl als hilfsbereiter erweisen, hoffte ich.

Senhor Baptista lud mich zu einem Becher Milch und Ana zu einem Glas Wein ein, während Ana unser Anliegen vorbrachte. Es dauerte eine ganze Weile, von Elisa Gomes, dem Medaillon, dem Brief aus dem Fernen Osten und der Idee mit den Zetteln zu erzählen. Senhor Baptista hörte mit ernster Miene zu. Als Ana auf den Grund unseres Besuches zu sprechen kam, leuchtete sein Gesicht auf.

„Natürlich helfe ich euch!", sagte er. „Mit Vergnügen. Jedem Seemann, der hier ins O Pelicano kommt, gebe ich einen Stapel von euren Zetteln mit. Und ich werde allen sagen, sie sollen in jedem Hafen, den sie anlaufen, mindestens zehn Zettel aufhängen, von Dschibuti im Westen bis nach Yokohama im Osten. Ich kann euch versprechen, dass das geschehen wird. Seeleute setzen sich immer für einen Kameraden in Not ein. Eure Botschaft wird im ganzen Orient verbreitet werden. Darauf habt ihr mein Wort!"

~

Die Deckenlampe in der Werkstatt brannte noch immer, als wir nach Hause kamen. Signor Fidardo musste eine komplizierte Stelle leimen und wollte fertig sein, ehe er Feierabend machte.

Ana erzählte ihm von ihren und meinen Plänen. Signor Fidardo hörte mit skeptisch gerunzelter Stirn zu. Als Ana nach seiner Meinung fragte, sagte er nur:

„Das hört sich sehr romantisch an.“

Ana sah ihn enttäuscht an.

„Du glaubst also nicht, dass es klappen wird?“

Signor Fidardo zögerte mit der Antwort. Er musterte mich besorgt. Dann sagte er:

„Nein, das glaube ich ehrlich gesagt nicht. Wenn Alphonse Morro ans Ende der Welt geflohen ist, dann wird er wohl kaum zurückkommen, nur um sich ein verlorenes Schmuckstück zu holen. Außerdem ist die Chance, dass er einen eurer Zettel sieht, sehr gering. Falls er überhaupt noch am Leben ist.“

Wir schwiegen eine Weile. Widerwillig sah ich ein, dass Signor Fidardo vermutlich recht hatte. Ana schien es auch so zu gehen. Sie schien allen Mut verloren zu haben. Sie sagte:

„Aber wir müssen es trotzdem versuchen. Wir haben doch nichts zu verlieren.“

Signor Fidardo nickte.

„So sehe ich das auch. Und ich weiß jemanden, der vielleicht mit den Zetteln helfen kann. Ich rede morgen mit ihm.“

Dann drehte er sich zu mir um:

„Versprich mir, dir nicht allzu große Hoffnungen zu machen, dass das hier deinen Freund Koskela aus dem Gefängnis holen kann. Falsche Hoffnungen sind schlimmer als gar keine.“

Schon eine Woche darauf lieferte eine kleine Druckerei im Bairro Alto mehrere Kartons mit insgesamt zweitausend Zetteln. Signor Fidardo bekam sie zu einem guten Preis, da er seit zwanzig Jahren in jedem Herbst und Frühling das alte Tafelklavier des Druckers stimmte.

Mitten auf jedem Zettel stand der Vers aus dem Medaillon. Darunter, wenn auch in kleineren Buchstaben, stand die Adresse unseres Hauses in der Rua de São Tomé. Das war alles.

Ich ging mit den Kartons ins O Pelicano und Senhor Baptista fing sofort an die Zettel an die Gäste zu verteilen, die bald in den Osten segeln würden.

Jetzt konnten wir nur noch warten und hoffen. Und ich wusste, dass es eine lange Wartezeit werden würde. Es könnte ein ganzes Jahr dauern – ja, vielleicht sogar mehrere Jahre –, bis Alphonse Morro unsere Mitteilung erhielt.

Falls er sie jemals erhielt.

~

Bald ging das Leben in der Rua de São Tomé wieder seinen gewohnten Gang. Ganz normale Sorgen und Freuden füllten die Tage.

Ich dachte natürlich oft an Alphonse Morro und überlegte, wie ich sonst noch beweisen könnte, dass er noch lebte. Aber sosehr ich mir auch den Kopf zerbrach, mir kam keine neue Idee. Am Ende musste ich mich damit abfinden, dass ich getan hatte, was getan werden konnte. Auf irgendeine Weise fand ich das beruhigend. Ich dachte immer weniger an Morro und wieder mehr daran, was hier und jetzt passierte.

Doch im Hinterkopf zählte ich die Tage, bis die ersten Zettel im Fernen Osten eingetroffen sein konnten.

KAPITEL 24

Fabulous Forzini

Ende Mai wurde Lissabon von einem großen Star besucht. Er hieß Giuseppe Forzini und kam aus Kalifornien im fernen Amerika. Dort wurde er *Fabulous Forzini* genannt, der Fantastische Forzini.

Fabulous Forzini war ein Akkordeonvirtuose. Angeblich konnte niemand schneller als er Ragtime und Polka spielen. Überall wollten die Menschen ihn sehen und hören. In der Zeitung stand, er verdiene märchenhafte sechshundert Dollar die

Woche, wenn er auf Tournee war. Das Geld gab er für schnelle Autos, schöne Frauen, Roulette und maßgeschneiderte Anzüge aus. Das stand auch in der Zeitung.

Fabulous Forzini war Amerikaner und Italiener. Er und Signor Fidardo kamen sogar aus demselben Landesteil, Kalabrien in Süditalien. Aber darauf war Signor Fidardo nicht stolz. Das Gegenteil war der Fall. Er schnaubte nur, als er hörte, dass die Eintrittskarten für den Auftritt von Fabulous Forzini im Teatro Maria Vitória in weniger als einer Stunde ausverkauft waren.

„Die Leute haben einfach keinen Geschmack mehr", schnaubte er. „Fabulous Forzini ist kein richtiger Musiker. Er tut nur so. Nur Technik, aber kein echtes Gefühl. Und zu allem Überfluss spielt er auch noch auf einem Pianoakkordeon!"

Das letzte Wort spuckte Signor Fidardo geradezu aus. Eine Ziehharmonika mit Klaviertasten anstelle von Knöpfen war eine neumodische Erfindung, die er verachtete. Signor Fidardo konnte moderne Dinge nur selten leiden.

Fabulous Forzini würde an einem Samstag in Lissabon auftreten. Am späten Freitagnachmittag hielt ein roter Chevrolet Superior vor Signor Fidardos Werkstatt. Ich bemerkte ihn sofort, in unserer Gegend sah man nur selten so teure Autos. Von der Rückbank stieg ein breitschultriger Kerl in einem dreiteiligen Nadelstreifenanzug und einem pelzgefütterten Umhang. Auf dem Kopf trug er einen Stetsonhut mit breiter Krempe und an den Füßen spitze schwarze Schuhe mit cremeweißen Gamaschen. Ich wusste schon, wer er war, ehe die Türglocke bimmelte und der Mann die Werkstatt betrat.

Auch Signor Fidardo erkannte Fabulous Forzini natürlich von den Zeitungsbildern her. Aber das ließ er sich nicht anmerken.

„Ja, mein Herr. Womit kann ich dienen?"

Fabulous Forzini lächelte strahlend und breitete die Arme aus. Am Ringfinger der rechten Hand funkelte ein in Gold eingefasster Edelstein.

„Signor Fidardo!", rief er. „Ich bin es doch, Ihr Landsmann – Fabulous Forzini! Endlich sehen wir uns! Ich bin ein großer Bewunderer Ihrer Instrumente."

„Das höre ich gern", sagte Signor Fidardo mit knappem Nicken.

Fabulous Forzini schaute sich in der kleinen Werkstatt um. Er hob seine kohlschwarzen, sorgfältig gezupften Augenbrauen, als er mich an meinem Arbeitstisch entdeckte.

„Ein Gorilla, der Musikinstrumente baut! Das ist mal was Neues", sagte er fröhlich. „Und dabei dachte ich, nach meinen Jahren als Varietékünstler könnte man mich nicht mehr überraschen."

„Sie heißt Sally Jones und ist keine Zirkusattraktion", murmelte Signor Fidardo verärgert. „Aber was führt Sie her, Mister Forzini?"

„Ich wollte Ihnen ein Angebot machen, Signor Fidardo. *An offer you can't refuse,* wie wir in Amerika sagen. Ich möchte mir ein neues Akkordeon bauen lassen. Es soll das schönste und wohltönendste Pianoakkordeon sein, das jemals gebaut worden ist. Für mich ist nur das Beste gut genug! Deshalb sind Sie der einzige Instrumentenbauer, Signor Fidardo, der für diesen Auftrag infrage kommt. *Well, what do you say?*"

Signor Fidardo brauchte keine Bedenkzeit.

„Ich fühle mich geschmeichelt, Mister Forzini", sagte er. „Aber ich muss leider ablehnen."

Fabulous Forzinis breites Lächeln erlosch. Er sah Signor Fidardo verwirrt an. Dann war das Lächeln wieder da und diesmal noch breiter. Er kniff die Augen zusammen.

„Aha, Sie sind ein *Businessman*, Signor Fidardo! *I like that!* Aber was das Geld angeht, so brauchen Sie sich keine Sorgen zu machen. Ich werde sehr großzügig sein. Und im Voraus bezahlen."

„Es geht hier nicht um Geld, Mister Forzini", sagte Signor Fidardo mit kühler Stimme. „Ich baue ganz einfach keine Pianoakkordeons. Weder für Sie noch für irgendjemanden sonst."

Eine scharfe Furche erschien zwischen Fabulous Forzinis dunklen Augenbrauen. Das Lächeln verschwand wieder.

„*Ma perché? Why not?* Warum denn nicht?"

Signor Fidardo richtete sich ein wenig gerader auf und fuhr sich über den Schnurrbart, ehe er antwortete:

„Das Pianoakkordeon ist ein vulgäres Instrument, das nur für schlichte Populärmusik geeignet ist. Für mich ist das nichts. Es tut mir leid, aber Sie müssen sich jemand anderen suchen, Mister Forzini."

Fabulous Forzini schien nicht begreifen zu können, was er da gerade gehört hatte. Dann stieg Farbe in seine Wangen und seine Augen wurden kohlpechrabenschwarz.

„*Lei mi insulta!* Sie beleidigen mich!“, knurrte er.

„*Mi scusi*“, sagte Signor Fidardo. „Ich wollte nicht unverschämt sein, aber Ihr Angebot interessiert mich ganz einfach nicht.“

„Das hier werden Sie bereuen, Signor Fidardo“, fauchte Fabulous Forzini verbissen. „Sie wissen nicht, mit wem Sie es zu tun haben. Mich haben Sie nicht zum letzten Mal gesehen!“

Dann machte er auf dem Absatz kehrt und stürmte mit flatterndem Umhang aus der Werkstatt.

~

In der folgenden Stunde schien Signor Fidardo ein wenig aus dem Gleichgewicht geraten zu sein. Die drohenden Abschiedsworte Fabulous Forzinis hingen noch in der Luft. Als die Dämmerung einsetzte, schielte Signor Fidardo mehrmals besorgt zum Fenster hinüber.

Es passierte um kurz vor sieben. Der rote Chevrolet bremste mit zwei Rädern auf dem Bürgersteig vor unserer Tür. Nur einige Sekunden darauf wurde die Tür aufgerissen.

Dort stand Fabulous Forzini.

In seinem Blick leuchtete eine düstere schwarze Glut. Er machte einige Schritte in die Werkstatt. In seiner einen Hand hielt er eine große Tasche.

Ohne ein Wort zu sagen, riss sich Fabulous Forzini Umhang, Hut und Jackett vom Leib. Er krempelte die Hemdsärmel auf und starrte zugleich wütend Signor Fidardo an, der vor lauter Schreck einige Schritte zurückwich. Dann riss Fabulous Forzini einen Stuhl an sich und stellte den mitten in den Raum. Aus der Tasche zog er ein cremefarbenes Pianoakkordeon. Er hängte sich das Instrument über die Schultern, setzte sich breitbeinig auf den Stuhl und fing an zu spielen.

Es war eine Tarantella, eine Art kalabrischer Volksmelodie, die ich schon oft von Signor Fidardo gehört hatte. Aber nie auf diese Weise. Fabulous Forzini machte sich mit fieberhafter Wut über sein Instrument her. Sein pomadisierter Schopf hing ihm ins Gesicht. Die Töne hallten von den Wänden der Werkstatt wider. Signor Fidardo klammerte sich an seinen Arbeitstisch, als ob ein Sturmwind durch die Tür hereinfegte. Plötzlich änderte Fabulous Forzini das Tempo. Seine Miene wirkte jetzt gequält. Die Töne kamen langsam und bebten vor Schmerz und Sehnsucht.

Fabulous Forzini spielte über eine halbe Stunde lang ununterbrochen. Signor Fidardo sah zuerst verdutzt aus, am Ende aber lauschte er mit geschlossenen Augen und glücklichem Lächeln.

Als der letzte Ton verklungen war, blieb Fabulous Forzini sitzen und schmiegte die Wange an das Akkordeon. Sein Hemd war schweißnass und die elegante Frisur war ein einziges Chaos.

„Na, Signor Fidardo“, sagte er mit brüchiger, atemloser Stimme. „Meinen Sie noch immer, dass ein Pianoakkordeon nur für schlichte Populärmusik taugt?“

„Nein“, antwortete Signor Fidardo mit zitternder Stimme. „Ich sehe mich gezwungen meine diesbezügliche Ansicht zu ändern.“

Fabulous Forzini strahlte.

„Dann bauen Sie mir ein Instrument?“

„*Con piacere*. Mit Vergnügen“, sagte Signor Fidardo mit einer leichten Verbeugung. „Wenn das Angebot noch besteht.“

~

Als Ana gegen neun von der Arbeit kam, war Fabulous Forzini noch immer da. Signor Fidardo hatte seine Gitarre hervorgeholt und jetzt spielten sie kalabresische Lieder, tranken Wein und redeten über ihre alte Heimat. Ich hockte auf meinem Stuhl und hörte zu.

Ana machte große Augen, als sie den weltbekannten Gast erkannte. Signor Fidardo stellte die beiden einander vor. Fabulous Forzini sprang sofort auf, verbeugte sich tief, um Ana die Hand zu küssen, und lächelte sie dann blitzschnell und mit halb geschlossenen Augen an.

„Ich finde, du solltest ein Glas Wein trinken, Ana“, sagte Signor Fidardo. „Und uns einen Fado singen.“

Ana zögerte ein wenig, aber dann zog sie sich einen Stuhl heran und setzte sich. Signor Fidardo spielte die ersten Takte von einem von Anas Lieblingsliedern. Als sie anfing zu singen, war Fabulous Forzinis selbstsicheres Charmeurlächeln sofort verschwunden. Stattdessen bekam sein Blick etwas Ernstes und Verträumtes. Behutsam ließ er sein Akkordeon eine Schlinge von Tönen um Anas Melodie legen.

Nach dem letzten Takt rief er mit lauter Stimme:

„Dieses Lied will ich morgen bei meinem Konzert als Zugabe spielen. Mit Ihnen, Signorina Molina, als meiner Gastkünstlerin."

~

Fabulous Forzini war ein großartiger Akkordeonspieler. Und in der Kunst der Überredung war er mindestens ebenso virtuos. Zuerst überredete er Signor Fidardo, ihm ein Pianoakkordeon zu bauen. Das war ja schon eine Leistung. Dann konnte er Ana für sein Konzert als Gastkünstlerin gewinnen. Und das war eine noch größere Leistung.

Das Teatro Maria Vitória war eines der größten Theater im Vergnügungsviertel Parque Mayer. Ana ging am nächsten Tag hin, um zusammen mit Fabulous Forzini zu proben. Als sie nach Hause kam, war sie sehr blass. Sie bereute sein Angebot angenommen zu haben. Das Theater hatte Platz für viele Hundert Zuschauer. Dort aufzutreten wäre etwas ganz anderes, als für das treue Publikum im Tamarind zu singen.

Signor Fidardo und ich bekamen Eintrittskarten für das Konzert. Ich war mindestens so nervös wie Ana. Signor Fidardo dagegen machte sich vor allem Sorgen, welchen Anzug er tragen sollte, den kalkweißen oder den cremeweißen.

Fabulous Forzinis Konzert war ein großer Erfolg. Das war immer der Fall. Aber an diesem Abend heimste nicht er den größten und längsten Applaus ein. Sondern Ana. Sie sah so entsetzlich klein aus, als sie dort auf der großen Bühne neben Fabulous Forzini im Scheinwerferlicht stand. Doch ihre Stimme füllte sowohl den Theatersaal als auch jedes Herz im Publikum.

Obwohl Ana nur ein einziges Lied gesungen hatte, wurde sie am nächsten Tag in allen großen Zeitungen erwähnt. Der Direktor des Teatro Maria Vitória bot ihr eine kleine Rolle in einem geplanten Musical an. Ana lehnte ab.

„Das war richtig so", sagte Signor Fidardo ernst. „Deine Stimme ist für sehr viel feinere Zusammenhänge geschaffen."

Da lachte Ana ihn aus. Das machte sie immer, wenn er so hochtrabend und hoheitsvoll wurde.

KAPITEL 25
Farol do Bugio

Der Sommer brachte eine Hitze, die die Arbeit in der Werkstatt fast unmöglich machte. Die heiße Luft stand in den engen Gassen der Alfama und aus Mülltonnen und Gullys quoll der Gestank der Verwesung.

Signor Fidardo machte Zeichnungen und Skizzen für Fabulous Forzinis neues Akkordeon. Fabulous Forzini hatte nicht den kleinsten Einwand. In einem Brief schrieb er, Signor Fidardo solle das Instrument ganz nach eigenem Gutdünken gestalten. „Dann kann ich sicher sein, dass mein Akkordeon ein wahres Meisterwerk wird", schrieb er. Dem Brief lag ein Scheck über eine hohe Summe bei. Das war die erste Rate.

Für einen Teil des Geldes mietete Signor Fidardo nun ein Haus in dem Fischerdorf Oeiras, das einige Dutzend Kilometer im Westen der Stadt lag.

„Jetzt machen wir Ferien!", sagte er zu Ana. „Das haben wir verdient."

Wir wohnten eine Woche in diesem Haus, Signor Fidardo, Ana und ich. Ana badete im Meer und wir machten lange Spaziergänge am Strand. Signor Fidardo saß im Schatten auf der Veranda, rauchte und trank Wein.

Ich versuchte den Motor eines heruntergekommenen kleinen Dampfbootes, das zum Haus gehörte und am Anleger unterhalb des Hauses vertäut lag, zu neuem Leben zu erwecken. Es hatte einen einzylindrigen Mumfordmotor und ich hatte noch nie an einem solchen gearbeitet. Es machte also Spaß.

Am Morgen unseres letzten Ferientages war das Boot ausfahrtbereit. Ich heizte unter dem Dampfkessel ein und nach dem Mittagessen brachen wir auf. Es war herrliches Wetter, die Sonne schien und vom Meer her wehte eine frische Brise. Ich steuerte gen Süden und wir umrundeten den Farol do Bugio, den Leuchtturm mitten in der breiten Tejomündung. Ana saß vorn, mit dem Wind in den Haaren und der Nase in der Sonne. Signor Fidardo war schweigsam und ein bisschen blass. Ich nahm an, dass er den Seegang spürte.

Auch ich konnte den Ausflug nicht richtig genießen. Wieder auf See zu sein, aber ohne den Chief, war ein seltsames Gefühl.

~

Die sommerliche Hitze ließ Lissabon dann nach und nach los. Abends hing der Septembermond groß und rund am schwarzen Himmel über der Stadt. Vier Monate waren vergangen, seit Senhor Baptista angefangen hatte im O Pelicano Zettel zu verteilen. Nur zweihundert waren noch übrig. Die anderen hingen in den vielen Häfen des Fernen Ostens aus.

Abends, wenn Ana eingeschlafen war, schlich ich mich ins Treppenhaus und schaute hinab in die Rua de São Tomé. Das machte ich jetzt seit zwei Monaten jeden Abend. Ich stellte mir vor, dass ich an irgendeinem Abend Alphonse Morro entdecken würde, wie er im Schatten zwischen den Straßenlaternen stand und zu unserem Haus aufblickte.

Es kam mir mehr und mehr wie ein Traum vor, nicht wie etwas, das wirklich passieren könnte.

KAPITEL 26

Der Vicomte

Der Vicomte von Oliveira ist einer von Lissabons reichsten Adeligen. Er ist auch ein bedeutender Musikkenner und Direktor von Portugals schönstem und feinstem Theater, dem Operntheater São Carlos in Lissabon.

Aber vor allem bekannt ist der Vicomte, weil er die größten Koteletten der Iberischen Halbinsel trägt. Deshalb erkannten viele ihn sofort, als er an einem Samstagabend im Oktober überraschend im Tamarind auftauchte. Natürlich hatte das Gerücht von Anas Stimme ihn hergelockt. Sonst sieht man in den schäbigen Fadokneipen der Alfama nur selten so vornehme Leute.

Der Vicomte war so hingerissen von Anas Gesang, dass er ihr stehenden Fußes ein Solokonzert im São Carlos anbot. Ana dachte, der Vicomte wollte sich einen Scherz mit ihr erlauben. Etwas anderes konnte sie sich nicht einmal vorstellen.

„Ja, danke", antwortete sie deshalb lachend. „Das klingt doch nett."

Aber der Vicomte von Oliveira hatte nicht gescherzt. Das begriff Ana erst zwei Tage später, als sie durch einen Brief zum Probesingen auf der großen Bühne ins São Carlos eingeladen wurde.

Anas Gesicht verlor alle Farbe, als sie den Brief las.

„Wie um Himmels willen soll ich denn da wieder rauskommen?", fragte sie verzweifelt.

Signor Fidardo sah sie mit ernster Miene an.

„Die Akustik im São Carlos ist von Weltklasse", sagte er. „Nicht viele haben die Chance, dort vorzusingen. Ich finde, du solltest hingehen. Du kannst danach noch immer ablehnen, wenn du nicht willst."

Der Vicomte persönlich holte Ana am nächsten Vormittag mit dem Auto bei uns ab. Sie war nervös und bleich, als sie losfuhren. Viele Stunden später kam sie zurück. Jetzt waren ihre Wangen rosig und ihre Augen leuchteten.

„Du hättest dabei sein müssen. Die Akustik ist wirklich unglaublich", sagte sie zu mir. „Jeder Ton schwebte wie mit Engelsflügeln. Es ist doch gut, dass ich wenigstens für das eine Konzert zugesagt habe …“

~

Der Vicomte von Oliveira wollte Ana von ausgewählten Musikern des theatereigenen Sinfonieorchesters begleiten lassen. Sie wollte aber die drei Hausgitarristen des Tamarind. Und da es ihre einzige Bedingung war, unter der sie das Konzert geben würde, willigte der Vicomte ohne zu murren ein.

Das Konzert sollte Ende November stattfinden. Die Zeitungen schrieben schon Wochen vorher darüber. Noch nie war eine Fadosängerin auf die vornehmste Bühne Portugals eingeladen worden. In der Alfama waren alle stolz auf Ana. Wenn sie abends von der Arbeit nach Hause kam, warteten die Kinder der Gegend vor jedem Haus und baten sie, ihnen etwas vorzusingen. Das tat sie natürlich.

Auch Direktor Santos von der Schuhfabrik war stolz. Dass eine seiner Angestellten im São Carlos auftreten sollte! Er bot Ana an, bis zum Konzert jeden Vormittag freizunehmen, damit sie proben könnte. Aber Ana ging weiterhin jeden Morgen zur Arbeit. Sie konnte ihre Lieder und brauchte nicht noch mehr zu proben. Außerdem machte es sie nur nervös, tatenlos zu Hause herumzusitzen.

Am stolzesten auf Ana war sicher wieder Signor Fidardo. Aber es war ihm nicht so richtig anzumerken. Er war nur etwas ruhiger und fröhlicher als sonst.

„Ich habe immer gewusst, dass es früher oder später passieren würde", sagte er mir. „Das ist doch kein Grund zur Aufregung."

Die Eintrittskarten zu Anas Konzert im São Carlos waren nach zwei Tagen ausverkauft. Natürlich wären viele aus der Alfama hingegangen, aber es gab nur wenige billige Karten für die Galerie und die waren fast sofort weg. Karten für das Parkett und die unteren Logen konnten normale Leute sich nicht leisten. Zum Glück gab der Vicomte Ana eine Handvoll Freikarten und sie reservierte die besten Plätze für mich und für Signor Fidardo.

~

Signor Fidardos Gelassenheit hielt noch bis eine Woche vor dem Konzert. Dann redete er sich plötzlich ein, sein alter Frack sei unmodern, und er bestellte sich in aller Eile beim Schneider an der Ecke einen neuen. Im São Carlos mussten nämlich alle Herren einen Frack tragen. Jeden Tag ging Signor Fidardo zum Schneider, um zu sehen, wie die Arbeit fortschritt, und um sich davon zu überzeugen, dass der Schneider nicht schlampig arbeitete.

Was ich auf dem Konzert tragen sollte, war nicht so selbstverständlich. Mein Blaumann ging ja offenbar nicht und andere Kleider habe ich nicht. Ana löste das Problem. Zwei Tage vor dem Konzert konnte sie sich aus dem großen Kostümfundus des Theaters ein Kleid für ihren Auftritt aussuchen. Sie kam mit einem schönen türkisfarbenen Kleid für sich und einem seltsamen Anzug aus buntem Stoff für mich nach Hause.

„Der wurde in Mozarts Oper ‚Die Entführung aus dem Serail' verwendet", erzählte Ana strahlend. „Wenn wir die Beine ein bisschen kürzen, passt er dir bestimmt."

Ich kam mir einfach töricht vor in diesem knallbunten Anzug mit den Puffärmeln und den Glasperlen am Kragen. Aber ich hatte ja keine große Wahl, deshalb ließ ich mir nichts anmerken.

Dann kam er endlich, der große Tag. Ana wurde nachmittags mit einem Auto abgeholt und ins São Carlos gefahren. Sie und ihre Gitarristen wollten ein letztes Mal vor dem Konzert proben. Zwei Stunden später nahmen Signor Fidardo und ich die Straßenbahn zur Baixa und von dort den Fahrstuhl Santa Justa zum feinen Stadtteil Chiado. Die Dämmerung war warm und wolkenlos. Wir kamen beim São Carlos an, als gerade die Gaslaternen angezündet wurden. Auf der Straße vor dem Theater herrschte Gedränge. Die Droschken kamen und fuhren.

Die breite Treppe zum Theater stiegen Gäste in schwarzen Fräcken und in Abendkleidern, die in allen erdenklichen Farben leuchteten, hoch. Saaldiener in roten Uniformen hielten die Türen auf und verbeugten sich tief. Es war prachtvoller, als ich mir das jemals hätte vorstellen können. Signor Fidardo spürte wohl, dass ich ein bisschen ängstlich wurde. Er nahm meine Hand, ehe auch wir die Treppe hochgingen.

Im Theaterfoyer wurde Champagner serviert. Ein schwerer

Duft nach teuren Parfüms schwebte zwischen den hohen Marmorpfeilern und Zigarrenrauch kräuselte sich zwischen den Kristallleuchtern und dem vergoldeten Stuck unter der Decke. Signor Fidardo stand ganz gerade da und hielt sein Champagnerglas elegant zwischen Daumen und Zeigefinger. Er schien sich wohlzufühlen. Ich tat das nicht. Mein seltsamer Anzug kniff ein bisschen. Und diese ganze Pracht hatte etwas Bedrohliches. Ich hätte gern gewusst, wie es Ana jetzt zumute war.

Durch das laute Stimmengewirr hindurch bemerkte ich plötzlich ein dröhnendes Lachen. Es kam mir bekannt vor. Für einen Moment war ich verwirrt. Wen konnte ich denn hier kennen? Ich reckte mich, um zu sehen, woher das Lachen stammte.

Ich entdeckte den Mann fast sofort. Er war als Geistlicher gekleidet, mit schwarzem Talar und weißem Kragen. Um den Bauch trug er eine purpurrote Binde und auf dem Kopf ein Käppchen in derselben Farbe. Bei unserer letzten Begegnung war er nicht so gekleidet gewesen. Aber ich erkannte ihn trotzdem. Mein Herz krampfte sich so ängstlich zusammen, dass es mir fast den Atem verschlug.

Es war der Mann aus Agiere. Der sich Papa Monforte genannt hatte.

Und hier stand er also, nur wenige Meter von mir entfernt, im Gespräch mit einem Mann, an dessen Gesicht ich mich nicht mehr erinnern kann. Der andere sagte etwas und wieder lachte Papa Monforte, laut und dröhnend. Zugleich drehte er ein wenig den Kopf und entdeckte mich plötzlich. Sein Lachen erstarrte und ich sah in seinen Augen einen Funken der Angst. Ich wandte mich eilig ab. Mein Herz hämmerte.

Die livrierten Saaldiener läuteten jetzt mit kleinen Messingglocken. Es war Zeit, die Plätze einzunehmen. Die Vorstellung sollte beginnen. Signor Fidardo nahm meine Hand und wir stellten uns in die Schlange vor einer der Türen zum Theatersaal.

KAPITEL 27

Purpur

Anas Konzert im São Carlos wurde ein Erfolg. Erst nach sieben Zugaben ließ das Publikum sie von der Bühne.

Ich habe nur vage Erinnerungen an das Konzert. Ich war nach dem unerwarteten Wiedersehen mit Papa Monforte tief in meinen eigenen verwirrten Gedanken versunken. Aber ich weiß noch, wie schwindelerregend groß der Saal war und wie es klang, als der Applaus nach jedem Lied wie Donnergrollen von den Rängen erscholl. Vor allem jedoch erinnere ich mich an das brennende, schreckliche Gefühl im Bauch, wenn ich in Gedanken immer wieder Papa Monfortes Lachen hörte. Die Angst aus der Unglücksnacht auf dem Fluss war wieder da.

Nach der Vorstellung wurde Ana sofort vom Bühneneingang mit dem Auto abgeholt und zum Palast des Vicomte von Oliveira gefahren, wo ein Galaessen wartete. Signor Fidardo konnte ihr nicht einmal die Blumen geben, die er für sie mitgebracht hatte.

Als wir zurück in die Rua de São Tomé kamen, war Signor Fidardo viel zu erfüllt von dem Konzert, um schon schlafen zu gehen. Er öffnete eine Flasche Wein und holte für mich ein Glas Milch. Wir setzten uns in die Werkstatt und warteten auf Ana. Sie kam kurz nach Mitternacht mit einem Taxi. Und nun musste sie alles über das Festmahl und die vornehmen und wichtigen Menschen berichten, die dort gewesen waren, um sie zu feiern. Der Direktor einer großen Schallplattengesellschaft hatte ihr versprochen eine Aufnahme von ihr zu machen.

„Das hier, Ana“, sagte Signor Fidardo und seine Stimme schwankte ein wenig vor Rührung, „ist nur der Anfang. Glaub mir.“

Es war schon fast Morgen, als wir uns endlich Gute Nacht sagten. Ehe ich unter die Decke auf der Bank kroch, schlich ich mich wie immer ins Treppenhaus und schaute hinunter auf die Straße.

Aber auch in dieser Nacht stand kein Alphonse Morro unter der Straßenlaterne und schaute zu unserem Haus hoch. Dagegen stand ein Stück weiter weg ein Auto. Die Fensterscheibe auf der Fahrerseite war heruntergekurbelt und ich konnte die Silhouette eines Mannes sehen, der rauchend hinter dem Lenkrad saß. Ich bildete mir ein, dass ein Augenpaar blass in der Dunkelheit leuchtete. Und dass es mich ansah.

Nach zwei Minuten wurden die Scheinwerfer des Autos eingeschaltet. Langsam fuhr der Wagen los und an unserem Haus vorbei. Dann lag die Straße leer und verlassen da.

Ich ging zu meiner Bank und legte mich hin. Aber ich schlief erst in der Dämmerung ein.

~

Am nächsten Tag war im Haus in der Rua de São Tomé der Teufel los. Die Boten mit Blumen und Glückwunschtelegrammen gaben sich die Klinke in die Hand. Ein Strauß kam von Anas heimlichem Verehrer, dem mysteriösen Canson.

Kolleginnen aus der Schuhfabrik und Musiker aus der Alfama und der Mouraria erschienen zum Gratulieren und um Kaffee und ein Glas Aguardente zu trinken. Der Vicomte von Oliveira brachte Champagner mit und Direktor Santos Pralinen. Es wurde Gitarre gespielt und gesungen. Ana war verwirrt und Signor Fidardo glücklicher, als ich ihn je gesehen hatte. Er holte das Akkordeon und spielte zu Anas Ehren einige italienische Melodien.

Ich war natürlich die ganze Zeit dabei. Doch sosehr ich es auch versuchte, ich konnte nicht richtig in die allgemeine Freude einstimmen. Das Wiedersehen mit Papa Monforte hatte mich nicht nur an das Unglück auf dem Fluss erinnert. Es hatte mir auch eine grausige Vorahnung eingegeben. Es ist schwer, genau zu erklären, was das für ein Gefühl war. Es erfüllte mich jedenfalls mit großer Kälte.

~

Es wurde den ganzen Tag gefeiert. Ehe wir am Sonntagabend schlafen gingen, kochte Ana eine Tasse Tee und für mich warme Milch. Sie war glücklich, aber müde.

„Morgen ist Montag", sagte sie. „So ein ganz normaler Tag nach der ganzen Aufregung wird mir guttun."

Aber auch der Montag wurde kein normaler Tag. Signor Fidardo und ich hatten gerade erst mit der Arbeit angefangen, als auch schon ein Dienstmann an der Tür der Werkstatt klopfte. Signor Fidardo war an seinem Arbeitstisch beschäftigt, deshalb machte ich auf. Der Bote gab mir einen an Signor Fidardo adressierten Brief. Der Umschlag war aus feinstem Bütten und verschlossen mit einem großen purpurroten Lacksiegel in Form eines Kreuzes.

Ich starrte das Siegel an.

Purpur!

Die Farbe kam mir bekannt vor. Aber warum?

Ich reichte Signor Fidardo den Brief. Auch er schaute das Siegel neugierig an, ehe er es erbrach und den Umschlag öffnete.

„Purpur ist doch die Farbe des Bischofs“, sagte er überrascht. „Was in aller Welt kann der denn von mir wollen?“

Signor Fidardo faltete den Brief auseinander und las. Er sah zuerst fragend aus, dann erstaunt und am Ende froh. Der Brief kam von keinem Geringeren als Rodrigo de Sousa, dem Weihbischof von Lissabon. Der Brief war von keinem Sekretär geschrieben, sondern vom Bischof persönlich. Es ging um die große Orgel in der Kirche São Vicente de Fora. Die Orgel musste renoviert werden und der Bischof bat Signor Fidardo, diese Arbeit zu übernehmen.

Signor Fidardo las mir den Brief vor. Dann schaute er zufrieden über den Rand seiner Lesebrille.

„Einen schöneren Auftrag kann ein Instrumentenbauer in Lissabon gar nicht bekommen“, sagte er stolz.

Bischof de Sousa bat Signor Fidardo, ihn noch an diesem Nachmittag zu besuchen, um über den Auftrag zu sprechen. Signor Fidardo machte sich fein, wechselte seinen Anzug und wanderte dann hoch erhobenen Hauptes und frisch gewichsten Schnurrbartes los. Er sah eifrig und erwartungsvoll aus.

Durch das Fenster sah ich ihn an der Haltestelle weiter unten in der Straße in die Straßenbahn steigen. Ich hatte einen kalten Stein im Magen. Denn jetzt wusste ich wieder, woher ich das Purpurrot des Lacksiegels kannte.

Nämlich von Bauchbinde und Käppchen, die Papa Monforte im Theater getragen hatte.

KAPITEL 28

Die Bedingungen des Bischofs

Ich schaffte an diesem Nachmittag nicht viel. Ruhelos lief ich in der Werkstatt hin und her, drehte eine Runde nach der anderen und versuchte dabei Ordnung in meine Gedanken zu bringen. Mit jeder Stunde, die verging, wurde ich noch unruhiger.

Signor Fidardo hatte doch gesagt, Purpur sei die „Farbe des Bischofs". Bedeutete das, dass Bischof de Sousa und Papa Monforte ein und derselbe waren? Das kam mir wahrscheinlich vor. Vor nur zwei Tagen hatten Papa Monforte und ich uns im Theater wiedererkannt. Und jetzt wollte der Bischof Signor Fidardo treffen. Das konnte ja wohl kaum ein Zufall sein.

Mein Magen verkrampfte sich voll banger Ahnungen. Warum blieb Signor Fidardo so lange aus?

Als Ana nach Hause kam, merkte sie sofort, dass etwas nicht stimmte. Signor Fidardo war nicht in der Werkstatt und ich war so unruhig, dass ich nicht stillsitzen konnte. Sie ging mit mir nach oben in ihre Wohnung und versuchte in Erfahrung zu bringen, was passiert war. Ich antwortete, so gut ich konnte, durch Nicken und Kopfschütteln, aber dadurch wurde sie nicht sehr viel klüger. Die Angelegenheit war so kompliziert; ich wusste ja selbst auch nicht, wie alles zusammenhing.

Um kurz vor neun hörten wir endlich Signor Fidardos Schritte auf der Treppe. Aber sie klangen schwerer als sonst. Als er durch die Tür kam, schien er in den wenigen Stunden seiner Abwesenheit um mehrere Jahre gealtert zu sein.

„Aber Luigi … was ist denn passiert?“, rief Ana.

Signor Fidardo blieb in der Tür stehen. Er berichtete kurz, was an diesem Tag passiert war, zuerst das mit dem Brief des Bischofs, dann schilderte er seinen Besuch bei de Sousa.

„Bischof de Sousa hat mir angeboten die Orgel in der Kirche São Vicente de Fora zu renovieren“, sagte er. „Aber ich musste ablehnen. Die Bezahlung war erbärmlich. Wir haben mehrere Stunden verhandelt, konnten uns aber nicht einigen. Deshalb komme ich so spät.“

Ich hörte, dass Signor Fidardo log. Oder dass er jedenfalls

nicht die ganze Wahrheit erzählte. Das hörte Ana auch. Ich konnte es ihr ansehen.

„So war das", endete Signor Fidardo. „Und jetzt will ich nach unten. Höchste Zeit zum Schlafen."

Er legte die Hand auf die Klinke und warf Ana einen Blick zu, der leicht zu deuten war. Sie sollte mit ihm ins Treppenhaus kommen. Dort blieben sie eine ganze Weile und redeten flüsternd miteinander. Ich hörte jedes einzelne Wort. Menschen haben offenbar keine Ahnung, wie scharf das Gehör eines Gorillas ist.

„Was ist nun wirklich passiert?", fragte Ana, sowie sie die Wohnungstür hinter sich zugezogen hatte.

„Der Bischof war zuerst ganz reizend", sagte Signor Fidardo tonlos. „Er hat meine früheren Arbeiten gelobt und mir ein sehr großzügiges Honorar für die Renovierung der Orgel angeboten. Erst nach einer Weile ließ er durchblicken, dass es eine Bedingung gab. Wenn ich den Auftrag wollte …"

Signor Fidardo legte eine kleine Pause ein, wie um Atem zu holen, ehe er weiterredete. Er war deutlich empört.

„Wenn ich den Auftrag wollte, müsste ich Sally Jones der Polizei übergeben. Oder dem Zoo."

Ana stieß ein ersticktes Geräusch aus.

„Was sagst du da? Warum denn?"

„Der Bischof sagt, es sei unnatürlich und wider Gottes heilige Ordnung, ein Tier wie einen Menschen leben und arbeiten zu lassen."

Ana schien es die Sprache zu verschlagen. Jedenfalls sagte sie nichts.

„Ich war natürlich wütend", erzählte Signor Fidardo weiter. „Ich habe dem Bischof gesagt, dann könnte er seine alte Orgel selbst renovieren. Das war sicher dumm von mir. Man darf sich mit einem Bischof nicht streiten, aber ich konnte es einfach nicht lassen. Als ich von dort losging, war ich so wütend, dass ich in einer Bar etwas trinken musste, um mich zu beruhigen. Ich hatte nicht daran gedacht, dass ihr euch Sorgen um mich machen würdet."

Ana und Signor Fidardo redeten noch eine Weile weiter, aber ich hörte nicht mehr zu. Verängstigte Gedanken in meinem Kopf übertönten ihre flüsternden Stimmen.

~

In dieser Nacht fand ich überhaupt keinen Schlaf. Sowie Ana eingeschlafen war, schlich ich hinaus, um am Fenster im Treppenhaus Wache zu halten. Dort blieb ich bis zum Morgen sitzen, bereit zur Flucht, falls Papa Monforte käme, um mich abzuholen.

Papa Monforte und Bischof de Sousa waren ein und derselbe.

Das wusste ich jetzt. Der Bischof war mächtig. Und er hatte es auf mich abgesehen. Meine Zeit hier im Haus in der Rua de São Tomé würde bald ein Ende nehmen. Bei diesem Gedanken tat mein Herz weh und meine Augen brannten von den Tränen, die hinauswollten.

Eigentlich hätte ich sofort aufbrechen müssen. Damit Signor Fidardo und Ana nicht meinetwegen etwas Schlimmes passierte.

Aber wohin hätte ich gehen sollen?

~

Ana fuhr am nächsten Morgen wie immer zur Schuhfabrik. Ich ging zu Signor Fidardo nach unten, und als wir zusammen eine Tasse Kaffee getrunken hatten, machte ich mit der Arbeit weiter, die ich am Vortag auf meinem Tisch hatte liegen lassen.

Alles in der Werkstatt war genau wie immer, ruhig und gemütlich. Was gestern passiert war, schien lange her zu sein, wie ein böser Traum. Waren meine schrecklichen Vorstellungen und meine Unruhe vielleicht mit mir durchgegangen? Das kommt doch vor, wenn man müde und besorgt ist.

Aber die Ruhe war nicht von Dauer. Nur einige Stunden darauf hielt vor Signor Fidardos Werkstatt ein schwarzes Auto. Es war dasselbe, das ich zwei Abende zuvor vom Fenster im Treppenhaus aus gesehen hatte. Vier Männer stiegen aus. Ich sah sie durch das Fenster vor meinem Arbeitsplatz.

Die Werkstatttür wurde aufgerissen und die Männer drängten sich herein. Den ersten erkannte ich sofort, obwohl ich ihn erst einmal gesehen hatte. Es war der Mann im Wollmantel, der den Chief im Hafen verhaftet hatte, nachdem Morro damals vor zwei Jahren ins Wasser gefallen war.

„Ich bin Kommissar Garretta“, sagte er zu Signor Fidardo und zog zugleich ein Papier aus seiner Manteltasche. „Das hier ist ein Bescheid des Lissaboner Gesundheitsamtes. Ihr Affe stellt ein gesundheitliches Risiko dar. Wir sind gekommen, um …"

Mehr hörte ich nicht mehr. Ich stürzte hinaus ins Treppenhaus, rannte die Treppen hoch und verschwand in Anas Wohnung. Wütende Stimmen und eilige Schritte folgten mir. Ich schlug die Tür zu und schloss ab. Dann öffnete ich das Fenster und schwang mich aufs Dach.

KAPITEL 29

Cochin

Ich fand mein altes Versteck auf dem Dachboden mit den Tauben. Ich war lange nicht mehr hier gewesen, aber es hatte sich nicht viel verändert. Noch immer flogen die Tauben durch das Loch im Dach unbekümmert ein und aus. Noch immer wurde ich gejagt und hatte Angst.

Ich blieb den ganzen Tag und die ganze Nacht dort oben. Im Laufe der Stunden kam mein rasendes Herz zur Ruhe und ich fing an eine seltsame Gelassenheit zu spüren.

Nichts ist schlimmer als das Warten auf etwas Schreckliches. Nicht einmal das Schreckliche, auf das man wartet. Seit ich im Foyer des Theaters Papa Monfortes Blick begegnet war, hatte ich im Grunde gewusst, dass er mich verfolgen würde. Und jetzt war es geschehen. Ich brauchte nicht mehr zu warten.

Stattdessen musste ich mich dazu zwingen, klar in die Zukunft zu sehen. Nachdem ich eine Weile überlegt hatte, war mein Plan fertig. Ich konnte nicht in Lissabon bleiben. Bischof de Sousa würde mich im Zoo einsperren lassen. Und der unsympathische Kommissar Garretta war seine rechte Hand. Vor solchen Feinden konnten Ana und Signor Fidardo mich nicht beschützen.

Also musste ich weg. Nur wohin? Es gab nur eine Antwort. In den Fernen Osten. Um nach Alphonse Morro zu suchen. Die Chance, ihn zu finden, war klein, aber das spielte keine Rolle. Was sollte ich denn sonst tun?

Ich konnte Lissabon jedoch nicht verlassen, ohne mich von Ana und Signor Fidardo zu verabschieden. Als es nach Mitternacht war, verließ ich den Dachboden und kroch über die Dächer, bis ich Anas Fenster sehen konnte. Die Küchenlampe brannte, aber das Fenster war geschlossen. Für einen Augenblick spielte ich mit dem Gedanken, hinüberzuklettern und anzuklopfen. Aber ich überlegte mir die Sache anders. Wenn die Luft rein gewesen wäre, hätte Ana das Fenster sicher offen stehen lassen. Vielleicht war die Polizei bei ihr.

Ich kehrte zum Dachboden zurück und versuchte ein wenig zu schlafen.

Am nächsten Abend stand Anas Fenster offen. Sie saß da und sang leise in die Dunkelheit hinaus, während sie nach mir Ausschau hielt. Als ich zum Fenster kam, sah ich, dass sie geweint hatte. Sie schlang mir die Arme um den Hals und presste mich an sich.

„Signor Fidardo hat einen Bekannten, der beim Gesundheitsamt arbeitet“, flüsterte sie mir dann ins Ohr. „Der hat uns geholfen den Bescheid, dass du in den Zoo musst, anzufechten. Es wird aber einige Wochen dauern, bis wir erfahren, was dabei herauskommt. Bis dahin darfst du nicht herkommen. Wir haben mit Senhor Baptista geredet und er hat versprochen dich im O Pelicano zu verstecken. Da wird dich die Polizei nicht suchen. Beeil dich jetzt, ehe jemand von den Nachbarn dich sieht.“

Ana ließ mich los und ich lief weiter.

Meine Pläne hatten sich plötzlich geändert. Vielleicht könnten Ana und Signor Fidardo mich ja doch beschützen! Es war jedenfalls einen Versuch wert.

Ich kletterte über Dächer, schlich durch Hinterhöfe und drückte mich an den Wänden der dunkelsten Gassen entlang, bis ich das O Pelicano erreicht hatte. Unterwegs sah ich mehrere Steckbriefe mit einem gezeichneten Bild. Es hatte nicht die geringste Ähnlichkeit mit mir. Für Menschen sehen ja alle Gorillas gleich aus.

Senhor Baptista ließ mich durch den Kücheneingang im Hinterhof ein. Ich sah direkt, dass er sich nicht über meine Anwesenheit freute. Das war ja auch kein Wunder. Einen Flüchtling zu verstecken ist ein Verbrechen und man kann dafür mehrere Jahre im Gefängnis landen.

Die Kellertür stand offen. Senhor Baptista machte Licht und zeigte mir den Weg die enge, steile Treppe hinunter. Es roch nach Schimmel und Rattenkot. Zerbrochene Möbel, verstaubte Weinkrüge, Kartons und anderer Abfall standen achtlos aufeinandergestapelt vor verwitterten Ziegelmauern. Wir gingen weiter durch die dunklen Gänge unter dem Haus. Nach ganz hinten schien seit Jahrzehnten niemand mehr einen Fuß gesetzt zu haben. Es gab einen kleinen Verschlag hinter einer Bretterwand zwischen zwei Mauern. Senhor Baptista schloss auf und winkte mir hineinzugehen.

„Es ist ja nicht besonders gemütlich“, sagte er ein wenig verlegen. „Aber hier bist du wenigstens sicher. Ich bin der Einzige, der den Schlüssel hat. Niemand wird erfahren, dass du hier bist. Nicht einmal Senhora Maria.“

Mitten auf dem Boden hatte Senhor Baptista die Abfälle beiseitegeräumt und eine Matratze hingelegt. Ich setzte mich auf die Matratze und Senhor Baptista schloss die Tür wieder ab. Durch ein schmutziges Kellerfenster konnte ich draußen auf der Straße das graue Licht einer flackernden Gaslaterne sehen. Ansonsten war es dunkel.

Ich hoffte, dass ich nicht lange hier bleiben müsste.

~

Ich war fünf Tage im Keller des O Pelicano eingeschlossen. Senhor Baptista brachte mir zweimal am Tag Essen und ließ mich auf die Toilette gehen, am frühen Morgen, ehe irgendwer in die Kneipe kam, und dann nach Mitternacht, wenn alle nach Hause gegangen waren.

In der Zwischenzeit war ich mit meinen Gedanken allein. Ab und zu hatte ich das Gefühl, den Verstand zu verlieren. Senhor Baptista merkte wohl, wie schlecht es mir ging, denn er fing an mir Bücher und Zeitungen mitzubringen.

Ana und Signor Fidardo kamen nicht zu Besuch. Ich wusste, warum. Wenn sie anfingen das O Pelicano zu ungewöhnlichen Zeiten zu besuchen, könnte die Polizei Verdacht schöpfen. In den Zeitungen, die Senhor Baptista mitbrachte, stand, dass noch immer nach mir gefahndet wurde. Es war eine Belohnung für Hinweise ausgesetzt, welche die Polizei zu meinem Versteck führen könnten.

Am späten Abend des fünften Tages kam Signor Fidardo endlich ins O Pelicano. Er hatte einen langen Umweg gemacht, um sicher zu sein, dass die Polizei ihn nicht beschattete. Er erschrak, als er mich sah. Nach fast einer Woche in Dunkelheit und Einsamkeit bot ich wohl keinen aufmunternden Anblick.

„Wir haben noch keine Antwort auf unseren Einspruch erhalten", sagte er. „Aber es sieht gut aus. Du brauchst nicht mehr lange hierzubleiben."

Ich hörte seiner Stimme an, dass er versuchte hoffnungsvoller zu klingen, als er in Wirklichkeit war. Mein Herz wurde schwer. Signor Fidardo sah mich besorgt an. Dann sagte er:

„Und dann ist noch etwas passiert."

Signor Fidardo zog einen Briefumschlag aus der Jackentasche und gab ihn mir.

„Der kam vorige Woche mit der Post auf dem Friedhof in Prazeres an", erzählte er. „João hat ihn mir leihweise überlassen. Er hat gesagt, ich dürfe ihn dir zeigen."

Der Umschlag war bereits geöffnet. Drinnen lag ein zusammengefalteter Zettel mit einer Fünfpfundnote. Ich faltete den Zettel auseinander und las:

Dieses Geld ist für die Pflege von Elisa Gomes' Grab bestimmt. Ich hoffe, das Geld, das ich zuletzt geschickt habe, ist angekommen. Weitere Mittel werden in einigen Monaten bei Ihnen eintreffen.

Ich hielt den billigen gelblichen Umschlag mit zitternden Fingern fest. Die Adresse war in derselben ordentlichen Handschrift geschrieben wie der Brief. Der Poststempel war ein wenig verwischt, aber ich konnte ihn lesen.

Cochin
Princely State of Cochin
Indien

Ich gab Signor Fidardo den Brief zurück. Dann umarmte ich ihn. Er wich nicht zurück, obwohl sein weißer Anzug sicher Affenhaare abbekommen würde. Stattdessen legte er die Wange an meinen Kopf.

„Mach dir keine Sorgen, meine Liebe", sagte er. „Wir sehen uns bald wieder."

Aber es sollte sich herausstellen, dass wir das nicht tun würden.

Denn in diesem Augenblick hatte ich meinen Entschluss bereits gefasst.

~

Mein Plan war einfach. Und ich wusste, dass Senhor Baptista mir bei der Durchführung helfen könnte. Sowie Signor Fidardo gegangen war, erklärte ich Senhor Baptista, was ich vorhatte. Das war nicht schwer. Ich zog nur den Stift aus seiner Brieftasche und schrieb den Namen „Cochin" auf einen Zettel. Ich zeigte erst auf den Zettel und dann auf mich.

„Cochin?", fragte Senhor Baptista. „Das ist eine Hafenstadt in Indien … und da willst du hin?"

Ich nickte.

~

Senhor Bapista arbeitete rasch. Es half sicher, dass er jetzt eine Möglichkeit sah, mich aus seinem Keller loszuwerden. Schon am nächsten Tag war alles bereit.

„Wir hatten Glück", sagte er. „Heute Morgen war ich im Hafenkontor und habe mit einem alten Schiffskameraden geredet, der dort arbeitet. Ein Stückgutfrachter legt in einigen Stunden ab. Es ist ein irisches Schiff namens *Song of Limerick*. Die *Song of Limerick* hat Maschinenteile für Bombay geladen. Ich habe mit dem Kapitän gesprochen und er kann dich als Schmierer anheuern. Du bekommst keinen Lohn, aber freie Kost auf der Überfahrt. Etwas Besseres kann doch gar nicht passieren. Bombay ist ein großer Hafen. Da findest du sicher eine neue Heuer weiter nach Cochin."

Ich wünschte, ich hätte Ana und Signor Fidardo erzählen können, was mir bevorstand. Aber dazu blieb keine Zeit. Senhor Baptista würde ihnen sagen, was ich vorhatte. Und Ana würde sicher eine Möglichkeit finden, um dem Chief zu erklären, warum ich nicht mehr sonntags auf dem Hügel beim Gefängnis stand und zuhörte, wenn er auf der Ziehharmonika spielte. Sie würden sich alle drei Sorgen machen, aber daran konnte ich nichts ändern. Ich hatte jetzt eine Chance, Alphonse Morro zu finden, und eine zweite würde sich vielleicht nie wieder ergeben.

KAPITEL 30

Die *Song of Limerick*

Zwei Stunden vor der Morgendämmerung verließ ich das O Pelicano und lief durch menschenleere Gassen zum Fluss hinunter. Die wenigen nächtlichen Passanten, die mir begegneten, waren entweder zu müde oder zu betrunken, um mich zu bemerken.

Der Hafen war menschenleer. Hier und da schrie in der Dunkelheit eine Möwe und die Hilfsmotoren der Schiffe dröhnten dumpf. Es roch nach Brackwasser und Kohle.

Die *Song of Limerick* war ein Schiff, das offenbar schon allerhand mitgemacht hatte. Jetzt lag sie abfahrtbereit da und aus dem Schornstein quoll schwarzer Rauch.

Kein Mensch war zu sehen. Ich hatte gerade die Laufplanke betreten, als ein Mann mit weißer Schirmmütze von der Brücke herunterschaute.

„Sally Jones!“, rief er und ich hob zur Antwort die Hand.

Der Mann kam herunter und empfing mich bei der Leiter zum Brückendeck. Es war ein ungewöhnlich hässlicher Mann, mit verfilztem Bart und abstoßendem Lächeln. Seine tabaksgelben Zähne schienen sich aneinanderzulehnen, um nicht umzufallen.

„Anderson mein Name“, sagte er. „Kapitän Anderson. *Welcome aboard.* Wir gehen zur Brücke hoch, damit ich dich in die Besatzungsliste eintragen kann. Und dann ist hier jemand, der dich treffen möchte.“

Kapitän Anderson ging vor mir her und ich folgte ihm. Wer mich wohl treffen wollte? Konnte ich jemanden von der Besatzung kennen? Oder waren Ana und Signor Fidardo gekommen, um Abschied zu nehmen? Senhor Baptista hatte ihnen vielleicht schon gesagt, dass ich losfahren würde …

Sowie ich durch die Tür auf die nur trübe beleuchtete Kommandobrücke trat, sprang von jeder Seite ein Polizist auf mich zu, sie packten meine Arme und traten mir die Füße weg, sodass ich vornüberfiel. Einer drückte mich auf den Boden, während der andere mir Handschellen anlegte und meine Füße mit grobem Stahldraht fesselte. Das ging sehr schnell.

Ich hob den Kopf und sah, dass jemand auf der anderen Seite der Brücke am Navigationstisch lehnte.

Es war Kommissar Garretta.

„Sieh an", sagte er mit zufriedenem Lächeln um seine dünnen Lippen. „Dann wäre die Jagd zu Ende. Du wärst fast entkommen, das muss ich zugeben. Mein Glück, dass jemand hier an Bord sich etwas von der Belohnung verdienen möchte, die ich ausgesetzt habe."

Vom Boden her sah ich Kapitän Anderson grinsen und einen dicken Priem aus einer Dose nehmen. Er setzte sich in den Steuersessel, legte den Priem unter die Oberlippe und kratzte in aller Ruhe Asche aus einer abgenutzten Maispfeife.

„Dann gehen wir mal", sagte Garretta und gab den Polizisten ein Zeichen, mich hinaus auf die Brücke zu bringen. „Wir haben noch viel zu erledigen, ehe wir den Schlaf des Gerechten genießen können. Zuerst gehen wir zum Tierarzt und lassen uns bestätigen, dass der Affe krank ist, dann werden wir ihn einschläfern und uns anschließend des Kadavers entledigen. Da gibt es keine Zeit zu verlieren. Guten Abend, Kapitän, und danke für die Hilfe."

Anderson tippte sich als Abschiedsgruß lässig mit zwei Fingern an die Mütze.

Was danach passierte, weiß ich gar nicht mehr genau. Ich geriet in Panik und warf mich hin und her. Die Polizisten mussten all ihre Kraft aufwenden, um mich festzuhalten. Ich glaube, ich konnte den einen ins Bein beißen. Er schrie jedenfalls laut auf und ließ mich mit dem Kopf nach vorn auf den Boden knallen.

„Das sieht anstrengend aus", hörte ich Kapitän Anderson mit müder Stimme sagen. „Sie könnten sich die Sache vielleicht ein bisschen erleichtern, Kommissar."

Garretta musterte ihn gleichgültig.

„Wenn Sie den Affen ohnehin bloß umbringen wollen, können Sie ihn doch gleich hierlassen", sagte Anderson und sein Blick wurde gierig. „Für fünfzig Escudos werfe ich ihn über Bord, sowie wir das offene Meer erreicht haben."

Garretta überlegte kurz, ehe er den schrecklichen Kapitän voller Missfallen ansah.

„Tja", sagte er dann. „Fünfzig Escudos ist natürlich billig, wenn wir uns dafür eine halbe Nacht Arbeit ersparen. Aber wer garantiert mir, dass Sie den Affen wirklich ertränken werden?"

Kapitän Anderson grinste breit. Tabaksaft floss über seine Zähne.

„Was hätte ich denn davon, es nicht zu tun?"

Garretta grinste zurück.

„Da haben Sie auch wieder recht", sagte er und zog einen Geldschein aus der Brieftasche. „Jetzt sind Sie dafür verantwortlich, dass der Affe verschwindet. Aber werfen Sie ihn erst über Bord, wenn die Küste ein gutes Stück hinter Ihnen liegt. Damit der Leichnam nicht zwischen die Badegäste in Cascais treibt. Das wäre doch kein schöner Anblick."

Zwei Matrosen wurden gerufen, um den Polizisten zu helfen, mich unter Deck zu tragen. Jemand zog mir einen Sack über den Kopf, damit ich nicht noch einmal beißen könnte. Dann spürte ich, dass harte Fäuste mich aufhoben. Ich versuchte mich zu wehren, aber das half nichts. Meine Arme und Beine waren wie in einem Schraubstock eingeschlosssen. Durch das Sackleinen hörte ich angestrengte Stimmen und klappernde Schritte auf Stahlplatten.

Am Ende schlug ich auf etwas Hartes und Kaltes auf. Danach knallte eine Tür zu und es klirrte, als der Riegel vorgeschoben wurde. Ich lag still da und lauschte. Als ich sicher war allein zu sein, versuchte ich meine Hände aus den Handschellen zu ziehen. Das ging nicht. In meiner Verzweiflung fing ich an auf dem Boden herumzukriechen, ohne so recht zu wissen, was ich damit erreichen wollte. Am Ende gab ich auf und blieb erschöpft liegen. Gleichzeitig hörte ich an Deck Rufe und die Vertäuungen wurden gelöst. Der alte Stahlrumpf bebte, als die Motoren anfingen die Achse der Schiffsschraube in Bewegung zu setzen.

Ich weiß nicht, wie lange ich dort lag, ehe ich das Geräusch bemerkte, das nun näher kam. Ich hörte leise murmelnde Stimmen. Der Riegel wurde weggezogen und die Tür zu meinem Verschlag geöffnet. Gleich darauf merkte ich, dass jemand ganz dicht bei mir stand. Dann schob sich etwas zwischen meinen Nacken und die Schnur, die den Sack auf meinem Kopf festhielt. Es fühlte sich an wie eine Messerklinge.

Mit einem Ruck wurde die Schnur durchgeschnitten. Der Sack wurde mir vom Kopf gezogen. Ich blinzelte im Licht einer Petroleumlampe. Kapitän Anderson schaute auf mich herunter. Neben ihm stand ein Mann in einem verdreckten Blaumann. Ich stieß mich mit den Füßen ab, schob mich rückwärts und zeigte die Zähne, bereit um mein Leben zu kämpfen.

„Ganz ruhig", sagte Anderson und drehte eine Holzkiste um, um sich setzen zu können. „Die Polizei ist an Land gegangen. Und wir haben abgelegt. Die Gefahr ist vorbei."

Ich war so außer mir, dass ich nur mit Mühe verstand, was er da sagte.

Kapitän Anderson nickte zu dem Mann im Blaumann hinüber.

„Das ist Geoff Gerrard", sagte er. „Ihr werdet im nächsten Monat zusammenarbeiten. Also versuch, nicht gleich einen schlechten Eindruck zu machen."

Der Mann, der Geoff Gerrard hieß, nickte freundlich. Er hatte Lachfältchen um die Augen. Er zog eine Feile aus der Tasche und kniete neben mir nieder.

„Jetzt bleib bitte still sitzen, meine Liebe", sagte er. „Damit ich dich nicht verletze."

Und damit fing er an, mein eines Handgelenk von den Handschellen zu befreien.

~

Bald darauf stand ich backbords auf der Brücke und atmete in der kühlen Meeresbrise tief durch. Mir war ein wenig schlecht, als die Spannung langsam aus meinem Körper wich. Die Tür zur Brücke wurde geöffnet und Kapitän Anderson brachte mir eine Tasse warme Milch.

„Soll ich einen Schuss Rum reingeben? Um deine Nerven zu beruhigen, meine ich."

Ich schüttelte den Kopf.

„Allright, hier wird niemand gezwungen", sagte Kapitän Anderson gutmütig und gab mir die Tasse.

Er lehnte sich an die Reling und stopfte seine Maispfeife mit schwarzem Tabak. Ich sah ihn an. Er sah wirklich nicht sympathisch aus. Aber der Schein trog. Kapitän Anderson hatte eben erst Kommissar Garretta ausgetrickst. Er hatte mir das Leben gerettet.

„Schön dich an Bord zu haben, Sally Jones", sagte er jetzt. „Du bist mit Henry Koskela gefahren, der der Chief genannt wird, oder was? Das habe ich auch gehört. Aber das ist schon eine Weile her. Netter Bursche, dieser Koskela. Und ein guter Seemann. Das wird übrigens auch von dir behauptet. Du sollst ja die absolut fantastische Maschinistin sein."

Anderson riss ein Streichholz an. Dann zwinkerte er mir listig zu und fügte hinzu:

„Und gute Maschinisten wirft man doch nicht einfach über Bord, oder was? Daran hätte er denken sollen, dieser strohdumme Kommissar. Was hast du übrigens angestellt, dass so ein Kerl es auf dich abgesehen hat?"

Er rechnete offenbar nicht mit einer Antwort. Stattdessen gab er sich mit dem Streichholz Feuer, zog einige Male an der Pfeife und ging zurück auf die Brücke. Er hinterließ einen scharfen Geruch nach billigem Tabak. Der wurde vom Wind rasch verweht, hing aber noch eine Weile in meinen Nasenlöchern.

Ich trank die warme Milch in kleinen Schlucken und musste mich darauf konzentrieren, nichts zu verschütten. Meine Hände wollten nicht aufhören zu zittern. Hinter mir funkelten die Millionen Lichter Lissabons in der Nacht.

Vor mir lag der Atlantik.

Und der weite Weg nach Indien.

ZWEITER TEIL

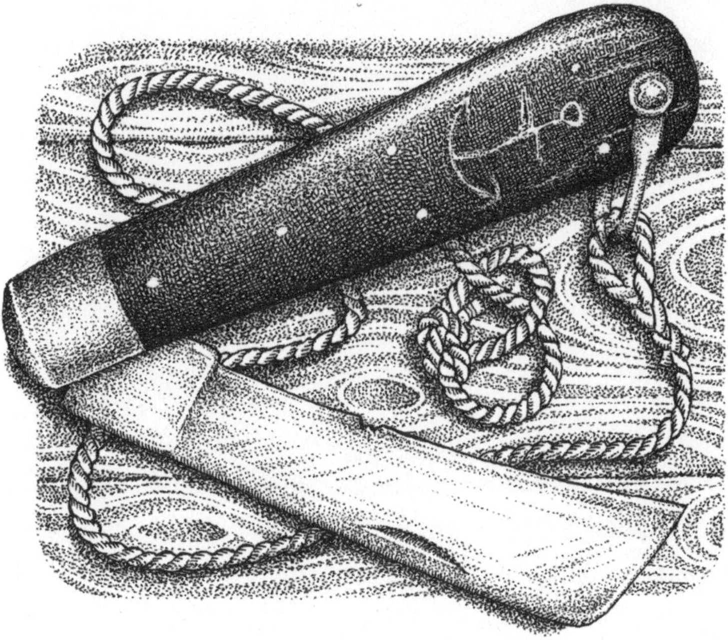

KAPITEL 31

Eine Scharte in der Klinge

Ich blieb auf der Brücke stehen und sah, wie hinter uns die Lichter des Ufers verschwanden, eins nach dem anderen. Am Ende war die portugiesische Küste überhaupt nicht mehr zu sehen. Hier und dort leuchtete etwas im Dunkeln auf, wenn eine Welle sich in zischendem Schaum brach. Ansonsten war weit und breit nur schwarzes Meer.

Ich war unterwegs. Es gab keinen Weg zurück.

Die Tür zur Kommandobrücke wurde geöffnet und Kapitän

Anderson schaute mit der stinkenden Pfeife im Mundwinkel hervor.

„Zehn Minuten vor Mitternacht“, sagte er. „Zeit zur Wachablösung. Kannst du eine Schicht im Maschinenraum übernehmen?“

Die Übelkeit nach der Begegnung mit Kommissar Garretta war noch nicht ganz verflogen. Aber meine Hände zitterten nicht mehr. Also nickte ich.

„Dann schau mal auf dem Weg nach unten in der Heizermesse vorbei“, sagte Anderson, ehe er die Tür wieder schloss. „Ich glaube, der Koch hat einen kleinen Imbiss hingestellt.“

Auf großen Schiffen wird die Besatzung oft in zwei Wachen eingeteilt. Wenn die eine arbeitet, kann die andere schlafen. Alle vier Stunden wird gewechselt. So war es auch auf der *Song of Limerick*. Ich hatte erfahren, dass wir bei meiner Wache zu viert im Maschinenraum sein würden. Die anderen waren der zweite Maschinist Geoff Gerrard, zwei Heizer und ich, der Schmierer.

Der Maschinist ist der Chef im Maschinenraum und der Schmierer ist sein Gehilfe, könnte man sagen. Die Heizer müssen Kohle ins Feuer unter dem Dampfkessel schaufeln, damit es immer genug Dampf gibt. Es ist eine schwere und schmutzige Arbeit. Die Hitze im Heizraum ist unerträglich und die Luft gesättigt vom Kohlenstaub. Die Arbeit des Schmierers ist angenehmer, erfordert aber größere Kenntnisse von Motoren und Mechanik.

Ich war froh darüber, dass Kapitän Anderson mich als Schmierer angeheuert hatte und nicht als Heizer. Jetzt musste ich beweisen, dass ich dieses Vertrauen verdient hatte.

Ich fand meine drei Wachkameraden in der Heizermesse, einem kleinen Raum mit einem verdreckten Tisch und an den Wänden angebrachten Holzbänken. Hier verzehrte das Maschinenpersonal seine Mahlzeiten und spielte in seiner Freizeit Karten. Über dem Tisch pendelte eine Petroleumlampe mit gelblichem Schirm den Schiffsbewegungen folgend hin und her. Die Lampe verbreitete ein trübes Licht in dem engen Raum. Ich setzte mich. Geoff gab eine Portion Kartoffelsuppe in einen Blechnapf und reichte ihn mir.

Die beiden Heizer musterten mich verstohlen. Der eine war groß und breitschultrig, mit einem blonden Schopf und Sommersprossen im rußigen Gesicht. Er reinigte sich gerade mit einem ungewöhnlich großen Taschenmesser die Fingernägel. Der andere war älter und eher ein sehniger Typ. Er hatte einen schwarzen Hängeschnurrbart und eine Kreidepfeife im Mundwinkel. Geoff stellte mir die beiden vor. Der Blonde hieß Paddy O'Connor und der Sehnige Johnny Doyle. Beide waren Iren, aus Dublin.

„Und das hier ist Sally Jones", sagte Geoff dann munter und klopfte mir auf die Schulter. „Die berühmte Sally Jones! Die Maschinistin der *Hudson Queen*! Ihr habt doch sicher von ihr gehört? Und jetzt ist sie bei unserer Wache. Was für eine Ehre, was?"

Paddy O'Connor nickte mir kurz zu. Johnny Doyle nahm die

Pfeife aus dem Mund und lächelte freundlich unter seinem Schnurrbart.

„Nett dich an Bord zu haben", sagte er. „Sag mal, bist du Schimpanse oder Gorilla?"

Paddy verdrehte die Augen, ließ sein Messer mit einem lauten Klicken zuschnappen und stand auf.

„Du bist einfach blöd, Johnny", sagte er. „Affen können keine Fragen beantworten. Die können ja nicht reden. Wir sehen uns unten."

Paddy öffnete die Tür und war verschwunden. Als die Tür sich hinter ihm geschlossen hatte, beugte Johnny sich vor und sah mir in die Augen.

„Ich glaube trotzdem, dass du reden kannst. Das kannst du doch?"

Ich schüttelte den Kopf.

Johnny lächelte wieder. Zwischen den braunen Zähnen in seinem Mund waren große Lücken.

„Das macht nichts, meine Liebe", sagte er und zwinkerte mir zu. „Geoff wird bestimmt genug für euch beide quasseln."

Johnny Doyle hatte recht. Bei meiner ersten Wache auf der *Song of Limerick* redete und juxte Geoff fast ununterbrochen. Mir war noch nie ein redseligerer und besser gelaunter Mensch begegnet. Zugleich behielt er mich die ganze Zeit aufmerksam im Auge. Er wollte natürlich sichergehen, dass ich gute Arbeit leistete. Das war ja kein Wunder. Ich war schließlich neu in der Besatzung.

Die Dampfmaschine der *Song of Limerick* war ein englischer Dreifachmotor von *Wigham Richardson & Co.* Es war ein weit verbreitetes Modell, mit dem ich mich auskannte. Ich wusste, wo alle Schmierstellen und Nippel zu finden waren, und ich wusste, wo ich die Hand hinlegen musste, um mich davon zu überzeugen, dass das Lager nicht heiß wurde.

Geoff war mit mir zufrieden. Das sagte er jedenfalls allen neugierigen Besatzungsmitgliedern, die in den Maschinenraum kamen, um vor der Wachablösung um vier einen Blick auf mich zu werfen. Mehrere streichelten freundlich meinen Kopf und hießen mich an Bord willkommen. Einer gab mir sogar die Hand.

Es war plötzlich ein ziemlich gutes Gefühl, unterwegs zu sein. Und mir war auch nicht mehr schlecht.

~

Am Morgen umrundeten wir das Cabo de São Vicente und fuhren in die Bucht von Cádiz ein. Das Meer lag ganz still da und die Sonne schien. Aber von dem schönen Wetter sah ich nicht viel. Der Maschinist der anderen Wache, Mister Bullworth, hatte auch in meiner Freiwache Arbeit für mich.

„Kannst du schmieden?", fragte er.

Ich nickte.

„Wir haben nicht genug Schraubenschlüssel. Hast du schon mal welche geschmiedet?"

Das hatte ich. Mit Schraubenschlüsseln werden Muttern angezogen und gelockert. Sie sind das wichtigste Werkzeug des Maschinisten. Auf der *Hudson Queen* hatten der Chief und ich alle Schraubenschlüssel selbst hergestellt.

„Na dann", sagte Mister Bullworth. „Im Kesselraum gibt es Amboss, Hammer und Feuer. Eisenstücke findest du im Lager. Du kannst einfach loslegen."

Als der Abend kam, war ich müde. Schmieden macht Spaß, ist aber auch schwere Arbeit. Außerdem hatte ich seit fast achtundvierzig Stunden nicht mehr geschlafen. Da alle Pritschen im Heizerquartier belegt waren, musste ich im Maschinistenkabuff wohnen. Das war ein Lagerraum mit Werkzeugecke gleich neben dem Maschinenraum. Es war gerade genug Platz dort, um eine Hängematte zu befestigen.

Ich ging nach der Abendwache hin und schlief sofort ein. Ich weiß nicht, wie lange ich schon geschlafen hatte, als es passierte. Ich weiß nur noch, dass ich träumte, dass ich fiel. Dann wurde ich von einem harten Schlag gegen meinen Kopf geweckt.

Einige Sekunden lang hatte ich keine Ahnung, wo ich mich befand oder was passiert war. Die Tür war angelehnt und ein schmaler Lichtstreifen kam aus dem Maschinenraum herüber. Ich lag auf dem aus groben Stahlplatten zusammengefügten Boden. Unter mir lag die Hängematte. Die war heruntergefallen. Und ich auch. Wie hatte das passieren können?

Ich erhob mich vorsichtig. Mein Hinterkopf blutete und mein Rücken tat weh. Die Hängematte war an einem Haken gleich neben der Tür befestigt gewesen. Als ich nun nachschaute, sah ich, dass der Knoten noch vorhanden war. Das Seil war gerissen.

Ich hob die Seilenden ins Licht. Dann lief es mir eiskalt den Rücken hinunter. Der Schnitt war gerade und klar. Jemand hatte das Seil mit einem Messer gekappt. Und noch dazu mit einem sehr scharfen Messer.

Ich band die Seilenden aneinander, hängte die Hängematte wieder auf und legte mich abermals hin. Aber einschlafen konnte ich nun nicht mehr. Mein Kopf tat weh und meine Gedanken drehten sich im Kreis.

Außerdem musste ich ja aufpassen, falls der, der die Hängematte abgeschnitten hatte, noch einmal zurückkam.

Auf See ist es unendlich wichtig, sich auf seine Schiffskameraden verlassen zu können. Das weiß jeder Seemann. Aber mir war jetzt klar, dass irgendwer an Bord der *Song of Limerick* mir nicht wohlgesinnt war. Ich hatte nur keine Ahnung, wer. Das war scheußlich.

Eigentlich hätte es mich nicht überraschen dürfen. Ich wusste ja schon, dass jemand von der Besatzung mich der Polizei in Lissabon verraten hatte. Das hatte Kommissar Garretta selbst erzählt. „Mein Glück, dass jemand hier an Bord sich etwas von der Belohnung verdienen möchte, die ich ausgesetzt habe.“ Das hatte dieser Garretta gesagt.

War der, der meine Hängematte abgeschnitten hatte, derselbe, der mich an Kommissar Garretta verkauft hatte? Oder hatte ich auf der *Song of Limerick* mehr als nur einen Feind? Diese Fragen machten mir viel mehr zu schaffen als die Wunde an meinem Hinterkopf.

Jetzt musste ich vorsichtig und aufmerksam sein. Vor allem wollte ich nicht, dass meine Hängematte noch einmal abgeschnitten würde. Mein erster Gedanke war, die Tür zu verriegeln. Dann fiel mir ein, dass es verboten ist, auf einem Schiff die Türen von innen zu verschließen. Das hat mit dem Brandschutz zu tun. Also tauschte ich das Bindeseil der Hängematte durch einen rostigen Draht aus, den ich in einem Kasten mit Resten unter der Arbeitsbank gefunden hatte. Der Draht konnte nur mit einer Metallsäge oder einer Kneifzange durchtrennt werden. Wer es mit einem Messer versuchte, würde bloß die Klinge ruinieren.

~

Später an diesem Tag passierten wir die Meerenge von Gibraltar. Geoff und ich lehnten an der Reling und schnappten ein wenig Luft, ehe unsere Wache begann. Durch den Sonnendunst hindurch erahnten wir den hohen Festungsfelsen, der auf dem Nordufer die Meerenge bewacht.

„Ich habe gehört, auf dem Felsen hausen Affen?“, fragte Geoff.

Das hatte ich auch gehört. Eine Art Meerkatzen, glaube ich.

„Sind das vielleicht Verwandte von dir? Sollen wir anlegen, damit du Guten Tag sagen kannst?“

Ich sah Geoff an. Sein ganzes Gesicht war von Lachfältchen überzogen. Er versetzte mir einen Rippenstoß, um zu zeigen, dass es ein Witz gewesen war. Das wusste ich schon. Geoff war ein Witzbold. Er lachte über alles und mit allen. Er zog Kapitän und Steuermann auf, kabbelte sich mit Heizern und Matrosen, machte sich über den Koch und den übellaunigen Mister Bullworth lustig. Niemand nahm ihm das übel. Im Gegenteil. Alle an Bord mochten Geoff gern. Ich auch. Es war wirklich ein Glück, dass er der Maschinist auf meiner Wache war.

Ich überlegte, ob ich Geoff zeigen sollte, was mit meiner Hängematte passiert war. Er könnte den Schuldigen sicher ausfindig machen. Geoff wusste so ungefähr über alles Bescheid, was an Bord vor sich ging.

Aber ich tat es dann doch nicht. Wer einen Schiffskameraden verpfeift, macht sich keine Freunde. Es wäre sicher klüger, wenn ich versuchte das Problem auf eigene Faust zu lösen.

~

In dieser Nacht lag meine Freiwache zwischen zwölf und vier. Ich schlief tief und wachte erst auf, als Mister Bullworth den Kopf durch die Tür steckte und brüllte, es seien noch zehn Minuten bis zum Wachwechsel. Als ich die Hängematte vom Haken nahm, sah ich mir den Draht genauer an.

Es fiel mir sofort auf. Der Rost am Draht war an einer Stelle gleich unter der Befestigungsöse abgekratzt worden. Einige Metallsplitter waren abgeblättert.

Während ich schlief, hatte wieder jemand versucht meine Hängematte abzuschneiden. In der Dunkelheit hatte er nicht gesehen, dass das Seil durch einen Draht ersetzt worden war. Vermutlich hatte er die Tür einfach einen Spaltbreit geöffnet und das Messer an die Stelle gehalten, wo die Hängematte befestigt war.

Ich verstaute die Hängematte hinter dem Arbeitstisch und rannte in die Heizermesse, um vor Wachbeginn noch schnell zu frühstücken. Ich freute mich nicht einmal darüber, dass es mir gelungen war, meinen unbekannten Feind auszutricksen. Vielmehr machte ich mir Sorgen, weil er es noch einmal versucht hatte.

Wer konnte das nur sein?

Die Antwort auf diese Frage erhielt ich früher als erwartet.

In der Heizermesse saß Geoff und aß Brei. Schlaftrunken schaufelte er eine Portion für mich in einen Napf. Es war lauwarmer Haferbrei, der unten im Topf angebrannt war. Der Koch war morgens immer schrecklich müde und das Frühstück an Bord war deshalb nicht immer eine Meisterleistung.

Johnny Doyle und Paddy O'Connor waren schon mit Essen fertig. Johnny nuckelte an seiner Pfeife und Paddy reinigte sich wie so oft mit seinem großen Taschenmesser die Fingernägel. Die blanke Klinge funkelte im Licht der schwankenden Petroleumlampe über dem Tisch. Ich hielt inne, als ich den Löffel halbwegs zum Mund gehoben hatte, und starrte Paddys Messer an.

Mitten in der scharf geschliffenen Klinge sah ich eine Scharte.

Um die Scharte hatte sich die Klinge verfärbt. Es sah aus wie Rost.

„Was glotzt du denn so, Affe?", fragte Paddy übellaunig.

Unsere Augen begegneten einander. Seine waren klein und hellblau. Und voller Wut. In diesem Augenblick wussten wir beide, dass wir einander hassten, Paddy O'Connor und ich.

Johnny zog die Pfeife aus dem Mund und lachte kurz.

„Was für eine blöde Frage, Paddy. Affen können nicht antworten. Die können ja nicht sprechen. Das hast du doch wohl gewusst?"

„Ach, halt die Fresse", fauchte Paddy, sprang auf und verließ die Messe.

Geoff schaute von seinem Brei auf und blickte Paddy verdutzt hinterher.

„Was sollte das denn?"

„Keine Ahnung", sagte Johnny und zuckte fragend mit den Schultern. „Der ist sicher mit dem falschen Fuß zuerst aufgestanden oder so."

KAPITEL 32

Sturmwinde aus der Sahara

Ich fühlte mich eigentlich erleichtert. Besser ein Feind, den man kennt, als einer, den man nicht kennt. Ich konnte mir außerdem denken, warum Paddy O'Connor mich nicht ausstehen konnte. Viele Heizer hoffen, zum Schmierer befördert zu werden, um von der Schufterei in der Kohlenbox wegzukommen. Paddy O'Connor war sicher wütend, weil ich, ein Affe, nun den Posten hatte, auf den er scharf war.

In den beiden folgenden Nächten konnte ich in meiner Hängematte ungestört schlafen. Wenn mir Paddy in der Heizermesse begegnete, übersah er mich vollständig. Ich überlegte, ob ich meinen guten Willen zeigen sollte, indem ich ihm und Johnny ab und zu beim Kohlenschaufeln half. Ich entschied mich dagegen. Es könnte doch auf irgendeine Weise missverstanden werden und die Sache nur noch schlimmer machen. Es war sicher besser, wenn ich mir ein Beispiel an Paddy nahm und mir nichts anmerken ließ.

Die Tage vergingen. Eine Wache folgte auf die andere. Um Paddy aus dem Weg zu gehen, machte ich in den Freiwachen einen Bogen um die Heizermesse. Ab und zu blieb ich im Maschinenraum und schmiedete Schraubenschlüssel oder erledigte irgendeine andere Arbeit. Ab und zu, wenn das Wetter gut war, setzte ich mich hinter dem Deckshaus achtern in die Sonne.

Eines Tages fand Geoff mich dort und zog ein zusammenklappbares Schachspiel aus der Tasche.

„Weißt du, was das hier ist?", fragte er.

Ein Zauberer namens Silvio hatte mir einmal Schachspielen beigebracht. Silvio hatte mir auch noch andere Dinge beigebracht, wie Lesen und Schreiben. Das ist jetzt lange her, aber ich habe nichts vergessen. Deshalb nickte ich.

„Hab ich's mir doch gedacht", sagte Geoff lachend. „Ich habe hier auf der *Limerick* einen Schachpartner vermisst. Jetzt spielen wir eine Partie, dann werden wir ja sehen, was du taugst."

Von diesem Tag an spielten Geoff und ich in fast jeder Freiwache eine kleine Runde Schach. Anfangs gewann er problemlos, aber bald hatte ich seine Tricks und Finten durchschaut. Danach verlor ich kaum noch eine einzige Partie.

~

Im Süden von Sardinien gerieten wir in schweres Wetter. Ein Sturm aus der Sahara zog über das Mittelmeer und brachte harte, trockene Winde. Feiner Wüstensand sammelte sich in allen Ecken und Winkeln an Deck und mein Fell juckte, sowie ich ins Freie kam. Einige Tage gingen wir mit halber Fahrt auf südöstlichen Kurs, um den Wellen standhalten zu können.

Ich hatte meinen Posten am Drosselventil. Mit dem Drosselventil wird die Dampfzufuhr zum Motor reguliert. Je mehr Dampf, desto höheres Tempo. Ich musste den Dampf immer dann drosseln, wenn sich das Achterdeck aus den Wellen hob. Das war eine sehr wichtige Aufgabe. Wenn sich das Achterdeck hebt, kann die Schiffsschraube über dem Wasserspiegel enden. Dann trifft der Motor auf keinen Widerstand und steigert seine Kraft. Wenn man nicht sofort den Dampfdruck verringert, dreht er einfach durch. Ein durchgedrehter Schiffsmotor ist schrecklich. Allein das Geräusch ist so erschütternd, als ob alle Eingeweide miteinander den Platz tauschten. Motor und Schraube können schwere Schäden davontragen und schlimmstenfalls einen Schiffbruch verursachen.

Mister Bullworth fand es gar nicht gut, dass Geoff mir die Verantwortung über das Drosselventil übertragen hatte.

„Ist es so klug, unser Leben in die Hände eines Affen zu legen?“, knurrte er warnend.

„Es ist immer die Aufgabe des Schmierers, am Drosselventil zu stehen“, antwortete Geoff und war ausnahmsweise einmal ernst. „Und Sally Jones ist so gut wie jeder andere Schmierer, mit dem ich gefahren bin.“

Ich war nicht im Geringsten besorgt. Meine Aufgabe war wichtig, jedoch nicht schwer.

Aber am zweiten Sturmtag frühmorgens wäre das, was nicht passieren durfte, um ein Haar dann doch passiert.

Wir hatten in dieser Nacht die Hundewache gehabt. Vor dem Wachwechsel ging Geoff auf die Brücke, um den Steuermotor zu schmieren. Ich war im Maschinenraum allein und konzentrierte mich ganz und gar auf meine Aufgabe am Drosselventil.

Plötzlich – als das Schiff gerade in ein Wellental tauchte – packten mich von hinten zwei starke Arme. Einen Moment lang glaubte ich, das sei einer von Geoffs Scherzen. Aber so war es nicht. Die Arme, die mich festhielten, waren grob und schwarz vor Ruß.

Das Achterdeck hob sich langsam aus den Wellen. Und jetzt hätte ich den Dampf drosseln müssen. Doch der Griff lag wie ein eiserner Reifen um meine Arme und meinen Brustkorb. Ich konnte mich nicht bewegen, ich konnte ja kaum atmen.

„So, du!“, fauchte Paddy O’Connor mir ins Ohr. „Jetzt werden sie ja sehen, was dabei herauskommt, wenn man einem Affen eine Maschine anvertraut.“

Ich versuchte mich mit den Beinen abzustoßen und mich aus Paddys Zugriff zu befreien. Zugleich merkte ich, dass das Schiff immer schräger lag. Jeden Moment konnte die Schiffsschraube durch die Wasseroberfläche brechen. Paddy ließ sich nicht bewegen. In meiner Panik warf ich den Kopf nach hinten und spürte, wie Paddys Schulter meine Wange streifte. Ich reckte den Hals und drehte den Kopf, bis meine Zähne seinen Oberarm gefasst hatten.

Paddy schrie auf und ließ mich los. Im selben Moment jagte der Motor los. Ich warf mich über den Ventilhahn und drosselte den Dampf. Gerade noch im letzten Augenblick.

Als ich mich umdrehte, stand Paddy da und hielt sich den Arm fest. Das Weiß seiner Augen leuchtete in einem rußverschmierten Gesicht.

„Du hast mich gebissen, du verdammtes Untier!“, fauchte er.

Dann rannte er auf den Gang zum Kesselraum und war verschwunden.

Geoff kam einige Minuten darauf zurück. Er lachte wie immer, aber sein Blick war forschend.

„Ich hab vorhin gehört, dass der Motor ganz schön auf Touren kam“, sagte er. „Du warst doch wohl nicht eingeschlafen?“

Ich schüttelte den Kopf. Mein Herz hämmerte noch immer wie verrückt.

Von nun an war ich auf der Hut und sorgte dafür, dass ich nie mehr mit Paddy O’Connor allein war. Und ich verriegelte meine Tür, wenn ich schlafen wollte, obwohl das verboten war.

KAPITEL 33

Rue des Sœurs

Nach drei Tagen beruhigte sich der Sturm. Wir fuhren weiter nach Osten und rechneten damit, in zwei Tagen den Sueskanal zu erreichen.

Aber plötzlich wurden die Pläne geändert. Die Reederei telegrafierte neue Anweisungen an Kapitän Anderson. Wir sollten die ägyptische Hafenstadt Alexandria ansteuern. Dort wartete eine wichtige und brandeilige Fracht auf uns.

Am nächsten Morgen lehnte ich mit Geoff an der Reling, als

die *Song of Limerick* sich dem von Wellenbrechern geschützten Hafen von Alexandria näherte. An der Reede dümpelten sicher fünfzig Schiffe. Zwischen ihnen drängten sich Bugsierschlepper, Ruderboote und kreuzende Feluken, das sind äyptische Segelboote mit dreieckigem Lateinersegel. Die Brise vom Land her war gesättigt von allen Wohlgerüchen und allem Gestank der Großstadt.

Wir legten im inneren Hafenbecken an. Sowie wir vertäut hatten, drängten sich eifrige Straßenhändler an der Laufplanke. Kapitän Anderson befahl, niemanden an Bord zu lassen. Diebe sind für ein Schiff im Hafen die pure Pest.

Kapitän Anderson fuhr mit einer Pferdedroschke zum Hafenkontor, um sich nach der Fracht zu erkundigen, die wir an Bord nehmen sollten. Als er zurückkam, erzählte er, wir könnten erst in drei Tagen laden. Bis dahin aber würden wir Kohle bunkern.

Einige Stunden darauf legte an unserer dem Meer zugekehrten Seite ein voll beladenes Kohlenschiff an. Danach begann die anstrengende und schmutzige Arbeit, mithilfe von Schaufeln, Säcken und einem Ladekran die Kohlenboxen der *Song of Limerick* zu füllen. Die ganze Besatzung half dabei, bis auf Kapitän, Steuermann und Koch. Es dauerte aber trotzdem drei Tage. Mir machte das nichts aus. Solange wir alle zusammen arbeiteten, konnte Paddy O'Connor mir schließlich nichts tun.

Als die Boxen gefüllt waren, teilte der Erste Steuermann mit, dass wir noch zwei Tage an der Reede liegen würden. Die

Fracht, auf die wir warteten, verspätete sich ein weiteres Mal. Woraus diese Fracht bestand, verriet er nicht. Auch Kapitän Anderson schwieg sich aus. Aus irgendeinem Grund war das offenbar ein Geheimnis.

Die Besatzung bekam Landurlaub. Es gab ein wildes Gedränge um den Schlauch an Deck, als alle Seeleute, bis auf die, die Hafenwache hatten, sich den Kohlenstaub abspülen wollten. Eine Weile danach ging eine muntere Schar an Land, alle frisch rasiert, mit Wasser gekämmt und in ihren feinsten Landurlaubsstaat gewandet. Der Allermunterste war Paddy O'Connor. Er spielte sich auf, als ob ihm schon ganz Alexandria gehörte.

„Jetzt können die aber ihren Hut festhalten, die Araber! Oder den Turban … oder was die hier nun auf dem Kopf haben. Heute Abend werden sie sehen, was passiert, wenn ein echter Ire einen losmacht!"

Unten am Kai standen die Pferdedroschken Schlange, um die Seeleute in die Stadt zu bringen. Um Geld zu sparen, quetschten sich in jede Droschke so viele wie überhaupt nur möglich. Alle außer Paddy O'Connor. Der suchte sich eine motorisierte Droschke und nahm mit breitem Grinsen allein auf der Rückbank Platz.

„Fahr mich in eine richtig tolle Bar! Und zwar ein bisschen dalli!", brüllte er den Fahrer so laut an, dass es auf dem ganzen Kai zu hören war.

„Kann Paddy sich denn eine Kraftdroschke leisten?", hörte ich einen Matrosen verärgert murmeln. „In Lissabon musste ich ihn im O Pelicano auslösen. Da hatte er jeden Centavo vertrunken, den er in der Tasche hatte …“

~

Ich blieb an Bord, obwohl das nicht nötig gewesen wäre. Es war schön, eine Weile allein zu sein. Damit die, die Hafenwache hatten, ebenfalls Zigaretten und Postkarten kaufen könnten, durften einige Straßenhändler an Bord kommen. Ich hatte ja kein Geld, aber der Erste Steuermann gab mir netterweise fünf ägyptische Piaster. Das reichte für eine Postkarte samt Briefmarke und eine Tüte Apfelsinen.

Die Postkarte zeigte einen Platz in Alexandria. Auf die Rückseite schrieb ich die Adresse von Ana und Signor Fidardo in der Rua de São Tomé in Lissabon. Und eine kurze Mitteilung:

Die Reise geht gut. Macht Euch keine Sorgen um mich.
Sally Jones

Als ich eine Weile allein war und Zeit zum Nachdenken hatte, ging mir auf, wie sehr mir Ana und Signor Fidardo fehlten. Sie sorgten sich sicher furchtbar um mich. Das machte mir zu schaffen. Ich hoffte, die Ansichtskarte würde sie beruhigen.

Nachdem ich die Postkarte beim Funker in den Kasten für ausgehende Post gesteckt hatte, setzte ich mich für den restlichen Nachmittag in die Sonne, sah mir die Schiffe im Hafen an und aß meine Apfelsinen.

Nach dem Abendessen ging ich nach unten und schlief in meiner Hängematte sofort ein. Ich hatte seit über einer Woche keine ganze Nacht mehr geschlafen.

~

Am nächsten Morgen wurde ich vom Lärm an Deck geweckt, als die Seeleute zur Wachablösung vom Landurlaub zurückkehrten.

Als Allerletzter kam Paddy O'Connor. Er musste von Johnny Doyle und einem Leichtmatrosen an Bord getragen werden. Sie hatten Paddy in einem Bordell in der Rue des Sœurs gefunden, wo er an der Bar saß und irische Gassenhauer sang und mit der Bordellmutter Armdrücken machte. Rue des Sœurs bedeutet „Straße der Schwestern" und ist die Hauptstraße im unbekannten Vergnügungsviertel von Alexandria. Dieses Viertel kennen aber alle erfahrenen Seeleute.

Jetzt schlief Paddy mit offenem Mund. Aus seiner Brusttasche lugten etliche kubanische Zigarren hervor. Seine Hand war krampfhaft um eine Flasche fünfsternigen Importgin geschlossen. Als seine Kameraden ihn aufs Deck legten, fielen Münzen und Scheine aus seinen Taschen.

Kapitän Anderson kam von der Brücke, um sich das Spektakel anzusehen. Sein Blick verdüsterte sich, als er das Geld, die Zigarren und die Ginflasche entdeckte.

„Seit wann ist Paddy O'Connor ein wohlhabender Mann?", fragte er.

Niemand antwortete. Alle hatten sich ja dieselbe Frage gestellt.

Kapitän Anderson holte den Schlauch, drehte den Wasserhahn auf und richtete den Strahl fest auf den schlafenden Zecher. Paddy fuhr hoch, fauchte und spuckte aus.

„Melde dich in zehn Minuten auf der Brücke, O'Connor", sagte Kapitän Anderson und machte auf dem Absatz kehrt.

Johnny Doyle half Paddy dabei, sich trockene Kleider anzuziehen. Der Koch kochte eine Kanne Kaffee, so schwarz und stark wie Teer. Paddy trank zwei Becher, aber das schien nicht weiterzuhelfen. Die kalten Schweißperlen auf seiner Stirn stanken nach klarem Schnaps.

Das Gespräch auf der Brücke zwischen Kapitän Anderson und Paddy O'Connor dauerte über eine halbe Stunde. Als Paddy herauskam, sah er noch elender aus als zuvor. Wenn auch vielleicht ein wenig nüchterner. Ohne ein Wort ging er ins Heizerquartier und packte seine wenigen Habseligkeiten. Nicht einmal Johnny Doyle konnte ihn dazu bringen, den Grund zu nennen.

Mit schwachen Knien und leichenblassem Gesicht verließ Paddy O'Connor die *Song of Limerick*. Den Seesack über der Schulter und das Musterbuch in der Gesäßtasche, stapfte er über den Kai und verschwand zwischen zwei Lagerhäusern.

Das war das Letzte, was wir von ihm sahen.

~

Was war geschehen?

Das hätten alle gern gewusst.

Natürlich war es dann Geoff, der für uns die Wahrheit herausbekam. Geoff, der mit allen an Bord befreundet war, brachte den Zweiten Steuermann dazu, ihm die Sache zu erklären.

Kapitän Anderson konnte Denunzianten nicht leiden. Schon seit wir Lissabon verlassen hatten, hatte er sich gefragt, wer von seiner Mannschaft wohl der Polizei verraten hatte, dass ich auf der *Song of Limerick* anmustern würde. Der Denunziant hatte von Kommissar Garretta zehn Pfund Belohnung bekommen. Für einen einfachen Seemann war das ein Vermögen. Deshalb hatte Kapitän Anderson vermutet, dass der Schuldige sich verraten würde, sowie er an Land gehen und mit dem Geld um sich werfen könnte.

Und genau das hatte Paddy O'Connor getan.

Paddy hatte gegenüber Kapitän Anderson nichts zugegeben. Stattdessen hatte er behauptet, zehn Einpfundnoten in einer Blechdose gefunden zu haben, die hinter den Rohren im Maschinenraum versteckt gewesen war.

Das hatte Kapitän Anderson natürlich nicht geglaubt. Aber da er nicht beweisen konnte, dass es gelogen war, hatte er Paddy selbst kündigen lassen, statt ihn zu feuern. Das machte sich dann besser in Paddys Musterbuch.

Auf der *Song of Limerick* wurde noch lange und ausgiebig über Paddy und sein Geld geredet. Alle fanden am Ende offenbar, dass Kapitän Anderson sich richtig verhalten hatte. Einen

Schiffskameraden für Geld zu verraten ist ein schlimmes Verbrechen, auch wenn dieser Schiffskamerad zufällig ein Affe ist. Aber Paddy war eben einer, dem das durchaus zuzutrauen war. Das musste sogar Johnny Doyle zugeben.

KAPITEL 34

Ein seltenes Tier

Wir blieben dann noch zwei Tage in Alexandria. Die Deckmannschaft vertrieb sich die Zeit damit, den Schornstein abzubeizen, Rost zu klopfen und die Farbe an der Außenseite des Schiffes zu erneuern. Wir im Maschinenraum reinigten die Kessel, richteten Lager neu ein und tauschten Dichtungen in lecken Ventilen aus. Alle hatten das Hafenleben inzwischen satt und freuten sich darauf, wieder in See stechen zu können.

Endlich, an einem späten Abend, kam die Fracht, auf die

wir gewartet hatten. Eine kleine Karawane aus Fahrzeugen fuhr auf dem Kai vor der *Song of Limerick* vor. Erst kam ein offenes Automobil mit zwei uniformierten Polizisten. Darauf folgten zwei Lastwagen. Der eine hatte Heuballen geladen, der andere einen großen Metallkäfig. Es war unmöglich zu sehen, was sich im Käfig befand. Die Seiten waren mit Sperrholzplatten abgedeckt.

Das vierte Auto war ein glänzend schwarzer Daimler mit Samtvorhängen vor den hinteren Fenstern. Der Fahrer sprang heraus und öffnete die Tür für die Insassen. Als Erster stieg ein großer magerer Mann in einem doppelreihigen Anzug und mit einem Panamahut aus. Er schaute mit düsterer Miene zur *Song of Limerick* hoch. Nach ihm kam ein jüngerer und kleinerer Mann mit zerknittertem Kakihemd und Tropenhelm.

„Das ist ja vielleicht ein schäbiger Kahn", sagte der Große im Anzug. „Hätten Sie nichts Besseres finden können, Mister Wilkins?"

Der jüngere Mann, der also offenbar Wilkins hieß, wischte sich mit einem Taschentuch die Stirn und schob sich seine kleine Brille höher auf der Nase.

„Leider, Herr Direktor Thursgood, nicht so kurzfristig. Aber die Reederei garantiert …"

„Ja, ja", unterbrach ihn der Anzugträger ungeduldig. „Lassen Sie jetzt den Kapitän holen. Wir haben nicht die ganze Nacht Zeit."

Bald darauf herrschte an Deck hektische Aktivität. Einige Matrosen öffneten die Ladeluken und fuhren einen Ladebaum über den Kai aus. Der Zweite Steuermann und zwei Leichtmatrosen räumten im Laderaum um, um für die Heuballen und den riesigen Käfig Platz zu schaffen.

Der Mann im Anzug, Direktor Thursgood, war zusammen mit Mister Wilkins zu Kapitän Anderson auf die Brücke gegangen, um die Papiere durchzusehen. Als sie fertig waren, gab der Erste Steuermann ein Zeichen, die Ladung an Bord zu bringen. Langsam wurde der Käfig vom Kai gehievt. Direktor Thursgood und Mister Wilkins schauten von der Brücke aus zu. Sie sahen nervös aus. Vor allem Mister Wilkins. Er wischte sich fast ununterbrochen die Stirn.

Aus dem Käfig waren ab und zu ein seltsames, klagendes Gebrüll und ein drohendes, dumpfes Knurren zu hören. Was verbarg sich da wohl hinter den Sperrholzplatten?

Kaum war die Fracht im Laderaum verschwunden, sammelte sich die Besatzung um die offene Ladeluke und schaute neugierig nach unten. Der Boden des Käfigs war mit Heu bedeckt. Im Heu lag ein Kamel und fraß. Beim Kauen stieß es ab und zu ein heiseres Brüllen aus.

Als ich das Kamel sah, kam es mir sofort seltsam vor. Ich konnte aber nicht genau sagen, warum eigentlich. Doch dann lachte Geoff und rief:

„Habt ihr so was schon mal gesehen! Das hat ja einen Höcker zu viel!“

Und das stimmte. Das Kamel hatte nicht einen und nicht zwei, sondern drei Höcker! Ich wusste nicht einmal, dass es Kamele mit drei Höckern gab.

Der Käfig wurde festgezurrt und die Sperrholzplatten wurden entfernt. Eine elektrische Lampe wurde angebracht, damit das Kamel nicht im Dunkeln wohnen müsste. Als Direktor Thursgood – der offenbar der Besitzer des Kamels war – sich davon überzeugt hatte, dass es dem Tier an nichts fehlte, ging er an Land und sauste in dem schwarzen Daimler davon. Mister Wilkins blieb an Bord. Er sollte sich während der Überfahrt nach Indien um das Kamel kümmern.

Ehe Direktor Thursgood aufbrach, hörte ich ihn zu Mister Wilkins sagen:

„Jetzt müssen Sie dafür sorgen, dass mein Kamel wohlbehalten in Bombay ankommt. Es steht sehr viel auf dem Spiel, Wilkins. Vergessen Sie das nicht."

„Natürlich nicht, Herr Direktor", antwortete Wilkins.

~

Am 18. Dezember verließ die *Song of Limerick* den Hafen von Alexandria. Wir fuhren ostwärts über ölglattes Meer, das sich langsam zu langer Dünung hob. Am nächsten Morgen nahmen wir vor Port Said einen Lotsen an Bord und erhielten die Erlaubnis, die Durchfahrt durch den Sueskanal anzutreten. Wir gehörten zu einem Konvoi von etwa einem Dutzend Schiffen. Leblose, sonnenversengte Ufer glitten langsam auf beiden

Seiten an uns vorbei. Einige seltene Beduinenlager waren alles, was die eintönige, langweilige Aussicht auflockerte.

Einen knappen Tag später setzten wir den Lotsen in Port Tawfik ab und fuhren auf das Rote Meer hinaus. Hier funkelte das Wasser grün und der Himmel war von Horizont zu Horizont strahlend blau. Da das Wetter so schön war, ließ der Steuermann die Ladeluke offen stehen, damit das Kamel Licht und frische Luft bekam. Es lag unten im Käfig und fraß zufrieden sein Heu. Ab und zu stand es auf, streckte ein wenig die Beine aus, hielt das Maul in die Sonne und ließ sorglos seinen Haufen auf das Heu fallen.

Unser anderer Passagier, Mister Wilkins, war nicht so zufrieden mit dem Leben auf See. Immer wenn ich ihn sah, hatte er die Stirn heftig gerunzelt. Er ging der Besatzung mit seinen vielen Klagen auf die Nerven. Mal machte er sich Sorgen, weil der Käfig des Kamels vielleicht nicht gut genug festgezurrt war. Dann wiederum glaubte er, das Süßwasser, das das Kamel zu trinken bekam, sei verdorben. Danach konnte er fragen, warum es an Bord keine Schwimmwesten in Kamelgröße gab. Und so ging es weiter.

Nach einigen Tagen beruhigte Mister Wilkins sich dann. Das war Geoffs Verdienst. Er nahm sich die Zeit, ganz gelassen alle Fragen zu beantworten und Mister Wilkins zu erklären, wie es auf einem Schiff so zugeht. Erst danach wagte Mister Wilkins zu glauben, dass das Kamel unten im Laderaum wirklich gut aufgehoben war.

So war Geoff. Er gab sich Mühe, sich mit allen, die ihm begegneten, anzufreunden.

Mister Wilkins fing an mir und Geoff Gesellschaft zu leisten, wenn wir Schach spielten. Er war selbst ein geschickter Schachspieler und spielte mit uns beiden. Dabei erzählte er, warum er mit einem dreihöckrigen Kamel nach Indien unterwegs war.

„Es ist schon seltsam, wenn man sich das überlegt", sagte Mister Wilkins. „Vor einem Jahr hätte ich mir auch in meiner wildesten Fantasie nicht vorstellen können mich auf ein solches Abenteuer zu begeben. Da wohnte ich in London und arbeitete als Zoologe bei der wissenschaftlichen Akademie *Royal Society.* Meine Aufgabe bestand darin, seltene und ausgestorbene Tierarten zu katalogisieren. Es war eine ruhige Arbeit, die ich schon viele Jahre hatte. Aber eines Tages kam ein Brief von einer Bergwerksfirma, *Thursgood & Thursgood Mining Co. Ltd.* Der Direktor, ein gewisser Charles Allen Thursgood, bat mich um einen Besuch in seinem Büro."

„Thursgood", fragte Geoff. „War das nicht der Mann, der dabei war, als wir das Kamel an Bord genommen haben?"

Mister Wilkins nickte und erzählte weiter:

„Ich dachte, es könnte sich vielleicht um ein Missverständnis handeln. Warum sollte ein Bergwerksdirektor einen Zoologen sprechen wollen? Aus Neugier beschloss ich, trotzdem hinzugehen. Als ich dort ankam, bot Direktor Thursgood mir einen Schnaps an und war überaus freundlich. Er fragte nach meinem

Gehalt bei der *Royal Society.* Als ich erzählte, was ich verdiente, machte er ein mitleidiges Gesicht. Er fand, ich müsste viel mehr bekommen, ich sei doch schließlich der wichtigste Experte unseres Landes für seltene und ausgestorbene Tiere. Da musste ich ihm natürlich zustimmen. Dann kam Direktor Thursgood endlich zur Sache: Er bot mir eine neue Stelle an. Ich sollte lebende, seltene Tiere herbeischaffen. Und mit ‚selten' meinte Direktor Thursgood ‚einzigartig'. Er wollte ein Tier besitzen, von dem es nur ein einziges Exemplar gab. Wenn ich ein solches Tier für ihn finden könnte, würde ich eine schwindelerregende Summe erhalten."

Mister Wilkins hatte nicht sofort Ja gesagt, wie er nun erzählte. Aber auch nicht Nein. Er hatte um Bedenkzeit gebeten. Drei Tage später hatte er sich entschieden. Der Gedanke an die „schwindelerregende Summe" hatte ihm seine normale Arbeit und das Katalogisieren plötzlich als belanglos erscheinen lassen.

„Also habe ich angenommen", sagte Mister Wilkins.

„Das hätte ich auch getan", meinte Geoff lachend. „Aber was will denn dieser Direktor mit diesem seltenen Tier? Haben Sie das erfahren?"

„Ja, das schon. Er will es verschenken. An einen indischen Maharadscha."

„An einen Maharadscha? Warum denn?"

„Das habe ich auch gefragt", sagte Mister Wilkins. „Und Direktor Thursgood erzählte, dass seine Firma sich aufs Diamantenschürfen verlegt hat. Vor Kurzem hatten die Geologen der Firma in einem kleinen indischen Fürstentum namens Bhapur einen interessanten Fund gemacht. Der Fund wirkte überaus vielversprechend, aber um Probebohrungen vornehmen zu können, brauchten sie die Genehmigung des Alleinherrschers von Bhapur, eben des Maharadschas."

Der Maharadscha von Bhapur, hatte Direktor Thursgood Mister Wilkins erzählt, war wegen seines ungeheuren Vermögens und seines ausschweifenden Luxuslebens bekannt. Aber auch wegen seiner wechselhaften Launen und seines unsteten Temperaments. Direktor Thursgood fand es beunruhigend, dass die Zukunft seines Grubenprojekts von einer dermaßen unberechenbaren Person abhängen sollte. Deshalb wollte er selbst nach Indien reisen und dem Maharadscha die Pläne seiner Firma vorlegen. Nichts durfte dem Zufall überlassen werden, was diese Begegnung anging. Das Diamantenprojekt musste auf großartige Weise vorgestellt werden, mit einer überzeugenden Präsentation durch hervorragende Geologen und verlockenden Berechnungen darüber, wie viel Geld der Maharadscha bei dem Geschäft verdienen würde.

Außerdem brauchte er ein Geschenk. Das Geschenk war das Wichtigste von allem. Direktor Thursgood musste etwas ganz Besonderes mitbringen, das er dem Maharadscha verehren könnte, ehe er die Sache mit der Diamantengewinnung aufgriff.

Aber was schenkt man einem Maharadscha, der bereits Paläste, Luxuswagen und Juwelen im Wert von Millionen und Abermillionen Pfund besitzt?

Thursgood hatte sich an eine Detektei gewandt, die diskret alle bekannten und unbekannten Informationen über Leben und Interessen des Maharadschas zusammengetragen hatte. Unter anderem konnten die Detektive berichten, dass der Maharadscha in seinem riesigen Palastgarten auch seinen eigenen Zoo hatte. Es war natürlich kein normaler Zoo, sondern eine Sammlung der ungewöhnlichsten und seltensten Tiere der Welt. Dort befanden sich das letzte lebende Exemplar des tasmanischen Wolfskängurus und viele andere seltsame Geschöpfe.

Direktor Thursgood wusste nun, was er dem Maharadscha schenken würde: ein neues einzigartiges Tier für den Zoo im Palastgarten. Ein solch großartiges Geschenk würde garantieren, dass der Maharadscha dem Bergwerksprojekt seine Zustimmung gäbe.

„Und deshalb hat Direktor Thursgood dann mich eingestellt", sagte Mister Wilkins. „Im vergangenen Jahr bin ich um die ganze Welt gereist, auf der Suche nach einem Tier, das ungewöhnlich genug ist, um einen Platz im Zoo des Maharadschas zu verdienen. Ich habe mit Zoologen in allen Erdteilen korresponiert und Hunderte von Tierparks besucht. Ich habe den Yeti im Himalaja gesucht und im Östersund in Nordschweden nach dem Großen Seeungeheuer gefischt. Direktor Thursgood wurde mit jeder Woche, die verging, immer ungeduldiger. Vor einem Monat wollte er mich entlassen. Aber gerade da bekam ich einen Brief aus Ägypten."

„Aha", Geoff lachte. „Ging es in diesem Brief zufällig um ein Kamel?"

Mister Wilkins nickte.

„Stimmt", sagte er. „Ein Kollege in Kairo hatte gehört, dass es in einem kleinen Ort am Rand der Sahara ein Kamel mit drei Höckern geben sollte. Dreihöckrige Kamele sind überaus selten. Also bin ich sofort nach Ägypten gereist. Dort fand ich das Kamel und kaufte es für Direktor Thursgoods Geld von einem mächtigen Beduinenscheich. Der wusste, was sein einzigartiges Tier wert war. Dementsprechend war der Preis."

„Wie viel denn?", fragte Geoff neugierig.

„Mehr, als Sie sich vorstellen können", antwortete Mister Wilkins ein wenig von oben herab.

„Meine Güte, das ist ja nicht schlecht", lachte Geoff. „Dann verstehe ich, warum Sie solche Angst haben, dass dem Kamel etwas passieren könnte."

Mister Wilkins nickte mit ernster Miene.

„Ja, es wäre schrecklich. Vor allem jetzt, wo wir so kurz vor dem Ziel sind. Wenn das Kamel nur gesund und munter bleibt, bis wir Bhapur erreicht haben, dann habe ich meinen Auftrag ausgeführt."

„Und dann bezahlt Direktor Thursgood Ihnen diese schwindelerregende Summe", sagte Geoff.

„Genau", lachte Mister Wilkins mit verträumtem Blick.

„Darauf stoßen wir an", sagte Geoff fröhlich und hob seinen Kaffeepott.

Ich aber dachte, dass Mister Wilkins sehr auf Geld versessen war. Das ist nicht gerade ein sympathischer Zug.

KAPITEL 35

Der Untergang der *Minsk*

Das gute Wetter hielt sich, bis wir den Golf von Aden erreicht hatten. Dort wehte uns ein heftiger Wind entgegen. Das Schiff stampfte hart in der wütenden See. Mit jeder Stunde wurde der Wind stärker. Als wir die Spitze des Horns von Afrika passierten, tobte ein heftiger Sturm. Das ganze Arabische Meer war in Aufruhr und die Wellen waren so hoch wie zweistöckige Häuser. Mit knapp fünf Knoten Fahrt kämpfte sich die *Song of Li-*

merick durch den Wind. Ab und zu verschwand das Vorderschiff in einem Inferno aus schäumenden Wassermassen.

Mister Wilkins wurde seekrank, als er im Laderaum Kamelkacke schaufeln sollte. Seekrank zu sein ist nicht lustig. Das weiß ich selbst. Früher war mir oft schlecht geworden, wenn es schaukelte, aber das hatte sich mit den Jahren gebessert. Jetzt wurde ich nur ein bisschen müde und dösig.

Durch die Seekrankheit verlor Mister Wilkins alle Lebensfreude. Er schloss sich in seiner Kajüte ein und ließ sich mehrere Tage lang nicht blicken. In dieser Zeit wechselten wir uns in der Besatzung mit der Betreuung des Kamels ab. Wir merkten sofort, dass etwas nicht stimmte. Das Kamel hatte aufgehört zu essen oder zu trinken. Es lag nur da und starrte mit leerem Blick in den Laderaum. Wenn sich das Schiff auf die Seite legte, glitt es über den Käfigboden und knallte gegen die Gitterstäbe. Ab und zu brüllte es unglücklich, ansonsten aber gab es kein Lebenszeichen von sich.

Nach einer Weile ging uns auf, was mit dem Kamel los war. Es war ebenfalls seekrank. Wenn man genau hinschaute, konnte man sehen, dass es ein wenig graubleich ums Maul war.

Geoff und ich banden auf der Innenseite des Käfigs Heuballen vor die Gitterstäbe, damit sich das Kamel nicht verletzte, wenn das Schiff schlingerte. Wir passten auf, dass der Futtertrog immer mit Heu und Wasser gefüllt war. Mehr konnten wir nicht tun. Und eigentlich bestand auch kein Grund zur Unruhe. Kamele können lange ohne Futter und Wasser überleben. Ihre Höcker sind Fettspeicher, die für viele Monate reichen.

„Und dieses Kamel hat ja sogar noch einen Extrahöcker", sagte Geoff und lachte.

~

Der Sturm schien überhaupt nicht abflauen zu wollen. Um die Kräfte der Besatzung und unseren Kohlevorrat zu schonen, nahm Kapitän Anderson Kurs auf Sokotra, eine einsame Felseninsel hundertzwanzig Seemeilen im Osten der afrikanischen Küste. Einen halben Tag später ankerten wir in einer geschützten Bucht, wo Wind und Wellen uns nichts anhaben konnten.

Nach einem Sturm gibt es auf einem Schiff immer eine Menge zu tun. Alle Kleider und Gegenstände sind triefnass. Lagerräume und Werkstätten sind ein einziges Chaos. Überall findet man große und kleine Gegenstände, die zerbrochen sind und repariert werden müssen. Aber ehe wir uns an diese Arbeit machten, sorgte Kapitän Anderson dafür, dass wir alle ausschlafen konnten. Er war schon ein guter Chef, unser Kapitän Anderson.

Mister Wilkins kam wieder zu Kräften, als der Seegang aufhörte. Er sah wirklich erbärmlich aus, als er aus seiner Kajüte kam. Seine Haut war leichenblass und um die Augen hatte er vor Schlafmangel und Erschöpfung schwarze Ringe. Aber nachdem er etwas gegessen hatte, kehrte ein wenig Farbe zurück in seine unrasierten Wangen, nur um auf der Stelle wieder zu verschwinden, als Geoff vom Befinden des Kamels erzählte.

„Ach, großer Gott! Das darf doch nicht wahr sein! Das darf einfach nicht wahr sein!“, rief Mister Wilkins und rannte sofort in den Laderaum hinunter.

Während wir in der Bucht vor Anker lagen, ließ Mister Wilkins nichts unversucht, damit sich das Kamel wieder erholte. Er versuchte es mit Zuckerwasser und Brei zu füttern, aber das Kamel spuckte das wenige, was es überhaupt zu sich nahm, sofort wieder aus. Mister Wilkins war außer sich vor Sorge. Es war jetzt zu sehen, dass das Kamel die Fettreserven in seinen Höckern aufzehrte. Der mittlere schien jedenfalls kleiner geworden zu sein.

Der Wind beruhigte sich schließlich ein wenig und das Quecksilber im Barometer fing an zu steigen. Wir lichteten den Anker und nahmen unsere Reise nach Osten wieder auf. Wind und See waren noch immer rau, aber wir schafften doch acht Knoten Fahrt. Wenn nichts Unvorhergesehenes passierte, könnten wir in zehn Tagen Bombay erreichen. Mister Wilkins zählte die Stunden.

Die Insel Sokotra war kaum hinter dem Horizont versunken, als das Unvorhergesehene auch schon passierte. Am späten Nachmittag fing der Funker den Notruf eines russischen Schiffes namens *Minsk* auf. Die *Minsk* lag nur an die fünfzig Seemeilen südlich von unserer Position. Kapitän Anderson befahl sofort einen Kurswechsel, um ihr zu Hilfe zu kommen.

Mister Wilkins hatte offenbar begriffen, dass sich etwas zusammenbraute, als die *Song of Limerick* plötzlich seitlich zu den Wellen lag und in heftiges Schlingern geriet. Er ging auf die Kommandobrücke, um sich zu erkundigen. Ich war natürlich nicht dabei, aber Geoff erzählte mir später, was sich zwischen Mister Wilkins und Kapitän Anderson zugetragen hatte. Geoff hatte das von einem Matrosen erfahren, der zufällig gerade auf der Brücke gewesen war.

Kapitän Anderson hatte Mister Wilkins erklärt, dass wir einen Notruf erhalten hatten und jetzt auf dem Weg nach Süden waren, um der *Minsk* zu Hilfe zu kommen. Worauf Mister Wilkins die Beherrschung verloren hatte.

„Das ist doch wohl nicht möglich!", rief er. „Ihre Pflicht als Kapitän ist es, die Ladung Ihres Schiffes sicher in den Hafen zu bringen. Direktor Thursgoods Kamel ist krank und muss so schnell wie möglich an Land. Ich verlange, dass wir auf geradem Weg nach Bombay fahren."

„Mister Wilkins", antwortete Kapitän Anderson. „Überlegen Sie sich gut, was Sie sagen. Es sind Menschenleben in Gefahr."

„Aber auch das Leben des Kamels ist in Gefahr!", rief Mister Wilkins, ohne zu bemerken, wie düster Kapitän Andersons Blick inzwischen geworden war. „Haben Sie überhaupt eine Ahnung, wie viel dieses Kamel wert ist? Wir haben keine Zeit für irgendwelche Rettungsexpeditionen."

In seiner Wut biss Kapitän Anderson den Stiel der alten Maispfeife ab, die immer in seinem Mundwinkel hing.

„Verschwinden Sie!“, brüllte er und Kautabak und Tabakflocken stoben auf. „Und wenn Sie auch nur einen Funken Verstand in Ihrem armen Kopf haben, Mister Wilkins, dann bleiben Sie mir von jetzt an aus den Augen!“

Für den Rest der Reise traute sich Mister Wilkins nicht mehr auf die Brücke oder in die Offiziersmesse. Er begriff wohl, dass er sich total blamiert hatte. Für einen Seemann ist nichts heiliger als die Pflicht, anderen zu helfen, die in Seenot geraten sind. Das nächste Mal kann schließlich das eigene Leben davon abhängen, dass jemand rechtzeitig zu Hilfe kommt.

~

In der Dämmerung erreichten wir die Position, die die *Minsk* in ihrem Notruf angegeben hatte. Wir kreuzten die ganze Nacht und den gesamten folgenden Tag auf dieser Position. Die Freiwachen wurden gestrichen und alle, die entbehrt werden konnten, hielten Ausschau nach irgendwelchen Spuren der *Minsk*. Da ich gut klettern kann, wurde ich mit einem Fernglas um den Hals auf den vorderen Mast gehisst. Zwei Tage lang hing ich in der Ausgucktonne und spähte auf das unruhige Meer hinaus. Neben einem Wal und einigen Delfingruppen sah ich nur hohe graue Wellen, die sich zu fauchendem Schaum brachen. Alle zwei Stunden wurde ich heruntergelassen und bekam eine Tasse Tee, um warm zu bleiben.

Am Morgen des dritten Tages wurde die Suche eingestellt. Ein anderes Schiff hatte in der Nähe Ölflecken und Wrackteile entdeckt. Bald darauf konnten sie ein Rettungsboot mit sieben russischen Seeleuten bergen. Die Schiffbrüchigen waren durchnässt und durchgefroren, aber sie lebten noch. Ein weiteres Rettungsboot war gekentert. Vermutlich war das schon passiert, als es von dem sinkenden Schiff aus zu Wasser gelassen wurde. Der Kapitän der *Minsk* und fünf Besatzungsmitglieder waren umgekommen. Ihre Leichen wurden nie gefunden. In den Fahrwassern im Osten Afrikas wimmelt es von Haien.

Ehe wir die Fahrt nach Bombay wiederaufnahmen, ließ Kapitän Anderson die gesamte Besatzung der *Song of Limerick* an Deck kommen und las einen Abschnitt aus der Bibel vor. Danach zog er die Whiskyflasche hervor und bot jedem einen Schluck an, damit wir auf das Gedenken der Toten anstoßen konnten.

~

Die *Song of Limerick* war jetzt verspätet und vom Kurs abgekommen. Es waren mindestens noch zwölf Tage bis Bombay. Im Laderaum glitt das Kamel apathisch in seinem Käfig hin und her. Es schien seinen Appetit einfach nicht wiederfinden zu können. Ansonsten aber machte es keinen besonders kranken Eindruck. Vielleicht war es nur erschöpft. Und das wäre ja kein Wunder gewesen.

Mister Wilkins nahm die Sache nicht so leicht. Er versuchte das Kamel auf jede erdenkliche Weise zum Essen zu bringen.

Als Geoff erwähnte, dass das Kamel doch alle Nahrung, die es brauchte, in seinen Höckern hatte, hob Mister Wilkins verzweifelt die Hände:

„Das ist ja gerade das Problem! Sehen Sie selbst!"

Er zeigte auf die Höcker. Es war jetzt deutlich zu erkennen, dass das Kamel seine Nahrung offenbar nur aus einem der drei Höcker zog, dem mittleren. Nach zwölf Tagen auf See hatte sich das dreihöckrige Kamel in ein zweieinhalbhöckriges verwandelt.

Das Wetter wurde besser, als wir uns Indien näherten. In dem milden Monsun von Nordost hielt die *Song of Limerick* mit einer stetigen Fahrt von vierzehn Knoten auf Bombay zu. In unserer Bugwelle spielten Delfine.

Die Laune an Bord hob sich, wie es nach einem gefährlichen Sturm immer der Fall ist. Mister Wilkins war der Einzige, der sich über das schöne Wetter nicht freute. Das Kamel wollte noch immer nicht essen, obwohl die See jetzt ruhig war. Die Decksmannschaft nahm die Ladeluke über dem Käfig weg und das schien das Kamel ein wenig zu beleben. Es streckte sein Maul zur Sonne hin und versuchte sogar, für eine Weile aufzustehen.

Aber essen wollte es nicht, nicht einmal, als Mister Wilkins ihm Gemüse anbot, nachdem er den Koch bestochen hatte, das zu kochen.

~

Am Abend des 5. Januar sahen wir Land. Schon am nächsten Morgen lagen wir an der Reede vor dem Hafen von Bombay. Innerhalb von zwei Tagen sollten wir einen Kaiplatz bekommen, um unsere Ladung zu löschen.

Ein Schiff ist wie eine eigene kleine Welt. Es hat seine eigenen Gesetze und seine eigene Zeitrechnung. Wenn man Tag um Tag eine Wache nach der anderen hat, vergisst man die andere, große Welt außerhalb des Schiffes leicht. Seit wir Lissabon verlassen hatten, hatte ich kaum einen Gedanken daran verschwendet, was passieren würde, wenn wir erst in Bombay angekommen wären. Und jetzt war dieser Augenblick sehr nah.

Ein Klumpen aus Angst wuchs in meinem Magen, als ich diese riesige, geschäftige Stadt sah, die im Hitzedunst zwischen Himmel und Meer zu schweben schien. Wie sollte ich ganz allein unter Millionen und Abermillionen von Menschen in diesem fremden Lande Alphonse Morro finden? Wie sollte ich überhaupt von Bombay nach Cochin gelangen? Ohne jemanden, der mich beschützte und mir half, war ich doch nur ein herrenloser Affe.

Plötzlich kam meine Reise nach Indien mir vor wie ein einziger großer Irrtum.

KAPITEL 36

Bombay

Nicht nur ich machte mir vor unserer Ankunft in Bombay Sorgen. Mister Wilkins stand kurz vor einem Nervenzusammenbruch. Das Kamel hatte zwar angefangen ab und zu einen Bissen Heu zu sich zu nehmen, aber der mittlere Höcker war jetzt so gut wie verschwunden.

In seiner Verzweifung versuchte Mister Wilkins, das arme Tier mit Schweineschwarten und Schmalz zu füttern. Das Kamel wurde wütend und biss ihn in die Hand.

Geoff war der Einzige an Bord, dem Mister Wilkins leidzutun schien. Ich sah mehrmals, wie sie in lange und ernste Gespräche vertieft an der Reling standen. Worüber sie redeten, weiß ich nicht, aber schon nach dem ersten Gespräch wirkte Mister Wilkins ein wenig ruhiger.

Zoll und Einwanderungsbeamte kamen mit ihren schlanken Dampfbooten und in ihren zackigen Uniformen aus dem Hafen, um uns die Einreise nach Britisch-Indien zu gestatten. Der Anker wurde gelichtet und wir wurden zu unserem Liegeplatz im Queen-Victoria-Dock geführt.

Am Kai wartete Direktor Charles Allen Thursgood in einem dreiteiligen Leinenanzug und mit einem Tropenhelm auf dem Kopf. Er hatte offenbar von Alexandria aus einen Passagierdampfer genommen, um vor uns in Bombay einzutreffen. Seinen Daimler hatte er wohl in Ägypten gelassen, denn nun lehnte er an einem cremeweißen Cadillac. Zwei livrierte Inder sorgten mit gewaltigen Fächern für Luft und Schatten.

Mister Wilkins ging mit seinem Gepäck an Land, sowie die Laufplanke gesenkt worden war. Seine Lippen waren fast weiß und seine Beine schienen ihn nur mit Mühe zu tragen. Der Schweiß perlte auf seiner Stirn. Viele von der Besatzung hingen über der Reling, um zu sehen, wie Direktor Thursgood die düsteren Neuigkeiten über sein Kamel aufnehmen würde.

Mister Wilkins konnte gar nicht viel sagen, da packte Direktor Thursgood ihn auch schon am Kragen und brüllte so laut, dass es am ganzen Kai zu hören war:

„Was sagen Sie da, Mensch? Nur noch zwei Höcker? Wieso denn zwei Höcker? Ich kann doch zum Teufel dem Maharadscha kein stinknormales Kamel schenken, Sie Oberidiot!"

Was Mister Wilkins antwortete, konnte ich nicht hören. Er redete schnell und leise und duckte sich dabei, als ob er Angst vor Schlägen hätte. Direktor Thursgood sah aber auch aus, als ob er seinem Zoologen am liebsten eine gescheuert hätte. Was er jedoch nicht tat. Seltsamerweise schien der Zorn des Direktors sich zu legen. Er hörte immer interessierter zu, als Mister Wilkins weiterredete. Am Ende klopfte er ihm auf die Schulter und winkte ihm, sich ins Auto zu setzen. Mister Wilkins sah sichtlich erleichtert aus.

Aber wie hatte er Direktor Thursgood nur besänftigen können? Diese Frage wurde uns bald beantwortet. Der Direktor setzte sich neben Wilkins auf die Rückbank des cremeweißen Cadillacs und schon jagten sie los. Das war's. Mir würde Mister Wilkins nicht fehlen und ich glaube nicht, dass es jemandem von der Besatzung anders ging.

Zwei Stunden später kamen zwei indische Kameltreiber mit einer Quittung, die belegte, dass sie Direktor Thursgood das Tier für billiges Geld abgekauft hatten. Der Käfig wurde an Land gehoben und das Kamel hinausgelassen. Zufrieden wackelnd wurde es von seinen neuen Besitzern davongeführt und nahm mit einem munteren und kräftigen Brüllen von der *Song of Limerick* Abschied.

Ich freute mich darüber, dass sich für das Kamel eine Lösung gefunden hatte. Sicher würde es ihm bei den Kameltreibern besser gehen als in einem Käfig im Zoo. Kamele sind gern beschäftigt und wollen Gesellschaft. Genau wie Menschen.

~

Auch für mich nahm die Reise mit der *Song of Limerick* ein jähes Ende. Später an diesem Tag wurde ich auf die Kommandobrücke gerufen. Kapitän Anderson wollte mit mir sprechen. Er trat mit mir aufs Brückendeck und wir schauten auf Lärm und Gedränge am Kai hinüber. Es gurgelte hässlich, als Kapitän Anderson an seiner stinkenden Pfeife zog, um die Glut in Gang zu bringen.

„Also, Sally Jones“, sagte er. „Ich würde dich ja gern an Bord der *Limerick* behalten. Es ist schade, einen tüchtigen Schmierer hergeben zu müssen. Aber du willst hier in Bombay abmustern, oder? Senhor Baptista hat mir erzählt, dass du nach Cochin unterwegs bist.“

Ich nickte.

„Cochin liegt an die tausend Kilometer weiter südlich“, sagte nun Kapitän Anderson. „Es gibt eine Zugverbindung, aber es wäre wohl besser, wenn wir für dich eine Schiffspassage finden könnten. Cochin ist Indiens wichtigster Exporthafen für Pfeffer, es dürfte also kein Problem sein, eine Heuer für dich zu besorgen. Geoff hat schon angeboten sich deshalb im Hafen umzuhören.“

Kapitän Anderson zog einige Male nachdenklich an seiner Pfeife. Dann sah er mich an.

„Senhor Baptista hat mir erzählt, warum du nach Cochin willst. Er sagt, du suchst einen Mann, der beweisen kann, dass Koskela kein Mörder ist. Stimmt das?"

Wieder nickte ich.

„Koskela ist ein feiner Kerl", sagte Kapitän Anderson. „Und du bist das auch. Ich meine, abgesehen davon, dass du eine Sie bist. Und ein Gorilla."

Er zog einen Briefumschlag und einen abgenutzten Geldbeutel aus der Jackentasche und gab mir beides.

„Ich wünschte, ich könnte mehr tun, um dir zu helfen", sagte er. „Das hier ist das Beste, was mir eingefallen ist."

Ich öffnete den Geldbeutel. Darin lagen fünfzehn Pfund in Scheinen.

„Ich habe sie aus der Schiffskasse genommen", sagte Kapitän Anderson. „Das ist die Heuer, die du für die Fahrt eigentlich von der Reederei hättest bekommen müssen. Kauf dir aber nicht für das ganze Geld gleich Bananen, wenn du an Land kommst. Davon kriegst du bloß Bauchweh."

Kapitän Anderson zwinkerte mir zu und grinste ein bisschen über seinen Witz. Dann winkte er mir, den Umschlag zu öffnen.

„Wenn jemand Ärger macht, ist es vielleicht gut, dieses Papier vorzeigen zu können."

Im Briefumschlag steckte ein Zeugnis. Es war auf dem Papier der Reederei geschrieben und teilte mit, ich hätte meinen Dienst als Schmierer auf der *Song of Limerick* auf eigenen Wunsch und mit den besten Empfehlungen verlassen. Das

Zeugnis endete mit folgenden Worten: *Sally Jones ist Seemann in der britischen Handelsmarine. Wer sie auf irgendeine Weise schlecht behandelt, wird nach Maßgabe der britischen Maritimgesetzgebung streng bestraft werden.*

„Das Letzte stimmt ja nicht so ganz", sagte Kapitän Anderson. „Aber das wissen die Landratten sicher nicht."

Der Brief war unterschrieben von Kapitän Anderson persönlich und mit etwa einem Dutzend unterschiedlicher Stempel versehen. Er sah überaus feierlich und wichtig aus.

„Hier nehmen die Leute Stempel richtig ernst", erklärte er. „Mit einem gut gestempelten Papier kommt man in Indien weit."

Ich hätte den hässlichen Kapitän Anderson umarmen können. Aber das tat ich dann doch nicht. Wir gaben einander die Hand und ich ging hinunter in den Laderaum, um bei den Vorbereitungen zum Löschen der Maschinenteile zu helfen. Die Unruhe, die mich an den vergangenen Tagen gequält hatte, war plötzlich verschwunden. Ich freute mich natürlich über das Geld und den Brief. Aber das Beste war, dass Kapitän Anderson wusste, wohin ich wollte und warum. Und da fühlte ich mich nicht mehr ganz so allein angesichts meiner großen Aufgabe.

~

Geoff ging am nächsten Morgen früh an Land und kam gegen Mittag mit guten Nachrichten zurück. Er hatte einen unter britischer Flagge fahrenden Küstendampfer gefunden, die *Mala-*

bar Star, die am folgenden Tag nach Cochin aufbrechen sollte, um dort Gewürze zu laden.

„Schönes Schiff", sagte er. „Liegt im nördlichen Becken, nur zwei Kilometer von hier entfernt. Der Zweite Maschinist hat sich den Arm gebrochen, also kannst du seinen Posten haben. Und da scheinen nette Leute an Bord zu sein."

~

Der Abschied von den Schiffskameraden auf der *Song of Limerick* war nicht allzu traurig. Seeleute sind an Abschiede gewöhnt und niemand macht viel davon her. Alle klopften mir auf die Schulter und wünschten mir viel Erfolg.

Dann brachte Geoff mich zur *Malabar Star*. Wir gingen durch das morgendliche Gewimmel im Hafen von Bombay. Seeleute, Bettler, britische Soldaten, arabische Kaufleute, Taschendiebe, Straßenhändlerinnen und Horden von schmutzigen Kindern drängten sich zwischen Autos, Kühen, Rikschas, Radfahrern, Vogelbauern und Marktständen.

In meiner Nase brannten die vielen Gerüche und vor meinen Augen flimmerten die vielen Farben. Der Lärm, der zwischen den Häusern auf der Straße und in den Gassen widerhallte, hätte einen Sturm auf dem Atlantik übertönen können. Ich war dankbar, dass Geoff mir den Weg zeigte, und wünschte, er hätte mich auch nach Cochin begleiten können.

Nach einer knappen Stunde hatten wir die *Malabar Star* erreicht. Sie stand schon unter Dampf und war offenbar bereit zur

Abfahrt. An Deck war es trotzdem leer, abgesehen von einem indischen Matrosen, der Rost von der Reling klopfte. Geoff achtete nicht auf ihn, sondern lief direkt weiter aufs Brückendeck.

„Und jetzt schau mal her", sagte er fröhlich. „Du bekommst auf dieser Reise deine eigene Kajüte."

Geoff öffnete eine Tür mit einem Messingschild, auf dem „Second Engineer" stand.

„Bitte einzutreten", lachte Geoff.

Ich hätte doch etwas ahnen müssen. Geoff benahm sich gar zu merkwürdig. Wie konnte er einfach ein fremdes Schiff betreten und mir nichts, dir nichts eine Kajütentür aufreißen?

Es ist leicht, im Nachhinein klug zu sein. Aber in dem Moment begriff ich rein gar nicht, was da los war.

Ich war gerade über die Schwelle getreten, da fiel hinter mir die Tür zu und auf der anderen Seite wurde der Schlüssel umgedreht.

„Tut mir leid, Kumpel", hörte ich Geoffs Stimme. „Ich bekam ein Angebot, das ich einfach nicht ablehnen konnte. Schwindelerregenden Summen kann man doch nicht widerstehen. Und du kommst sicher trotzdem zurecht. So long!"

Zuerst hielt ich das für einen Scherz. Ich war sicher, dass Geoff die Tür gleich wieder aufmachen würde. Aber stattdessen hörte ich, wie seine Schritte sich entfernten.

Als die *Malabar Star* eine halbe Stunde später ablegte, war ich noch immer in der Kajüte des Zweiten Maschinisten eingeschlossen. Es half nichts, wie sehr ich auch an die Tür hämmerte. Niemand machte auf.

Durch das Bullauge sah ich, wie wir langsam an den Dampfern und den arabischen Segelschiffen mit den hohen Masten vorbeiglitten. Am Ende umrundeten wir die äußerste Pier und steuerten auf den Indischen Ozean hinaus.

Ich bemerkte es sofort. Die *Malabar Star* hielt einen nördlichen Kurs.

Und Cochin lag im Süden von Bombay.

Wir fuhren in die genau entgegengesetzte Richtung!

Ich trat, schlug und warf mich gegen die Kajütentür, bis ich total erschöpft war. Schließlich kroch ich in eine Ecke der engen Kajüte. Es war wie ein böser Traum. Ich begriff überhaupt nichts.

Einige Zeit später wurde der Schlüssel umgedreht und die Tür ging auf. Ich war noch nicht auf die Füße gekommen, als auch schon ein Revolver auf mich gerichtet wurde.

„Jetzt mal ganz mit der Ruhe“, sagte Mister Wilkins. „Direktor Thursgood würde sich gar nicht freuen, wenn ich dich erschießen müsste.“

KAPITEL 37

Die *Malabar Star*

Geoff hatte mich verkauft.

Für Geld hatte er Mister Wilkins geholfen mich in eine Falle zu locken.

Das erzählte Mister Wilkins, während er noch immer seinen Revolver auf meine Brust richtete. Dann lachte er los:

„Kapierst du nicht? Als der dritte Höcker verschwand, war das Kamel wertlos geworden. Das war eine Katastrophe. Aber du warst ja da! Ein Schach spielender Affe! Das war fast zu schön, um wahr zu sein. Du bist das perfekte Geschenk für den Maharadscha von Bhapur!“

Mister Wilkins’ rotes, schweißnasses Gesicht grinste mich zufrieden an. Er redete immer weiter mit fröhlicher Stimme, aber ich hörte nicht mehr zu. Ich schlang mir die Arme um den Kopf und ließ mich wieder auf den Boden sinken. Nun hörte Mister Wilkins auf zu lachen. Seine Stimme wurde streng.

„In ein paar Stunden bekommst du etwas zu essen. Aber nur, wenn du ruhig und brav bist.“

Dann verließ er die Kajüte rückwärts und schloss die Tür hinter sich ab.

~

Die Fahrt mit der *Malabar Star* dauerte knapp drei Tage. Den ganzen ersten Tag lag ich einfach nur auf dem harten Kajütenboden. An der Wand neben mir gab es eine Schlafpritsche, aber ich kam nicht einmal auf den Gedanken, hochzuklettern und mich daraufzulegen. Ich hatte das Gefühl, in ein tiefes schwarzes Loch gefallen zu sein, wo nichts mehr eine Rolle spielte. Meine Gedanken wurden zu einem wirren Knäuel.

Mister Wilkins kam mehrere Male herein, um nach mir zu sehen. Zuerst ärgerte er sich, weil ich nichts von dem Essen zu mir nahm, das er mitgebracht hatte.

„Ich finde, du bist undankbar“, sagte er und klang ein bisschen beleidigt. „Nur die allerseltensten und wertvollsten Tiere werden in den Zoo des Maharadschas aufgenommen. Du solltest stolz sein und dich geehrt fühlen, statt hier Trübsal zu blasen."

Später am Nachmittag hatte ich mich noch immer nicht bewegt. Jetzt wurde Mister Wilkins nervös. Aber er traute sich nicht dicht an mich heran, um mich zu untersuchen. Er blieb einfach in der Türöffnung stehen und redete mit sich selbst.

„Das kann doch nicht wahr sein … Erst wird das Kamel krank und jetzt der Affe! Das ist wie ein Fluch! Womit hab ich so viel Pech verdient? Und was wird der Direktor sagen …?"

Abends legte sich das Gewirr in meinem Kopf. Ich setzte mich auf und versuchte mich zusammenzunehmen. Zuerst dachte ich an Geoff. Daran, was er getan hatte. Ich konnte es einfach nicht verstehen.

Dann dachte ich an den Chief. Ich wusste, welche Sorgen er sich machen würde, wenn Ana erzählte, dass ich mich allein auf den Weg nach Indien begeben hatte. Er würde ihr jede Woche schreiben und fragen, ob sie ein Lebenszeichen von mir bekommen hätte. Und immer würde sie wahrheitsgemäß antworten müssen, dass sie nichts gehört hatte, dass ich spurlos verschwunden war. Mit der Zeit würden meine Freunde mich dann für tot halten. Denn wie sollten sie auf die Idee kommen, dass ich in den Zoo eines Maharadschas eingesperrt war? Der Chief würde vor Kummer krank werden …

Wieder überkam mich die Hoffnungslosigkeit. Ich ließ mich auf den Boden sinken.

Am späten Abend erschien Mister Wilkins erneut. Jetzt war seine Geduld fast am Ende.

„Reiß dich zusammen, Affe!“, schrie er und seine Stimme zitterte vor Wut. „Wenn du ein brauchbares Geschenk für den Maharadscha abgeben willst, musst du gesund und munter und bereit zur Zusammenarbeit sein. Sonst ...“

Er sah mich aus trüben Augen hinter seiner Brille an.

„... wird es dir übel ergehen. Sehr, sehr übel.“

Mister Wilkins spannte den Hahn an seinem Revolver und zielte auf mich. Er schien große Lust zum Abdrücken zu haben. Aber er tat es nicht. Stattdesssen steckte er die Waffe in den Hosenbund, verließ die Kajüte und knallte die Tür hinter sich zu.

~

In dieser Nacht bin ich wohl einige Male weggedämmert. Ich erwachte, als es hell wurde. Das Schiff rollte mit ruhigen, sanften Bewegungen durch die Wellen. Das dumpfe, vertraute Dröhnen der arbeitenden Dampfmaschinen klang beruhigend. Ich hatte geträumt, dass ich in meiner Kajüte auf der *Hudson Queen* lag und dass der Chief oben im Steuerhaus am Ruder stand. Es war ein wunderschöner Traum. Ich schloss die Augen und versuchte wieder einzuschlafen.

Das ging nicht. Also blieb ich liegen und starrte in die Dämmerung hinaus. Mir tat alles weh, nachdem ich so lange auf dem harten Boden gelegen hatte. Nach einer Weile stand ich auf und siedelte auf die Pritsche über.

Ich überlegte mir, dass Ana und Signor Fidardo sicher versuchen würden herauszufinden, was aus mir geworden war. Sie wussten ja, dass ich auf der *Song of Limerick* nach Indien gefahren war. Früher oder später würden sie Kontakt zu Kapitän Anderson aufnehmen. Er würde erzählen, dass ich in Bombay auf ein Schiff nach Cochin gegangen war. Und da würde sich die Spur verlieren ...

Ich fuhr auf meiner Pritsche hoch. Beim Gedanken an Kapitän Anderson war ich plötzlich hellwach.

Aus der Innentasche meines Blaumanns nahm ich den Umschlag mit meinem Zeugnis und den fünfzehn Pfund, den er mir gegeben hatte. Was für ein Glück, dass Mister Wilkins nicht auf die Idee gekommen war, meine Taschen zu durchsuchen. Das Zeugnis könnte vielleicht meine Rettung werden. Dort stand ja, wer ich war und dass niemand mir etwas tun dürfe!

Aber wem sollte ich das Zeugnis zeigen?

Mister Wilkins?

Der würde es ins Meer werfen und mich auslachen. Und Direktor Thursgood würde sich auch nicht weiter dafür interessieren, was Kapitän Anderson geschrieben hatte.

Meine Hoffnung erlosch ebenso schnell, wie sie aufgelodert war. Aber schon nach wenigen Sekunden kam mir eine neue Idee. Vielleicht könnte mein Zeugnis mir ja doch weiterhelfen! Aus der hinteren Tasche zog ich einen Bleistiftstummel, den ich immer bei mir habe, zusammen mit einem Putzlappen und einem kleinen Schraubenschlüssel.

Auf die Rückseite des Zeugnisses schrieb ich mit großen Buchstaben folgende Mitteilung:

Mit der Song of Limerick *nach Bombay gekommen. Von einem Besatzungsmitglied namens Geoff Gerrard in eine Falle gelockt. Er hat mich an einen englischen Direktor verkauft. Der Direktor heißt Thursgood. Er will mich dem Maharadscha von Bhapur schenken. Da werde ich in einem Zoo landen. Hilfe! SJ*

Auf den Umschlag schrieb ich Namen und Adresse von Ana und Signor Fidardo in Lissabon. Ich steckte das Zeugnis wieder in den Umschlag und versteckte den zusammen mit den Geldscheinen unter dem Futter in meiner Schirmmütze.

Mister Wilkins würde mir auf der Fahrt nach Bhapur keine Möglichkeit zur Flucht geben, da war ich mir ziemlich sicher. Aber vielleicht würde ich unterwegs den Umschlag heimlich jemandem zustecken können, der ihn für mich aufgeben könnte. Fünfzehn Pfund müssten doch mehr als genug sein für eine Briefmarke und eine schöne Belohnung für den, der mir helfen würde.

Jetzt hatte ich einen Plan und einen Funken Hoffnung. Ich verspürte plötzlich Hunger und streckte die Hand nach dem Teller mit belegten Broten und der Milchflasche aus, die Mister Wilkins am Vorabend bei der Tür abgestellt hatte.

Als Mister Wilkins nach einiger Zeit mit dem Frühstück erschien, freute er sich ungeheuer, als er sah, dass ich gegessen hatte und wieder auf den Beinen war.

„Ich hab ja gewusst, dass du zur Vernunft kommen würdest. Geoff hat doch gesagt, dass du ein kluger Affe bist!"

~

Der restliche Tag verging sehr langsam. Durch das kleine Fenster in der Kajütentür sah ich nur Meer bis zum Horizont. Wir waren weit vom Land entfernt, aber ich konnte anhand der Wanderung der Sonne über den Himmel berechnen, dass wir nach Nordwesten fuhren und also aus der Ferne der indischen Küste folgten.

Außer die Mahlzeiten zu verzehren, die Mister Wilkins mir brachte, hatte ich nichts zu tun. Es ist schwer, die Hoffnung zu bewahren, wenn man mit seinen Gedanken allein ist. Ich wollte lieber nicht an Geoff denken. Aber ich erinnerte mich daran, wie er und Mister Wilkins in ernste Gespräche vertieft an der Reling gestanden hatten, während wir uns Bombay näherten. Und dabei hatten sie dann sicher verabredet, dass Geoff Mister Wilkins dabei helfen sollte, mich in eine Falle zu locken. Jetzt begriff ich auch, wieso Mister Wilkins im Hafen Direktor Thursgood schließlich beruhigt hatte. Er hatte dem Direktor natürlich von mir erzählt, von dem Schach spielenden Affen.

Wenn ich das nur gewusst hätte!

Betrogen zu werden ist nicht lustig, aber von jemandem, den man für einen Freund gehalten hat, betrogen und verraten zu werden, das ist grauenhaft. Mir war jetzt klar, dass ich Geoff nie richtig gekannt hatte. Vielleicht hatte niemand an Bord der *Song of Limerick* Geoff richtig gekannt, obwohl er doch mit allen gut Freund war. Das war eine scheußliche Vorstellung. Und auch ein bisschen traurig.

Später habe ich dann auch viel an Paddy O'Connor gedacht. Ich bin nicht mehr sicher, dass er mich in Lissabon an Kommissar Garretta verkauft hat. Paddy hatte doch seine Unschuld beteuert und Kapitän Anderson gesagt, er habe die zehn Pfund in einer im Maschinenraum versteckten Blechdose gefunden. Vielleicht hatte er die Wahrheit gesagt. Und in dem Fall glaube ich, dass die Blechdose mit dem Geld Geoff gehört hatte. Geoff hatte mich in Bombay verkauft. Genauso gut konnte er das auch in Lissabon getan haben.

Aber die ganze Wahrheit würde ich wohl nie erfahren.

KAPITEL 38

Karatschi

Am Morgen des dritten Tages sah ich steuerbords eine tief liegende Küste. Das Wasser war braun verfärbt, wie vor einer Flussmündung. Wohin waren wir unterwegs?

Als Mister Wilkins mein Frühstück brachte, hing ihm ein buntes Stück Stoff über dem Arm. Er stellte das Tablett mit dem Brot auf den Boden und warf den Stoff auf die Schlafpritsche. Die ganze Zeit hielt er Blick und Revolver auf mich gerichtet.

Der Stoff erwies sich als eine Art Kaftan. Zum Kaftan gehörte ein kleiner zylinderähnlicher Hut mit einem Bommel.

„Umziehen", sagte Mister Wilkins. „Blaumann und Schirmmütze übernehme ich. Von den Lumpen hast du doch nichts mehr."

Ich blieb auf der Pritsche sitzen und schüttelte langsam den Kopf. In der Mütze steckte der Umschlag mit dem Geld. Den wollte ich nie im Leben hergeben.

„Mach jetzt keinen Ärger", sagte Mister Wilkins gereizt. „Bald wirst du Direktor Thursgood kennenlernen. Ich will, dass du dann anständig und ordentlich aussiehst. Also zieh dich um. Sofort!"

Ich schüttelte wieder den Kopf.

Rote Wutflecken tauchten auf Mister Wilkins bleichen Wangen auf. Er stand unter Druck, das war deutlich. Vermutlich hatte er Angst, Direktor Thursgood könnte mit mir nicht zufrieden sein.

„Aber was ist denn los mit dir?", fauchte er. „Willst du dich nicht vor meinen Augen umziehen? Ist das das Problem?"

Ich überlegte einen Moment. Dann nickte ich.

Mister Wilkins lachte heiser und freudlos.

„Bei Gott!", sagte er. „Ich bin Zoologe. Ich habe schon andere nackte Affen gesehen. Aber von mir aus, ich komme in zehn Minuten zurück und dann bist du umgezogen. Klar?"

Kaum hatte Mister Wilkins die Kajüte verlassen, da untersuchte ich meine neuen Kleider. Ich hatte Glück. Der zylinderförmige Hut bestand aus zwei starken Stoffstreifen und Pappe. Wenn ich ihn zusammenfaltete, konnte ich den Umschlag mit dem Geld zwischen Pappe und Futter schieben. Der Hut bekam dadurch eine kleine Beule, aber die konnte ich nach dem Auseinanderfalten wieder glätten und mir dann das Hemd anziehen, ehe Mister Wilkins zurückkam.

~

Als die *Malabar Star* am Nachmittag anlegte, wusste ich noch immer nicht, wo wir eigentlich waren. Ich konnte keine Stadt sehen, nur ein flaches Hafengelände mit Kränen, Eisenbahnschienen, niedrigen Lagerhäusern und breiten, mit Holz belegten Kaianlagen.

Die Stunden vergingen, ohne dass etwas passiert wäre. Erst als es draußen dunkel geworden war, kam Mister Wilkins mich holen. Er legte mir Handschellen an und führte mich zu einem am Kai wartenden Auto. Wir nahmen auf der Rückbank Platz. Mister Wilkins stank nach Schweiß und rückte immer wieder seine Brille zurecht.

Wir fuhren über eine breite Landstraße, die der Eisenbahnlinie folgte. Heiße, feuchte Luft strömte durch die offenen Autofenster. Nach einer Weile tauchte am Straßenrand hier und da ein Haus auf. Bald wurden es mehr und größere Häuser. An den Straßenecken loderten Feuer. In den Schatten waren Nachtschwärmer zu ahnen. Ihre Augen funkelten im Licht der Autoscheinwerfer.

Der Wagen hielt vor einem Bahnhof. Sofort kamen zwei Träger angerannt, um sich um Mister Wilkins' Gepäck zu kümmern. An der Wand über dem Bahnhofseingang las ich: „Karachi Cantonment Railway Station". Wir waren also noch immer in Indien. In der Stadt Karatschi.

Am Bahnsteig stand ein Zug. Ein junger Mann mit rötlichem Schnurrbart und Tropenhelm hob die Hand zum Gruß, als er uns erblickte. Er schüttelte Mister Wilkins die Hand und musterte mich mit belustigter und herablassender Miene.

„Ach, hier haben wir also das Geschenk für den Maharadscha. Das Geschenk, von dem das ganze Diamantenprojekt abhängt", sagte er. „Direktor Thursgood erwartet Sie schon. Ich hoffe wirklich, dass der Affe hält, was Sie versprochen haben, Wilkins. Vor allem Ihretwegen, *old chap*."

Später erfuhr ich, dass der Mann mit dem rötlichen Schnurrbart Slycombe hieß und Direktor Thursgoods Sekretär war.

„Der Direktor hat drei Waggons für die Firma reserviert", erzählte Slycombe zufrieden. „Einen für sich und mich, einen für den restlichen Stab und einen, wo wir alle arbeiten und uns treffen können. Sie wohnen mit dem Affen in einem eigenen Abteil, Wilkins. Das gefällt Ihnen doch sicher?"

Mister Wilkins schien nicht zugehört zu haben. Er zitterte vor Nervosität und murmelte nur eine unhörbare Antwort.

Mister Slycombe ging zu einem der Waggons, öffnete die Tür und ließ uns zuerst einsteigen.

Im Waggon gab es große blanke Ledersessel und Perserteppiche. In einem Sessel saß Direktor Thursgood. Er trug ein Rauchjackett und Hausschuhe mit kleinen Pompons. In der einen Hand hielt er einen Cognacschwenker und in der anderen eine Zigarre. Rauch kräuselte sich zum Ventilator hoch, der sich unter der Decke langsam drehte. Der Direktor schien Mister Wilkins kaum zu bemerken. Er hatte nur Augen für mich. Wir musterten einander. Sein Blick schien zu zweifeln.

„Bisher bin ich nicht sonderlich beeindruckt, Wilkins", sagte er. „Ich sehe nur einen ganz normalen Affen. Wenn auch in alberner Kleidung."

„Ja, entschuldigen Sie, Sir. Ich konnte nichts Besseres für sie auftreiben. In Bombay hatten wir ja nicht so viel Zeit, wie Sie …"

Der Direktor brachte Mister Wilkins zum Verstummen.

„Slycombe", sagte er dann. „Das Schachbrett!"

Mister Slycombe verschwand durch eine Tür am anderen Ende des Waggons und kam sofort mit einem kleinen Tisch zurück, dessen Platte wie ein Schachbrett gemustert war. Er stellte den Tisch vor Direktor Thursgoods Sessel auf und arrangierte alle Schachfiguren in ihrer Ausgangsposition.

„Na dann, Wilkins", sagte Thursgood. „Jetzt kommt's drauf an."

Mit ungeschickten, schweißnassen Händen schloss Mister Wilkins meine Handschellen auf und führte mich zum Schachbrett. Gleichzeitig flüsterte er mir heiser ins Ohr:

„Wag jetzt bloß nicht, mich im Stich zu lassen …"

Direktor Thursgood gab mir ein Zeichen, den ersten Zug zu machen. Ich hätte große Lust gehabt, die Begriffsstutzige zu spielen. Aber das wäre sicher das Letzte gewesen, was ich in meinem Leben getan hätte. Also eröffnete ich ganz normal mit einem Bauernzug. Der Direktor setzte daraufhin einen Läufer vor.

Nach vielleicht einem Dutzend Zügen erhob sich Direktor Thursgood. Er blickte zufrieden auf mich hinab und zog an seiner Zigarre. Dann wandte er sich an Mister Wilkins.

„Das reicht. Ich bin zufrieden. Der Affe ist ein einzigartig seltsames Tier. Der Maharadscha wird überwältigt sein. Das haben Sie gut gemacht, Mister Wilkins. *Well done!*"

Mister Wilkins' Brille war vor Spannung beschlagen. Er sah aus, als könnte er jeden Moment vor Erleichterung zusammenbrechen.

KAPITEL 39

Der Bahnhofsaufseher von Jodhpur

Als der Zug ungefähr eine Stunde später aus dem Bahnhof fuhr, war ich in meinem und Mister Wilkins' kleinem Abteil am Fenster angekettet. Mister Wilkins war zum Essen in den Speisewagen gegangen.

An der Wand neben der Abteiltür hing ein großes gerahmtes Reklameplakat für die Eisenbahngesellschaft *Great Indian Peninsula Railway Company.* Das Plakat zeigte eine Karte von Britisch-Indien. Sie war sehr genau und detailliert. Mit den Augen suchte ich sie ab und nach einer Weile hatte ich Bhapur gefunden. Das kleine Fürstentum lag fast ganz am oberen Rand der Karte, am Fuße des Himalaja in dem Teil Indiens, der Punjab genannt wird.

Von Karatschi nach Bhapur waren es offenbar ungefähr 1200 Kilometer. Ich rechnete. Wenn der Zug bei einer Geschwindigkeit von fünfzig Kilometern die Stunde blieb, könnten wir schon in vierundzwanzig Stunden am Ziel sein.

Damit blieb mir nur ein Tag, um jemanden zu finden, der meinen Brief an Ana und Signor Fidardo aufgeben konnte. Aber wie sollte ich das schaffen? Ich war doch eingeschlossen und angekettet. Das bisschen Mut, das ich gefasst hatte, schrumpfte zu fast nichts zusammen.

Später am Abend kam ein Schaffner in der gelben Uniform der Eisenbahngesellschaft und klappte zwei bereits gemachte Betten über den Sitzbänken des Abteils von den Wänden. Ehe Mister Wilkins sich hinlegte, verkürzte er die Kette zwischen meinen Handschellen und dem Fenstergitter. Ich begriff nicht, warum. Dann begriff ich doch. Er wollte sicher sein, dass ich sein Bett nicht erreichen könnte. Er hatte Angst, dass ich über ihn herfallen könnte, während er schlief. Sicher schob er deshalb auch seinen Revolver unter das Kopfkissen, nahm ich an.

In dieser Nacht konnte ich kein Auge zutun. Die Hoffnungslosigkeit, die mir in der Brust wehtat, hielt mich wach. Außerdem schnarchte Mister Wilkins ärger als ein Nilpferd. Ich habe im Dschungel schnarchende Nilpferde gehört, also weiß ich, wovon ich rede.

Der Zug fuhr langsamer, als ich erwartet hatte. In den frühen Morgenstunden standen wir mehrmals lange still. Am Morgen waren wir nicht weiter gekommen als bis nach Hyderabad. Jetzt wusste ich, dass die Fahrt nach Bhapur um einiges länger dauern würde als einen Tag. Eine Woche erschien mir wahrscheinlicher.

Das war gut. Ich brauchte doch Zeit.

Auf dem Bahnhof von Hyderabad wimmelte es von Menschen, die drängelten und sich gegenseitig anfauchten. Kaum war der Zug zum Stillstand gekommen, da drängten sich Verkäufer jeder Art vor dem Abteilfenster, um den Zugreisenden ihre Waren anzubieten. Es gab Stoffe, Obst, Becher mit heißem Tee, Vögel in Käfigen, Blumen, Götterbilder und alle erdenklichen Arten von Süßigkeiten.

Durch die Fenstergitter wurden Waren und Geldscheine getauscht. Mister Wilkins kaufte fünf fetttriefende Zuckerkuchen mit irgendeiner klebrigen Füllung. Er schlang drei davon auf einmal hinunter. Dabei sah er mich mit einem Blick an, den ich nicht richtig deuten konnte. Der Blick war durchaus nicht unfreundlich. Sondern eher ein wenig beschämt.

Nachdem er sich schmatzend den Zucker von den Fingern geleckt hatte, sagte er:

„Jetzt gehe ich wieder in den Speisewagen. Das macht doch wohl nichts?“

Ich begriff nicht, was er meinte.

„Ich will schließlich nicht, dass du dich einsam fühlst", erklärte er mit sanfter Stimme. „Würdest du dich einsam fühlen, wenn ich ein bisschen in den Speisewagen ginge?"

Ich schüttelte den Kopf. Je weniger ich von Mister Wilkins sehen musste, umso besser.

Er lächelte ein bisschen verkrampft und schob mir die beiden letzten Kuchen über den Abteiltisch hinweg zu.

„Bitte sehr. Die habe ich extra für dich aufgehoben. Ich will nicht, dass du mich für einen Widerling hältst. Denn das bin ich nicht. Versteh doch, ich weiß, dass du es in Bhapur gut haben wirst. Sonst würde ich niemals zulassen, dass Direktor Thursgood dich dem Maharadscha schenkt. Das verstehst du sicher?"

Ich rührte mich nicht.

Wieder lächelte Mister Wilkins.

„Direktor Thursgood wird mich gut bezahlen. Das streite ich gar nicht ab. Aber ich muss schließlich auch leben. Oder was? Und ich habe das nicht nur wegen des Geldes getan! Wirklich nicht! Du wirst dich in Bhapur wohlfühlen. Das ist eine Umgebung, die viel, viel besser für dich geeignet ist als ein schmutziger Maschinenraum!"

Mister Wilkins schob die Kuchen noch weiter zu mir herüber.

„Nimm einen! Die schmecken gut. Und ziemlich teuer waren sie außerdem. Nicht allen Affen werden solche Delikatessen angeboten, das kann ich dir sagen!"

Ich bewegte mich noch immer nicht.

Mister Wilkins kniff die Augen zusammen.

„Stell dich jetzt nicht an. Iss ein Stück Kuchen. Zeig, dass wir Freunde sind."

Eigentlich hätte ich zugreifen müssen, um Mister Wilkins bei Laune zu halten. Aber das war einfach unmöglich. Ich wandte mich ab und schaute aus dem Fenster. Das konnte er nicht ertragen. Er schnappte sich die Kuchen und feuerte sie auf den Bahnsteig.

„Ich bin viel zu gutmütig", fauchte er. „Das ist mein Problem. Dumm bin ich auch! Wie hab ich mir nur einbilden können, du könntest verstehen, warum ich das getan habe? Du bist doch bloß ein Affe!"

Und damit stürzte er zum Speisewagen davon.

~

Mister Wilkins ließ sich den ganzen Tag nicht mehr im Abteil sehen. Das war mir nur recht. Ich musste allein sein und überlegen. Der Aufenthalt in Hyderabad hatte mich nämlich auf eine Idee gebracht: Wenn ich nun Brief und Geld jemandem auf dem Bahnsteig geben könnte, während der Zug irgendwo hielt?

Ich schaute auf die Karte. Der nächste größere Ort an der Strecke war Jodhpur in Rajasthan. Dann kamen Jaipur, Alwar, Delhi und Ambala. Und zwischen den größeren Bahnhöfen gab es auch noch kleinere. Bei einem von all diesen Zwischenhalten müsste es doch möglich sein, den Brief durch das Fenster jemandem zu reichen, der zuverlässig aussah. Aber dann durfte natürlich Mister Wilkins nicht im Abteil sein. Ein Glück, dass er sich offenbar im Speisewagen so wohlfühlte.

Ich merkte, dass die Hoffnung zurückkehrte.

Die Landschaft vor dem Zugfenster war flach und trocken. Je weiter wir nach Osten fuhren, umso wüstenhafter wurde die Aussicht. Es gab nur Sand und Steine und niedrige, dornige Büsche, so weit das Auge reichte. Hier und dort sah ich in der Ferne Kamelkarawanen.

Am späten Nachmittag erreichten wir eine Stadt namens Barmer. Als der Zug langsamer wurde, spürte ich, wie mein Puls sich beschleunigte. Ich nahm den Hut ab und legte ihn auf mein Knie, bereit Umschlag und Geld herauszuziehen.

Jetzt würde ich vielleicht eine Gelegenheit finden!

Aber in dem Moment, als der Zug in den Bahnhof einfuhr, wurde die Abteiltür aufgerissen. Ich zuckte vor Schreck zusammen. Mister Wilkins war wieder da. Ich fühlte mich ertappt und hielt den Atem an. Hatte er Verdacht geschöpft?

Nein, so kam es mir nicht vor. Ich konnte aufatmen. Mister Wilkins war nur ins Abteil zurückgekommen, um von den Verkäufern auf dem Bahnsteig neue Süßigkeiten zu kaufen. Es gehörte sich vielleicht nicht, durch das Fenster des Speisewagens solche Geschäfte zu machen.

Diesmal kaufte Mister Wilkins eine Tüte Pflaumen sowie eine große Portion Fruchtgelee mit Sahne und braunem Zucker. Kaum setzte der Zug sich in Bewegung, fing er an zu essen. Es war kein schöner Anblick. Das Gelee war knallgrün und zitterte wie ein Klumpen Schmieröl. Die Sahne roch ein wenig verdorben und von überallher kamen Fliegen angesurrt, um mitzuessen. Mister Wilkins verjagte sie, fraß und seufzte genießerisch, während in den spärlichen Bartstoppeln um seinen Mund Geleestücke kleben blieben. Als er aufgegessen hatte, machte er sich gleich über die Pflaumen her. Sie waren sehr bald verschwunden. Die Steine spuckte er in die Tüte. Nach einer Weile war er offenbar satt. Nun hielt er mir die Tüte hin und sagte grinsend:

„Nimm die letzte. Das hast du verdient!"

Dann stand er auf und verschwand wieder in Richtung Speisewagen. Ich schaute in die Tüte. Dort lag eine einsame Pflaume, begraben unter klebrigen Steinen. Ich warf alles zusammen aus dem Fenster.

~

Es machte mir Sorgen, dass Mister Wilkins so versessen auf die Süßigkeiten der fliegenden Händler war. Wenn er weiterhin bei jedem Halt einkaufen wollte, würde mein Plan nicht funktionieren.

Aber diese Sorge erwies sich als überflüssig. In der folgenden Nacht bekam Mister Wilkins Magenschmerzen. Ich hörte, wie er in seinem Bett immer wieder stöhnte und wimmerte, dann sprang er plötzlich auf und stürzte zur Toilette auf dem Gang.

Wir Gorillas haben fast nie Magenprobleme. Vielleicht reagieren wir auf Bakterien nicht so empfindlich wie Menschen. Oder wir sind nicht blöd genug, um uns von indischen fliegenden Händlern verdorbene Süßigkeiten andrehen zu lassen. Den ganzen Vormittag rannte Mister Wilkins zwischen seinem Bett und der Toilette hin und her. Die Toilette lag gleich neben unserem Abteil. Und ausnahmsweise wünschte ich, mein Gehör wäre nicht ganz so scharf.

Gegen neun Uhr hielt der Zug in Jodhpur. Mister Wilkins war auf der Toilette beschäftigt und ich saß bereit, das Geld und den Brief an Ana und Signor Fidardo auf den Knien. Um mein Gesicht zu verbergen, hatte ich mich in das Bettlaken gewickelt, nur meine Augen waren noch zu sehen. Auf der Bahnfahrt hatte ich mehrere Frauen beobachtet, die ungefähr so gekleidet gewesen waren.

Wie immer drängten sich die Verkäufer auf dem Bahnsteig. Sie schrien und lärmten und pressten ihre Waren an mein Fenstergitter. Keiner sah besonders vertrauenerweckend aus. Ich wagte nicht, meinen Umschlag aus dem Zugfenster zu halten.

Aber dann kam plötzlich ein indischer Bahnhofsaufseher vorbei. Er drehte mir den Rücken zu. Ich tippte ihm auf die Schulter und zog ganz schnell meine Hand zurück. Er wandte sich um. Sein Gesicht war rundlich und glatt rasiert und er hatte freundliche Augen.

„Ja, meine Dame?“, fragte er und kniff die Augen zusammen, um in das dunkle Abteil blicken zu können.

Ich schob den Umschlag zwischen zwei Gitterstäben hindurch und er nahm ihn ein wenig zögernd entgegen.

„Also“, sagte er und las die Adresse. „Soll ich das für Sie aufgeben?“

Ich nickte.

„Aber es fehlt die Briefmarke. Der Brief soll doch nach Europa. Das kann teuer werden.“

Ich hielt ihm ganz schnell die fünfzehn Pfundscheine hin. Dabei gab ich mir alle Mühe, meine behaarten Finger zu verstecken.

Er sah die Geldscheine verdutzt an.

„Das ist doch viel zu viel, meine Dame“, sagte er. „Einer müsste reichen …“

In diesem Moment ruckte der Waggon an, der Zug setzte sich in Bewegung. Der Bahnhofsaufseher versuchte einige Scheine zurückzugeben, aber ich schüttelte nur den Kopf. Wenige Sekunden darauf verloren wir einander aus den Augen.

Damit war es geschafft. Ich zitterte am ganzen Leib, als die Spannung nachließ. Und meine Brust hob sich vor Freude. Ich hatte es geschafft.

Einige Zeit später kam Mister Wilkins hereingestolpert. Auf seiner Stirn stand der kalte Schweiß und sein Gesicht war weißer als das Laken, in das ich eben noch eingehüllt gewesen war. Er trat zwei Schritte ins Abteil und blieb dann stehen. Er riss die Augen auf.

Dann machte er kehrt und stürzte zurück zur Toilette.

~

Jetzt im Nachhinein, während ich das hier schreibe, weiß ich, dass mein Brief an Ana und Signor Fidardo niemals angekommen ist. Warum, weiß ich nicht. Aber es ist weit von Rajasthan nach Portugal. Unterwegs kann einem Brief sehr viel passieren.

Doch obwohl der Brief verschollen blieb, wurde er zu meiner Rettung. Ich war nämlich sicher, dass Ana und Signor Fidardo ihn bekommen und sich dann alle Mühe geben würden, mir zu helfen. Diese Überzeugung schenkte mir Hoffnung.

Ohne diese Hoffnung hätte ich die nun folgenden Monate nicht überlebt.

KAPITEL 40

Der Maharadscha ist beschäftigt

Als Direktor Thursgood von Mister Wilkins' Unpässlichkeit erfuhr, sorgte er sofort dafür, dass ich ein eigenes Abteil bekam. Er wollte nicht riskieren, dass ich mich ansteckte. Ein kotzender Affe ist nun wirklich kein überzeugendes Geschenk.

Um mich tagsüber im Blick zu haben, ließ mich Direktor Thursgood an einem der Tische in dem Waggon anketten, wo er und seine Mitarbeiter von der *Thursgood & Thursgood Mi-*

ning Company arbeiteten. Zu diesen Mitarbeitern gehörten Fachleute aus allerlei Bereichen. Alle hatten einen feinen Titel, wie Ingenieur, Finanzplaner oder Professor. Gemeinsam wollten sie den Maharadscha überreden Direktor Thursgoods Angebot anzunehmen. Jeden Tag übten sie von Neuem ihre Vorträge. Es war langweilig, ihnen zuhören zu müssen.

Die Tage vergingen. Wir ließen die Wüsten von Rajasthan hinter uns und erreichten dann irgendwann den Punjab. Hier sah ich Plantagen mit Obstbäumen und in der Nähe der Flüsse wurde auf wasserreichen Feldern Reis angebaut.

Am sechsten Morgen der Reise überquerten wir die Grenze zu Bhapur und nur wenige Stunden darauf fuhren wir in die Hauptstadt des Fürstentums ein. Auch die hieß Bhapur und sah aus wie alle anderen Städte, die wir an den vergangenen Tagen passiert hatten, mit dicht an dicht stehenden zweistöckigen Häusern in staubigen Straßen. Überall liefen Menschen und Tiere herum.

Von der Hauptstadt aus ging die Zugfahrt weiter nach Norden. Der nächste Bahnhof hieß *Sunahiri Bagh Palace,* das war Bhapurs königlicher Palast. Bald darauf hielt der Zug vor einem protzigen Schloss aus rosa schimmernden Steinen. Ich war nicht die Einzige, die diesen Bau zuerst für den Palast des Maharadschas hielt. Aber da irrten wir uns. Das rosa Schloss war nur sein privater Bahnhof. Auf dem mit Mosaiken in orientalischen Mustern belegten Boden wartete eine Blaskapelle von sicher fünfzig Mann in weißen Uniformen und roten Turbanen. Sie stimmten einen dröhnenden Willkommensmarsch an. Direktor Thursgood sah angesichts dieses Empfangs überaus zufrieden aus.

Sechs goldfarbene Rolls-Royce fuhren uns vom Bahnhof zum Bhapur Grand Hotel, wo wir die Nacht verbringen sollten. Ich bekam ein eigenes Zimmer. Das war so schön, dass ich mich kaum hineintraute. In meinem Kopf wirbelten die vielen neuen Eindrücke durcheinander. Das Fenster ging auf einen riesigen Garten. Es gab sorgfältig beschnittene Hecken, Rosenbeete und Springbrunnen, so weit das Auge reichte. Ich sah Hunderte von Flamingos am Ufer eines großen Sees. An Beeten und Wegen lagen Gärtner auf den Knien und beschnitten das Gras mit kleinen, silbrig glänzenden Scheren.

In der Ferne ragte der Sunahiri Bagh Palace aus dem Sonnendunst. Er hatte so viele Türme, Balkons, Kuppeln und Fenster, dass ich sie gar nicht alle zählen konnte.

Ich musste mich auf den Boden setzen. Dieser ganze Luxus kam mir so fremd vor. Und auf irgendeine Weise bedrohlich. Ich sehnte mich plötzlich so sehr nach dem Chief, dass mir die Tränen übers Gesicht liefen. Und nach Ana. Und nach Signor Fidardo.

Beim Gedanken an den Brief, den ich geschickt hatte, fühlte ich mich ein bisschen weniger elend.

~

Abends hielten Direktor Thursgood und seine Mitarbeiter in einem der vielen Säle des Hotels ihre Generalprobe ab. Danach sagte der Direktor:

„Morgen schlägt die Stunde der Wahrheit. Wir haben uns seit über einem Jahr auf diesen Augenblick vorbereitet. Wenn wir alles perfekt machen, wird es uns gelingen. Und dann erwarten uns Reichtümer, von denen andere nur träumen können."

Alle schrien Hurra. Alle außer mir natürlich.

In dieser Nacht schlief ich in dem weichsten Bett, in dem ich je geschlafen hatte. Ich musste am Morgen einen Bettpfosten packen und mich daran hochziehen. Ein Diener in einem Seidenpyjama brachte mir zum Frühstück eine riesige Schüssel voll Obst. Ich wusste nicht, ob ich schon jemals etwas so Köstliches gegessen hatte.

Mister Wilkins holte mich aus meinem Zimmer ab, als es losgehen sollte. Die sechs Rolls-Royce warteten vor dem Hotel und fuhren uns durch den Park zum Sunahiri Bagh Palace. Aus der Nähe gesehen wirkte der Palast unvorstellbar groß. Kaum hatten wir angehalten, waren die Autos bereits von Dienern umringt, die für uns die Türen aufrissen. Ein kleiner, älterer Mann mit traurigen Augen und einem grauen Bart kam die Palasttreppe herunter. Er trug einen eleganten Anzug und einen hohen Hut. Gestützt auf einen vergoldeten Spazierstock ging er auf Direktor Thursgood zu.

„Mein Name ist Sardar Bahadur", sagte der Mann und machte eine Verbeugung. „Ich bin der Premierminister des Maharadschas und sein wichtigster Ratgeber. Mein Titel ist Diwan. Seine Hoheit der Maharadscha heißt Sie in Bhapur herzlich willkommen, Direktor Thursgood. Er freut sich darauf, Sie kennenzulernen."

„Und ich freue mich darauf, Seine Hoheit kennenzulernen", sagte der Direktor eifrig und streckte die Hand aus. „Es wird mir eine große Ehre sein."

Der Diwan schüttelte Direktor Thursgoods Hand. Dann sagte er:

„Aber leider ist das gerade heute nicht möglich. Seine Hoheit hat gestern Kricket gespielt und leidet jetzt unter entsetzlichem Muskelkater. Ich habe einen neuen Termin für Sie für morgen Nachmittag um Viertel nach vier gemacht."

Direktor Thursgood öffnete und schloss den Mund, ohne dass ihm eine passende Antwort eingefallen wäre.

„Auf Wiedersehen", sagte der Diwan, verbeugte sich abermals und ging zurück in den Palast.

Direktor Thursgood machte ein enttäuschtes Gesicht. Dann riss er sich zusammen und sagte mit aufgesetzt munterem Ton:

„Na, dann haben wir ja noch einen Tag, um uns vorzubereiten. Das kann nicht schaden."

Die Karawane aus goldenen Rolls-Royce wendete und fuhr zurück zum Bhapur Grand Hotel.

An diesem Abend wurde eine neue Generalprobe abgehalten. Die Stimmung war ein ganz kleines bisschen weniger gut.

Am nächsten Tag traten wir erneut die kurze Autofahrt zum

Palast des Maharadschas an und wieder wurde Direktor Thursgood an der Palasttreppe vom Diwan Sardar Bahadur empfangen. Der Diwan runzelte jetzt überaus bekümmert die Stirn.

„Leider kann der Maharadscha Sie auch heute nicht empfangen", sagte er und verbeugte sich zur Entschuldigung. „Die Hofastrologen haben Seiner Hoheit davon abgeraten, heute irgendwelche Besprechungen abzuhalten. Ich habe für Morgen um zwölf einen neuen Termin vereinbart."

Direktor Thursgood hätte fast protestiert, konnte sich dann aber gerade noch beherrschen. Er machte eine steife Verbeugung und sagte:

„Natürlich. Dann können wir die einzigartige Gastfreundschaft des Maharadschas noch einen Tag genießen."

Um halb zwölf am nächsten Tag waren wir wieder dort. Jetzt konnte der Direktor seinen Ärger nicht mehr verbergen, als der Diwan bedauernd mitteilte, der Maharadscha habe zu tun und könne keinen Besuch empfangen. Der Maharadscha hatte nach einem kleinen Geburtstagsfest für eine seiner Lieblingsgemahlinnen am Vorabend Kopfschmerzen.

„Morgen um drei Uhr wird Seine Hoheit Sie empfangen, Direktor Thursgood", sagte Diwan Sardar Bahadur leise als einzige Antwort auf die erregten Fragen des Direktors.

~

Zwei Wochen später hatten Direktor Thursgood und sein Tross den Maharadscha noch immer nicht sprechen dürfen. Dagegen hatten sie alle erdenklichen Ausreden gehört, warum die Besprechung um einen weiteren Tag verschoben werden musste.

Am einen Tag wollte sich der Maharadscha gerade zur Tigerjagd begeben, am nächsten war er gerade mit einigen seiner Gemahlinnen in eine ungeheuer spannende Bridgepartie vertieft. An manchen Tagen litt er an Verstopfung, weil er zu viel gegessen hatte, an anderen war er zu schwach, weil er zu wenig gegessen hatte. An noch anderen Tagen war er schlechter Laune, weil ihm das Wetter nicht zusagte oder weil ein Kleidungsstück nicht richtig saß. Und an den restlichen Tagen war der Maharadscha ganz allgemein unpässlich und es wurde keine weitere Erklärung geliefert.

Die Stimmung unter Direktor Thursgoods Begleitern war trotzdem ziemlich gut. Die Ingenieure, Professoren und die anderen hatten nichts dagegen, dass sich ihr Aufenthalt in dem eleganten Hotel in die Länge zog. Tagsüber war ich unter einem Sonnenschirm auf einer Terrasse mit Marmorboden und Aussicht auf den Park des Maharadschas angekettet. Auf der Terrasse wurden den Hotelgästen rund um die Uhr Essen und Trinken serviert. Thursgoods Begleiter gaben sich alle Mühe, so viel zu essen und zu trinken, wie sie nur konnten. Der schlimmste Vielfraß war natürlich Mister Wilkins. Das wenige Gewicht, das er durch seinen verdorbenen Magen verloren hatte, legte er am überreichen Büfett des Bhapur Grand Hotels wieder zu. Nur selten machte er einen Spaziergang im Park. Dann folgte ihm auf dem Fuße ein Diener mit einem voll beladenen Getränkewagen.

Der Einzige, der unter dem endlosen Warten auf den Maharadscha wirklich litt, war Direktor Thursgood. Er verging fast vor Wut und Erniedrigung.

Einundzwanzig Tage hintereinander fuhren wir zum Palast des Maharadschas, nur um unverrichteter Dinge wieder zurückzukehren. Am zweiundzwanzigsten, einem Dienstag Ende Februar, teilte Diwan Sardar Bahadur ganz unerwartet mit, der Maharadscha sei jetzt bereit Direktor Thursgood samt Begleitung zu empfangen.

KAPITEL 41

Die Audienz im Durbarsaal

Der Diwan führte uns nun durch den Palast. Die Pracht war fast unvorstellbar. Wohin wir auch schauten, überall gab es Gold, Silber und Marmor. Ich hörte, wie Thursgoods Männer flüsternd die alten Bilder und Statuen in den Sälen kommentierten, durch die wir schritten. Jeder Gegenstand war offenbar ein Vermögen wert.

Wir kamen vor ein hohes doppeltes Tor, das von zwei strengen Soldaten mit gezückten Säbeln bewacht wurde. Sie rissen die Torhälften auf und wir betraten einen riesigen Raum mit einem hohen Dachgewölbe. Später erfuhr ich, das sei der Durbarsaal. Hier empfing der Maharadscha Besuch und hielt bei allerlei feierlichen Anlässen seine Ansprachen. Das Licht flutete von acht Kristallleuchtern, von denen jeder doppelt so groß war wie das Steuerhaus der *Hudson Queen*. Auf dem Boden waren mindestens zweihundert Tigerfelle zu einem Kreis gelegt. Die Tigerköpfe schauten alle zur Mitte des Raumes. Dort stand ein goldener Thron und auf dem Thron saß der Maharadscha von Bhapur. Er trug ein bodenlanges seidenes Gewand mit einem hohen Kragen und an seinem Turban funkelten Edelsteine in vielen Farben.

Der Maharadscha musterte uns mit schläfrigem Blick unter schweren dunklen Augenlidern, während er zugleich die Enden seines gepflegten Schnurrbartes zwirbelte.

„Willkommen, Mister Thursgood“, sagte er langsam, ohne sich zu erheben. „Ich bitte um Entschuldigung, dass Sie auf dieses Treffen einen Moment warten mussten. Wie Sie verstehen, habe ich als Staatschef unendlich viele Pflichten. Meine Zeit reicht ganz einfach oft nicht aus.“

Ich nahm in Diwan Sardar Bahadurs Mundwinkel ein flüchtiges Lächeln wahr, dann gab er uns ein Zeichen, uns auf die vor dem Thron des Maharadschas aufgestellten Stühle zu setzen.

Direktor Thursgood blieb stehen.

„Sie brauchen sich doch nicht zu entschuldigen, Eure Hoheit“, sagte er und verbeugte sich so tief, dass man schon fürchten konnte, er werde vornüberkippen. „Ich bin Ihnen unendlich dankbar für den fantastischen Empfang, der uns hier in Bhapur erwiesen worden ist. Und es ist eine unerhörte Ehre, Eurer Hoheit endlich gegenüberzutreten. Es ist ja allgemein bekannt, dass Sie der bedeutendste unter Indiens Fürsten sind …"

So begann Direktor Thursgoods sorgfältig vorbereitete Huldigungsrede an den Maharadscha. Sie dauerte über zwanzig Minuten. Er endete damit, kurz den geschäftlichen Vorschlag darzustellen, der ihn hergeführt hatte.

Zum Schluss sagte er:

„Ich werde das Diamantenprojekt gleich von meinen Mitarbeitern detaillierter vorstellen lassen. Aber vorher würde ich Eurer Hoheit gern ein bescheidenes Geschenk überreichen."

Thursgood zeigte auf mich.

„Das, Eure Hoheit, ist Sally Jones, der Schach spielende Gorilla. Ich wage zu behaupten, dass sie ein einzigartiges Tier ist, einfach unvergleichlich in ihrer Besonderheit. Mit Ihrer gütigen Erlaubnis möchte ich nun zu einer kleinen Demonstration der Fähigkeiten dieses seltsamen Affen kommen."

„Aber gern, Direktor Thursgood", sagte der Maharadscha und unterdrückte ein Gähnen.

Alles war genau eingeübt. Mister Wilkins klappte zwei Campingstühle und einen kleinen Schachtisch auf und stellte sie mitten vor den Thron. Direktor Thursgood setzte sich auf den einen Stuhl, ich nahm auf dem anderen Platz. Und dann fingen wir an zu spielen.

Der Maharadscha, der bei Thursgoods langer und langweiliger Rede unendlich angeödet ausgesehen hatte, wirkte gleich etwas lebhafter. Er beugte sich neugierig vor, um die Partie zu verfolgen. Nach etwa einem Dutzend Zügen erhob sich Direktor Thursgood mit zufriedenem Lächeln.

„Wie Sie sehen, Eure Hoheit, ist dieser Affe wirklich einzigartig. Und nun gehört Sally Jones Ihnen. Bitte sehr!“

Thursgood verbeugte sich und gab Wilkins dann ein Zeichen, das Schachspiel wegzubringen, damit die Geologen ihren Vortrag über die Diamantenschürfung beginnen könnten.

Der Maharadscha hielt ihn zurück:

„Aber was soll das denn, Mister Thursgood? Setzen Sie sich wieder. Die Partie ist doch noch gar nicht entschieden.“

Direktor Thursgood blieb stehen und lachte unsicher.

„Jetzt verstehe ich nicht, was Eure Hoheit meinen …“

„Spielen Sie die Partie fertig“, sagte der Maharadscha. „Ich will sehen, wer gewinnt.“

Direktor Thursgood lachte wieder und es klang überaus angespannt.

„Eure Hoheit, ich wollte doch nur die Fähigkeiten des Affen vorführen. Sie haben gesehen, was Sally Jones kann. Wäre es nicht sinnvoller, wenn meine Geologen und Ingenieure jetzt berichten dürften …“

„Mister Thursgood“, fiel ihm der Maharadscha ins Wort. „Sie wollen mir doch wohl nicht die Laune verderben? Tun Sie, was ich sage. Spielen Sie die Partie fertig.“

Kleine Zuckungen überall in Direktor Thursgoods Gesicht berichteten von seinem inneren Kampf. Am Ende zwang er sich zu einer Grimasse, die bestimmt ein Lächeln vorstellen sollte.

„Natürlich, Eure Hoheit. Mit dem größten Vergnügen."

Direktor Thursgoods Taktik war leicht zu durchschauen. Er spielte hart und selbstsicher, den baldigen Sieg im Blick. Und er spielte auch gar nicht schlecht. Es fiel mir wirklich schwer, den Fallen zu entgehen, die er mir stellte.

Die Angriffe des Direktors schlugen fehl, einer nach dem anderen. Ihm brach der Schweiß aus und er nagte nervös an seiner Unterlippe. Plötzlich war ich in der stärkeren Position. Hinter mir hörte ich Mister Wilkins schwer atmen. Er schien kaum Luft zu bekommen.

Ohne die geringste Eile zog ich die Schlinge um Direktor Thursgoods weißen König immer fester zusammen. Zwischen den Zügen starrte mich Thursgood mit einer seltsamen Mischung aus Wut und Flehen im Blick an. Seine Hände zitterten, als er die Königin opfern musste, um die Partie fortsetzen zu können.

Abgesehen von Mister Wilkins' Schnaufen war es in dem großen Saal während der Partie ganz still. Als ich endlich Direktor Thursgood schachmatt setzen konnte, war von seinen Mitarbeitern ein erschrockenes Gemurmel zu hören.

Der Maharadscha erhob sich. Das sollte offenbar das Ende der Audienz bedeuten. Direktor Thursgood sprang auf und sagte mit belegter Stimme:

„Aber Eure Hoheit … wir haben ja noch gar nicht über die Diamanten gesprochen! Über das Bergwerk! Sie müssen sich doch den Vortrag meiner Geologen anhören …“

„Ist nicht nötig“, sagte der Maharadscha. „Ich fühle mich durch Ihren Besuch geehrt und habe dankbar Ihr großzügiges Geschenk angenommen. Mit Ihrem Bergwerksprojekt will ich dagegen nichts zu tun haben.“

Der Maharadscha legte eine kleine Pause ein und lächelte dann Direktor Thursgood an.

„Das müssen Sie doch verstehen? Ich kann schließlich keine Geschäfte mit jemandem machen, der beim Schach nicht einmal einen Affen besiegen kann!“

KAPITEL 42

Ein Treuegelöbnis

Es kam zu einem Tumult, als Diwan Sardar Bahadur Direktor Thursgood und seine Begleiter aus dem Palast führen wollte. Der Direktor verlor ganz einfach die Fassung. Er schrie, bis ihm Schaum in die Mundwinkel trat, und drohte mir und dem Maharadscha mit der Faust. Dann fing er an Mister Wilkins gegen das Schienbein zu treten. Mister Wilkins schrie vor Schmerz laut auf. Von allen Seiten kamen Palastwachen angerannt. Der Maharadscha blieb gelassen auf seinem Thron sitzen und betrachtete das Getümmel. Das Lächeln um seine fülligen Lippen hatte etwas Grausames.

Als sich die Torflügel hinter Direktor Thursgood und seinen Leuten geschlossen hatten, prustete der Maharadscha los. Er lachte lange und herzlich. Der Diwan wirkte verstört und peinlich berührt von dem Lärm. Aber er lachte höflich mit.

„Eure Hoheit?", sagte der Diwan, als der Maharadscha mit Lachen fertig war. „Was soll ich mit dem Affen machen? Soll ich ihn in Ihren Zoo bringen?"

Der Maharadscha erhob sich. Seine Körperform erinnerte an ein Bierfass. Mit langsamen Schritten und im Rücken verschränkten Händen drehte er eine Runde um mich.

„Ein Schach spielender Affe wäre natürlich eine schöne Bereicherung meiner exklusiven Tiersammlung", sagte er nachdenklich. „Aber ich frage mich …"

Er trat vor mich.

„Verstehst du, was man zu dir sagt?", fragte er.

Ich nickte.

Er rieb sich das Kinn.

„Ist das ganz sicher? Oder nickst du einfach zu allem, was du hörst?"

Ich schüttelte den Kopf.

Der Maharadscha lächelte, wirkte aber nicht ganz überzeugt.

„Wie viel ist vier plus drei?", fragte er.

„Eure Hoheit", schaltete sich der Diwan ein. „Ich glaube nicht, dass das Tier sprechen kann …"

Der Maharadscha brachte ihn mit einer Handbewegung zum Verstummen, ohne mich aus den Augen zu lassen.

Ich hob sieben Finger.

Der Maharadscha klatschte begeistert in die Hände.

„Hervorragend! Dieser Affe wird mir noch sehr nützlich sein! Sally Jones wird meine neue Kammeradjutantin!“

Diwan Sardar Bahadurs Augenbrauen schossen verdutzt in die Höhe.

„Kammeradjutantin! Aber Eure Hoheit, ein Affe … Das geht doch nicht!“

Das Gesicht des Maharadschas verdüsterte sich.

„Nicht? Dann ernenne ich sie eben zum Diwan. Würde Ihnen das besser gefallen?“

Der Diwan erbleichte.

„Natürlich nicht, Eure Hoheit“, stammelte er. „Ich bitte um Verzeihung, Eure Hoheit. Ich werde sofort alles in die Wege leiten.“

Der Maharadscha verließ den Durbarsaal und pfiff dabei fröhlich vor sich hin.

~

Mit einem tiefen Seufzer ließ sich Diwan Sardar Bahadur auf einen Stuhl fallen. Er sah mich besorgt an und schüttelte langsam den Kopf.

„Alter Falter“, murmelte der Diwan vor sich hin. „Alter Falter …“

Dann zog er ein Silberglöckchen aus seiner Jackentasche. Sowie er damit geklingelt hatte, wurde am einen Ende des Saales eine Tür geöffnet und ein Diener in einem blauen Kaftan kam angerannt. Der Diwan schrieb eilig einige Zeilen auf einen Zettel und reichte diesen dem Diener. Der Diener überflog den Zettel, verbeugte sich und winkte mir, ihm zu folgen. Meine Beine zitterten so sehr, dass sie mich kaum trugen, als ich aufgestanden war. In meinem Kopf drehte sich alles. Das hier ging so schrecklich schnell.

Der Diener schritt vor mir her durch den Palast. Der war ein Labyrinth aus Gängen, Winkeln, Treppen, Balkons, Veranden und schmalen Brücken über Teiche mit Karpfen und Goldfischen. Wir kamen vorbei an Speisesälen, Bibliotheken, Rauchsalons und offenen Galerien, die auf gepflasterte Innenhöfe mit plätschernden Springbrunnen und prachtvollen Blumenbeeten gingen. Überall sah ich vornehme Herren mit Schmerbäuchen und gewaltigen Bärten. Einige trugen Uniformen mit Mengen von Orden auf der Brust, andere waren zur Jagd oder zum Sport gekleidet. Manche spielten Billard und tranken Gin und andere schliefen in bequemen Sesseln.

Alle im Palast waren Männer, ging mir plötzlich auf. Es war keine einzige Frau zu sehen.

Eine breite Wendeltreppe führte uns nach unten und endete vor einem großen Kellersaal, wo etwa fünfzig Männer auf dem Boden saßen und sich im Licht elektrischer Deckenlampen über ihre Näharbeiten beugten. An den Wänden lagen Stoffe in allen erdenklichen Farben und Mustern, eng gestapelt in Regalen, die vom Boden bis zur Decke reichten. Das hier waren offenbar die Schneider des Maharadschas.

Der Diener reichte einem Schneider den Zettel und der Schneider fing sofort an meine Maße zu nehmen. Das dauerte eine ganze Weile und der Schneider kratzte sich immer wieder nachdenklich am Kopf. Als er endlich fertig war, nahmen der Diener und ich unsere Wanderung durch den Palast wieder auf.

Unser nächster Halt war ebenfalls im Keller. Wir traten durch eine Holztür in ein Marmorgewölbe. Drinnen war die Luft gesättigt von Wasserdampf. Der Diener führte mich in eine kleine Zelle und winkte mir, meine Kleider abzulegen. Nach einigen Minuten wurde ich von zwei riesigen Kerlen geholt, die nur Lendenschurze trugen. Sie sprachen Türkisch miteinander und waren fast ebenso zottig wie ich.

Zwei Stunden saß ich dann in einem steinernen Badebecken, während die beiden Türken mich schrubbten und abwechselnd mit kaltem und mit heißem Wasser übergossen. Danach kämmten sie mich am ganzen Körper und rieben mir Duftöle ins Fell, bis ich nach Jasmin und Chrysanthemen duftete. Das Ganze war überaus unangenehm. Ich hätte es mir nicht gefallen lassen, wenn ich nicht geahnt hätte, dass mein Leben davon abhing, dass ich mich umgänglich zeigte.

Als ich in meine Zelle zurückkam, waren Hut und Kaftan, die ich von Mister Wilkins bekommen hatte, verschwunden. An einem Kleiderbügel hingen stattdessen eine grüne Hose und ein langes gelbes Hemd mit hohem Kragen. Beide Kleidungsstücke waren aus schimmernder Seide genäht und mit feinen Goldstickereien verziert. Auf dem Boden stand ein Paar spitzer Pantoffeln mit Silberschnallen.

Nachdem ich mich angezogen hatte, setzte mir der Diener ein enges Mützchen auf den Kopf. Um das Mützchen wand und flocht er ein mindestens fünf Meter langes Seidenband. Als er fertig war, hielt er mir einen Spiegel hin. Ich sah mein Gesicht unter einem riesigen leuchtend blauen Turban. Der Diener lächelte für einen Moment.

~

Diwan Sardar Bahadur wartete schon auf uns. Er saß auf einer Bank in einem der vielen Innenhöfe des Palasts und rauchte eine Wasserpfeife. Schlieren aus weißem Rauch stiegen langsam zum Sternenhimmel hoch. Es war inzwischen schon ziemlich spät am Abend.

Er winkte mir, mich neben ihn zu setzen. Der Diener, der mich den ganzen Nachmittag begleitet hatte, stellte sich zum Warten ins Dunkel unter einen Feigenbaum.

Der Diwan legte ein Papier zwischen uns auf die Bank. Darauf stand ein Treuegelöbnis für den Maharadscha. Ein solches Gelöbnis mussten alle Palastangestellten unterschreiben, erklärte der Diwan. Er hatte ein Stempelkissen mitgebracht, damit ich mit meinem Daumenabdruck unterzeichnen könnte. Ich zeigte stattdessen auf den Stift in seiner

Brusttasche. Den gab er mir und ich schrieb meinen Namen auf das Papier.

„Du bist unleugbar ein überaus merkwürdiger Affe, Sally Jones", sagte der Diwan ernst. „Ich wünsche dir viel Glück hier im Palast."

Er zog am Mundstück seiner Wasserpfeife und das Kohlenstück über dem Tabak leuchtete in der Dunkelheit auf. Nachdem er langsam allen Rauch durch seine Nasenlöcher hatte entweichen lassen, fügte der Diwan hinzu:

„Das wirst du aber auch brauchen."

Der Diwan winkte den Diener herbei und befahl ihm, mir zuerst etwas zu essen zu besorgen und mich dann zu meinem Zimmer zu führen.

Ich war jetzt so müde, dass ich nicht einmal versuchte mir die Richtung zu merken, als wir nun wieder durch den Palast gingen. Der Diener führte mich in einen Speisesaal. Wo sofort Brot, Wasser und eine Schüssel Obst aufgetischt wurden.

Nachdem ich gegessen hatte, gingen wir zu meinem Zimmer. Das war riesig. Allein das Bett war größer als meine ganze Kajüte auf der *Hudson Queen*. Kaum hatte der Diener mich allein gelassen, legte ich mich rücklings auf die weichen Polster. Unter der Decke hing kopfunter eine Echse. Sie gab kleine Geräusche von sich. „Tuk-tuk-tuk", so hörte sich das an. Ich schloss die Augen und hörte zu. Einen Moment lang war ich sicher, dass alle Ereignisse dieses Tages nur ein Traum gewesen waren.

Dann schlief ich ein.

KAPITEL 43

Der Hofmarschall

Meine ersten Tage im Palast des Maharadschas waren verwirrend. Ich wusste nicht, was von mir erwartet wurde, und wagte kaum mein Zimmer zu verlassen, aus Angst, mich zu verirren. Meistens lag ich auf dem Bett und zerbrach mir den Kopf, ob ich weglaufen sollte oder nicht. Es wäre nicht schwer gewesen wegzulaufen. Ich hätte nur nachts aus dem Fenster zu klettern und im Schutze der Dunkelheit durch den Park zu verschwinden brauchen. Um den Park gab es weder Mauern noch Wächter.

Aber was hätte ich dann machen sollen? Cochin lag mehr als zweitausend Kilometer weiter im Süden. Ohne Hilfe könnte ich niemals dorthin gelangen. Und die einzige Hilfe, auf die ich hoffen konnte, kam von Ana und Signor Fidardo. Ich hatte ihnen geschrieben, dass ich hier war, beim Maharadscha von Bhapur. Wenn ich weglief, würden sie mich niemals finden können.

Also beschloss ich zu bleiben. Das war nicht ungefährlich. Das ging mir zwei Tage später auf, als ich ins Büro des Hofmarschalls bestellt wurde.

Der Hofmarschall war der Chef der Kammeradjutanten. Er empfing mich im Sitzen hinter einem riesigen leeren Schreibtisch. Seine Augenbrauen waren größer als der Schnurrbart eines normalen Mannes. Und sein Schnurrbart erinnerte mich an die Schwänze von zwei ausgewachsenen Waschbären.

Ich musste fast zehn Minuten dastehen und warten, während er sorgfältig und schweigend einige Orden polierte, die an der Brust seines Uniformrocks befestigt waren. Am Ende hob er den Blick und musterte mich forschend. Was er sah, schien ihm nicht zu gefallen, und er gab sich auch keine Mühe, sein Missfallen zu verbergen.

„Der Maharadscha hat dich zum Kammeradjutanten ernannt“, sagte er. „Das ist ein sehr hoher und ehrenvoller Posten. Normalerweise werden die Kammeradjutanten aus den vornehmsten Familien des Landes ausgewählt. Viele stehen jahrelang Schlange, nur um zu einem Bewerbungsgespräch bestellt zu werden. Deshalb sind manche hier im Palast ein wenig … sagen wir … erstaunt, weil Seine Hoheit der Maharadscha gerade dich ausgesucht hat. Das bedeutet natürlich nicht, dass irgendwer – und auch ich nicht – die Entscheidung Seiner Majestät anzweifelt! Natürlich nicht! Der Maharadscha ist ein unvergleichlich weiser und aufgeklärter Herrscher!"

Die Hände des Hofmarschalls hatten angefangen zu zittern. Er faltete sie vor sich auf der Tischplatte.

„Nun gut", sagte er dann. „Es steht noch nicht richtig fest, wie deine Aufgaben aussehen werden. Der Maharadscha reist heute ins Nachbarreich Kapurthala, um mit seiner Kricketmannschaft ein wichtiges Spiel zu absolvieren. Er wird einige Wochen ausbleiben. In dieser Zeit sollst du dich umsehen und lernen dich im Palast zurechtzufinden. Deine Mahlzeiten kannst du im Speisesaal der Kammeradjutanten zu dir nehmen. Noch Fragen? Nein, eben, du bist ja ein Affe. Du kannst keine Fragen stellen."

Plötzlich beugte er sich über den Tisch vor und starrte mir in die Augen. Er senkte die Stimme zu einem drohenden Fauchen, als hätte er Angst, irgendwer sonst könnte ihn hören:

„Glaub ja nicht, du könntest dich sicher fühlen, Affe! Der Maharadscha hat seine Einfälle so schnell satt, wie er sie bekommt. Und wenn er dich satthat, dann landest du in einem Käfig in seinem Zoo. Oder du wirst zum Tigerköder. Ich hoffe ja auf Letzteres. Und ich bin da bei Weitem nicht der Einzige! Hier hast du keine Freunde. Nicht einen einzigen!"

Ich stand ganz still da und gab mir alle Mühe, meine Angst nicht zu zeigen. Der Hofmarschall klingelte nach einem Diener, der mich in mein Zimmer zurückführte. Als ich allein war, setzte ich mich in die breite Fensternische und schaute die Wolken an, die am Himmel vorüberzogen. Ich versuchte an schöne Dinge zu denken. An alles, nur nicht daran, was der Hofmarschall gesagt hatte, und an das hasserfüllte Leuchten in seinen kleinen grünen Augen.

Eine Weile verging. Dann merkte ich, wie meine Augenwinkel brannten. Ich kroch auf dem Bett in mich zusammen und bohrte den Kopf ins Kissen. Meine Brust tat so weh, als ob sie jeden Moment bersten könnte. So sehr sehnte ich mich nach dem Chief, nach Ana und nach Signor Fidardo.

~

In den folgenden zwei Wochen stromerte ich von morgens früh bis abends spät durch den Palast. Nach einer Weile hatte ich begriffen, dass der Sunahiri Bagh Palace aus etlichen kleineren Gebäuden bestand, die mit ihren Tunneln, Brücken, Terrassen und Balkons zu einem einzigen Gewirr zusammengewachsen waren. Er war eigentlich eine kleine Stadt, mit allerlei Stadtteilen und Vierteln.

Mitten im Palast lag der Durbarsaal und gleich dahinter hatte der Maharadscha seine Privatgemächer. Die wurden von Soldaten aus der Leibgarde des Maharadschas bewacht. Niemand wurde eingelassen, den der Maharadscha nicht herbestellt hatte.

Im Norden der Gemächer des Maharadschas lag das Regierungsviertel. In Sälen, in denen das Echo von den Wänden hallte, saßen Schreiber und Beamte und arbeiteten an langen Reihen von Schreibtischen. Die Minister hatten eigene Büros. Sie waren allesamt fette Männer mit hohen Hüten, gewaltigen Bärten und ängstlichen Blicken.

Das Nordende des Palastes, das an die Elefantenställe und Garagen grenzte, gehörte den Bediensteten. Dort wohnten Köche, Kellner, Reinigungskräfte, Musiker, Gärtner, Handwerker, Tierpfleger, Chauffeure und noch viele, viele andere. Bei ihnen fühlte ich mich eher zu Hause als in den feineren Teilen des Palastes.

Ich ging jeden Tag hin, bis mir ein freundlicher Chauffeur erklärte, dass ich das lieber lassen sollte. Der Hofmarschall würde mich bestrafen, wenn er erführe, dass ich mich unter die Bediensteten mischte. Die Höflinge hatten beim Gesinde nichts zu suchen. Das gehörte sich nicht.

Die Höflinge, das wusste ich jetzt, waren die faulen und untätigen Herren, die Speisesäle, Bars und Billardzimmer des Palastes füllten. Sie waren da, um dem Maharadscha Gesellschaft zu leisten, wenn er sich amüsieren wollte. Die meisten hatten außerdem einfache Aufgaben zu versehen. Die Kammeradjutanten wurden in den Privatgemächern des Maharadschas eingesetzt. Einer musste darüber Buch führen, wie viele Paar Schuhe der Maharadscha besaß, ein zweiter sorgte dafür, dass seine Nagelfeilen immer frisch geschliffen waren. Ein dritter klopfte die

Kissen des Maharadschas zurecht, ehe dieser schlafen ging, und ein vierter hatte als einzige Aufgabe, die Kerne aus den zehn Weintrauben zu fischen, die der Maharadscha jeden Tag nach dem Mittagessen verzehrte. Es gab insgesamt zweiunddreißig Kammeradjutanten. Alle waren gleichermaßen hochnäsig und alle stritten sich dauernd darüber, welcher von ihnen die wichtigste Aufgabe habe.

Der einzige Punkt, in dem sie offenbar einer Meinung waren, war, dass ich im Palast nichts zu suchen hatte. Und schon gar nicht bei ihnen, den Kammeradjutanten. Ich ging ihnen, so gut ich konnte, aus dem Weg.

~

Auf meinen Wanderungen entdeckte ich am Ostende des Palastes einen ganzen Flügel, der abgesperrt und verriegelt war. Dieser Teil wurde *Zenana* genannt. Anders als der übrige Palast war die Zenana von einer hohen Mauer umgeben. In der Mauer gab es nur ein einziges Tor und das wurde rund um die Uhr von zehn mit Lanzen, Schwertern und Gewehren bewaffneten Soldaten bewacht. Offenbar durfte niemand hinaus oder hinein. Zuerst dachte ich, das Wort Zenana bedeute Schatzkammer. Das hätte doch Mauer und Wächter erklärt. Aber so war es nicht.

Die Wahrheit über den Ostflügel erfuhr ich, weil ich heimlich lauschte. Ein großer Teil meiner Tage verging damit, dass ich still in einer verborgenen Ecke saß und mir anhörte, worüber die Vorbeikommenden sprachen. Nur so konnte ich herausfinden, wie die Dinge im Palast liefen. Ich konnte ja keine Fragen stellen und niemand fühlte sich bemüßigt, mir etwas zu erklären.

Es stellte sich heraus, dass die Zenana die Frauengemächer waren. Dort wohnten die Gemahlinnen, Geliebten und weiblichen Verwandten des Maharadschas. Die Gemahlinnen wurden *Maharani* genannt und waren achtzehn an der Zahl. Die Geliebten hießen *Konkubinen* und waren, den Gerüchten zufolge, doppelt so viele.

Und damit wusste ich auch, warum im Palast keine Frau zu sehen war. Sie durften die Zenana nur an hohen Feiertagen verlassen. Kein Mann, außer dem Maharadscha, durfte einen Fuß in die Zenana setzen. Die Strafe für den, der sich verbotenerweise in die Zenana schlich, war die härteste im uralten Gesetzbuch von Bhapur: Ihm wurde der Kopf von einem Elefanten zertrampelt.

Ich schauderte und überlegte, ob das Verbot, die Zenana zu besuchen, wohl auch für mich galt.

KAPITEL 44

Ein Spion wird angeworben

Der Maharadscha kehrte im Triumph von seiner Reise nach Kapurthala zurück. Er und seine Kricketmannschaft hatten die dortige Mannschaft unter der Führung des Maharadschas von Kapurthala geschlagen. Die beiden Maharadschas waren Vettern und jeder hielt sich für Indiens besten Kricketkapitän. Deshalb hatte bei dieser Begegnung so viel auf dem Spiel gestanden.

Drei Tage dauernde landesweite Feierlichkeiten wurden in

Bhapur anberaumt. Die Bewohner der Hauptstadt wurden aufgefordert auf die Straße zu gehen und zu jubeln. An die Armen wurde Brot verteilt und Gefangene wurden begnadigt und aus dem Staatsgefängnis freigelassen. Im Gefängnis wurde von morgens bis abends gefeiert.

Ich selbst sah nicht viel von den Feiern. Ich hörte nur später davon. Sowie der Maharadscha nämlich aus Kapurthala zurückgekehrt war, befahl mir der Hofmarschall, in mein Zimmer zu gehen und dort zu bleiben.

„Wenn Seine Hoheit nach dir fragt, muss ich ja wissen, wo du steckst", erklärte er.

Ich verließ mein Zimmer fünf Tage lang nicht. Am fünften Abend spät kam ein Diener und befahl mir, ihm zu folgen. Wir gingen zum Durbarsaal. Von dort ging es weiter durch ein Gewölbe, das hinter einer der vielen Marmorstatuen des Saals verborgen war. Hinter dem Gewölbe gab es ein von zwei Soldaten bewachtes Tor. Die Soldaten traten zur Seite und öffneten die Türen für uns. Und nun standen wir in den privaten Gemächern des Maharadschas.

Der Diener verließ mich, als wir in eine Bibliothek mit schön geschnitzten Bücherregalen gekommen waren. Die Regale waren gefüllt mit dicken Büchern in antiken Ledereinbänden. Auf einem luxuriösen Sofa lag der Maharadscha in einem seidenen Morgenrock. Hoch auf seinem Schmerbauch ruhte eine Wärmflasche. Er war mit Lesen beschäftigt, aber er las keins der schönen alten Bücher, sondern eine

Hochglanzzeitschrift mit einem Motorrad auf dem Titelblatt.

„Ach, da bist du endlich“, sagte er und ließ die Zeitschrift auf den Boden fallen. „Fahr mich ins Musikzimmer.“

Für einen Moment begriff ich nicht, was er meinte. Dann sah ich, dass das Sofa Räder und an der einen Seite zwei kräftige Handgriffe aufwies.

Das Musikzimmer lag neben der Bibliothek. Hier waren es keine Bücher, sondern Tausende von Schallplatten, die die Regale vom Boden bis zur Decke füllten.

„Ich bin ein großer Musikliebhaber“, erzählte der Maharadscha voller Stolz. „Jeden Monat lasse ich mir die neuesten Platten schicken, die in Europa und Amerika veröffentlicht werden. Kein Mensch auf der ganzen Welt hat mehr Schallplatten als ich.“

Mitten im Zimmer stand auf einem Tisch ein Grammofon. Auf dem Tisch lag zudem ein ordentlicher Stapel Schallplatten in ungeöffneten Hüllen. Der Maharadscha befahl mir, das Sofa an den Tisch zu schieben. Er streckte die Hand nach den Schallplatten aus und legte eine auf den Plattenteller des Grammofons. Kurz darauf erschollen aus dem großen Trichter Gesang und Orchestermusik.

„Mach die Türen zu und hol dir einen Stuhl“, befahl der Maharadscha.

Ich gehorchte. Als ich mich gesetzt hatte, drehte der Maharadscha das Grammofon lauter und ich musste mich vorbeugen, um hören zu können, was er sagte:

„Wir müssen die Musik laufen lassen, wenn wir reden“, flüsterte er ernst. „Ich habe eine überaus mächtige Feindin. Maji Sahiba! Sie hat ihre Ohren und Augen überall!“

Maji Sahiba, wie ich nun erfuhr, war die Mutter des Maharadschas. Sie war die älteste Frau in der Zenana und hatte dort zu bestimmen. Zudem war sie der einzige Mensch in ganz Bhapur, der keine Angst vor dem Maharadscha hatte und dem es vollkommen gleichgültig war, was er wollte oder meinte.

„Ich habe achtzehn wunderbare Maharanis“, sagte der Maharadscha in aufrichtigem Ernst. „Und sechsundvierzig reizende Konkubinen. Ich liebe sie alle. Und sie lieben mich natürlich. Tief und innig. Aber immer, wenn ich in die Zenana gehe, um eine von ihnen zu besuchen, lauert Maji Sahiba mir auf und staucht mich zusammen. Immer hat sie etwas an mir auszusetzen und zu kritisieren! Und sie hört erst auf, wenn sie mich mit ihrem Gezanke und Geschimpfe aus der Zenana vertrieben hat. Die Herrschsucht dieser Frau kennt keine Grenzen!“

Der Maharadscha seufzte bitter und befahl mir dann, ihm ein großes Glas und eine Kristallkaraffe voll Whisky zu holen. Nachdem er sich ausgiebig gestärkt hatte, erzählte er, wie er auf alle mögliche Weise versucht hatte Maji Sahiba zu überlisten. Eine Zeit lang hatte er in aller Heimlichkeit seine Maharanis und Konkubinen aus der Zenana geschmuggelt, um sich mit ihnen zu treffen. Über einige Wochen war ihm das gelungen, aber dann hatte Maji Sabiha Wind von der Sache bekommen und allem ein Ende gesetzt. Sie hatte ihre Spitzel überall im Palast.

Nun hatte der Maharadscha versucht die Zenana dann zu besuchen, wenn Maji Sahiba schlief oder anderweitig beschäftigt war, wenn sie zum Beispiel im Park spazieren ging oder sich in einem Schönheitssalon den Schnurrbart entfernen ließ. Doch bald war ihm Maji Sahiba abermals auf die Schliche gekommen. Sie änderte ihre Gewohnheiten. Jetzt wusste der Maharadscha nie mehr, ob sie schlief, spazieren ging oder einfach auf ihn wartete, ungeduldig und gereizt.

„Was ich deshalb brauche", sagte der Maharadscha, „ist ein eigener Spitzel in der Zenana. Ein Spion! Jemand, der mir erzählen kann, was Maji Sahiba gerade unternimmt. Damit ich weiß, wann ich freie Bahn habe."

Der Maharadscha trank einen Schluck Wasser.

„Die Frage ist nur, wer!", sagte er dann. „Mein Spitzel kann ja kein Mann sein, denn außer mir darf kein Mann die Zenana betreten. Es darf auch keine Frau sein, denn es darf ja keine Frau die Zenana verlassen …"

Nun kniff er vielsagend die Augen zusammen und sah überaus zufrieden aus.

„Du bist aber weder Mann noch Frau, sondern Affe. Außer mir selbst bist du damit das einzige Wesen im ganzen Palast, das sich innerhalb und außerhalb der Zenana frei bewegen kann. Du wirst mein Spion! Meine geheime Waffe gegen Maji Sahiba!"

In den Wochen, die ich nun schon im Palast verbracht hatte, hatte ich mich oft gefragt, warum der Maharadscha mich zum Kammeradjutanten gemacht hatte, statt mich in seinen Zoo zu sperren. Jetzt hatte ich die Antwort auf diese Frage erhalten.

~

Ich blieb noch bis zum Morgen in der Wohnung des Maharadschas. Eifrig erzählte er mir alles, was ich seiner Ansicht nach für meinen Einsatz als Spion wissen musste. Er erklärte, wie man sich in der Zenana zurechtfand und wer von all seinen Gemahlinnen und Geliebten wer war. Ich gab mir große Mühe, mir das zu merken. Leicht war das nicht. Und es wurde auch nicht leichter dadurch, dass der Maharadscha schnell redete und von einem Thema zum anderen sprang, wenn ihm gerade etwas einfiel, das er wichtig fand.

Als ich seine Wohnung verließ, schimmerte die Morgenröte schon durch die Palastfenster. Auf den Gängen liefen Diener, Putzkräfte und Kellner lautlos hin und her und bereiteten alles für das Aufwachen der Hofleute vor. Es duftete nach frischen Schnittblumen und warmem Brot. Mir war schwindlig von allem, was der Maharadscha mir erzählt hatte. Und ich merkte schon, dass ich dabei war, das meiste wieder zu vergessen.

KAPITEL 45

Maji Sahiba

Noch am selben Nachmittag musste ich zu meinem ersten Einsatz als Spionin in die Zenana. Ich sollte eine Glückwunschkarte des Maharadschas an eine seiner Maharanis überbringen, die Namenstag hatte. Zugleich sollte ich versuchen diskret herauszufinden, wo sich Maji Sahiba aufhielt und was sie machte.

Es gab nur eine Möglichkeit, vom Männerteil des Palastes aus in die Zenana zu gelangen. Und zwar durch einen Tunnel, der hinter einer Geheimtür im Schlafzimmer des Maharadschas anfing. Vor mir war dieser Tunnel nur vom Maharadscha selbst und von den Soldaten der Leibgarde betreten worden, die ihn bewachten. Der schmale Gang wurde von Fackeln an den Wänden beleuchtet und wand sich tief in der Erde voran wie ein von einer Riesenschlange hinterlassenes Loch. Es war ein bisschen unheimlich, dort ganz allein unterwegs zu sein. Nach einer Weile erreichte ich ein mit rotem Leder ausgeschlagenes Tor. Ich öffnete es und betrat die Zenana.

Dort sah es aus wie überall im Palast. Ein Überfluss an Luxus und Reichtümern. Einige der Frauen warfen mir lange fragende Blicke hinterher. Andere lachten und streichelten mich, als wäre ich ein verkleidetes Haustier. Ich hoffte, sie würden sich bald an meinen Anblick gewöhnen. Ein Spion soll doch nicht zu sehr auffallen.

Jetzt musste ich nur noch Sharmistha Devi finden. So hieß sie, die Maharani, der ich zum Namenstag gratulieren sollte. Nach dem, was der Maharadscha mir erzählt hatte, dürfte es nicht so schwer sein, sie zu erkennen. Die meisten seiner Gemahlinnen und Konkubinen waren Inderinnen, mit schöner dunkler Haut und glänzend schwarzen Haaren. Sharmistha Devi dagegen war blond und hatte blaue Augen. Ehe sie den Maharadscha geheiratet hatte und in den Sunahiri Bagh Palace gezogen war, hatte sie Lorraine Thompson geheißen und war ein Musicalstar am Broadway in New York gewesen.

Sharmistha Devi war nicht die Einzige unter den Frauen des

Maharadschas, die aus dem Ausland stammte. Er las europäische und amerikanische Klatschzeitschriften und verliebte sich immer wieder in Schauspielerinnen, Tänzerinnen und Sängerinnen, über die dort berichtet wurde. Die allerschönsten Stars lud er in seinen Palast ein. Er überschüttete sie mit Juwelen, Geld und teuren Kleidern und machte ihnen dann auf einem Mondscheinspaziergang durch den Park seinen Antrag. Natürlich lehnten sie zumeist dankend ab, packten die Geschenke ein und fuhren wieder nach Hause. Aber einige blieben eben. In der Zenana lebten, unter anderem, eine Operettensängerin aus Mailand, eine Balletttänzerin aus Paris und zwei Filmschauspielerinnen aus Los Angeles.

Ich fand Sharmistha Devi in einem Liegestuhl am türkisblauen Swimmingpool der Zenana. Sie schien sich über die Glückwunschkarte nicht sonderlich zu freuen. Vermutlich fragte sie sich, warum der Maharadscha einen Affen geschickt hatte, statt selbst zu kommen. Ich lief schnell weiter, um mich meiner anderen und schwierigeren Aufgabe zu widmen, nämlich herauszufinden, wie Maji Sahiba diesen Nachmittag zubrachte.

Der Maharadscha hatte mir gesagt, dass Maji Sahiba sich meistens in ihren Privatgemächern oder in einem der Gärten der Zenana aufhielt. Ab und zu war sie auch in den Gemächern, die der Schönheitspflege dienten, anzutreffen. Die lagen dicht beim Swimmingpool, weshalb ich beschloss dort zu suchen.

Rasch ging ich vorbei an den Salons für Maniküre, Pediküre, Haarpflege und Hautpflege. Nirgendwo sah ich Maji Sahiba. Deshalb schaute ich im Rosengarten der Zenana nach. Sofort erblickte ich eine große ältere Frau, die im Schatten unter einem Feigenbaum in einem Liegestuhl saß. Sie hatte ein Buch auf den Knien liegen und schnarchte lauthals.

Die Frau trug einen lila Sari. Ein Sari ist eine Art Kleid, das aus einer einzigen langen Stoffbahn besteht. Fast alle Frauen in der Zenana trugen einen Sari. Aber nur einer war es erlaubt, den lila Sari zu tragen. Nämlich Maji Sahiba.

Ich lief rasch durch den unterirdischen Tunnel zurück zur Wohnung des Maharadschas. Sowie ich den Rauchsalon betrat, sprang der Maharadscha aus seinem Sessel auf und kam mir entgegen.

„Na, hast du Maji Sahiba gefunden?“

Ich nickte.

„Wo denn? In einem Salon?“

Ich schüttelte den Kopf.

„Im Garten?“

Ich nickte.

„Was macht sie da? Ist sie mit ihren Rosen beschäftigt?“

Ich legte den Kopf schräg auf meine aufeinandergelegten Hände und lehnte die Wange an den einen Handrücken.

Der Maharadscha strahlte.

„Sie schläft! Wunderbar! Die Gelegenheit muss ich beim Schopfe packen!“

Weniger als eine halbe Minute später war der Maharadscha auch schon im Tunnel zur Zenana verschwunden.

~

In der folgenden Woche spionierte ich fast jeden Tag hinter Maji Sahiba her. Der Maharadscha war mit mir ungeheuer zufrieden. Er war so zufrieden, dass er dem Hofmarschall befahl mir ein schöneres und größeres Zimmer zu geben, Wand an Wand mit den Gemächern des Maharadschas. Die anderen Kammeradjutanten verabscheuten mich mehr denn je. Alle Hofschranzen wollten doch in der Gunst des Maharadschas ganz oben stehen. Aber dieser Platz war jetzt offenbar von einem Affen besetzt.

Niemand konnte begreifen, was der Maharadscha eigentlich an mir fand. Sie wussten nur, dass ich für ihn ab und zu einen Brief in die Zenana brachte. Das mit dem Spionieren blieb ein Geheimnis zwischen dem Maharadscha und mir.

Aber wie lange würde das so bleiben?

Früher oder später würde Maji Sahiba sich fragen, wieso es der Maharadscha schaffte, ihr nie mehr über den Weg zu laufen. Vielleicht war es nur eine Frage der Zeit, ehe sie den Zusammenhang durchschauen würde oder bis jemand anderer ihn durchschaute und ihr sagte, dass ich als Spionin des Maharadschas tätig war.

Was würde passieren, wenn ich dem Maharadscha nicht mehr nützlich sein könnte? Vermutlich würde ich dann in seinen Zoo gesperrt werden. Ich versuchte nicht daran zu denken. Ich konzentrierte mich voll und ganz darauf, nicht entlarvt zu werden.

Aber das war nicht genug. Nicht bei Maji Sahiba.

~

Eines Morgens, als ich hinter einer Marmorsäule vor Maji Sahibas Schlafzimmerfenster auf der Lauer lag, wurde plötzlich eine Balkontür geöffnet und ich hörte ihre tiefe, gebieterische Stimme:

„Du da hinter der Säule, komm sofort her!"

Ich blieb wie gelähmt stehen. Sollte ich wegrennen? Wenn ja, wohin?

Während ich in meiner Panik versuchte Ordnung in meine Gedanken zu bringen, kam Maji Sahiba heraus. Aus der Nähe wirkte sie riesig und beängstigend, mit breiten kohlschwarzen Augenbrauen und einer Haut, die an einen uralten Ledersessel erinnerte.

„Sieh an", sagte sie mit barscher Stimme. „Mein lieber Affe, jetzt kommst du wohl besser mit, damit wir miteinander reden können, du und ich. Also, beeil dich, ehe uns jemand bemerkt."

Mit einem festen Griff um meinen Arm führte sie mich in ihre Wohnung. Die war schlicht und altertümlich eingerichtet, überhaupt nicht so kitschig und protzig wie alles andere im Palast.

„Du spionierst mir nach", sagte sie ohne Umschweife, sowie

die Tür hinter uns geschlossen war. „Deshalb sehe ich meinen Taugenichts von Sohn nie mehr hier in der Zenana. Hab ich recht?“

Ich wusste sofort, dass es ein Fehler sein würde, dieser Frau eine Lüge aufzutischen. Die Begriffsstutzige zu spielen würde auch nichts bringen. Also nickte ich.

Maji Sahiba schaute mir in die Augen. Ich hielt ihrem Blick stand. Ihre strengen Züge schienen sich ein wenig zu besänftigen.

„Ich habe gehört, dass du ein seltsames Tier bist“, sagte sie. „Das scheint zu stimmen.“

Sie ließ sich auf einen der schlichten Stühle sinken, mit denen der Raum möbliert war. Ich blieb mit hämmerndem Herzen stehen. Wie würde das hier enden?

Maji Sahiba schien in Gedanken versunken zu sein.

„Mein Sohn ist ein Tyrann“, sagte sie nach einer Weile. „Er ist ein törichter Müßiggänger und ein unverbesserlicher Lüstling. Genau wie sein Vater und sein Großvater. Statt an das Beste seines Volkes zu denken, interessiert er sich nur für sein eigenes Vergnügen und seine Ausschweifungen. Die Menschen in Bhapur sind arm. Schulen und Krankenhäuser sind baufällig. Die Straßen sind kaum noch passierbar. Und er unternimmt nichts dagegen. Stattdessen gibt er Millionen Rupien für teure Sportwagen und endlose Feste für all die Taugenichtse aus, die er in seinem Palast bewirtet. Es ist eine Schande! Und das versuche ich ihm seit Jahren klarzumachen!“

Maji Sahiba sah plötzlich sehr müde aus.

„Mein Sohn hat noch nie auf mich gehört", sagte sie dann. „Und er wird es auch in Zukunft nicht tun, egal wie sehr ich auch auf ihn einrede. Deshalb werde ich so tun, als wüsste ich nicht, dass du bei mir spionierst. Es würde ja doch nichts helfen. Er würde sich eine andere Methode ausdenken, um mir aus dem Weg zu gehen. Und du würdest in einem Käfig in seinem Zoo landen. Oder als Tigerfutter enden. Und das will ich nicht auf dem Gewissen haben."

Maji Sahiba stand auf. Sie schien neue Kräfte gesammelt zu haben. Sie verschränkte die Arme und sagte:

„Aber du darfst nicht mehr vor meinem Fenster herumschnüffeln. Das lasse ich mir nicht gefallen. Von jetzt an werde ich ein rotes Band um mein Balkongeländer binden, wenn ich finde, dass mein Sohn die Zenana besuchen kann. Wenn ich das nicht tue, dann soll er bleiben, wo er ist. Das ist unser Geheimnis. Haben wir eine Abmachung?"

Ich nickte.

Dann fuhr mir Maji Sahiba mit der Hand über die Wange und sagte, ich könne gehen.

Das war das einzige Mal, dass sie mit mir sprach oder dass sie überhaupt meine Existenz zur Kenntnis nahm. Ich konnte ihr niemals zeigen, wie dankbar ich ihr war.

Ich hoffe, dass sie das trotzdem wusste.

Die Wochen vergingen. Das Leben im Palast wurde immer ruhiger, je näher der Sommer rückte. Die Hitze brachte an jedem Nachmittag für mehrere Stunden alles zum Stillstand.

Meine Tage waren eintönig und langweilig. Das Spionieren in der Zenana war ja jetzt ganz einfach. Ich brauchte nur nachzusehen, ob das rote Band an Maji Sahibas Balkongeländer aufgetaucht war, um zu wissen, ob der Maharadscha freie Bahn hatte oder nicht.

Den Rest des Tages musste ich immer in meinem Zimmer verbringen, für den Fall, dass der Maharadscha mich brauchte. Meistens saß ich dann auf einer Fensterbank und schaute in den Park hinaus. Jeden Tag kerbte ich einen kleinen Strich in die Fensterbank. Ich dachte, dass sich mit jedem Strich der Tag näherte, an dem Ana und Signor Fidardo mich holen würden. Danach würden wir zusammen nach Cochin weiterfahren, Alphonse Morro ausfindig machen und den Chief befreien.

Im tiefsten Herzen aber vernahm ich eine Stimme, die flüsterte, das alles sei nur Wunschdenken. Ich versuchte, nicht auf diese Stimme zu hören.

KAPITEL 46

Schachmatt

Je besser ich den Maharadscha kennenlernte, umso klarer sah ich, dass Maji Sahiba recht hatte. Er verbrachte seine Zeit nur mit Vergnügungen. Er liebte Kricket, Polo, Jagd, Essen und Feste. Sein Land zu regieren interessierte ihn nicht im Geringsten. Das überließ er den Ministern in der Regierung von Bhapur. Die größte Anstrengung des Maharadschas bestand darin, einmal in der Woche die Minister zu empfangen und sich anzuhören, was sie zu sagen hatten.

Für diese Besprechungen, die immer am Montagmorgen abgehalten wurden, war ein besonderer Saal eingerichtet worden. Der Maharadscha saß am einen Ende auf einem hohen Thron, während die Minister am anderen Ende des Raumes auf einfachen Stühlen Platz nahmen. Der Maharadscha trug einen luftigen Kaftan und hatte eine Decke über den Beinen liegen. Auf diese Weise war nicht zu sehen, dass sein Thron eigentlich eine speziell konstruierte Luxustoilette war. Nach den Ausschweifungen am Wochenende litt der Maharadscha immer unter Verstopfung und musste mindestens zwei oder drei Stunden auf der Toilette sitzen. Und damit diese Zeit nicht total vergeudet wäre, empfing er dann eben seine Minister.

Der einzige andere Beitrag des Maharadschas zur Führung seines Reiches war, dass er Minister ein- und absetzte. Das tat er so ungefähr nach Lust und Laune.

Eines Tages sagte er zu mir:

„Meine Minister gehen mir auf die Nerven. Ich möchte meine Regierung ein wenig umgestalten. Du musst mir dabei helfen. Das wird lustig! So lustig wie damals, als du beim Schach diesen komischen Direktor von der Bahn gefegt hast."

Sofort ahnte ich das Schlimmste.

Die Idee des Maharadschas war überhaupt nicht lustig, sondern einfach nur gemein. Er wollte, dass jeder seiner zwölf Minister mir zu einer Partie Schach gegenübertrat. Nur die Gewinner sollten ihre Ämter behalten dürfen. Das Ergebnis der Schachpartie sollte im ganzen Land ausgerufen werden. Damit würden diejenigen, die von mir besiegt wurden, nicht nur ihren Ministerposten verlieren, sondern auch ihre Ehre und ihren guten Ruf. Von einem Affen im Schach besiegt zu werden würde als schlimme Schande gelten.

Ich beschloss sofort, alle Minister gewinnen zu lassen.

Zwei Tage später rief der Maharadscha seine Minister in einen der vielen Säle im Palast. Alle wussten jetzt, was auf dem Spiel stand. Einige sahen ruhig und selbstsicher aus, andere nervös und verbissen. Manche schienen voller Panik auf das zu warten, was ihnen bevorstand.

Zuerst saß ich dem Innenminister gegenüber. Er war ein geschickter Schachspieler und ich brauchte mir kaum Mühe zu geben, um ihn gewinnen zu lassen.

Beim nächsten Minister war es schon schwieriger. Es war der Landwirtschaftsminister und es war klar, dass er ein Anfänger am Schachbrett war. Schweißfäden zogen sich über die fetten Wangen des armen Mannes und seine Hände zitterten bei jedem Zug. Ich musste zwei richtig dicke Patzer machen, damit er endlich den Sieg erringen konnte.

Als ich meine Partie gegen den Verteidigungsminister verloren hatte, brach der Maharadscha dieses seltsame Schachturnier plötzlich ab und schickte alle Minister aus dem Saal. Dann sah er mich mit vor Wut schwarz funkelnden Augen an.

„Du lässt sie gewinnen", fauchte er mit zusammengebissenen Zähnen. „Warum?"

Ich hatte den Maharadscha unterschätzt. Aus irgendeinem

Grund hatte ich gedacht, er hätte zu wenig Ahnung von Schach, um zu merken, dass ich absichtlich pfuschte. Mir lief es eiskalt den Rücken hinunter.

„Jetzt verstehe ich", sagte er langsam. „Die haben dich bestochen."

Ich schüttelte den Kopf.

„Lüg nicht!", schrie er. „Warum solltest du ihnen sonst helfen? Sie müssen dir etwas versprochen haben! Was? Was haben sie dir versprochen? Jetzt rede schon, du verräterischer Affe!"

Ich senkte den Kopf und starrte den Tisch an.

Der Maharadscha starrte mich an. Dann ging er rastlos im Raum hin und her.

„Das stimmt nicht", murmelte er. „Die können den Affen nicht bestochen haben. Sie würden doch niemals wagen …"

Er stellte sich wieder vor mich hin.

„Morgen um neun machen wir weiter", sagte er. „Und wenn ich dann merke, dass du noch immer meinen Ministern beim Gewinnen hilfst, dann gebe ich dich meiner Leibgarde als Zielscheibe. Verstanden?"

Ich nickte.

„Und bilde dir ja nicht ein, du könntest mich an der Nase herumführen", sagte nun der Maharadscha. „Schach ist ursprünglich ein indisches Spiel. Es gehört zur Ausbildung eines Maharadschas, es bis zur Vollkommenheit zu beherrschen. Ich konnte spielen, ehe ich laufen konnte. Der deutsche Weltmeister Emanuel Lasker hat vier Jahre hier im Palast gewohnt. Nur um mir Privatunterricht zu geben."

Damit verließ der Maharadscha den Saal mit energischen Schritten.

„Ich verstehe das nicht", hörte ich ihn murmeln. „Warum wollte der Affe unbedingt verlieren?"

Ich blieb allein zurück und zitterte am ganzen Leib. Erst als ich sicher war, dass meine Beine mich tragen würden, erhob ich mich und ging zurück auf mein Zimmer. Die letzten Worte des Maharadschas hallten in meinen Ohren wider.

Ich musste wieder daran denken, was Maji Sahiba mir gesagt hatte. Sie kannte ihren Sohn gut. Der Maharadscha dachte wirklich nur an sich. Sich um das Unglück anderer zu kümmern war ihm fremd. Deshalb konnte er auch nicht verstehen, warum ich die Minister hatte gewinnen lassen.

~

Als es am nächsten Morgen neun Uhr schlug, versammelten die Minister des Maharadschas und ich uns im großen Saal, um die Schachpartie fortzusetzen. Im Laufe der Nacht hatte ich eingesehen, dass ich mir alle Mühe geben musste, um die anderen Runden zu gewinnen. Die Minister taten mir leid, aber ich hatte keine andere Wahl. Es ging schließlich um mein Leben.

Nachdem wir eine halbe Stunde gewartet hatten, kam der Diwan und teilte mit, der Maharadscha habe sich soeben auf Tigerjagd begeben. Die Schachpartie war bis auf Weiteres abgeblasen.

Drei Tage darauf kehrte der Maharadscha von der Tigerjagd zurück. Ich rechnete damit, dass das Schachturnier jetzt fortgesetzt werden würde, aber das passierte nicht. Der Maharadscha schien die ganze Sache vergessen zu haben. Die Minister atmeten auf. Ich auch.

Doch der Maharadscha hatte nichts vergessen. Am nächsten Tag befahl mir der Hofmarschall, sofort aus meinem Zimmer bei den Gemächern des Maharadschas auszuziehen und in mein altes zurückzukehren. Auf Befehl des Maharadschas. Der Zimmertausch war offenbar eine Strafe für meinen Ungehorsam. Ich war nicht mehr sein Liebling unter den Kammeradjutanten. Der Hofmarschall konnte seine Schadenfreude nicht verbergen.

Ich war nur glücklich darüber, dass ich nicht gegen die restlichen Minister hatte spielen müssen. Aber ich fragte mich, warum der Maharadscha das Schachturnier nun wirklich abgebrochen hatte. War es so einfach, dass er plötzlich lieber auf Tigerjagd gewollt hatte?

Oder fürchtete er sich vielleicht? Dass ich immer weiter gegen seine Minister verlieren würde? Denn dann hätte er seine Leibgarde doch auf mich schießen lassen müssen, auch wenn er mich eigentlich gar nicht töten wollte. Nur darf ein Maharadscha ja keine leeren Drohungen von sich geben.

KAPITEL 47

Der fliegende Maharadscha

Ende April wurde die Hitze fast unerträglich. Nachmittags hatten wir oft über vierzig Grad im Schatten. Der Maharadscha beschloss, mit einem Teil des Hofes in seinen Sommerpalast in Simla zu reisen.

Simla, das erfuhr ich nun, war eine Stadt in den kühlen Bergregionen am Fuße des Himalaja. Dort trafen sich in den heißesten Sommermonaten Indiens Reiche und Mächtige. Die Höflinge redeten über Simla wie über das himmlische Paradies, mit

Luxusleben, Festen und spannendem Klatsch von morgens bis abends. Für mich klang es nach einem schrecklichen Ort.

Die Wochen vor der Abreise waren im Sunahiri Bagh Palace arg unruhig. In dieser Zeit entschied der Maharadscha, wer mit nach Simla kommen würde und wen er zurücklassen wollte. Keine Hofschranze wollte diese unterhaltsame Reise verpassen. Alle umschmeichelten den Maharadscha noch mehr als sonst und verbreiteten zugleich gemeine Lügen und scheußliche Gerüchte übereinander. Die Stimmung im Palast wurde so giftig, dass die Luft kaum noch zu atmen war.

Als die Reisegesellschaft endlich aufgebrochen war, wurde im Sunahiri Bagh Palace alles still und ruhig. Der Maharadscha hatte mich nicht für Simla ausgesucht und darüber war ich froh. Jetzt, da er weg war, brauchte ich nicht mehr in meinem Zimmer zu bleiben. Ich fing stattdessen an meine Tage in der Palastgarage zu verbringen. Dort standen alle motorisierten Fahrzeuge des Maharadschas. Er besaß achtundfünfzig Autos der vornehmsten Fabrikate, wie Rolls-Royce, Duisenberg und Lanchester. Motorräder hatte er doppelt so viele. Im Hafen von Bombay lag außerdem eine startbereite Luxusjacht, falls der Maharadscha Lust auf einen Segeltörn haben sollte.

Ich konnte stundenlang herumlaufen und mir die prachtvollen Automobile und Motorräder in der Garage ansehen. Ich öffnete die Motorhauben, um die Motoren zu studieren. Die Mechaniker der Garage ließen mich gewähren. Sie kümmerten sich nicht weiter um mich. Jeden Tag wünschte ich, einer von ihnen gäbe mir Werkzeug und bäte mich um Hilfe bei irgendeiner Reparatur. Aber das passierte nicht.

~

Schon nach drei Wochen kam der Maharadscha überraschend aus Simla zurück. Den Plänen nach hätte er noch einen Monat bleiben sollen. Alle im Palast fragten sich, was denn geschehen sei.

Und das war geschehen: Der britische König Georg V. hatte sich ein eigenes Privatflugzeug zugelegt. Das hatte der Maharadscha in Simla erfahren. Jetzt wollte er auch eins. Und zwar sofort. Er hatte sich schon bei der *de Havilland Aircraft Company* in der Nähe von London eine DH.60G *Gipsy Moth* bestellt. Das war dasselbe Modell wie das Flugzeug, das sich Georg V. angeschafft hatte.

Ein Landeplatz mit Flugzeughangar wurde sofort im Palastpark angelegt. Auf Befehl des Maharadschas wurden mit Bussen Arbeiter aus ganz Bhapur geholt. Flugstreifen und Hangar waren nach weniger als einem Monat vollendet.

Das plötzliche Fluginteresse des Maharadschas griff auf den ganzen Hof über. Flugzeuge und Fliegen waren in aller Munde. Im Sunahiri Bagh Palace wurde kaum noch von etwas anderem gesprochen. Der Maharadscha ließ sich einen überaus eleganten Fliegeranzug aus feinstem Hirschleder nähen und ließ sich tagelang darin bewundern.

Das Flugzeug wurde von einem Piloten der Royal Air Force

geradewegs aus London gebracht. Er flog die Strecke in etwas über einer Woche, mit Zwischenlandungen in Paris, Rom, Kairo, Bagdad und Karatschi. Zur Begleitung hatte er einen Mechaniker von der de Havilland Aircraft Company.

Beiden wurde in Bhapur ein großartiger Empfang bereitet. Der ganze Hof und alle Palastbediensteten standen an der Landebahn und schwenkten britische Flaggen. Der neue Hangar war mit kilometerlangen Blumengirlanden geschmückt. Der Maharadscha trug natürlich seine neue Fliegerkluft und das Staatsorchester spielte einen Fliegermarsch, den der Maharadscha für diesen Anlass hatte komponieren lassen.

Der Jubel war ohrenbetäubend, als das schöne gelbe und rote Flugzeug vom Himmel heruntergeschwebt kam und auf den Boden aufsetzte. Ich stand dicht vor der Landebahn und winkte ebenso eifrig mit meiner Flagge wie alle anderen. Durch meinen Kopf jagte die eine Frage: Wie lange würde man brauchen, um von Bhapur nach Cochin zu fliegen?

~

Kaum war das Flugzeug gelandet, da wollte der Maharadscha auch schon auf eigene Faust einen Probeflug unternehmen. Das durfte er zu seiner großen Enttäuschung nicht. Der Pilot erklärte, den britischen Gesetzen nach müssten alle Flieger ihren Pilotenschein gemacht haben. Bis der Maharadscha seinen vorweisen könnte, müsste er sich mit dem zweiten Sitz zufriedengeben.

Schon am nächsten Morgen begann der Pilot von der Royal Air Force, den Maharadscha in der Kunst des Fliegens auszubilden. Dem Maharadscha ging der Unterricht zu langsam. Mit Drohungen und Bestechungen brachte er den Piloten dazu, die langweiligen Teile des Unterrichtes zu überspringen, und konnte auf diese Weise seine Flugprüfung nach weniger als einer Woche ablegen.

Als der Maharadscha seinen ersten Flug antreten wollte, wurden abermals alle aus dem Palast zum Jubeln an die Start- und Landebahn befohlen. Auf dem Dach der Zenana saßen die Frauen hinter dünnen Wandschirmen und sahen durch kleine Operngläser zu. Es war ein schöner Tag. Die Sonne strahlte und eine leichte Brise wehte von den Bergen im Osten her. Wimpel in allen Farben flatterten zum blauen Himmel hoch.

Der Maharadscha kam ohne Probleme in die Luft. Dann machte er eine rasche Drehung, vermutlich, um eine Ehrenrunde über die Zenana zu fliegen. Das Flugzeug verlor an Höhe und krachte auf die *Pilkhanna,* den Elefantenstall des Palastes. Der Jubel der Zuschauer schlug in einen Entsetzensschrei um.

~

Die fünfzig Elefanten kamen unverletzt davon. Der Maharadscha ebenfalls. Der Einzige, dem es übel erging, war der Pilot der Royal Air Force, der auf dem Passagierplatz gesessen hatte. Er brach sich den Daumen. Schon am nächsten Tag verließ er den Palast, um so schnell wie möglich nach London zurückzukehren. Der Pilot gab seinen verletzten Daumen als Grund an, aber alle wussten, dass er eine Sterbensangst davor hatte, noch einmal mit dem Maharadscha losfliegen zu müssen.

Der Mechaniker von de Havilland konnte das Flugzeug reparieren. Danach wollte auch er nach England zurückkehren. Der Maharadscha konnte ihn zum Bleiben überreden, musste aber in den Arbeitsvertrag schreiben, dass der Mechaniker unter gar keinen Umständen gezwungen werden dürfe mit dem Maharadscha fliegen zu müssen.

Der Unfall hatte dem Maharadscha nicht die Lust am Fliegen genommen. Er machte für alles die Hofastrologen verantwortlich, die ihn nicht davor gewarnt hatten, an einem Unglückstag loszufliegen. Die Astrologen wurden gefeuert, neue wurden eingestellt. Nachdem sie die Sterne sorgfältig studiert hatten, teilten die neuen Astrologen mit, der kommende Samstag wäre ein guter Tag für einen neuen Flugversuch vonseiten des Maharadschas.

Der Maharadscha war sehr zufrieden. Als Belohnung versprach er allen Astrologen, mit ihm eine Runde fliegen zu dürfen. Am folgenden Tag teilten die Astrologen mit, sie hätten die Sterne wohl nicht ganz richtig verstanden. Eigentlich sei im kommenden Jahr überhaupt kein Tag für einen Flugversuch geeignet.

Der Maharadscha war wütend und auch die neuen Astrologen wurden entlassen. Danach musste der Mechaniker das Flugzeug sofort startbereit machen. Für den ehrenvollen Auftrag, ihn als Passagier begleiten zu dürfen, wählte der Maharadscha einen Offizier der Leibgarde aus.

Der zweite Flug des Maharadschas verlief ohne Zwischenfälle. Er kam in die Luft und wieder auf den Boden, ohne das Flugzeug oder irgendetwas anderes zu zerstören. Aber um ein Haar wäre der Flug im Flamingoweiher geendet statt auf der Landebahn.

Als der Maharadscha am Tag darauf wieder fliegen wollte, war der Offizier der Leibgarde unpässlich und konnte ihn nicht begleiten. Deshalb befahl der Maharadscha dem Diwan Sardar Bahadur, sich zu einer Tour hinauf ins Blaue bereitzumachen. Der Diwan bettelte und flehte, man möge ihn aufgrund seines hohen Alters doch verschonen, aber der Maharadscha kannte kein Erbarmen.

Aus irgendeinem Grund wollte der Maharadscha nicht allein fliegen. In den folgenden Wochen wurde ein Höfling nach dem anderen gezwungen ihn auf die wackeligen Luftfahrten über die Umgebung des Palastes zu begleiten. Wer einmal dabei gewesen war, hätte fast alles getan, um von weiteren Flugtouren verschont zu werden. Die Palastärzte hatten alle Hände voll zu tun, weil so viele Minister und Offiziere plötzlich mit Kopfschmerzen, Fieber und Magengrimmen darniederlagen, sowie der Maharadscha seine hirschlederne Fliegerkluft anlegte.

Der Maharadscha ärgerte sich immer mehr über seine hasenherzigen Untertanen. Eines Tages ließ er den ganzen Hof im Durbarsaal antreten.

„Was seid ihr nur alles für Waschlappen!", rief er. „Ist denn niemand hier bereit heute Nachmittag freiwillig und freudig die Ehre eines Fluges mit mir anzunehmen?"

Es wurde fast ganz still.

Zu hören war nur ein leises Gemurmel, als ich zwei entschlossene Schritte vortrat und die Hand hob.

KAPITEL 48

Notlandungen und Champagner

Die *Gipsy Moth* ist ein zweisitziges Flugzeug mit einem luftgekühlten vierzylindrigen Benzinmotor mit achtundneunzig PS. Ich kannte das Modell schon, da sich der Chief für Flugzeuge interessierte. Früher hatte ich für ihn aus Tageszeitungen, die ich las, wenn wir im Hafen lagen, Artikel über Flugzeuge und Flieger ausgeschnitten. Der Chief war nicht gerade eine Leseratte, doch die Flugzeugartikel bewahrte er in einer Schublade auf der *Hudson Queen* auf.

Ich hatte nie vom Fliegen geträumt. Deshalb staunte ich darüber, dass mein erster Flug mit dem Maharadscha mir solchen Spaß machte. Schon als wir auf die Startbahn fuhren, spürte ich, wie meine Unruhe verschwand. Mir gefielen das ruhige, gleichmäßige Brummen des Motors und das solide Handwerk bei allen Details des Flugzeugs. Als das Flugzeug vom Boden abhob, kitzelte es so schön in meinem Bauch.

Nach nur wenigen Minuten hatten wir bereits eine Höhe von mehreren Hundert Metern erreicht. Der Luftzug streichelte mein Gesicht wunderbar kühl. Von meinem Platz ganz vorn hatte ich freien Blick in alle Richtungen. Die flache Landschaft unter uns verschwand im Dunst des Horizontes. Die Wälder sahen aus wie Grasbüschel und die Häuser wie braune Zuckerstücke. Ich hatte das Gefühl, als seien alle meine Sorgen unten auf dem Boden geblieben, zusammen mit allen anderen Kleinlichkeiten.

Bald darauf aber nahm der Spaß ein jähes Ende. Ohne Vorwarnung fing der Motor an zu stottern und zu husten. Wir flogen gerade in hohem Tempo, aber ziemlich niedrig. Der Maharadscha zog eine weite Schleife, um wieder nach Hause zu fliegen, und in diesem Moment gab der Motor endgültig seinen Geist auf.

Es war ein Glück, dass wir keine Bruchlandung hinlegten. Aber das lag auch daran, dass der Maharadscha wirklich gut reagierte. Er ging ein wenig höher und steuerte dann im Gleitflug einen Kiesweg an, der sich durch ein breites Feld zog. Das

Flugzeug wackelte und legte sich schräg, als wir auf den Boden aufsetzten, aber der Maharadscha konnte es zum Stehen bringen, ohne dass es umkippte, sich auf die Nase stellte oder im Graben landete.

Trotz der geglückten Notlandung war der Maharadscha übler Laune. Er bezeichnete das Flugzeug als Dreckskiste und versetzte dem Fahrgestell einen wütenden Tritt. Danach holte er eine Leuchtrakete aus der flugzeugeigenen Notausrüstung. Die Leuchtrakete jagte hoch und explodierte in mehreren Hundert Metern Höhe mit blendendem Licht. Das war vom Palast aus bestimmt deutlich zu sehen.

Während wir auf die Rettungsmannschaft warteten, zog der Maharadscha den Notproviant hervor, eine Kühltasche mit Kaviar aus Georgien und zwei Flaschen Champagner *Dom Pérignon*, und setzte sich auf dem Feld in den Schatten eines einsamen Baumes.

Aus dem nahe gelegenen Wald kamen die Bauern der Umgebung, ihre Familien, Ziegen und Hunde. Alle blieben am Waldrand stehen und musterten den Maharadscha und seine seltsame Maschine aus großen Augen.

Während der Maharadscha seinen Proviant genoss, holte ich unter dem Pilotensitz einen Werkzeugkasten und eine Beschreibung des Motors hervor. Ich nahm den Schutzdeckel vom Motor und schaute hinein. Ich hatte noch nie mit einem Flugzeug zu tun gehabt, aber ein Motor ist ein Motor, und es war auch nicht sonderlich schwer, das Problem zu finden. Ein Draht im Höhenregler hatte sich verhakt und deshalb hatte die Treibstoffzufuhr bei niedriger Höhe nicht funktioniert. Der Fehler war bald behoben.

Der Maharadscha war unter dem Baum eingeschlafen, erwachte aber, als ich den Motor mit dem Propeller anwarf. Er kam mit einer Flasche in der Hand angerannt und rief atemlos:

„Willst du wohl die Pfoten von meinem Flugzeug lassen, Affe?“

Es dauerte eine Weile, bis der Maharadscha begriff, dass ich den Motor repariert hatte und dass wir weiterfliegen konnten. Nun war er ungeheuer zufrieden und befahl den sofortigen Start.

In dem Moment, als sich auf dem Kiesweg drei goldschimmernde Rolls-Royce näherten, konnte der Maharadscha mit Mühe und Not das Flugzeug zum Starten bewegen und wir überflogen die Baumwipfel am anderen Ende des Feldes mit einem Zwischenraum von nur einigen Metern. Der Maharadscha stieß einen lauten Freudenschrei aus.

Auf dem Boden standen die Hofschranzen der Rettungsmannschaft und schauten enttäuscht hinter uns her.

~

Alle am Hof hatten erwartet, dass das plötzliche Fluginteresse des Maharadschas sich bald wieder legen würde. Das war immer so mit seinen neuen Leidenschaften, entnahm ich dem Gerede auf den Palastgängen. Einmal hatte er sich nur noch für

Antilopenjagd mit dressierten Geparden interessiert. Dann hatte er all seine Zeit damit verbracht, blutige Zweikämpfe zwischen wütenden Elefantenbullen in einer Arena vor der Pilkhanna zu arrangieren. Danach wollte er unbedingt Roulette spielen und ließ im Palast ein Kasino einrichten. Als das Kasino eingeweiht werden sollte, hatte der Maharadscha das Glücksspiel schon satt und hatte sich inzwischen auf Polo verlegt. Und so ging es weiter.

Aber mit der Flugbegeisterung war es anders, wie sich nun herausstellte. Das ging nicht vorüber. Nach zwei Monaten flog der Maharadscha noch immer jeden Tag mit seiner *Gipsy Moth*. Und ich war jedes Mal dabei.

Anfangs durfte ich mitkommen, weil sich sonst niemand traute. Hinter den Schalthebeln war der Maharadscha eine Gefahr, nicht nur für sich selbst, sondern für alle und alles in Reichweite des Flugzeugs. Aber Übung macht den Meister. Der Maharadscha wurde ein immer geschickterer Flieger. Nach einiger Zeit war es nicht mehr lebensgefährlich, ihn auf einer Runde zu begleiten. Die Hofschranzen trieben sich nun beim Hangar herum und deuteten dem Maharadscha gegenüber an, dass sie jederzeit und mit Freuden als Passagier dabei sein würden.

Aber nun war es zu spät.

Jetzt wollte der Maharadscha nur noch mich im Flugzeug haben. Ich konnte nicht nur den Motor reparieren, sondern war auch tüchtig im Navigieren. Solche Kenntnisse besaß am Hof sonst niemand.

Der Chief hat mir das Navigieren auf See beigebracht. Sich im Luftmeer zurechtzufinden geht ungefähr genauso. Außer einer Karte braucht man einen Kompass, eine Uhr, irgendeine Art Geschwindigkeitsmesser, Zirkel und ein Lineal, um Winkel zu messen. Das alles hatte der Pilot von der Royal Air Force in einer Tasche zurückgelassen.

Jeder Flug begann in der *Royal Aviation Lounge*, einem großen Raum, den der Maharadscha im Obergeschoss des Hangars hatte einrichten lassen. Die Wände waren bedeckt von gerahmten Fotos, die ihn und seine *Gipsy Moth* zeigten. Mitten im Raum stand ein großer Leuchttisch. Darauf rollte der Maharadscha seine Karten von Bhapur aus und zeigte mir, welche Route er fliegen wollte. Danach zeichnete ich die Kompasskurse in die Karte ein, maß die Entfernungen und berechnete die Flugzeiten. Wenn wir dann losgeflogen waren, sorgte ich dafür, dass wir uns an unseren Flugplan hielten, indem ich dem Maharadscha ein Zeichen gab, wenn der Kurs geändert werden musste.

Unsere Flüge führten uns kreuz und quer über Bhapur. Oft waren wir von morgens früh bis abends spät unterwegs. Bald hatten alle Untertanen des Maharadschas das Flugzeug mindestens einmal gesehen. Wenn wir zum Mittagessen auf einem Feld oder einer Wiese landeten, sammelte sich manchmal eine kleine Menschenmenge um uns. Meistens wollte der Maharadscha kein solches Publikum. Die schmutzigen Kinder, die mageren Frauen und die krummen, erschöpften Männer schienen ihn peinlich zu berühren. Ich glaube, im tiefsten Herzen hatte er ein bisschen Angst vor ihnen.

Auf irgendeine Weise wurde jeder Flug zu einem Abenteuer. Einmal stießen wir mit einem Geier zusammen und mussten in einer Geröllhalde notlanden. Das war bei einem Dorf in der Nähe der Grenze zum benachbarten Fürstentum Patiala. Ein Teil des Fahrgestells brach ab und wir waren zu weit vom Palast entfernt, um mit einer Leuchtrakete Hilfe holen zu können. Der Maharadscha verlor völlig die Fassung. Er fluchte und schimpfte über dieses elende Flugzeug und sein eigenes Pech. Dann setzte er sich hin, trank Champagner und schmollte.

In dieser Zeit wagte sich die Dorfbevölkerung immer näher an das Flugzeug heran. Die Männer sahen das zerbrochene Fahrgestell und redeten leise miteinander. Am Ende fassten sie sich ein Herz und richteten mit vereinten Kräften das Flugzeug auf, um sich die Sache genauer ansehen zu können. Einige Stunden darauf hatten sie die zerbrochene Stange durch einen Bambusstab und Stricke aus zähen Kokosfasern ersetzt. Und es funktionierte richtig gut.

Inzwischen war es später Abend geworden. Wir würden im Dorf übernachten müssen und der Maharadscha ließ sich nach langem Zögern in eine der schlichten Hütten führen. Die Frauen brachten ihm zu essen, aber er wollte das Brot und die wässrige Hühnersuppe nicht einmal ansehen. Ich fragte mich, ob ihm klar war, dass die Leute hier ihm das Beste anboten, das sie überhaupt hatten.

Am nächsten Morgen früh, gleich nach einem Frühstück, das aus trockenem Brot und Ziegenmilch bestand, machten wir einen Startversuch. Das Fahrgestell hielt und bald waren wir wohlbehalten in der Luft.

Sowie wir wieder im Sunahiri Bagh Palace angekommen waren, schickte der Maharadscha nach seinem Innenminister und befahl ihm, das Dorf aufzusuchen, wo wir übernachtet hatten.

„Ich will, dass ihnen geholfen wird einen Brunnen zu graben und ihre Felder zu bewässern, damit sie etwas Essbares anbauen können. Außerdem müssen sie ihre schmuddeligen Lehmhütten durch anständige Häuser ersetzen. Ich übernehme alle Kosten!"

Der Innenminister machte ein verwirrtes und fragendes Gesicht. Der Maharadscha hatte noch nie ein besonderes Interesse daran gezeigt, wie die Menschen in den Dörfern seines Reiches lebten.

„Das ist doch wohl klar?", fauchte der Maharadscha verärgert. „Wenn ich das nächste Mal in dieser Gegend notlanden muss, möchte ich es ein bisschen bequemer haben!"

KAPITEL 49

Ein verräterischer Plan

Auf irgendeine Weise änderte sich der Maharadscha in den Monaten, in denen wir zusammen flogen. Zumindest verhielt er sich mir gegenüber anders. Das merkte ich besonders dann, wenn wir zum Mittagessen landeten.

Anfangs nahm der Maharadscha nur eine Provianttasche für sich mit und setzte sich zum Essen immer ein Stück vom Flugzeug entfernt auf eine Decke. Eines Tages fragte er, ob ich einen Apfel wollte, auf den er selbst keine Lust hatte. Am nächsten

Tag hatte er auch für mich Proviant bestellt. Nach einigen weiteren Tagen wollte er nicht mehr allein essen, sondern ich sollte mich neben ihn auf die Decke setzen.

Wenn wir so dort saßen und aßen, redete der Maharadscha über das Fliegen, darüber, wie sich das Flugzeug in den unterschiedlichen Situationen verhielt, und darüber, was wir beide aus der Luft gesehen hatten. Er war meistens munter und lebhaft. Aber nicht immer. Manchmal überkam ihn eine gewisse Schwermut. Ja, er wirkte fast traurig. Dann starrte er nur leer vor sich hin.

Der Maharadscha erzählte mir nie, woran er dachte, wenn er so niedergeschlagen aussah. Aber er schickte mich auch nicht weg, um seine Ruhe zu haben. Ich hätte gern gewusst, wie viele andere er hatte, mit denen er nur schweigend zusammensitzen konnte. Vielleicht war ich die Einzige.

~

Der Mechaniker von de Havilland wurde gefeuert. Der Maharadscha konnte ihn nicht leiden und gab mir den Posten. Mir war das nur recht. Wenn wir nicht flogen, überprüfte ich den Motor und schmierte Drähte und Regler. Ich brauchte den Hangar nur zu verlassen, wenn der Maharadscha mich zum Spionieren zu Maji Sahiba schickte.

Ziemlich oft kam der Maharadscha zum Hangar, ohne dort eigentlich etwas vorzuhaben. Er schien mir einfach nur bei der Arbeit zusehen zu wollen. Er erkundigte sich nach allerlei technischen Dingen und ich erklärte, so gut ich konnte, indem ich zeigte und gestikulierte. Ab und zu kam es sogar vor, dass ich ihm, ohne nachzudenken, einen Schraubenschlüssel oder eine Zange hinhielt, die ich zur Hand haben wollte. Wenn der Maharadscha etwas von meinem öligen Werkzeug in der Hand gehalten hatte, roch er immer mit zerstreuter und leicht verträumter Miene an seinen Händen. Vielleicht hätte er auch gern selbst ein wenig repariert. Aber das hätte sich nun wirklich nicht gehört.

~

Durch das Flugzeug hatte mein Leben beim Maharadscha eine unerwartete Wendung genommen. Ich musste mir eingestehen, dass ich es eigentlich richtig gut hatte. Ich bastelte gern am Flugzeug herum und freute mich die ganze Zeit auf den nächsten Flug. Die Tage vergingen schnell.

Die Nächte dagegen waren lang. Ich lag oft schlaflos im Bett und dachte an meine Freunde in Lissabon. Ich wusste, dass sie sich meinetwegen große Sorgen machten. Es kam mir falsch vor, dass ich mich mit dem Maharadscha und seinem Flugzeug amüsierte. Ich war doch nach Indien gekommen, um Alphonse Morro zu suchen und den Chief zu retten. Nicht, um Spaß zu haben.

Aber andererseits hätte ich ja auch nicht viel daran ändern können. Ich rechnete immer noch damit, dass Ana und Signor Fidardo versuchen würden mir zu helfen, wenn sie meinen Brief bekämen. Bis dahin konnte ich nur warten. Warten und versuchen zu überleben. Das war mein Plan. Und an den wollte ich mich halten.

Doch die Monate vergingen und ich hörte nichts von Ana und Signor Fidardo. Der heiße Sommer ging in die Monsunperiode über, mit kühlerem Wetter und regnerischen Tagen. Als im September der Regen aufhörte, war schon mehr als ein Jahr vergangen, seit ich dem Bahnhofsaufseher in Jodhpur den Brief gegeben hatte. Der hätte inzwischen doch schon längst in Lissabon eingetroffen sein müssen. Ich fragte mich nun, ob der Brief vielleicht verloren gegangen war. Denn dann wartete ich vergeblich darauf, dass meine Freunde mich retteten.

In meinem Hinterkopf nahm langsam ein Ersatzplan Gestalt an.

Ich würde die *Gipsy Moth* des Maharadschas stehlen und damit nach Cochin fliegen.

Die Idee war mir schon gekommen, als ich das Flugzeug zum ersten Mal gesehen hatte. Da war es nur ein Gedankenspiel gewesen, nichts, was ich wirklich für möglich gehalten hätte. Jetzt war das anders. Als Mechaniker des Flugzeugs konnte ich im Hangar nach Belieben kommen und gehen. Sogar nachts. Niemand würde merken, ob ich das Flugzeug an einem späten Abend, wenn im Palast gefeiert wurde, startbereit machte. Mit etwas Glück müsste ich den Motor zum Laufen bringen und die Startbahn erreichen können, ehe irgendwer Argwohn schöpfte. Und wenn ich erst oben in der Luft wäre, würde niemand mich aufhalten können.

Falls ich keine Bruchlandung hinlegte, natürlich nur. Doch das würde ich wohl verhindern können. Der Maharadscha hatte mich zwar niemals selbst fliegen lassen, aber nach so vielen Stunden in der Luft wusste ich ziemlich gut, wie man ein Flugzeug lenkt.

Nein, das Flugzeug zu stehlen wäre kein Problem. Auch der Flug nach Cochin machte mir keine Sorgen. Die wirklichen Probleme würden gleich nach der Landung beginnen. Wohin sollte ich mich in Cochin wenden? Wie sollte ich verhindern von der Polizei festgenommen zu werden? Und wie sollte ich Alphonse Morro finden?

Ich hatte auf keine dieser Fragen eine Antwort. Dennoch fasste ich nach und nach einen Entschluss: Wenn ich innerhalb von zwei Monaten nichts von Ana und Signor Fidardo gehört hätte, würde ich das Flugzeug stehlen und nach Cochin fliegen.

Als ich den Entschluss erst gefasst hatte, konnte ich nachts besser schlafen. Nur ab und zu, vor allem wenn der Maharadscha und ich den ganzen Tag geflogen waren, kam es vor, dass ich mich schlaflos von einer Seite auf die andere wälzte. Ich stellte mir vor, wie der Maharadscha reagieren würde, wenn er erfuhr, dass ich mit seinem Flugzeug durchgebrannt war. Er würde natürlich vor Wut außer sich sein und sofort ein Kopfgeld auf mich aussetzen. Aber er würde auch traurig sein. Das wusste ich.

Ich plante ja schließlich einen Verrat. Doch ich hatte keine andere Wahl.

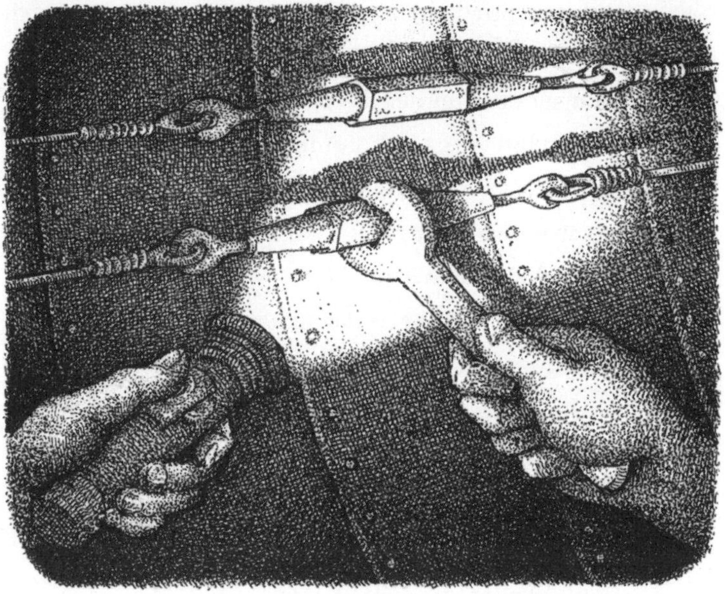

KAPITEL 50

Sabotage

Der Maharadscha war berühmt für seine Feste. Normalerweise veranstaltete er jede Woche mindestens zwei. Es waren gewaltige Feste mit Hunderten von Gerichten, teuren Weinen im Überfluss, Musik und Unterhaltung von üppigen Tänzerinnen aus Lahore.

Die Hofschranzen liebten die Feste des Maharadschas. Deshalb wurden sie nervös, als der Maharadscha seine Festlaune ein wenig zu verlieren schien. Es gab jetzt pro Woche höchstens ein richtiges Gelage. Und manchmal nicht einmal das.

Die Höflinge sahen immer mehr Anzeichen dafür, dass mit dem Maharadscha etwas nicht stimmte. Er ließ sich immer seltener in den Billardräumen und Bars des Palastes sehen. Es gab auch keine späten Billardrunden mehr mit darauffolgendem Dampfbad und Kognakbüfett. Der Maharadscha war nicht mehr er selbst.

Die Erklärung war ganz einfach: Nach einem langen Tag hinter den Schalthebeln des Flugzeugs hatte der Maharadscha einfach keine Lust mehr auf Feste und Billard, auch wenn ihm das alles immer noch Spaß machte.

Das schien aber nur ich zu begreifen. Alle anderen im Palast glaubten stattdessen, das Fliegen bringe den Maharadscha langsam um den Verstand. Ich konnte die vielen Gerüchte nicht überhören. Manche meinten, die Vibrationen im Flugzeug weichten das Gehirn des Maharadschas auf. Andere glaubten, die Dämpfe des Flugbenzins hätten eine Persönlichkeitsveränderung ausgelöst. Alle jedenfalls hielten die Lage für ausgesprochen ernst.

Und es wurde natürlich nicht besser dadurch, dass der Maharadscha unbedingt so viel Zeit mit einem Affen verbringen wollte. In diesem Punkt waren alle Hofschranzen einer Meinung. Der Hofmarschall und die Kammeradjutanten verabscheuten mich mehr denn je.

Anfang Oktober lud der Maharadscha seinen Vetter, den Maharadscha von Kapurthala, zu einem Staatsbesuch ein. Eigentlich war das eine Idee von Diwan Sardar Bahadur. Seit dem Kricketmatch einige Monate zuvor war die Stimmung zwischen den Vettern ziemlich kühl gewesen. Der Diwan fand es wichtig, dass sie sich trafen und wieder versöhnten.

Der Maharadscha von Kapurthala wurde natürlich mit aller Pracht empfangen. Während die Minister beider Reiche sich zusammensetzten und allerlei wichtige Themen besprachen, widmeten sich die Maharadschas Speis und Trank, Pfauenjagd und Polo, Billard und Tennis. Sie wetteiferten in allem. So war es offenbar immer, wenn sie sich trafen.

Für den letzten Tag des Staatsbesuchs hatte der Maharadscha eine Überraschung aufgespart, von der er hoffte, dass sie den Maharadscha von Kapurthala beeindrucken und neidisch machen würde. Er wollte ihn zu einer Runde mit der *Gipsy Moth* mitnehmen.

Da ich das Flugzeug immer im Bestzustand hielt, brauchte ich für diesen Flug keine besonderen Vorbereitungen zu treffen. Am Morgen ging ich trotzdem in den Hangar, nahm das Verdeck ab und fuhr mit dem Wischlappen über alle Chrom- und Messingteile. Der Propeller wurde spiegelblank gewienert. Dann machte ich einen Schritt rückwärts und dachte, dass es auf der ganzen Welt wahrscheinlich keine schönere und besser gewartete *Gipsy Moth* gäbe. Ich konnte verstehen, dass der Maharadscha sein schönes Flugzeug so gern vorzeigen wollte.

Durch einen Spalt im Hangartor sah ich, dass das Publikum sich nun an der Startbahn aufstellte. Bald war es so weit. Ich kletterte auf das Flugzeug und setzte mich auf den Pilotensitz, um mich ein letztes Mal davon zu überzeugen, dass alles bestens funktionierte.

Und dann sah ich, dass etwas nicht stimmte.

Das Höhenruder reagierte nicht, wie es das sollte, als ich den Steuerknüppel zu mir herzog.

Gleich darauf stand ich auf dem Boden und untersuchte die Heckflügel. Die Drähte zum Höhenruder waren schlaff!

Wie war das möglich?

Ich kletterte wieder ins Flugzeug und kroch hinter den Pilotensitz. Dort, im hinteren Teil des Flugzeugrumpfs, verlaufen die Drähte an den Seiten entlang. Trotz des trüben Lichts fand ich die Schrauben, mit denen die Spannung der Drähte reguliert wird.

Die waren fast ganz herausgedreht.

Mein Herz hämmerte los.

Jemand hatte versucht den Flug der Maharadschas zu sabotieren!

Mit zitternden Händen spannte ich die Drähte wieder. Dabei dachte ich, dass ich dafür sorgen musste, dass die Maharadschas ihren Flug verschoben. Der Saboteur hatte sich vielleicht nicht damit begnügt, das Höhenruder unbrauchbar zu machen. Es gab ja noch viele andere Möglichkeiten, um ein Flugzeug in eine Todesmaschine zu verwandeln.

Aber wie sollte ich mich verständlich machen? Wie sollte ich den Maharadscha auf die Gefahr hinweisen? Er würde doch keinen Flug absagen, nur weil ich aus irgendeinem unbekannten Grund nervös wirkte. Diesen Flug sowieso nicht.

Ich kletterte aus dem Flugzeug und öffnete den Motordeckel, so schnell ich konnte. Jetzt war keine Zeit zu verlieren. Ich ließ durch den Bodenverschluss des Vergasers ein wenig Benzin ab, roch daran und legte mir einen Tropfen auf die Zungenspitze. Das Benzin schien in Ordnung zu sein. Danach untersuchte ich den Ölfilter. Auch der sah gut aus. Keine Eisenspäne oder andere Gemeinheiten.

Ich ließ den Motor an und ließ ihn weiterlaufen, während ich alle Regler, Instrumente und Lenkdrähte ausprobierte. Danach überprüfte ich das Fahrgestell und die Reifen. Als ich fertig war, summte der Motor noch immer sanft und gleichmäßig.

Soweit ich das nun beurteilen konnte, war am Flugzeug nichts auszusetzen.

Was nun folgte, waren die nervösesten dreißig Minuten meines Lebens. Die Hangartore wurden geöffnet und ein kleiner Trupp Soldaten der Leibgarde schob das Flugzeug auf die Startbahn. Die Kapelle spielte und das Publikum jubelte. Ich stellte mich an meinen Platz in der Reihe der Kammeradjutanten an der Landebahn. In Gedanken ging ich immer wieder alle Teile des Flugzeugs durch und überlegte, ob ich bei meiner Kontrolle etwas übersehen haben könnte.

Unter Applaus und Jubelrufen nahm der Maharadscha von

Kapurthala auf dem Passagiersitz Platz. Der Jubel steigerte sich noch, als unser Maharadscha den Propeller anwarf und sich hinter den Steuerknüppel setzte.

Alles war startbereit.

Der Maharadscha ließ die Bremse los und das Flugzeug rollte auf die Startbahn. Da hörte ich dicht an meinem Ohr eine Stimme zischen:

„In zehn Sekunden ist es aus mit dir, Affe. Die Tiger warten schon."

Ich drehte mich um.

Es war der Hofmarschall. Das Grinsen unter dem Schnurrbart entblößte zwei gelb gefleckte Zahnreihen zwischen dünnen bleichen Lippen. Die Augen funkelten.

Zugleich näherte sich das immer schneller werdende Flugzeug dem Ende der Startbahn. Ich schaute entsetzt hinüber. Was meinte der Hofmarschall? Was würde passieren?

In der nächsten Sekunde hatte das Flugzeug vom Boden abgehoben und stieg in einem eleganten Bogen zu den Wolken hoch. Alles sah genauso aus, wie es sollte.

„Aber was …?", keuchte der Hofmarschall.

Er starrte dem Flugzeug mit offenem Mund und weit aufgerissenen Augen hinterher.

Es dauerte einen Moment, dann war mir plötzlich alles klar.

Jetzt wusste ich, warum das Höhenruder manipuliert worden war.

Ohne funktionierendes Höhenruder hätte das Flugzeug ja

nicht abheben können! Es wäre auf die Wiese hinter der Startbahn gerollt und dann in vollem Tempo in den seichten Flamingoteich gekracht.

Das wäre ein Skandal erster Klasse gewesen. Und die ganze Schuld wäre mir zugeschoben worden. Ich war doch für die Wartung des Flugzeugs zuständig. Ich wäre sicher sehr hart bestraft worden.

Und das war natürlich das Ziel der ganzen Sabotageaktion gewesen.

Ich drehte mich wieder um. Der Hofmarschall verschwand jetzt in der Menschenmenge. Aber mehrere Kammeradjutanten standen noch immer da und schauten mit enttäuschter Miene dem Flugzeug hinterher.

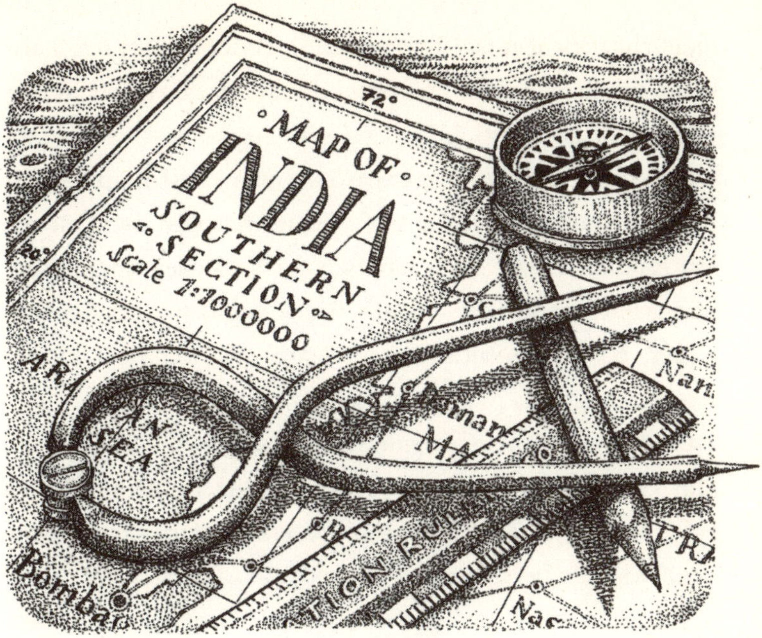

KAPITEL 51

Saudade

Der Hofmarschall hatte das Flugzeug des Maharadschas nur manipuliert, um mir zu schaden. Er musste mich unendlich hassen. Sonst hätte er doch nicht gewagt ein solches Risiko einzugehen. Nun war mir klar, dass er keine Ruhe geben würde, bis ich im Zoo eingesperrt oder zu Tigerfutter geworden wäre.

Deshalb musste ich meine Pläne ändern. Es wäre zu gefährlich, weiter im Palast zu bleiben. Ich beschloss, so bald wie möglich zu fliehen. Die meisten Vorbereitungen hatte ich ja ohnehin schon getroffen. Ich hatte ungefähr ein Dutzend Karten von Indien aus einem großen Atlas im Lesesaal des Palastes gerissen. Das war nicht schwer gewesen. Die Hofschranzen interessierten sich nicht sonderlich für Bücher und der Lesesaal war fast immer leer. In die Karten hatte ich Kurse eingezeichnet und mir Flugzeiten notiert. Ich wollte zuerst nach Südwesten fliegen, bis ich den Indischen Ozean sah. Danach brauchte ich nur der Küste zu folgen, um nach Cochin zu gelangen. Der Treibstoff reichte angeblich für sechsunddreißig Stunden in der Luft. Genug, um mich nach Cochin zu bringen.

Ich wollte meine Flucht in zehn Tagen antreten, am 14. Oktober. Das war der Geburtstag des Maharadschas. Es wäre natürlich gemein, gerade an diesem Tag sein Flugzeug zu stehlen, aber bei dem Fest am Abend würde niemand fragen, was ich so lange im Hangar trieb. Wenn ich ganz viel Glück hätte, würde man mein Verschwinden erst am folgenden Morgen bemerken.

Das Einzige, was ich noch nicht entschieden hatte, war, wie ich mich anziehen sollte, wenn ich erst in Cochin gelandet wäre. Ich wollte mich als krumme alte Frau mit einem Tuch vor dem Gesicht verkleiden. Das hatte im Bahnhof von Jodhpur ja funktioniert. Die Kleider wollte ich in der Zenana stehlen.

Sowie der Staatsbesuch aus Kapurthala zu Ende war, senkte sich wieder Ruhe über den Palast. Ich sah den Maharadscha mehrere Tage lang nicht. Er war natürlich nach den vielen Festlichkeiten bettlägerig. Aber dann kam er eines Morgens in den Hangar und befahl mir, alles für einen Flug bereitzumachen. Er war noch immer nicht ganz wiederhergestellt, deshalb sollte es nur eine kurze Runde vor dem Mittagessen sein.

Bei unserer Rückkehr sagte der Maharadscha, ich sollte später an diesem Nachmittag in seine Gemächer kommen. Er wollte die Zenana besuchen und ich sollte wie immer vorher feststellen, ob die Luft rein war.

Das war meine Gelegenheit, meine Verkleidung zu stehlen. Ich glaubte nicht, dass das schwer sein würde. Die Frauen in der Zenana besaßen Kleider im Überfluss. Tagsüber lagen überall in den Gärten und am Swimmingpool vergessene Kleidungsstücke herum.

Als ich in die Gemächer des Maharadschas kam, musste ich im Musikzimmer warten. Der Maharadscha hatte offenbar einen leichteren Anfall von Magengrimmen erlitten und war für den Moment verhindert.

Ich war ein wenig nervös angesichts des bevorstehenden Kleiderdiebstahls und konnte nur mit Mühe stillstehen. Neben dem Grammofon lag der neueste Stapel Schallplatten, die der Maharadscha aus Europa hatte kommen lassen. Ich sah sie durch, um meine Hände zu beschäftigen. Fast alle Hüllen waren noch ungeöffnet. Der Maharadscha hörte sich nur einen Bruchteil der Schallplatten an, die er kaufte. Die meisten wurden sofort ins Regal gestellt.

Zuerst schaltete mein Gehirn nicht richtig. Ich begriff nicht, was ich da sah. Ich hatte das Gefühl, dass eine warme Welle durch meinen Körper lief. Mit zitternden Händen zog ich eine Schallplatte aus dem Stapel.

Der Titel stand in kleinen Buchstaben ganz unten auf der Hülle. Er lautete „Saudade". Dieses Wort hatte ich schon gehört. In Lissabon. Ich glaube, es bedeutet auf Portugiesisch Sehnsucht.

Oben auf der Hülle stand der Name der Künstlerin: Ana Molina.

Die Hülle wies auch ein Bild von Ana auf. Sie saß im Dunkeln, hatte den Kopf gehoben und ihr Blick war in die Ferne gerichtet. Ana sah genauso aus wie in der Nacht, als ich sie zum ersten Mal im Mansardenfenster gesehen hatte.

Mir war ein bisschen schwindlig. Ohne zu überlegen, was ich da tat, schlitzte ich vorsichtig den Schutzumschlag auf und nahm die Schallplatte heraus. *Ich muss ihre Stimme hören,* das war alles, was ich dachte.

Ich hatte ja schon häufiger gesehen, wie der Maharadscha Schallplatten auf den Plattenteller gelegt hatte, deshalb wusste ich, was ich zu tun hatte. Sofort spielte eine traurige Gitarre eine schlichte Einleitung. Und dann kam das Lied. Ich erkannte die Melodie sofort. Ich hatte sie schon so oft gehört.

In diesem Moment hätte ich alles darum gegeben, wieder im Haus in der Rua de São Tomé zu sein.

Ich musste mich in einen der Sessel des Maharadschas setzen. Und dort blieb ich sitzen und hörte Ana mit geschlossenen Augen zu. Ich vergaß die Zeit und hörte den Maharadscha nicht kommen. Plötzlich übertönte seine barsche Stimme die Musik:

„Was fällt dir denn ein?", fragte er. „Ich habe dir ja wohl nie erlaubt auf meinem Grammofon Schallplatten zu hören!"

Ich sprang sofort auf. In gewisser Weise war es total unwirklich, hier vor dem Maharadscha zu stehen und zugleich Ana eines ihrer schönsten Lieder singen zu hören. Das passte einfach nicht zusammen.

Der Maharadscha hatte offenbar bemerkt, dass ich total verstört war.

„Du wirst doch wohl nicht krank sein?", fragte er mit plötzlicher Unruhe in der Stimme.

Ich schüttelte den Kopf.

Wir schwiegen beide einen Moment. In dieser kurzen Zeit merkte ich, dass mit dem Blick des Maharadschas etwas geschah. Er wurde blank und schien durch mich hindurchzusehen. Dann wandte er sich dem Grammofon zu.

„Was ist das für Musik?", fragte er. „Was für eine wunderbare Stimme! Wer in aller Welt kann so schön singen …?"

Ich hielt noch immer die Schallplattenhülle in der Hand und reichte sie nun dem Maharadscha. Er nahm sie entgegen und sah sich Anas Foto an.

„Sie sieht auch schön aus", murmelte er. „Sehr schön."

Dann setzte er sich in einen Sessel. Ohne den Blick von der Plattenhülle zu reißen, hörte er sich die Schallplatte bis zum

Ende an. Er schien total vergessen zu haben, dass ich noch im Zimmer war.

Nach dem letzten Lied schaute er mit hellwachem Blick wieder auf.

„Leg sie noch mal auf“, sagte er. „Und dann kannst du gehen. In den Hangar, meine ich. Ich habe mir die Sache anders überlegt. Ich will gar nicht mehr in die Zenana.“

Ich gehorchte. Als ich mich auf dem Weg zur Tür noch einmal umdrehte, starrte er noch immer Anas Foto an.

Ihr Gesang erfüllte das Zimmer.

~

Ich fand also keine Gelegenheit, mir eine Verkleidung zu stehlen. Aber ich war trotzdem froh. Froh, weil ich Anas Stimme gehört hatte. Und froh, weil sie eine Schallplatte aufgenommen hatte, genau wie es ihr nach ihrem Auftritt im São Carlos versprochen worden war. Jetzt konnten Menschen in aller Welt Ana hören. Sogar hier in Indien.

An den drei folgenden Tagen wartete ich immer ungeduldiger darauf, dass der Maharadscha mich zu sich rief. Aber das tat er nicht. Ich sah ihn überhaupt nicht mehr. Das war seltsam.

Und jetzt drängte die Zeit. In nur sechs Tagen war schon sein Geburtstag. Ich musste in die Zenana. Sonst müsste ich die Flucht entweder verschieben oder ohne eine gute Verkleidung aufbrechen, die ich in Cochin anlegen könnte.

Aber dann stellte es sich heraus, dass ich keine Verkleidung brauchen würde. Es wurde nämlich nichts aus meiner Flucht.

Im Palast waren jetzt Gerüchte im Umlauf. Der Maharadscha hatte sich angeblich in seinem Musikzimmer eingeschlossen. Er schlief und aß nicht. Tag und Nacht hörte er sich immer wieder dieselbe Schallplatte an.

Es war eine Aufnahme einer portugiesischen Sängerin.

Das konnte nur eins bedeuten, da waren sich alle im Palast einig: Der Maharadscha war verliebt. Denn so fing es immer an, wenn er sich in eine schöne und begabte Künstlerin aus Europa verliebte.

Ich wusste nicht, was ich glauben sollte. Konnte das wirklich stimmen?

Die Antwort erhielt ich zwei Tage vor dem Geburtstag des Maharadschas. Da tauchte er eines Morgens unerwartet im Hangar auf. Er ließ sich auf dem Stuhl nieder, auf dem er immer saß, und beobachtete, wie ich mich am Flugzeug zu schaffen machte. Er sah entsetzlich aus. Seine Haut wies eine kränkliche blassgelbe Farbe auf und seine Augen waren vor Schlafmangel rot unterlaufen.

Er schwieg sehr lange und starrte leer vor sich hin. Ab und zu seufzte er tief. Dann sagte er mit brüchiger Stimme:

„Ich habe heute keine Lust zum Fliegen. Ich habe zu gar nichts Lust."

Ich nickte vorsichtig. Der Maharadscha sah mich an.

„Das ist deine Schuld", sagte er. „Du hast die Schallplatte aufgelegt. Ich sollte dich auf irgendeine Weise bestrafen … oder dich vielleicht belohnen … es kommt darauf an …“

Seine Stimme versagte und sein Blick ging wieder ins Leere.

Ich wusste nicht so recht, wie ich mich verhalten sollte. Einfach weiterzuarbeiten kam mir nicht richtig vor. Dem Maharadscha ging es doch nicht gut. Also zog ich mir einen Hocker herbei und setzte mich neben ihn. Wir schwiegen zusammen, wie so oft auf unseren Ausflügen mit der *Gipsy Moth*.

Ehe der Maharadscha dann schließlich aufstand und in den Palast zurückging, stellte er eine Frage. Das kam fast nie vor. Und es ging eben nicht um das Flugzeug. Er fragte:

„Warst du schon einmal verliebt?“

Ich nickte.

Er schien eine Weile über meine Antwort nachzudenken.

„Dann weißt du, was das für ein Gefühl ist“, sagte er mit einem neuen, gequälten Seufzer. „Ich habe sie eingeladen. Ana Molina, meine ich. Hoffentlich sagt sie Ja. Sonst sterbe ich vor Liebeskummer.“

KAPITEL 52

Eine unerwartete Einladung

Was, wenn sie Nein sagt?

Das war mein erster Gedanke, als der Maharadscha mir erzählt hatte, dass Ana Molina nach Bhapur eingeladen worden war. Statt mich zu freuen, litt ich jetzt Todesängste. Todesängste, dass diese unglaubliche Gelegenheit ungenutzt vorübergehen könnte.

Mehrere Nächte lag ich wach und versuchte mir vorzustellen, wie Ana auf die Einladung reagierte, was sie dachte und sich überlegte, wie sie Signor Fidardo um Rat fragte, wie sie am Ende entschied, was sie dem Maharadscha antworten würde …

Ich bin hier, Ana! Du darfst nicht ablehnen!, dachte ich wieder und wieder. Du darfst nicht ablehnen …

~

Ich hatte mir unnötige Sorgen gemacht. Das weiß ich jetzt. Ich weiß auch, was passierte, nachdem Ana die Einladung des Maharadschas erhalten hatte. Das hat sie mir selbst erzählt.

Es begann mit einem Brief aus der Britischen Botschaft in Lissabon. Der Botschafter persönlich, Sir Colville Barclay, bat Ana in einer wichtigen und eiligen Angelegenheit um ihren Besuch.

Ana lief sofort zu Signor Fidardo in die Werkstatt und zeigte ihm den Brief.

„Das muss mit Sally Jones zu tun haben", sagte sie atemlos. „Oder was? Meinst du nicht?"

Signor Fidardo nahm seine Lesebrille ab. Ana sah, dass seine Hand zitterte.

„Doch, vermutlich", sagte er. „Wir können nur hoffen, dass es gute Nachrichten sind."

Am nächsten Morgen fuhr Ana mit der Straßenbahn zur Britischen Botschaft. Sofort wurde sie in Sir Colvilles Arbeitszimmer geführt. Es war nicht ihre erste Begegnung, sie kannten sich schon von dem Fest nach Anas Auftritt im São Carlos. Der Botschafter erzählte zunächst, dass er sich gerade ihre kürzlich erschienene Schallplatte gekauft habe.

„Sie ist wunderbar, *quite lovely*", sagte Sir Colville. „Aber nicht deshalb habe ich Sie hergebeten, Senhora Molina. Es geht um eine Angelegenheit, die ich mit Ihnen persönlich besprechen muss."

„Hat es mit Sally Jones zu tun?" Das musste Ana einfach fragen.

Sir Colville sah sie verdutzt an.

„Nein", sagte er. „Jetzt verstehe ich nicht … wer ist das?"

Ana konnte ihre Enttäuschung nur mit Mühe verbergen.

„Eine Freundin", antwortete sie. „Eine Freundin, die in Indien verschwunden ist, und ich hoffte … ja, dass Sie vielleicht Nachrichten über sie hätten."

„In Indien?", fragte der Botschafter. „Das ist ja ein seltsamer Zufall. Ich kenne keine Sally Jones. Aber in Indien kenne ich mich aus. Und ich habe Sie sogar hergebeten, um über Indien zu sprechen. Per Diplomatenpost sind Sie nämlich von einem indischen Maharadscha eingeladen worden. Genauer gesagt, vom Maharadscha von Bhapur."

Nun zog der Botschafter aus einer Schreibtischschublade einen großen goldenen Umschlag und ein kleines, aus Elfenbein geschnitztes Kästchen. Im Umschlag lag ein Brief an Ana vom Maharadscha, zusammen mit einer Fahrkarte für eine Reise in der ersten Klasse auf dem Dampfer RMS *Mongolia* von Marseille nach Bombay. In dem Kästchen lag ein mit glühend roten Rubinen besetztes Armband.

Ana wusste natürlich nicht, was sie sagen sollte. Was mochte ein solches Armband wert sein? Sie las den Brief des Maharadschas zweimal. Nie hatte jemand so etwas an sie geschrieben, nicht einmal ihr heimlicher Verehrer, Canson.

Hochverehrte und zutiefst angebetete Senhora Ana Molina,

Sie haben mein Leben verändert. Ich bin ein großer Musikkenner und -liebhaber, doch erst als ich Ihre bezaubernde Stimme auf meinem Grammofon gehört habe, wurden mir die Augen für die höchsten Sphären in der Schönheit dieser Kunst geöffnet. Als ich dann noch Ihr Bildnis auf der Plattenhülle sah, wusste ich, dass sich in Ihrer Person unvergleichliches Talent und vollendete Weiblichkeit zu vollkommener Einheit verbunden haben.

Mein klopfendes und schmerzendes Herz wird in meiner Brust verwittern und zu einem welken Blatt schrumpfen, wenn ich Sie nicht in Wirklichkeit sehen und Ihre wunderschöne Stimme hören darf. Bitte, erweisen Sie mir die unendliche Ehre und seien Sie mein Gast hier in meinem Palast in Bhapur. Ich werde alles tun, was in meiner Macht steht, um Ihnen den Empfang zu bereiten, den eine wahre Göttin der Kunst und der Schönheit verdient.

Ihr demütiger und für alle Zeit getreuer Diener
Der Maharadscha von Bhapur

Sir Colville schmunzelte, als er Anas Gesicht sah.

„Der Maharadscha von Bhapur ist ein Romantiker", sagte er. „Angeblich hat er allerdings einen kleinen Stab von Dichtern, die ihm beim Verfassen seiner Liebesbriefe helfen. Jedenfalls wünscht er sich ja offenbar einen Besuch von Ihnen. Ob Sie annehmen oder nicht, ist natürlich Ihre Sache. Ich möchte nur, dass Sie wissen, was Ihnen bevorsteht, wenn Sie also hinfahren möchten. Der Maharadscha wird Sie mit kostbaren Geschenken überschütten. Dann wird er Ihnen einen Heiratsantrag machen. Das tut er immer, wenn er eine schöne und bekannte Künstlerin einlädt, in die er sich verliebt hat. Er hat schon fünf oder sechs in seinem Harem. Also überlegen Sie sich Ihre Entscheidung gut."

Ana überlegte eine Weile.

„Was passiert denn, wenn er mir einen Heiratsanstrag macht und ich ablehne?"

Sir Colville lächelte und zündete sich seine Pfeife an.

„Sie werden nicht in einem Kerkerloch unter dem Palast vermodern, falls Sie sich deshalb Sorgen machen, Senhora Molina. Wenn Sie ablehnen, wird der Maharadscha Ihnen ein prachtvolles Abschiedsfest bereiten und danach können Sie wieder nach Hause fahren. Man kann so einiges über den Maharadscha von Bhapur sagen, aber wenn es darauf ankommt, ist er wirklich der vollendete Mann von Welt."

~

Ana war verwirrt, als sie die Botschaft verließ. Sie war sich so sicher gewesen, dass Sir Colville sie zu sich bestellt hatte, um über mich zu sprechen. Das war ja auch kein Wunder. Seit ich ein knappes Jahr zuvor mit der *Song of Limerick* Lissabon verlassen hatte, hatten Ana und Signor Fidardo mit allen Mitteln versucht in Erfahrung zu bringen, was aus mir geworden war. Da Indien unter britischer Herrschaft steht, hatten sie viel mit britischen Behörden zu tun gehabt.

Anfangs hatte eine Reederei in Southampton ihnen geholfen Kontakt zum Kapitän der *Song of Limerick* aufzunehmen. Das Schiff lag zu diesem Zeitpunkt in Südafrika und löschte Baumwolle. In einem Telegramm aus Kapstadt berichtete Kapitän Anderson, dass ich einen Monat zuvor in Bombay von seinem Schiff abgemustert hatte. Von Bombay sei ich dann mit einem anderen Schiff, der *Malabar Star,* weiter nach Cochin gereist. Was danach passiert war, wusste Kapitän Anderson nicht. Aber er versprach sich zu erkundigen, wenn die *Song of Limerick* das nächste Mal in Indien wäre.

Anas und Signor Fidardos nächster Schritt war ein Brief an den Britischen Konsul in Cochin gewesen. Ob ihm etwas über einen Gorilla bekannt sei, der mit einem Schiff namens *Malabar Star* vor kurzer Zeit in Cochin eingetroffen sei? Nach zwei langen Monaten erhielten sie eine kurz gefasste Antwort von einem Konsulatssekretär:

Ihre Frage lässt sich leider nicht beantworten. Cochin ist ein großer Hafen, durch den jeden Tag Mengen von Waren passieren, eben auch exotische Tiere. „Malabar Star" ist zudem an der indischen Westküste kein ungewöhnlicher Schiffsname.

Ana und Signor Fidardo hatten nicht aufgegeben. Sie schickten weitere Briefe, an weitere Reedereien und verschiedene Konsulate in Britisch-Indien. Die meisten antworteten gar nicht, und wenn sie antworteten, dann hatten sie nichts von einem reisenden Gorilla gehört. Ana und Signor Fidardo befürchteten nun schon, ich könnte in Indien endgültig verschollen sein.

Das hatte Ana dem Chief mitteilen müssen. Sie fand es schrecklich, die Wahrheit zu schreiben, aber sie konnte ihn nicht anlügen. Die Antwort des Chiefs traf schon nach wenigen Tagen ein. Als sie sie gelesen hatte, fühlte Ana sich ein wenig hoffnungsvoller als vorher:

Liebe, gute Senhora Molina,

danke für Ihren fürsorglichen Brief. Und danke für alles, was Sie getan haben, um unsere Sally Jones zu retten. Richten Sie auch Ihrem Freund Herrn Fidardo meinen herzlichsten Dank aus. Sie sind feine und gute Menschen!

Ich müsste lügen, wenn ich sagen würde, dass Ihr Brief für mich keine Enttäuschung war. Es ist Ihnen sicher schwergefallen, ihn zu schreiben. Aber Sie müssen wissen, dass Sally

Jones nicht zum ersten Mal verschwunden ist. Einmal im Kongo verschwand sie im Dschungel und ich war sicher sie für immer verloren zu haben. Doch dann ist sie zu mir zurückgekehrt!

Ich habe nicht ganz begriffen, warum Sally Jones eine Heuer auf einem Schiff nach Indien angenommen hat, und Sie schreiben in Ihrem Brief auch nichts darüber. Vielleicht wollte sie einfach wieder Seeluft riechen. Das kann ich verstehen, denn in ihrem Herzen ist sie mehr Seemann als die meisten, mit denen ich zu meiner Zeit gefahren bin. Seien Sie bitte nicht zu traurig. Ich bin sicher, dass sie auch diesmal zurückkommen wird. Sie würde alles tun, um denen, die sie lieben, keinen Kummer zu bereiten.

Hochachtungsvoll
Ihr Henry

PS: Sie erwähnen in Ihrem Brief einen Kapitän Anderson. Den kenne ich. Er ist ein guter Mann. Sie können sicher sein, dass er sein Bestes getan hat, um Sally Jones zu helfen.

Inzwischen waren viele Monate vergangen. Ana hatte ab und zu mit dem Gedanken gespielt, selbst nach Indien zu fahren, um mich zu suchen. Aber sie konnte sich diese teure Reise nicht leisten und Signor Fidardo riet ihr zudem aufs Bestimmteste davon ab.

„Am Ende gehst du auch noch verloren. Und dann muss auch

ich nach Indien fahren und dich und Sally Jones suchen. Das würde ich mir in meinem Alter doch gern ersparen."

Aber jetzt stellte sich die ganze Sache in einem anderen Licht dar, das erkannte Ana auf dem Heimweg von der Botschaft. In ihrer Manteltasche lag eine Fahrkarte nach Bombay. Die Reise würde sie keinen einzigen Centavo kosten! Außerdem hatte ein Maharadscha sie eingeladen und der war sicher nicht nur reich, sondern auch mächtig.

Bestimmt kann er mir helfen Sally Jones zu suchen, dachte Ana.

Als sie am Haus in der Rua de São Tomé ankam, hatte sie ihren Entschluss bereits gefasst. Sie würde die Einladung des Maharadschas annehmen und nach Bhapur reisen.

KAPITEL 53

Siebenhundert Perlen aus Bahrain

Eine Woche darauf winkte Signor Fidardo Ana hinterher, als sie im Rossio in den Nachtzug nach Madrid stieg. Er hatte keine Einwände gegen diese Reise vorgebracht. Denn er wusste ja, dass sie fahren würde, egal was er davon hielt. Er hatte nur von ihr das Versprechen verlangt, sich nie und nimmer in den Harem des Maharadschas einsperren zu lassen. Das hatte sie ihm zugesagt.

In Madrid nahm Ana einen Zug nach Marseille. Dort ging sie

an Bord des Dampfers RMS *Mongolia*. Schon jetzt war die Reise ein gewaltiges Abenteuer. Ana hatte fast ihr ganzes Leben in Lissabon verbracht und niemals hatte sie bisher Portugal verlassen!

Die *Mongolia* war ein nagelneues Schiff. Alles war ungeheuer luxuriös und schön. Ana hatte weder Kleider noch Schmuck, um sich auf dem Promenadendeck zeigen zu können. Das aber hatte der Maharadscha vorhergesehen. Deshalb hatte er befohlen die Schränke in Anas Kabine bis zum Bersten mit eleganten Kostümen und Abendkleidern zu füllen.

Nach zwölf Tagen auf See kam Ana in Bombay an. Am Kai wartete schon ein Rolls-Royce, um sie zum Bahnhof zu bringen. Dort standen zwei Waggons erster Klasse, die allein für Ana reserviert waren. Sie wurde immer nervöser, wenn sie an die bevorstehende Begegnung mit dem Maharadscha dachte. Wie mochte ein Mensch, der sich das alles leisten konnte, wohl sein? Und wie sollte sie sich für seine vielen Geschenke revanchieren?

~

Der Empfang auf dem privaten Bahnhof des Maharadschas in Bhapur übertraf alles, was Ana sich überhaupt hatte vorstellen können.

Feuerwerk leuchtete auf. Die Palastkapelle spielte ein dramatisches Potpourri aus den Melodien auf Anas Schallplatte. Rote Rosenblätter wurden zu Tausenden aus einem Ballon geworfen, der über dem Bahnsteig schwebte. Die Leibgarde des Maharadschas schoss einen Salut und dreißig festlich kostümierte Elefanten bliesen mit ihren Rüsseln Fanfaren. Auf dem größten Elefanten saß der Maharadscha persönlich. Er trug einen Anzug aus Goldbrokat und hatte siebenhundert Perlen aus Bahrain an seinen Turban nähen lassen.

„Es war richtig unheimlich", sagte Ana, als sie mir später ihre Ankunft in Bhapur schilderte. „Ich kam mir vor wie der kleinste Mensch auf der Welt. Und doch sahen alle nur mich an."

Ich weiß, was sie meinte. Denn ich war ja dabei. Der ganze Hofstaat war in fünf Reihen auf dem Bahnsteig aufmarschiert. Wir hielten Wimpel in den Händen und warfen Konfetti. Ana sah wirklich sehr klein und ängstlich aus, wie sie aus dem Zug stieg, als glaubte sie, dass alle Soldaten und Trommler und Elefanten sich nur versammelt hätten, um sie zu überfallen.

Ich stand ganz hinten und musste mich gewaltig zusammenreißen, um nicht hinzustürzen und ihr um den Hals zu fallen. Es war einen Monat her, seit ich erfahren hatte, dass Ana die Einladung des Maharadschas angenommen hatte. Seither hatte ich fast ununterbrochen an diesen Augenblick gedacht. Und doch war ich auf das knisternde Glücksgefühl, das durch meinen Körper fuhr, einfach nicht vorbereitet gewesen. Ich hatte mich wohl in meinem ganzen Leben nicht so darüber gefreut, jemanden zu sehen.

Aber ich musste mich im Hintergrund halten. Ana war der Gast des Maharadschas. Er hatte eine ganze Woche die Willkommenszeremonie geübt, um einen wirklich grandiosen ersten Eindruck zu machen. Wenn Ana mich nun entdeckte, würde sie den Maharadscha, der sich auf seinem Paradeelefanten brüstete, total vergessen. Um besonders elegant auszusehen, hatte er seinen Schmerbauch in ein enges Korsett schnüren lassen. Und wenn ich ihm diesen Augenblick ruinierte, würde er mir das so schnell nicht verzeihen.

~

An den drei folgenden Tagen sah ich Ana keine Sekunde lang. Der Maharadscha unterhielt sie von früh bis spät. Er führte sie durch den Palast und arrangierte Ausflüge in die Umgebung. Ana durfte auf Elefanten reiten und im Wildgehege des Maharadschas auf Tigerjagd gehen.

Eines Nachmittags lud er sie zu einer Bootsfahrt auf einem künstlich angelegten See mit plätschernden Springbrunnen und blühenden Goldregenbäumen am Ufer ein. Der Maharadscha hatte den See nur anlegen lassen, damit er in seiner eigens für ihn gebauten Königsjacht irgendwo herumfahren konnte. Die wurde von zwanzig jungen Männern gerudert. Sie steckten in Uniformen, die der britischen Royal Navy nachempfunden waren. Das Boot und die Ruderer stellten zusammen Bhapurs königliche Flotte dar, welcher der Maharadscha natürlich als Admiral vorstand.

Der Maharadscha war stolz auf seine Reichtümer. Er wollte Ana alles zeigen, was er besaß.

Und mir war klar, dass er das Beste bis zum Schluss aufbewahrte.

Deshalb verließ ich an diesen Tagen den Hangar und das Flugzeug nicht für eine Sekunde. An Anas viertem Tag im Palast kam ein Diener mit dem Befehl, auf den ich gewartet hatte. Ich sollte das Flugzeug sofort startbereit machen. Der Maharadscha hatte seinen Gast zu einer Flugrunde eingeladen.

~

Ich wartete beim Flugzeug, als der Maharadscha und Ana über die Wiese auf die Startbahn zukamen. Es war so ein Augenblick, der unvergesslich ist, an den man sich aber zugleich in den Einzelheiten nicht erinnern kann. Vor meinen Augen flimmerte alles, so eifrig und erwartungsvoll war ich.

Ana sah mich erst, als sie schon sehr nahe gekommen waren. Dann wurde sie plötzlich langsamer. Schließlich blieb sie einfach stehen und starrte mich mit halb offenem Mund an. Ich glaube, der Maharadscha erzählte ihr gerade etwas, denn er ging weiter und fuchtelte dabei mit den Händen. Als er merkte, dass Ana nicht mehr neben ihm war, drehte er sich überrascht um. Doch nun rannte Ana schon auf mich zu. Und ich auf sie.

Ich rannte geradewegs in Anas Arme und sie drückte mich so fest an sich, dass es mir fast den Atem verschlug. Als sie mich endlich losließ und mir ins Gesicht schaute, liefen ihr Tränen über die Wangen. Sie hatte noch immer kein einziges Wort herausgebracht.

Wer nun die Stille brach, war der Maharadscha.

„Aber was … was ist denn hier los?“, fragte er, fast wie an sich selbst gerichtet.

Nun wandte Ana sich um und umarmte den Maharadscha voller Dankbarkeit. Zuerst sah er nur verwirrt aus, dann hob er die Augenbrauen und lächelte überrascht.

„Danke“, sagte Ana schluchzend. „Danke, Eure Hoheit! Das ist die schönste Überraschung, die Sie mir überhaupt nur bereiten konnten.“

Dass Ana das sagte, beruhte auf einem kleinen Missverständnis in diesem dramatischen Augenblick. Morgens hatte der Maharadscha Ana eine Überraschung versprochen. Er hatte dabei natürlich an den bevorstehenden Flug gedacht. Aber Ana glaubte, ich sei die Überraschung gewesen.

KAPITEL 54

Freudentränen und ein kleiner Imbiss

Kurz darauf saßen wir alle drei um den großen Tisch in der Royal Aviation Lounge. Ana war noch immer so gerührt, dass sie sich vom Maharadscha ein Taschentuch leihen musste, um sich die Freudentränen aus den Augenwinkeln zu reiben. Der Maharadscha bestellte aus dem Palast einen „kleinen Imbiss“, der auf fünf voll beladenen Teewagen gebracht wurde. Er mochte keine Gespräche, bei denen es nichts Gutes zu essen und zu trinken gab.

Als Ana sich gefasst hatte, erzählte sie dem Maharadscha, wo sie und ich uns kennengelernt hatten. Sie erzählte, wie wir uns in Lissabon über den Weg gelaufen waren und dass ich dann zu ihr gezogen war, als der Chief wegen des Mordes an Alphonse Morro ins Gefängnis gesteckt worden war. Sie erzählte auch von meiner Arbeit in Signor Fidardos Werkstatt und davon, wie ich das Grab der Elisa Gomes entdeckt hatte. Danach beschrieb sie den geheimnisvollen Brief aus Cochin mit dem Geld und am Ende meine überstürzte Abreise auf der *Song of Limerick*.

Der Maharadscha schien aufmerksam zuzuhören, aber ich kannte ihn gut genug, um mich nicht täuschen zu lassen. Er verlor bald das Interesse an der langen und komplizierten Geschichte. Er saß nur da und versank in Anas braunen Augen.

Nachdem Ana alles erzählt hatte, ließ der Maharadscha seine Diener Kaffee, Likör und einen Wagen mit ganz besonders erlesenen belgischen Pralinen bringen. Und dann war er mit Berichten an der Reihe. Zuerst erfuhr Ana von seiner Begegnung mit Direktor Thursgood und der Schachpartie, die dazu geführt hatte, dass ich zum Kammeradjutanten des Maharadschas geworden war. Danach beschrieb er seine und meine spannenden gemeinsamen Flugtouren. Vor allem ging es dabei um seine Verdienste als Pilot. Meinen Einsatz als Spionin erwähnte er überhaupt nicht. Den betrachtete er als Staatsgeheimnis.

Schließlich wechselte der Maharadscha elegant das Thema.

„Wo wir gerade das Flugzeug erwähnen", sagte er. „Ich finde, es ist jetzt hohe Zeit, Sie zu einem kleinen Ausflug einzuladen,

Senhora Molina. Ich habe mir die Freiheit genommen, ein bescheidenes Geschenk für Sie nähen zu lassen."

Er gab einem Diener ein Zeichen und der holte ein in Seidenpapier eingeschlagenes Paket. Im Paket lag ein Fliegeranzug wie der des Maharadschas, nur kleiner und für eine Frau zugeschnitten.

Ana bedankte sich für das schöne Geschenk. Aber sie fand, wir hätten noch nicht genug über ihr und mein Wiedersehen gesprochen.

„Ist das also der pure Zufall, Eure Hoheit?", fragte sie. „Dass Sally Jones und ich uns hier bei Ihnen in Bhapur wiedergefunden haben?"

Der Maharadscha verzog verärgert das Gesicht. Er wollte Ana nun unbedingt in dem eleganten und eng sitzenden Hirschlederanzug sehen.

„Nein", sagte er. „Hier in Bhapur lenkt nicht der Zufall. Hier lenke ich. Und jetzt will ich das Flugzeug zusammen mit Ihnen in die Wolken lenken, Senhora Molina. Sind Sie bereit?"

Erst jetzt begriff Ana, was ihr bevorstand.

„Ich bin noch nie geflogen", sagte sie vorsichtig. „Ich glaube nicht, dass ich mich traue …"

Der Maharadscha riss besorgt die Augen auf.

„Natürlich trauen Sie sich! Das ist doch überhaupt nicht gefährlich. Ganz ruhig. Nicht wahr?"

Der Maharadscha wandte sich nun Hilfe suchend an mich.

Ich nickte.

„Dann komme ich mit“, sagte Ana und lächelte tapfer. „Wo kann ich meinen schönen Anzug anziehen?“

Der Maharadscha strahlte und sah mich dankbar an.

Nach dem Flug wollte Ana eine Weile mit mir allein sein. Das ging nicht. Der Maharadscha hatte ein Badehaus im Palast für sie reserviert. Es war höchste Zeit, dass sie sich für das abendliche Fest zurechtmachte.

Es dauerte noch eine knappe Woche, bis ich Ana wiedersah. Der Maharadscha hatte fast jede Minute ihres Besuches verplant. Eines Morgens aber durfte sie endlich allein einen kleinen Spaziergang machen und kam sofort zu mir in den Hangar. Sie trug einen wunderschönen Sari und um ihren Hals hing eine mehrreihige Perlenkette. Die Kette war fast so lang wie das Fockschot auf einem kleineren Schiff, fand ich.

Ana umarmte mich und erzählte dann, dass sie am Vorabend ein ernstes Gespräch mit dem Maharadscha geführt habe. Sie hatte ihm erklärt, dass sie bald mit mir nach Cochin fahren wolle. Wir mussten doch Alphonse Morro suchen.

Zuerst war der Maharadscha ziemlich verärgert gewesen. Er hatte gefragt, wer dieser Morro denn sei und warum Ana ihn so wichtig finde. Ana erklärte abermals, dass nur Morro beweisen könne, dass Koskela den Mord nicht begangen hatte, für den er im Gefängnis saß. Da hatten sich die Augen des Maharadschas noch mehr verdüstert. Er wollte wissen, warum Ana diesen

Koskela unbedingt befreien wollte. Ana hatte erklärt, es sei alles meinetwegen und sie kenne Koskela kaum.

„Der kommt mir schrecklich eifersüchtig vor, dieser Maharadscha", flüsterte Ana.

Ich nickte. Das konnte ich mir sehr gut vorstellen.

„Als der Maharadscha dann begriffen hatte, dass ich weder in Morro noch in Koskela verliebt bin, besserte sich seine Laune sofort und er sagte, Cochin sei ein hervorragendes Ausflugsziel. Er hat einen eigenen Luxuskreuzer, stell dir das vor, der liegt in Bombay. Und mit dem fahren wir in zehn Tagen nach Cochin. Das ist schon entschieden."

Ich war nicht sicher, wen Ana mit „wir" meinte, und zeigte fragend auf mich.

„Sicher", sagte Ana und umarmte mich wieder. „Du kommst doch mit. Das habe ich mir ausdrücklich gewünscht."

Danach musste sie wieder in den Palast laufen. Der Maharadscha hatte sie im Pavillon des Rosengartens zum Sektfrühstück eingeladen.

~

Nach weiteren fünf Tagen gab Ana ein Konzert im Park des Palastes. Sie wurde von einem berühmten Sitarspieler begleitet, Enayat Khan, den der Maharadscha aus Kalkutta hatte anreisen lassen. Vierhundert Gäste waren zu diesem Auftritt eingeladen. Alle kamen. Die Maharadschas von Patiala, Kapurthala und Ravhaipouthala waren im Publikum, ebenso wie der britische Generalgouverneur des Punjab. Die drei Maharadschas brachten Horden von Bediensteten und Höflingen mit. Drei große Zeltlager wurden im Palastpark errichtet, um alle unterzubringen. Zeltlager ist eigentlich das falsche Wort, denn es waren ganze Städte, und die Zelte sahen eher aus wie echte Paläste, mit Bildern an den Wänden und Kristallleuchtern unter der Decke.

Ich konnte nur einen Teil von Anas Konzert hören, denn ich musste die *Gipsy Moth* für die Flugvorführung vorbereiten, die vor dem großen Bankett zu Anas Ehren stattfinden sollte.

Ehe wir uns ins Flugzeug setzten, berichtete der Maharadscha, sein Vetter, der Maharadscha von Kapurthala, habe sich kürzlich ebenfalls ein Flugzeug zugelegt. Es sei zudem ein neueres Modell als sein eigenes.

„Er will mich unbedingt übertreffen, der Gauner", sagte der Maharadscha. „Ich muss bei dieser Vorführung hier etwas ganz Besonderes schaffen. Etwas, das mein Vetter nicht kann. Was hältst du von einem Looping? Das kann doch wohl nicht so schwer sein?"

Ich hob den Daumen und hoffte, der Maharadscha habe nur einen Witz gemacht. Das hatte er nicht. Aber das Auf-dem-Kopf-Fliegen ging dann zum Glück gut.

~

Das Fest nach dem Konzert dauerte sieben Tage. Essen und Trinken nahmen einfach kein Ende. Als die vornehmen Gäste schließlich aufgebrochen waren, brauchte der Maharadscha drei Tage lang ayurvedische Massagen gegen seine Blähungen. Erst danach konnten wir unsere Reise nach Cochin antreten.

KAPITEL 55

Die HMS *Rana*

Es war ein klarer und schöner Morgen, als wir den privaten Zug des Maharadschas bestiegen, und nach einer fünftägigen Reise kamen wir dann in Bombay an. Dort wurden wir in mehreren Wagen zum *Royal Bombay Yacht Club* und von da mit einem Dampfer zur HMS *Rana* gefahren, der Luxusjacht des Maharadschas, die an der Reede verankert war.

Die *Rana* war ein sehr schönes Schiff, bei dem bis ins kleinste Detail alles wohlüberlegt und gut ausgeführt war. Die Einrichtung war ebenso teuer wie die im Palast des Maharadschas. Von den achtzig Besatzungsmitgliedern waren nur sieben Seeleute. Der Rest kümmerte sich offenbar um das Wohlergehen der Passagiere.

Ich war davon ausgegangen, dass wir in spätestens vier Tagen in Cochin eintreffen würden. Aber sehr bald begriff ich, dass die Reise um einiges länger dauern würde. Der Maharadscha hatte es nicht eilig. Er wollte unter einem Sonnenschirm an Deck sitzen und mit Ana Champagner trinken können, ohne von übertriebenem Fahrwind gestört zu werden. Im langsamsten Tempo, das überhaupt nur möglich war, folgten wir der Küste von Malabar nach Süden. Meistens waren wir so dicht unter Land, dass wir die weißen Sandstrände und die Kokospalmen sahen, die sich im milden Südwestwind bewegten. Jeden Nachmittag gingen wir für die Nacht vor Anker, damit der Maharadscha mit Ana bei Sonnenuntergang romantische Ausflüge ans Ufer machen konnte.

Ich versuchte Geduld zu haben. Wir waren ja unterwegs, auch wenn es langsam ging. Aber es kam mir seltsam vor, auf See zu sein, ohne eine sinnvolle Arbeit zu haben. Und ich konnte Ana nur treffen, wenn der Maharadscha mich rief. Das passierte auf der ganzen Reise lediglich zweimal. An Bord der *Rana* brauchte er mich nicht, um bei Maji Sahiba zu spionieren oder mich um sein Flugzeug zu kümmern. Außerdem wollte er Ana bestimmt für sich haben.

An einem späten Nachmittag, als die Sonne rot glühend über dem westlichen Horizont hing, kamen wir endlich in Cochin an. Cochin liegt auf einer Landzunge zwischen dem Indischen Ozean und dem Vembanadsee, einer Brackwasserlagune, wo Schiffe vor Wind und Wellen geschützt sind. Ein altes Kanonenboot lotste uns durch die Sandbänke der Hafeneinfahrt. Auf einer Festungsmauer wurden Salutschüsse abgegeben. Eine kleine Menschenmenge hatte sich im Hafen und an den Stränden versammelt. Sie winkten und schwenkten Fähnchen und Hüte.

Als die *Rana* Anker geworfen hatte, wurde ich in einen der vielen Privatsalons des Maharadschas auf dem Schiff gerufen. Ana hatte mich holen lassen. Der Maharadscha hatte ihr erlaubt mich vor dem Essen für einen Moment zu treffen.

Ana sah müde aus und wirkte ein wenig gereizt.

„Lange kann ich dieses Luxusleben nicht mehr ertragen", flüsterte sie. „Der Maharadscha ist überaus fürsorglich und großzügig, aber es ist einfach zu viel. Und ich kriege Kopfschmerzen von dem ganzen Champagner. Er scheint nichts anderes zu trinken …"

Ich nickte verständnisvoll.

„Ich habe mehrmals versucht mit ihm über Alphonse Morro zu sprechen", sagte sie dann. „Habe gefragt, wie wir nach ihm suchen sollen. Aber ich bekomme keine richtige Antwort. Es scheint ihn eigentlich überhaupt nicht zu interessieren. Das Einzige, worüber er sprechen will, ist, wie lustig es werden wird, beim Maharadscha von Cochin vor Anker zu gehen."

Ich erfuhr, dass Ana und der Maharadscha am nächsten Morgen früh beim Maharadscha von Cochin zu einem Staatsbesuch erwartet wurden und einige Tage in dessen Palast *The Hill Palace* verbringen sollten, der mehrere Dutzend Kilometer im Landesinneren lag. In dieser Zeit sollte ich auf der *Rana* bleiben.

Ana sah mir natürlich an, wie enttäuscht ich war. Sie nahm meine beiden Hände in ihre.

„Mach dir keine Sorgen", sagte sie. „Ich finde schon eine Lösung. Wir werden Cochin erst verlassen, wenn wir wissen, ob Morro hier ist oder nicht. Das verspreche ich dir."

Der Besuch beim Maharadscha von Cochin dauerte fünf Tage. Ana erzählte mir später, dass der Maharadscha sich vor allem gefreut hatte, weil der Hill Palace so viel kleiner war als der Sunahiri Bagh Palace.

„Sogar mein Boot ist luxuriöser als sein Palast", hatte der Maharadscha Ana mehrere Male zufrieden mitgeteilt.

Als sie zur *Rana* zurückkehrten, warteten weitere Festlichkeiten. Es gab Essenseinladungen, Teegesellschaften und Garden Partys beim britischen Konsul und anderen wichtigen Personen in Cochin. Nach jeder Einladung an Land gab der Maharadscha auf der *Rana* ein doppelt so prachtvolles Fest. Wenn ich Ana ein seltenes Mal sah, kam sie mir bleich und erschöpft vor.

Ich war dabei, vor Unruhe den Verstand zu verlieren. Endlose

Tage hindurch lief ich an der Reling hin und her. Ab und zu blieb ich stehen und spähte über das trübe Wasser des Vembanadsees. Segelschiffe, Ruderboote und kleine Bugsierschlepper waren zwischen den an der Reede verankerten Fahrzeugen unterwegs. Dahinter, eine knappe Seemeile entfernt, lag Cochin. Ich konnte am Ufer die Hafenspeicher und einen Kirchturm erkennen, der sich über die Palmwipfel erhob.

In Gedanken flog ich immer wieder mit den Möwen über den See. Ich schwebte über der Stadt, die auf einer Anhöhe lag, und entdeckte Alphonse Morro sofort. Ab und zu saß er in einem Straßencafé und trank Kaffee. Dann wieder schleppte er im Hafen Säcke. Einmal sah ich ihn durch ein Fenster und da lag er mit einer Flasche in der Hand im Bett. Ein anderes Mal stand er mit einer Reisetasche aufbruchsbereit im Hafen.

Diese Fantasien machten mich noch nervöser. Sie krochen mir unter das Fell.

Ich war doch jetzt so dicht davor!

~

Am achten Tag legte sich ein Gleitboot längsseits der *Rana*. Die Frau, die an Bord stieg, war Inderin und sie trug einen schlichten Sari. Sie brachte einen Brief mit. Als der wachhabende Offizier der *Rana* den Brief gelesen hatte, wurde die Frau zu mir geschickt. Sie machte eine leichte Verbeugung und legte die Handflächen vor der Brust zusammen.

„Ich bin Ayesha Narayanan“, sagte sie mit sanfter Stimme.

„Ich bin die Sekretärin von Diwan Al-Faroud, dem Premierminister des Maharadschas von Cochin. Senhora Molina hat dem Diwan von dir erzählt. Sie sagt, du bist ein überaus ungewöhnlicher Affe. Und verstehst, was man zu dir sagt."

Ich nickte und verbeugte mich dann, so wie sie es getan hatte. Die Frau, die Ayesha hieß, lächelte. Sie hatte ein sympathisches Lächeln und kluge Augen hinter ihrer kleinen Nickelbrille. Aus irgendeinem Grund war es unmöglich, ihr Alter zu schätzen.

„Senhora Molina hat auch erzählt, warum ihr nach Cochin gekommen seid. Ihr sucht einen gewissen Alphonse Morro aus Lissabon. Der Diwan hat mich beauftragt euch zu helfen."

Endlich, dachte ich. Bravo, Ana!

Ich weiß schon längst, dass Menschen keine Ahnung haben, wie sie die Geräusche eines Affen deuten sollen. Deshalb versuche ich meistens stumm zu bleiben, damit es zu keinem Missverständnis kommen kann. Aber jetzt war ich so aufgeregt, dass ich einfach kleine frohe Gorillalaute ausstoßen musste. Das schien Ayesha nicht zu stören. Sie sagte:

„Ich werde mir alle Mühe geben, diesen Morro zu finden. Leider gibt es da ein Problem. Senhora Molina hat mir erzählt, dass Morro auf der Flucht ist. Und da kann es doch sein, dass er nicht seinen richtigen Namen benutzt. In dem Fall wird es womöglich schwer, ihn zu finden. Aber wenn ich das richtig verstanden habe, bist du Alphonse Morro schon begegnet und weißt, wie er aussieht."

Ich nickte eifrig.

„Dann wäre es sehr gut, wenn du mir Gesellschaft leisten könntest", sagte Ayesha, „damit wir gemeinsam suchen können. Wenn du so weit bist, können wir sofort nach Cochin aufbrechen."

KAPITEL 56

Ayesha

Wir fuhren mit Ayeshas Gleitboot nach Cochin. Unterwegs erzählte sie, dass wir mit der Suche nach Morro in einem Stadtteil namens Fort Cochin anfangen würden. Dort wohnten fast alle Europäer der Stadt.

Der Bootsführer legte an einer niedrigen Steinpier an und wir gingen an Land. Im Schatten unter einem hohen Eukalyptusbaum dösten Rikschafahrer vor sich hin. Ayesha weckte einen und nannte ihm eine Adresse. Dann fuhren wir los.

Der Rikschafahrer lief auf nackten Füßen über staubige menschenleere Straßen. Wir kamen vorbei an schönen Häusern mit schattigen Veranden, gepflegten kleinen Gärten und heruntergelassenen Jalousien. Auf einem großen Exerzierplatz marschierte ein Trupp indischer Soldaten unter der brennenden Mittagssonne. Ein britischer Offizier stand im Schatten unter einem Sonnenschirm und schrie ihnen Befehle zu. Sonst war kein Mensch zu sehen. Fort Cochin war ein verschlafener Ort. Wenn Alphonse Morro hier wohnt, dachte ich, wird es kein Problem sein, ihn zu finden. Vor Spannung zitterte ich am ganzen Leib. Es fiel mir schwer, still sitzen zu bleiben.

Der Rikschafahrer hielt vor einem hohen schmiedeeisernen Gitter, das einen riesigen Garten umgab. Auf der anderen Seite der Rasenfläche lag ein langer weißer Bungalow zwischen sorgfältig geharkten Kieswegen.

„Das ist der Cochin Club", sagte Ayesha. „Die meisten Briten hier in der Stadt sind Mitglieder. Und ich glaube, auch etliche andere Europäer."

Ayesha ging vor mir her. Erst als wir durch die offene Doppeltür traten, sahen wir Menschen. Hinter der Tür lag ein großer Saal, ziemlich schlicht möbliert mit verstreuten Gruppen von Sesseln und Sofas. In der Mitte stand ein Billardtisch und an der einen Querseite verlief ein Tresen aus dunklem Holz. Fliegen surrten um die stillstehenden Ventilatoren unter der Decke.

Hinter dem Tresen polierte ein großer magerer Mann Gläser.

Er war Inder und trug eine Art Kellneruniform. Ayesha grüßte ihn und der Barmann grüßte zurück und sah mich kurz und fragend an.

„Alphonse Morro?“, fragte Ayesha. „Haben Sie diesen Namen schon mal gehört?“

Der Barmann legte den Kopf ein wenig schräg und überlegte.

„Er ist Portugiese“, fügte Ayesha hinzu.

Der Barmann wienerte das Glas fertig und stellte es auf den Tresen.

„Hier im Club haben wir keine Portugiesen mehr, seit die Familie da Gama nach Bombay gezogen ist. Das ist jetzt viele Jahre her. Aber ich bilde mir ein, dass vor nicht allzu langer Zeit ein Mann aus Portugal hier war. Er hat sich nach einer Mitgliedschaft erkundigt.“

„Wie sah er aus?“, fragte Ayesha.

Der Barmann überlegte.

„Das weiß ich nicht mehr so genau“, sagte er dann. „Schüttere Haare, bilde ich mir ein. Ziemlich unordentlich angezogen. Ich habe ihn für einen Gewürzhändler gehalten. Wegen des Geruchs, glaube ich.“

Ayesha sah mich an. Ich zuckte vorsichtig mit den Schultern. Diese Beschreibung war ja nicht sehr aussagekräftig.

„Wie hieß der Mann, wissen Sie das noch?“, fragte Ayesha den Barmann.

„Nein, leider nicht.“

Ayesha bedankte sich für die Hilfe und wir gingen wieder hinaus in die Mittagshitze. Der Rikschafahrer wartete dort, wo wir ihn verlassen hatten. Ayesha überlegte kurz und nannte ihm dann eine neue Adresse.

Der nächste Stopp lag im Hafen. Es war ein weißes zweistöckiges Steinhaus mit kleinen Ziegelvordächern über den Fenstern.

„Hier sind die Büros der Handelskammer von Cochin", erzählte Ayesha. „Ich bin ja nicht sicher, ob sie dich einlassen werden, aber den Versuch ist es immerhin wert."

Wir gingen eine Treppe hoch und kamen in einen schmalen Raum mit einem langen Tresen auf der einen Seite. Hinter dem Tresen waren Reihen von an der Wand befestigten Aktenschränken. Ein Mann kam aus einer Tür, als Ayesha eine Klingel auf dem Tresen betätigte. Der Mann sah sehr englisch aus, mit rötlichen Haaren, einem Leinenanzug und einer Fliege um den Hals. Seine sommersprossige Stirn war schweißnass. Er sagte sofort:

„Haustiere sind hier nicht erlaubt. Sie müssen den Affen draußen lassen. *If you please.*"

Ayesha brauchte mir kein Zeichen zu geben. Ich machte sofort kehrt und ging hinaus auf die Straße.

Nach weniger als zehn Minuten kam Ayesha hinterher. Sie stellte sich zu mir in den Schatten unter einem Vordach.

„Der Notar der Handelskammer", berichtete sie, „sagt, dass es in Cochin nur eine portugiesische Firma gibt. Und zwar eine

Handelsfirma in der Napier Street namens Albaquerque Trading. Hast du diesen Namen schon einmal gehört?“

Ich schüttelte den Kopf.

„Wir fahren trotzdem hin, schlage ich vor“, sagte Ayesha. „Wenn Alphonse Morro hier in der Stadt ist, müssten sie ihn kennen. Landsleute halten doch immer zusammen.“

Mir schien das eine gute Idee.

Wir fuhren los. Die Napier Street lag ganz in der Nähe des Cochin Club, wie sich herausstellte, auf der anderen Seite des großen Exerzierplatzes. Wir hielten vor der Nummer 14. Es war ein Haus wie alle anderen in Fort Cochin, weiß und mit von der Sonne verbranntem Ziegeldach. Am Zaun vor dem Haus hing ein emailliertes Schild mit der Aufschrift:

Albaquerque Trading Co.
Lisboa – Goa – Cochin

Ein Kiesweg führte durch den kleinen, vernachlässigten Garten. Überall wuchs Unkraut. Die Tür stand offen und wir betraten einen kalten Büroraum. Dort gab es zwei Schreibtische und eine Reihe hoher Aktenschränke aus Metall. An der Wand hing ein vergilbter Druck des Comércioplatzes in Lissabon.

Hinter einem der Schreibtische saß ein schlafender Mann. Der unter der Decke surrende Ventilator ließ seine wenigen Haarsträhnen leise flattern.

Der Mann war Inder und hieß mit Nachnamen Gavuyor,

wenn man dem Namensschild auf seinem Schreibtisch Glauben schenken durfte. Plötzlich öffnete er die Augen, setzte sich ganz schnell eine Brille auf und starrte mich verwirrt an. Vielleicht glaubte er noch immer zu träumen.

„Worum geht es?", fragte er und wich zurück. „Wer sind Sie?"

Ayesha stellte sich vor.

„Und der Affe? Der sieht gefährlich aus. Warum haben Sie den mitgebracht?", fragte Gavuyor nervös.

Ayesha warf mir einen raschen Blick zu, der mich um Entschuldigung bat. Dann sagte sie:

„Kümmern Sie sich nicht darum. Das ist das Haustier des Diwans. Ich habe sie mitgenommen, weil sie so gern Rikscha fährt."

Mister Gavuyor starrte mich noch einen Moment lang an. Dann ließ er seinen Blick zu Ayesha weiterwandern.

„Aha", sagte er. „Und worum geht es also?"

Ayesha erklärte, was uns herführte.

„Alphonse Morro?", fragte Mister Gavuyor, als sie fertig war. „Den Namen habe ich noch nie gehört. Wer ist das?"

„Ein Portugiese", sagte Ayesha. „Aus Lissabon. Ich weiß, dass er vor ungefähr anderthalb Jahren in Cochin war."

Mister Gavuyor schüttelte den Kopf.

„Das muss dann auf Durchreise gewesen sein. Hier wohnt er jedenfalls nicht mehr. In Cochin gibt es nur einen ansässigen Portugiesen. Und zwar meinen Chef, Senhor Duarte."

„Können wir den sprechen? Ist er im Hause?“, fragte Ayesha.

„Nein“, antwortete Mister Gavuyor.

„Und wo finde ich ihn dann?“, fragte Ayesha geduldig.

„In unserem Lagerhaus. Godown 58 B in der Bazaar Road.“

Mehr hatte Mister Gavuyor nicht zu sagen. Er machte sich nun an den Papieren auf seinem Schreibtisch zu schaffen, um klarzustellen, dass er keine Zeit mehr für uns hatte.

Auf der Straße erteilte Ayesha dem Rikschafahrer einen kurzen Befehl. Wir stiegen ein und fuhren denselben Weg zurück, den wir gekommen waren.

„Die Bazaar Road liegt im Stadtteil Mattanchery“, erklärte Ayesha unterwegs. „Am einfachsten kommt man mit dem Boot dahin.“

Der Bootsführer wartete mit dem Gleitboot an der Stelle auf uns, wo wir ihn verlassen hatten. Wir folgten der Cochinhalbinsel nach Süden. Meine prickelnde Spannung von vorhin war nun verflogen. Sie war einer anderen Art Spannung gewichen, die eher ängstlich als erwartungsvoll war. Wenn Mister Gavuyor die Wahrheit gesagt hatte, würden wir bald erfahren, ob sich Alphonse Morro in Cochin aufhielt oder nicht.

Das hatte sich Ayesha auch überlegt.

„Früher gab es ziemlich viele Portugiesen in Cochin“, erzählte sie. „Die haben die Stadt sogar gegründet. Doch jetzt hört man Portugiesisch nur noch von den Seeleuten im Hafen. Senhor Duarte kann durchaus der einzige Portugiese sein, der noch hier lebt. Aber dann gibt es nur zwei Möglichkeiten, was Morro angeht. Entweder nennt er sich jetzt Duarte und leitet Albaquerque Trading. Oder er ist nicht mehr in Cochin."

Ich nickte. So einfach war das.

KAPITEL 57

Mattanchery

Mattanchery sah ganz anders aus als der britische Teil der Stadt. Jedenfalls von der See aus gesehen. In Fort Cochin waren die Strände sauber und gepflegt und leer. Hier waren sie lehmig und zugemüllt und überall wimmelte es von Menschen. Bei der Hafeneinfahrt hatten Fischer gewaltige Reusen aufgehängt. Darauf folgten die Lagerhäuser mit Ladebrücken und Kaimauern zum Wasser hin. Dickbäuchige Kaufleute drängten sich mit den Trägern, die Säcke und Tonnen schleppten. Auf jedem

Anleger fanden erregte Versteigerungen statt. Streitende und feilschende Stimmen waren noch weit draußen auf dem Wasser zu hören und vom Ufer fuhren voll beladene Ruderboote und Segelkähne immer wieder zu den Handelsschiffen an der Reede. Die Ruderer sangen im Takt der Ruderschläge. Der übliche Gestank einer tropischen Hafenstadt mischte sich mit den Düften von Pfeffer, Vanille, Kardamom und Kaffeebohnen.

Wir legten an einem der wackeligen Anleger an und gingen zwischen zwei Lagerhäusern durch. Eine enge Gasse führte uns auf die Bazaar Road und bald hatten wir Godown 58 B gefunden. Es war ein zweistöckiges Haus mit kleinen vergitterten Fensterluken und dicken Mauern. Es schien schon seit vielen Jahrhunderten dort zu stehen. Hinter dem Durchgang war es stickig und dunkel. Jutesäcke waren vom Boden bis zur Decke aufgestapelt. Der Pfefferstaub kitzelte mir in der Nase.

Zwei Inder auf hohen Stühlen schrieben in dicke Auftragsbücher. Als Ayesha nach Senhor Duarte fragte, zeigte einer der Männer zum oberen Stockwerk hoch.

Wir stiegen eine schmale Treppe hoch. Im ersten Stock gab es einen Schalter mit Glaswänden und einem elektrischen Ventilator unter der Decke. Hinter diesem Schalter beugte sich ein Mann über einen Schreibtisch.

Ayesha warf mir einen fragenden Blick zu. Ich fühlte mich plötzlich innerlich ganz leer.

All mein Mut und meine Kraft waren wie verflogen.

Der Mann am Schreibtisch war groß und kahlköpfig. Der Schweiß auf seinem breiten, mürrischen Gesicht glänzte im Schein der Schreibtischlampe.

Der Mann hatte nicht die geringste Ähnlichkeit mit Alphonse Morro.

~

Ayesha stellte sich vor und nannte den Grund unseres Kommens. Aber auch Senhor Duarte war der Name Alphonse Morro unbekannt. Und er war sich ganz sicher, dass außer ihm kein anderer Portugiese in Cochin wohnte. Genau wie Mister Gavuyor gesagt hatte.

„Wie lange sind Sie schon hier?", fragte Ayesha.

„Seit drei Monaten", sagte Senhor Duarte. „Ich bin aus unserer Hauptniederlassung in Goa hergeschickt worden. Mein Vorgänger hier war an Malaria erkrankt und musste abgelöst werden. Wie war noch gleich sein Name? Doch, genau. Simão. Alfredo Simão. Düstere Gestalt. Aus Lissabon, glaube ich. Ist verschwunden, sowie ich eingetroffen war. Wir konnten uns gerade noch kurz begrüßen."

„Wohin ist er dann gegangen?"

„Keine Ahnung. Vielleicht hat er einen Dampfer nach Goa genommen. Oder nach Singapur. Oder nach Australien. Was weiß ich? Er hat sich vielleicht einfach unter eine Kokospalme gelegt und ist gestorben. Ist mir doch egal. In Cochin ist er jedenfalls nicht mehr."

~

Mehr hatte uns Senhor Duarte nicht zu sagen. Als wir mit dem Gleitboot zurück zur *Rana* fuhren, war Ayesha stumm und nachdenklich. Vermutlich war sie enttäuscht, weil wir Alphonse Morro nicht gefunden hatten. Aber sie konnte unmöglich so enttäuscht sein wie ich.

Meine Reise nach Indien war ganz und gar umsonst gewesen. Ich hatte lediglich erfahren, dass Morro überall auf der Welt sein konnte, nur nicht in Cochin. Ehe ich an Bord der *Rana* ging, legte Ayesha mir die Hand auf die Schulter und sagte:

„Ich bin traurig, weil ich nicht mehr für dich tun konnte. Ich wünsche dir alles Gute für die Zukunft."

Ich verbeugte mich so, wie ich es von ihr gesehen hatte, mit vor dem Gesicht zusammengelegten Händen.

~

Zwei Tage danach hatte der Maharadscha Cochin und die zahlreichen Garden Partys und Teegesellschaften satt. Er hatte vom vielen Portwein Sodbrennen und Verdauungsstörungen. Es war Zeit zur Heimreise.

Am letzten Abend vor der Rückfahrt standen Ana und ich noch spät an der Reling und sahen die unzähligen Lichter der Schiffe im Hafen an. So hatten der Chief und ich so manches Mal auf der *Hudson Queen* gestanden und fremde nächtliche

Häfen betrachtet. Das war etwas, das der Chief und ich wohl niemals wieder tun würden.

Ana hatte versucht mich zu trösten, als sie gehört hatte, wie Ayeshas und meine Nachforschungen ausgegangen waren. Das war nicht so leicht. Vor Enttäuschung tat mir alles weh. Ich konnte morgens nur mit Mühe mein Bett verlassen.

Die Lichter eines kleinen Bootes näherten sich vom Ostufer des Sees her. Dort lag Ernakulam, die Stadt, in der Diwan Al-Faroud seinen Palast hatte. Erst als das Boot schon fast angelegt hatte, erkannte ich es.

Es war Ayeshas Gleitboot.

Ich empfing Ayesha an der Leiter zur *Rana*. Sie sah müde, aber aufgeregt aus und winkte mich zu sich.

„Was ist passert?“, fragte Ana.

„Bitte, lassen Sie mich das später erklären, Senhora Molina“, sagte Ayesha. „Ich möchte Sally Jones mit an Land nehmen. Es kann sehr wichtig sein und uns bleiben nur ein paar Stunden, ehe Ihr Schiff ablegt.“

Ich sprang ins Gleitboot und wir fuhren los. Als wir über den schwarzen See jagten, erzählte Ayesha, warum sie mich geholt hatte.

„Als wir uns neulich getrennt haben, hatte ich das Gefühl, dich und Senhora Molina im Stich gelassen zu haben“, sagte sie. „Und ich musste immer wieder an diesen Alfredo Simão denken, den Senhor Duarte erwähnt hatte. Also bin ich gestern Morgen zum Zollamt in Fort Cochin gefahren. Dort habe ich erfahren, dass sich in den letzten vier Monaten niemand mit diesem Namen aus Cochin abgemeldet hat. Und offenbar ist auch niemand dieses Namens hier gestorben. Das sind interessante Informationen. Alfredo Simão muss also Cochin illegal verlassen haben. Oder er ist noch immer hier. Aber wenn ja, dachte ich, wo hat er sich dann versteckt?"

Die Lichter von Mattanchery näherten sich und Ayesha setzte ihren Bericht fort.

„Für den Rest des Tages bin ich in Mattanchery und Fort Cochin herumgelaufen und habe mich nach Alfredo Simão erkundigt. Niemand hatte diesen Namen auch nur gehört. Ich wollte schon aufgeben, aber dann kam mir eine Idee. Alfredo Simão war doch an Malaria erkrankt. Er muss einen Arzt aufgesucht haben. Ich stellte eine Liste der Ärzte in Cochin zusammen und suchte einen nach dem anderen auf. Schon nach fünf Versuchen kam ich zu einem Doktor, der den Mann, den ich suchte, sehr gut kannte. Er erzählte, er habe Alfredo Simão über ein Jahr lang wegen Malaria behandelt. Und jetzt hör zu: Er hat auch erzählt, dass Simão noch immer hier ist! Er hat sich im Judenviertel von Mattanchery ein Zimmer gemietet. Der Arzt hat mir die Adresse genannnt. Und nun sind wir dorthin unterwegs."

Ich packte Ayeshas Hand und drückte sie ganz fest. Sie lächelte, aber sehr vorsichtig, wie um zu sagen, ich solle mich lieber nicht zu früh freuen.

KAPITEL 58

Nacht in Jew Town

Der Hafen von Mattanchery wurde von Lampen erleuchtet und am Ufer hatten die Fischer kleine Feuer gemacht. Zwischen den dunklen Fassaden der Lagerhäuser brodelte es nur so von Menschen. Ich hörte Lachen, Rufe in fremden Sprachen und klagende Lieder.

Um diese Zeit war es fast unmöglich, im Gedränge der Bazaar Road weiterzukommen. Ayesha machte kurze Bemerkungen über die verschiedenen Stände und Läden, an denen wir vorbeikamen. Es gab muslimische Silberschmiede, Schmuckhändler aus Kalikut und mit Opium handelnde Brahmanen. Geldwechsler tauschten Rupien gegen britische Sovereigns und handelten in den Hinterzimmern ihrer Läden mit Gold und geschmuggelten Smaragden. An den Straßenecken wurde Abfall verbrannt und mittendrin stromerten Kühe und Ziegen über die Straße.

Am Ende der Bazaar Road beginnt Jew Town, das Judenviertel. Hier war es seltsam ruhig und still. Ayesha führte mich in eine schmale dunkle Sackgasse. An deren Ende lag die Synagoge. Im Dunkeln vor dem verschlossenen Tor stand ein Mann mit einer Kappe und einem bodenlangen Kaftan. Sein Bart war gekräuselt und glänzend schwarz.

Ayesha und der Mann im Kaftan wechselten einen wortlosen Gruß. Dann zeigte der Mann uns den Weg durch schmale Durchgänge mit zerbröckelnden Mauern, kleine Innenhöfe und am Ende durch einen weiteren Durchgang und eine Treppe hoch. Dort wartete eine Frau mit einer Öllampe in der Hand. Sie öffnete eine Tür und führte uns zu einem kleinen Zimmer ohne andere Möbel als einem schmalen Bett und einem wackeligen Schreibtisch mit zwei Schubladen. Durch das einzige Fenster der Kammer war an einem dunstigen Nachthimmel eine bleiche Mondsichel zu sehen.

„Hier hat Alfredo Simão noch vor zwei Wochen gewohnt", sagte der Mann im Kaftan leise. „Jetzt ist er nicht mehr da."

Ich verspürte einen heftigen Stich der Enttäuschung.

„Alfredo war am Ende sehr krank", erzählte die Frau mit der Öllampe. „Ich glaube, er hat sich auf den Tod vorbereitet. An manchen Tagen ging es ihm etwas besser und dann halfen wir ihm, einen Spaziergang zum Wasser zu machen. Er schaute so gern aufs Meer hinaus."

Sie fuhr sich mit dem Blusenärmel über die Augen. Der Mann im Kaftan erzählte weiter.

„Und auf einem unserer Spaziergänge hat er diesen Zettel gefunden. Der hat etwas mit ihm gemacht. Etwas Seltsames. Plötzlich schien er keine Ruhe mehr zu finden. Er wollte unbedingt weg und verließ uns mitten in der Nacht. Er sagte nur, er müsse nach Hause. Ich weiß, dass er ein wenig Geld beiseitegelegt hatte. Er hat sich sicher eine Passage auf einem Schiff hier im Hafen gesucht. Ich hoffe bei Gott, dass er lebend angekommen ist."

Die Frau ging zum Schreibtisch und öffnete eine der zerkratzten Schubladen. Sie zog einen zerknitterten Zettel heraus und reichte ihn Ayesha. Die sah den Zettel fragend an.

„Das ist der Zettel, den Alfredo im Hafen gefunden hat", sagte die Frau. „Er war an einer Duckdalbe angenagelt. Ich weiß nicht, was er bedeutet. Aber Alfredo hat es offenbar gewusst. Deshalb ist er doch aufgebrochen."

Ayesha reichte mir den Zettel.

Ich brauchte ihn nicht zu lesen. Ich wusste auswendig, was dort stand.

Mein Herz will ich dir geben.
Du bist mein ganzes Leben.
28 Rua de São Tomé, Lissabon

KAPITEL 59

Enttäuschungen

Ein neuer Morgen graute. Über den Hügeln im Binnenland lag ein dichter, silbrig schimmernder Dunst. Hier und dort kräuselten leichte Winde die blanke Oberfläche des Vembanadsees. Ansonsten war alles ganz still, als wir Mattanchery in Ayeshas Gleitboot verließen. Ich zitterte am ganzen Leib. Die Spannung wollte mich nicht loslassen. Wieder und wieder ging ich in Gedanken alles durch, was wir soeben erlebt hatten. Ich spürte, wie eine warme prickelnde Freude in meiner Brust wuchs.

Aus dem Schornstein der *Rana* stieg eine graue Rauchsäule auf. Die Dampfmaschine war voll aufgeheizt. Als wir näher kamen, sah ich Ana achtern an der Reling stehen und in unsere Richtung schauen. Ayesha und ich stiegen an Bord. Ana schien erleichtert zu sein, als sie uns sah. Vielleicht hatte sie Angst gehabt, die *Rana* würde ohne mich losfahren.

„Wo wart ihr denn bloß?", fragte sie und umarmte mich. „Ich dachte schon, ich müsste den Kapitän bitten mit der Abfahrt noch zu warten. Habt ihr etwas erreicht?"

Ayesha erklärte zuerst, warum sie mich mit an Land genommen hatte. Anschließend berichtete sie, was wir in Jew Town erfahren hatten. Als sie fertig war, zog ich den Zettel hervor, der in Alfredo Simãos Schreibtischschublade gelegen hatte, und zeigte ihn Ana. Die schlug sich die Hand vor den Mund und machte große Augen.

„Aber dann … dann sind doch Alfredo Simão und Alphonse Morro ein und derselbe", flüsterte sie nach einer Weile. „Ihr habt ihn gefunden!"

Gleichzeitig war ein raues, abgehacktes Geräusch zu hören, als die Winsch auf dem Vorderdeck der *Rana* ihre Arbeit aufnahm. Der Anker wurde hochgezogen.

Ayesha war klar, dass uns nicht viel Zeit blieb. Sie erzählte Ana noch schnell, was der Mann und die Frau in Jew Town über Alfredo Simãos Aufbruch aus Cochin gesagt hatten.

„Nach Hause?", wiederholte Ana. „Hat Alfredo wirklich gesagt, dass er nach Hause wollte?"

Ayesha und ich nickten.

„Er ist unterwegs nach Lissabon!“, rief Ana.

Sie umarmte mich und drückte mich an sich. Ich erwiderte diese Umarmung.

Ein Steuermann kam zu uns und erklärte, Ayesha müsse das Schiff nun verlassen. Der Anker war gelichtet, wir waren bereit zur Abfahrt. Ayesha griff schnell nach meinen und Anas Händen. Danach kletterte sie in ihr Gleitboot hinunter.

„Ich werde feststellen, welche Schiffe Cochin in der Nacht verlassen haben, in der Alfredo Simão verschwunden ist“, war das Letzte, was wir Ayesha rufen hörten, dann stieß ihr Bootsführer sich von der Seite der *Rana* ab. „Ich telegrafiere die Liste, so schnell ich kann. Gute Reise!“

Ana und ich blieben an der Reling stehen und winkten ihr hinterher, bis das Gleitboot nicht mehr zu sehen war. Bald darauf erreichte die *Rana* den Indischen Ozean und nahm Kurs nach Norden auf.

~

Ayeshas Telegramm traf schon gegen Mittag desselben Tages ein. Es war kurz und enthielt die Namen von drei Schiffen. Zwei hatten Cochin mit dem Ziel Piräus in Griechenland verlassen. Das dritte hatte Neapel in Italien als Bestimmungsort angegeben.

Drei Schiffe. Alle unterwegs nach Europa.

Alphonse Morro konnte auf jedem davon sein. Sowohl aus

Piräus als auch aus Neapel könnte er dann leicht nach Lissabon weiterreisen.

Ana schickte Ayesha ebenfalls ein Telegramm und bedankte sich herzlich für all ihre Hilfe.

Danach wollte sie die guten Nachrichten sofort dem Maharadscha mitteilen. Sie und ich mussten doch jetzt so schnell wie möglich zurück nach Lissabon und es wäre das Beste, wenn wir gleich in Bombay einen Dampfer nehmen könnten.

Aber der Maharadscha ließ sich den ganzen Tag nicht sehen. Kurz vor dem Abendessen wurde Ana ein großes Paket in ihre Kajüte gebracht. Es kam vom Maharadscha und war in Goldpapier und gestickte Seidenbänder gewickelt. Es enthielt ein Kleid, von dem Ana nicht einmal hatte träumen können. Und dabei lag eine kleine, schön beschriftete Karte:

Liebe, wunderbare Ana, leiste mir Gesellschaft bei einem einfachen Imbiss auf dem Achterdeck. Wir wollen uns treffen, sowie die Sonnenscheibe ihr Gesicht hinter der unendlichen Linie des Horizontes versteckt hat.

Auf ewig Dein Maharadscha

Ana ahnte schon, was sie erwartete, als sie das wunderschöne Kleid anzog und sich zu diesem Imbiss mit dem Maharadscha begab. Lustig kann das nicht gewesen sein. Einige Stunden danach kam ein Diener zu mir und sagte, ich sollte Ana in ihrer Kajüte aufsuchen. Das Essen war offenbar schon zu Ende.

Ana saß auf der Bettkante und trug nun ein normales, schlichtes Kleid.

„Er hat mir einen Heiratsantrag gemacht", sagte sie unglücklich. „Ich kam mir so herzlos vor, als ich abgelehnt habe. Er war so unglücklich, der Arme. Es war schrecklich."

Der Maharadscha hatte Anas Nein als Mann von Welt hingenommen und versucht seine Enttäuschung nach besten Kräften zu verbergen. Das machte Anas Gewissen noch mehr zu schaffen. Ich blieb bei ihr, bis sie dann doch versuchen wollte ein wenig zu schlafen.

Ich hatte sie gerade erst verlassen, als ein Diener einen weiteren Bescheid brachte. Jetzt sollte ich zum Maharadscha kommen. Mit bangen Ahnungen ging ich in seine Kajüte.

Es war schlimmer, als ich es mir hatte vorstellen können. Der Maharadscha hatte vom Weinen rote Augen und saß in sich zusammengesunken mit einer halb leeren Champagnerflasche in der Hand auf dem Boden.

„Sie liebt mich nicht", schniefte er. „Mein Leben ist zu Ende … ich habe nichts mehr, wofür ich leben kann. Ich muss mit jemandem reden, sonst stürze ich mich ins Meer!"

Zwei lange Stunden saß ich da und hörte dem untröstlichen Weinen des Maharadschas zu. Zwischendurch schickte er mich, um aus einem riesigen Sektkühler auf seinem Nachttisch eine neue Flasche Dom Pérignon zu holen.

Irgendwann hatte er dann endlich keine Tränen mehr. Und nun schickte er mich nuschelnd nach einem in Leder gebundenen Ordner, der auf dem Schreibtisch in seinem Arbeitszimmer nebenan lag.

„Das habe ich mit Kurierpost aus England bekommen, als wir in Cochin waren", sagte er und öffnete den Ordner. „Es ist das neueste Modell von de Havilland. Was sagst du dazu?"

Im Ordner lagen Bilder, Zeichnungen und technische Angaben zu einem Flugzeug.

Wir vertieften uns bis zur Dämmerung in die Zeichnungen. Als ich den Maharadscha verließ, war er soeben in einem Sessel eingeschlafen, während der Ordner geöffnet auf seinen Knien lag. Ein sanftes Lächeln umspielte seine Lippen. Er hatte beschlossen das Flugzeug schon am nächsten Tag telegrafisch zu bestellen.

~

Der Maharadscha schlief bis zum späten Nachmittag. In dieser Zeit konnte Ana sich mit mir treffen. Sie brauchte Hilfe bei einer kleinen Dankesrede an den Maharadscha, da die Stunde des Abschieds ja näher rückte. Es wurde eine schöne Rede, aber als Ana sie mir vorlas, überkam mich eine plötzliche Unruhe. Es war eine Vorahnung, dass vielleicht nicht alles so laufen würde, wie Ana und ich uns das vorgestellt hatten.

Nach Sonnenuntergang rief der Maharadscha Ana zu sich. Gleich würde das Abendessen serviert werden. Ich ging zurück in meine Kajüte, während sie eilig ein Abendkleid anzog und sich die Haare zurechtmachte.

Ich lief einige Stunden lang unruhig in meiner Kajüte hin und her. Die bange Vorahnung wollte mich nicht loslassen. Etwas Schlimmes stand mir bevor. Dieses Gefühl saß mir ganz einfach in den Knochen.

Kurz vor Mitternacht wurde an die Tür geklopft. Es war ein Diener. Er sagte, ich solle mich sofort auf dem Achterdeck einfinden. Befehl des Maharadschas.

Als ich dort ankam, saßen sich Ana und der Maharadscha an einem schön gedeckten Tisch gegenüber. Über ihnen hing ein Kristallleuchter mit Kerzen in kleinen gläsernen Behältern. Es sah so schön aus, aber Anas Blick verriet mir etwas ganz anderes.

~

Später erfuhr ich von Ana, was bei diesem Essen passiert war, ehe mich der Maharadscha dazubestellt hatte.

Anfangs sei die Stimmung ein wenig bedrückt gewesen, erzählte sie. Der Maharadscha habe blass ausgesehen und sei ihr gegenüber übertrieben höflich gewesen. Er fühlte sich natürlich nach seinem misslungenen Antrag vom Vorabend gar nicht wohl in seiner Haut. Aber diese Verstimmung legte sich, sowie er dann von dem Flugzeug erzählte, das er sich soeben bestellt hatte. Nun war er wieder wie immer und unterhielt Ana ausführlich mit allen technischen Finessen dieses neuen Modells von de Havilland.

Beim Dessert räusperte sich Ana und tippte an ihr Glas.

Es wurde Zeit für ihre kleine Rede. Und die ging ungefähr so:

„Freundlichkeit und Großzügigkeit Eurer Hoheit waren unbeschreiblich. Ich werde meinen Aufenthalt hier bei Ihnen in Indien niemals vergessen. Aber die Reise geht nun ihrem Ende entgegen. In Bombay werden wir Abschied nehmen und ich werde nach Hause zurückkehren. Ich hoffe, dass Sie auch einmal nach Lissabon kommen werden, damit ich die Möglichkeit habe, die Gastfreundschaft Eurer Hoheit zu erwidern."

Der Maharadscha schien sich über diese Rede aufrichtig zu freuen. Er hob sein Glas und sie tranken sich zu.

Dann aber sagte Ana:

„Und wenn Eure Hoheit nichts dagegen haben, nehme ich Sally Jones mit."

Der Maharadscha schien sie zuerst nicht verstanden zu haben.

„Sie wollen Sally Jones mitnehmen?", fragte er erstaunt. „Nach Lissabon? Aber ich bitte Sie, das geht doch nicht! Sie ist mein Kammeradjutant. Und mein Flugzeugmechaniker. Ich kann sie leider nicht entbehren."

Eine gespannte Stille folgte, während Ana nach Worten suchte.

„Eure Hoheit", sagte sie endlich. „Sally Jones hat Freunde in Lissabon. Einer von ihnen sitzt unschuldig verurteilt im Gefängnis. Er braucht ihre Hilfe, um …"

„Ich brauche sie auch", fiel der Maharadscha ihr ins Wort. „Wir haben soeben ein neues Flugzeug bestellt. Natürlich will

Sally Jones hierbleiben und zusammen mit mir darin fliegen. Da bin ich mir sicher."

Ana wusste nicht, was sie sagen sollte. Aber dann schlug der Maharadscha vor, sie könnten mich doch fragen. Und er ließ mich von einem Diener holen.

~

Und jetzt stand ich also da und konnte Ana ansehen, dass hier etwas ganz furchtbar schiefgegangen war.

„Ana sagt, sie will dich mit nach Lissabon nehmen", sagte der Maharadscha und lächelte mich an. „Ich habe ihr erklärt, dass du leider nicht mitkommen kannst und dass du viel lieber mit mir zurück nach Bhapur fahren möchtest. Wir haben für das neue Flugzeug noch so viel vorzubereiten. Das wird doch sicher lustig!"

Wir sahen einander an. Plötzlich erschien in den Augen des Maharadschas ein unruhiges Funkeln. Aber sein Lächeln war noch vorhanden.

„Oder was?", fragte er.

Als ich nicht nickte, erstarrte sein Lächeln, dann verschwand es.

„Willst du … lieber mit Ana nach Lissabon fahren?"

Jetzt nickte ich.

Der Maharadscha versuchte seine Züge zu einer gleichgültigen Miene zu ordnen, aber seine Augen konnten nicht verbergen, wie verletzt er war. Es tat mir weh, das sehen zu müssen.

„Ich bedauere", sagte er steif und wandte sich an Ana. „Der Affe ist mein Eigentum und ich habe keine Lust, ihn Ihnen zu schenken. Sie müssen allein reisen, Senhora Molina."

Dann erhob er sich und verließ die Tafel.

KAPITEL 60

Spiel mit hohem Einsatz

Am selben Abend musste ich meine Kajüte räumen und meine Adjutantenuniform abgeben. Für den Rest der Reise wohnte ich im Dienstbotenquartier, ganz weit vorn im Schiff. Das geschah auf Befehl des Maharadschas. Ich war nicht mehr sein Kammeradjutant, sondern eine einfache Dienstbotin. Und als Dienstbotin wurde ich sofort zur Arbeit eingesetzt. Ich putzte, wienerte Messing, wusch Bettwäsche und schrubbte die Toilette, vom frühen Morgen bis zum späten Abend.

Das machte mir nichts aus. Ich hatte an Bord ja eine Beschäftigung vermisst.

Was mir jedoch etwas ausmachte, war, dass ich mich nicht mehr mit Ana treffen konnte. Das hatte der Maharadscha verboten. Ab und zu sah ich Ana, wenn sie allein unter dem Sonnensegel auf dem Achterdeck aß. Der Maharadscha leistete ihr nie mehr Gesellschaft. Nach allem, was ich hörte, verließ er nicht einmal seine Kajüte.

Die Fahrt von Cochin zurück ging schneller als die Hinreise. Wir hielten einmal kurz an, um Trinkwasser zu bunkern, ansonsten waren wir die ganze Zeit in Bewegung.

Mein Plan war fertig. Ich wollte von der *Rana* fliehen, wenn wir uns Bombay näherten. Ana würde Indien nicht ohne mich verlassen. Das wusste ich. Sie könnte in Bombay bleiben und dort auf mich warten, bis wir uns gefunden hätten und zusammen nach Lissabon zurückfahren könnten.

Aber wie sollte ich diese Flucht bewerkstelligen? Da ich nicht schwimmen kann, gab es nur eine Möglichkeit: Ich musste ein Rettungsboot stehlen. Und das war nur nachts möglich, wenn das Schiff vor Anker lag.

Die *Rana* hatte mittschiffs zwei Rettungsboote, eins auf jeder Seite der Kommandobrücke. Sie unentdeckt zu Wasser zu lassen war unmöglich. Aber zum Glück gab es auch auf dem oberen Achterdeck noch eins, auf dem sogenannten Sonnendeck.

Könnte ich das wohl zu meiner Flucht nutzen? Das musste ich herausfinden.

Eines Nachts, als die anderen in meiner Kajüte eingeschlafen waren, schlich ich mich auf das Sonnendeck. Die nächtliche Brise war sanft und der Himmel sternenklar. Der Schaum in unserem Kielwasser leuchtete weiß in einer funkelnden Straße aus Mondlicht. Ich lief zu dem Rettungsboot und untersuchte den Davit, an dem es befestigt war. Es war eine schlichte Konstruktion. Ich müsste es schaffen, das Boot ohne Hilfe zu Wasser zu lassen.

Mehr brauchte ich nicht zu wissen. Doch als ich mich gerade umdrehte, um mich wieder unter Deck zu schleichen, sah ich eine Gestalt, die von der anderen Seite her auf das Sonnendeck kam. Es war der Maharadscha. Seine Silhouette war unverkennbar. Sofort hatte ich mich gebückt und war ins Dunkle unter das Rettungsboot gekrochen. Der Maharadscha trat mitten auf das Sonnendeck und blieb mit im Rücken verschränkten Händen stehen und schaute zum Mond hoch. Er hatte mich nicht gesehen.

Der Maharadscha ging nun auf dem Sonnendeck hin und her. Ab und zu setzte er sich für eine Weile in einen Liegestuhl und schlug die Hände vors Gesicht. Dann stand er auf und lief wieder hin und her. Immer wieder hin und her. Die ganze Zeit murmelte er vor sich hin. Er klang wütend und traurig zugleich. Aber vor allem traurig.

Nach einer Stunde waren meine Beine eingeschlafen und

mein Rücken tat weh, weil ich gekrümmt unter dem Rettungsboot sitzen musste. Ich wünschte mir so sehr, dass der Maharadscha bald schlafen ginge. Aber er lief nur weiter hin und her, hin und her.

Nach einer weiteren Stunde war über dem Horizont im Osten ein schwacher Lichtstreifen zu ahnen. Der neue Tag verjagte die Schatten der Nacht. Ich würde mich jetzt nicht mehr lange verstecken können.

Plötzlich blieb der Maharadscha stehen und richtete seinen Blick direkt auf mich. Ich saß ganz still da und wagte nicht einmal zu atmen. Für einige sehr lange Sekunden war ich ganz sicher, dass er mich entdeckt hatte.

Aber dann drehte er sich um und schaute mit dem Rücken zu mir aufs Meer hinaus. Ich nutzte die Gelegenheit und kroch aus meinem Versteck. Auf steifen Beinen lief ich zur Treppe, die vom Sonnendeck hinunterführte. Ohne mich umzusehen, rannte ich zurück zum Dienstbotenquartier. Aus allen Kojen, außer meiner, waren leise Atemzüge zu hören. Niemand hatte mein Verschwinden bemerkt. Lautlos schlüpfte ich unter meine Decke. Dann lag ich da, starrte mit klopfendem Herzen in die Dunkelheit und rechnete damit, dass sich die Kajütentür jederzeit öffnen könnte. Aber das geschah nicht. Der Maharadscha hatte mich also doch nicht gesehen.

Ich hatte einen Fluchtplan und ich wusste, dass er eigentlich funktionieren müsste. Aber die Voraussetzung war, dass wir auf dieser Fahrt noch einmal irgendwo über Nacht vor Anker gehen würden. Ein Rettungsboot von einem fahrenden Schiff zu Wasser zu lassen, ist schwer und gefährlich. Es allein zu schaffen ist unmöglich.

Je mehr wir uns Bombay näherten, umso nervöser wurde ich. Was, wenn wir bis dahin keinen Halt mehr einlegten? Dann würde ich auch keine Fluchtmöglichkeit finden. Und einen anderen Plan hatte ich nicht in Reserve.

Aber am letzten Abend der Reise warf die *Rana* ganz unerwartet Anker in einer schönen Bucht mit weißen Sandstränden, an denen Fischer unter den wogenden Palmenkronen ihre Netze säuberten. Hier würden wir bis zum folgenden Morgen liegen, erfuhr ich. Warum, schien niemand zu wissen.

Das war meine Gelegenheit!

An diesem Abend schnitt ich auf Befehl des Kochs in der Kombüse Zwiebeln. Ich wartete ungeduldig darauf, dass sich die schwarze Tropennacht über die Bucht senkte. Um kurz vor zehn befahl mir der Koch, für diesen Abend mit der Arbeit aufzuhören. Zwei Stunden darauf lag ich in meiner Koje und lauschte auf den ruhigen Atem und das leise Schnarchen der schlafenden Dienstboten. Als die Schiffsglocke zwei Schläge hören ließ, wusste ich, dass seit Mitternacht eine Stunde vergangen war. Es war so weit. Ich schlug die Decke zurück und setzte die Füße auf den Boden.

Dunstwolken verbargen den Mond, als ich mich auf das Sonnendeck schlich. Es herrschte undurchdringliche Dunkelheit. Das war gut. Die Spannung ließ mein Herz hämmern und meine Hände zittern, als ich das Rettungsboot aus seiner Vertäuung zu lösen begann.

Ich hielt inne. Ein plötzliches Gefühl, beobachtet zu werden, ließ mich herumfahren. Jetzt sah ich, dass in einem der Sonnensessel an Deck jemand saß. Das Gesicht lag im Schatten, aber ich wusste sofort, wer es war.

„Komm her und setz dich zu mir", hörte ich aus der Dunkelheit die Stimme des Maharadschas.

Ich kam mir verloren und ein bisschen dumm vor. Seltsamerweise hatte ich jedoch nicht besonders viel Angst. Mit schweren, hoffnungslosen Schritten ging ich zu ihm und setzte mich in den Sessel neben seinem.

„Du hast wohl gedacht, ich hätte dich neulich an dem Abend hier nicht gesehen?", sagte der Maharadscha und klang sehr zufrieden mit sich. „Aber das habe ich. Und ich wusste sofort, was du vorhast. Du willst mein Rettungsboot stehlen, nicht wahr?"

Es hätte keinen Sinn gehabt, den Kopf zu schütteln und die Unschuldige zu spielen. Es hätte alles nur noch schlimmer gemacht. Deshalb nickte ich.

Der Maharadscha schwieg eine Weile. Dann sagte er:

„Jetzt hast du meine Aufmerksamkeit und meine Intelligenz schon zum zweiten Mal unterschätzt. Erinnerst du dich an das erste Mal?"

Der Maharadscha ließ mich einen Augenblick überlegen, ehe er weiterredete:

„Das erste Mal hast du mich unterschätzt, als ich ein Schachturnier zwischen dir und den Ministern angeordnet hatte. Das musst du doch noch wissen? Du hast dich von meinen Ministern besiegen lassen. Und du hast gedacht, ich würde nichts merken. Aber ich habe es gemerkt. Nicht wahr?"

Wieder nickte ich. Dieses unangenehme Erlebnis hatte ich nicht vergessen. Ich erinnerte mich vor allem daran, wie unbegreiflich es für den Maharadscha gewesen war, dass ich lieber im Schach verlor, als den armen Ministern ihr Leben zu verderben.

Der Maharadscha streckte die Hand nach dem Tisch neben seinem Sessel aus. Darauf stand eine kleine Petroleumlampe. Er riss ein Streichholz an und machte Licht. Ein warmer flackernder Schein beleuchtete das Deck, auf dem wir saßen.

Auf dem Tisch gab es noch andere Gegenstände: ein Stundenglas und einen schön geschnitzten Kasten mit einem komplizierten und mit Gold ausgelegten Muster, das im Lampenlicht funkelte. Ich wusste schon, was der Kasten enthielt, noch ehe der Maharadscha ihn geöffnet hatte.

Es war ein zusammenklappbares Schachspiel.

Schweigend klappte es der Maharadscha auseinander und stellte die Figuren auf. Dann sagte er:

„Diesmal will ich ganz sicher sein, dass du dein Bestes gibst, Sally Jones. Wenn du diese Schachpartie verlierst, nehme ich dich mit zurück nach Bhapur und Ana muss allein nach Europa fahren. Aber wenn du gewinnst …“

Der Maharadscha verstummte, zog einen länglichen Briefumschlag aus der Tasche und legte ihn auf den Tisch. Dann fuhr er fort:

„Wenn du gewinnst, bekommst du diesen Umschlag. Darin liegen zwei Fahrkarten für den Ozeandampfer *Kaisar-i-Hind*, der morgen von Bombay in Richtung Lissabon fährt. Die eine Fahrkarte ist für Ana. Die andere ist für dich.“

Ich wusste nicht, was ich glauben oder denken sollte. War das dem Maharadscha wirklich ernst?

Wie um meine stumme Frage zu beantworten, nickte er:

„Das ist kein falsches Spiel. Wenn du gewinnst, werde ich dich nicht zwingen bei mir zu bleiben. Dann kannst du mit Ana fahren. Darauf hast du mein Ehrenwort als Maharadscha. Und jetzt wähle bitte aus. Willst du mit Schwarz oder mit Weiß spielen?“

Der Maharadscha klang ehrlich, trotzdem fiel es mir schwer, ihm zu glauben. Aber was hatte ich schon zu verlieren? Ich streckte die Hand aus und zog mit einem weißen Bauern.

KAPITEL 61

Turbantausch

Der Maharadscha entpuppte sich als überaus fähiger Schachspieler. Ich begriff sofort, dass es kein leeres Gerede gewesen war, als er mir damals von seinem Privatunterricht bei einem Weltmeister erzählt hatte. Schon früh in unserer Partie setzte er sich durch taktische Finessen, wie ich sie noch nie erlebt hatte, in den Vorteil. Bei jedem Zug musste ich überlegen, bis das letzte Sandkorn durch das Stundenglas geronnen war.

Auf halber Strecke glaubte ich, ich könnte die Partie zu meinen Gunsten wenden. Aber der Maharadscha sah meine Züge voraus und plötzlich hatte ich meine Dame und beide Läufer verloren. Mit einem eleganten Kreismanöver machte der Maharadscha meinen einzigen verbliebenen Springer unschädlich.

Der Maharadscha hätte mich jetzt in vier Zügen schachmatt setzen können. Das sah ich. Das sah er. Das Spiel war zu Ende. Der Maharadscha grinste selbstzufrieden.

Aber dann tat er etwas Unerwartetes. Statt meinen König zu schlagen, holte sich der Maharadscha mit seiner Dame einen meiner Bauern. Das war ein sehr schlechter Zug. Er war geradezu katastrophal. Plötzlich war ich in der stärkeren Position. In zwei Zügen schlug ich seinen Turm und seine Dame. Noch fünf Züge später hatte ich gewonnen. Der Maharadscha war schachmatt.

Ich rechnete mit einem Wutanfall, weil er verloren hatte. Aber stattdessen reichte er mir den Briefumschlag mit einem Lächeln und sagte gelassen:

„Meinen Glückwunsch! Gut gespielt."

Ich sah ihn verwirrt an, während sein Lächeln immer breiter wurde. Zögernd nahm ich den Umschlag entgegen und öffnete ihn dann. Er enthielt wirklich zwei Fahrkarten nach Lissabon für die *Kaisar-i-Hind*.

Ich schaute zu dem Maharadscha auf und begegnete seinem Blick. Der war stolz und froh.

Und dann begriff ich plötzlich.

Der Maharadscha hatte mich gewinnen lassen. Er hatte freiwillig verloren.

Ehe ich noch weiter nachdenken konnte, streckte ich ihm die Hand hin. Das gehörte sich für eine Dienstbotin natürlich überhaupt nicht. Aber der Maharadscha zögerte keine Sekunde, sondern nahm sofort meine Hand mit seinen beiden und schüttelte sie lange und herzlich. Sein rundes lachendes Gesicht leuchtete heller als der Mond.

~

Dann saßen wir noch lange schweigend da und blickten zu den Sternen hoch. Erst als die Ankerwache vier Schläge mit der Schiffsglocke ertönen ließ, erhob sich der Maharadscha und sagte:

„Man bekommt richtig Appetit von der frischen Seeluft. Wäre jetzt ein kleiner Nachtimbiss nicht schön? Meinst du, Ana hat vielleicht ebenfalls Hunger? Kannst du sie nicht fragen? Ich lasse inzwischen den Tisch decken."

Ana war natürlich überrascht und erleichtert, als ich bei ihr anklopfte und ihr den Umschlag mit den Fahrkarten zeigte.

„Du hast ja keine Ahnung, wie wütend ich auf ihn war", sagte sie. „Ich hatte sogar vor, in Bombay sofort zur Polizei zu gehen und ihn wegen Entführung anzuzeigen. Aber das hätte wahrscheinlich auch nicht geholfen ..."

Als Ana sich angezogen hatte, gingen wir zusammen aufs

Achterdeck. Dort suchte der Maharadscha gerade die Weine aus, die zu den inzwischen ungefähr fünfzig aufgetischten Delikatessen passten. Er hatte wohl begriffen, dass Ana sauer auf ihn gewesen war, denn er wirkte ein bisschen nervös. Das Erste, was er sagte, sobald wir Platz genommen hatten, war:

„Ich weiß, dass ich mich schlecht benommen habe. Bitte, verzeihen Sie mir, wenn Sie können, Senhora Molina. Ich würde vor Kummer sterben, wenn Sie mit einem schlechten Eindruck von mir nach Hause fahren müssten. Aber das werden Sie doch nicht tun? Sie wollen sicher nicht das Leben eines armen, unglücklichen Maharadschas auf dem Gewissen haben?"

„Nein, Eure Hoheit", sagte Ana ruhig, aber mit Schärfe in der Stimme. „Das will ich nicht. Ihnen ist verziehen. Ich würde jedoch eine Erklärung für Ihr seltsames Verhalten während der letzten Tage zu schätzen wissen."

Der Maharadscha sah sie überrascht an. An so viel Widerspruch war er nicht gewöhnt. Für einen sehr kurzen Augenblick dachte ich, er würde jetzt wütend werden. Aber er ließ die Schultern hängen und seufzte tief.

„Ja, natürlich", sagte er dann langsam. „Das bin ich Ihnen wohl schuldig … Verstehen Sie, Senhora Molina, ich bin Maharadscha … ich meine, ich bin daran gewöhnt, immer meinen Willen durchzusetzen. Und ich wollte … oder genauer gesagt, ich hatte geglaubt, Sally Jones wollte … das heißt, ich hatte gedacht, Sally Jones würde hier in Indien bleiben und …"

Der Maharadscha verstummte und rang nach Worten. Er

schien keine zu finden und rutschte verlegen hin und her. Es war ungewohnt, ihn so zu sehen.

„Ich glaube, ich habe verstanden, was Sie meinen, Eure Hoheit“, sagte Ana und jetzt klang ihre Stimme freundlicher. „Aber warum haben Sie sich die Sache letztlich anders überlegt?“

Der Maharadscha sah mich für einen Moment an, ehe er antwortete.

„Also, ich habe eines Abends entdeckt, dass Sally Jones fliehen wollte. Und das hat mich … ja, zuerst war ich natürlich wütend. Aber dann fand ich es … auf irgendeine Weise traurig oder wie soll ich sagen … Und am Ende dachte ich, wie sehr Sie beide sich freuen würden, wenn ich Sie gemeinsam nach Lissabon zurückfahren ließe …“

Der Maharadscha verstummte und machte ein nachdenkliches Gesicht, als ob es ihm nicht ganz leicht fiele, seine eigenen Worte zu verstehen.

„Also haben Eure Hoheit beschlossen Gnade vor Recht ergehen zu lassen“, sagte Ana, um ihm auf die Sprünge zu helfen.

Der Maharadscha strahlte.

„Genau“, sagte er. „Ich habe Gnade vor Recht ergehen lassen! Genau das habe ich. Und jetzt ist der Fall erledigt, ja? Darauf stoßen wir an!“

Wir hoben alle unsere Gläser und das Kristall klirrte melodisch beim Anstoßen. Der Maharadscha sah ungeheuer erleichtert aus.

Unsere letzte Nacht an Bord der *Rana* war lang und lustig. Der Maharadscha gab sich alle Mühe, ein amüsanter Gastgeber zu sein, und er erzählte von seinen vielen Erlebnissen als Tigerjäger und Sportsmann.

Zwischen Dessert und Kaffee wollte er unbedingt vorführen, was für ein guter Kricketspieler er war. Er verschwand für eine Weile und kehrte dann im Nationaltrikot von Bhapur zurück, mit Beinschutz, Helm, Schläger und allem. Ein Diener folgte ihm mit einem Silbereimer voller Kricketbälle. Ana und ich mussten ihm abwechselnd die harten, mit Leder überzogenen Bälle zuwerfen, die der Maharadscha dann im Flug mit seinem Schläger traf. Die Bälle verschwanden in der Dunkelheit, einer nach dem anderen, und aus der Ferne hörten wir das Platschen, mit dem sie im Wasser landeten.

Ehe wir Gute Nacht sagten und schlafen gingen, sang Ana einen wehmütigen Fado über Aufbruch und Abschied. Große Tränen rollten über die Wangen des Maharadschas.

~

Am nächsten Morgen lichtete die *Rana* den Anker und wir verließen die geschützte Bucht. Jetzt waren es nur noch drei Stunden bis Bombay. Gleich nach dem Mittagessen wurde der Anker wieder hinuntergelassen. Anas Gepäck wurde auf das Beiboot der *Rana* geladen und danach fuhren sie und ich zum Prince-Albert-Dock, wo das Flaggschiff der P-&-O-Linie, die RMS *Kaisar-i-Hind*, bereit zur Abfahrt nach Europa lag. Der

Maharadscha begleitete uns, um uns auf der Laufplanke zuzuwinken.

Ana bekam als Abschiedsgeschenk eine Perlenkette. Zuerst wollte sie das Schmuckstück nicht annehmen und sagte, der Maharadscha habe ihr doch bereits so viele schöne Geschenke gemacht, dass es fast schon peinlich sei. Aber damit stieß sie auf taube Ohren.

„Jede Minute Ihres Besuches war für mich wertvoller als zehn Perlenketten", sagte der Maharadscha mit einer kleinen Verbeugung. „Ich stehe in Ihrer Schuld, Senhora Molina, nicht umgekehrt."

Ana küsste den Maharadscha auf die Wange und versprach, immer an ihn zu denken, wenn sie die Kette trug.

Dann wandte sich der Maharadscha mir zu.

„Du bekommst kein Geschenk", sagte er mit ernster Miene. „Im Gegenteil, ich wünsche mir etwas von dir. Dass du mich nicht vergessen wirst. Deshalb möchte ich mit dir den Turban tauschen. Würdest du mir diese Ehre erweisen?"

Das war eine unerwartete Frage, aber ich nickte natürlich und wir nahmen unsere Turbane ab. Ich hatte den Maharadscha noch nie barhäuptig gesehen. Seine langen Haare waren zu einem glänzend schwarzen Knoten hochgesteckt und mit einem breiten Holzkamm befestigt. Er reichte mir seinen Turban und ich gab ihm meinen. Dann ertönte die Dampfpfeife zum Zeichen, dass es jetzt hohe Zeit für Ana und mich war, uns an Bord zu begeben.

Als die *Kaisar-i-Hind* ablegte, standen wir an der Reling und winkten dem Maharadscha zu. Er stand am Kai und winkte ebenfalls und auf dem Kopf trug er meinen Turban.

~

Ich war noch nie in der ersten Klasse auf einem Ozeandampfer gereist. Alles war ungeheuer elegant und luxuriös. Aber ich ließ mich nicht beeindrucken. Ich kam ja eben erst von einer Kreuzfahrt mit der *Rana*.

Der Maharadscha hatte für Ana und mich natürlich die teuersten Kabinen gebucht. Deshalb durften wir am *Captain's Table* speisen. Der Kapitän war ein Schotte namens MacAllister. Er hatte schon von mir gehört. Unter Seeleuten bin ich ziemlich bekannt.

Einer der anderen Gäste am Tisch des Kapitäns war ein wohlhabender indischer Geschäftsmann aus Kalkutta. Schon am ersten Abend an Bord fiel ihm mein ungewöhnlich schöner Turban mit den vielen funkelnden Edelsteinen auf der Schnalle auf. Ana erzählte ihm, unter welchen Umständen der Maharadscha mir den Turban gegeben hatte. Nun sah mich der indische Geschäftsmann mit großen Augen an und sagte:

„Du weißt das vielleicht nicht, aber für uns Inder ist so ein Turbantausch etwas ganz Besonderes. Das ist etwas, das man schon seit alter Zeit nur mit seinem besten Freund macht."

DRITTER
TEIL

KAPITEL 62

Das Wiedersehen

Die Reise von Bombay nach Lissabon dauerte drei Wochen. Am frühen Morgen des 18. Februar erreichte die *Kaisar-i-Hind* die Tejomündung. Ana und ich standen an Deck und sahen hinter Lissabons sieben Hügeln eine bleiche Sonne aufgehen.

Es kam mir wirklich in vieler Hinsicht vor wie eine Heimkehr. Aber eben doch nicht richtig. Auf der Reise hatte ich auch große Angst vor diesem Augenblick gehabt. Ich hatte mächtige Feinde in Lissabon. Hoffentlich hielten sie mich für tot, aber darauf konnte ich mich nicht verlassen. Was, wenn Kommissar Garretta herausgefunden hatte, dass er von Kapitän Anderson an der Nase herumgeführt worden war? Was, wenn er wusste, dass ich jetzt an Bord der *Kaisar-i-Hind* war? Dann würde er mich an Land erwarten und gleich von der Laufplanke weg verhaften.

Während zwei Bugsierschlepper das riesige Schiff zu den Cais do Sodré brachten, hielt ich in der kleinen Menschenmenge unruhig Ausschau nach Kommissar Garretta. Aber ich konnte weder ihn noch einen anderen Polizisten entdecken.

Stattdessen sah ich Signor Fidardo.

Er stand hoch erhobenen Hauptes da und hielt mit beiden Händen einen Strauß rote Lilien. Sein Anzug leuchtete blendend weiß zum Schiff hoch und eifrig suchten seine Blicke nach Ana und mir.

Mir wurde richtig warm ums Herz. Plötzlich hatte ich Kommissar Garretta und meine Unruhe vollkommen vergessen. Ich sprang auf und ab und winkte mit aller Kraft.

Zwei Stunden später saßen wir am Küchentisch in Signor Fidardos kleiner Wohnung im ersten Stock des Hauses in der Rua de São Tomé. Er hatte belegte Brote, Kuchen und eine große Willkommenstorte aus der Konditorei Graça aufgetischt.

Signor Fidardo hatte sich kein bisschen verändert. Er schien unsere Heimkehr gelassen hinzunehmen, auch wenn ich es in seinem Augenwinkel glitzern sah, wenn er Ana und mich anblickte. Und er hatte ein wenig abgenommen. In seinem Gesicht gab es neue Schatten und Runzeln. Solche Runzeln, die man vor Sorge bekommt, vermutete ich und hatte ein bisschen ein schlechtes Gewissen.

Ana erzählte von ihrer Reise nach Bhapur, von dem Empfang im Bahnhof und ihrer ersten Begegnung mit dem Maharadscha. Sie beschrieb den Palast und den Park und wie sie dann – wie durch ein Wunder – mich gefunden hatte.

Signor Fidardo konnte nicht glauben, dass uns der pure Zufall zusammengeführt hatte.

„Ich frage mich, ob nicht Sally Jones dabei einen Finger mit im Spiel hatte, als dich der Maharadscha nach Bhapur eingeladen hat", sagte er zu Ana und sah mich dabei fragend über seinen Brillenrand hinweg an.

Ich konnte weder nicken noch den Kopf schütteln. Die Frage war doch ein bisschen zu kompliziert, um mit einem einfachen Ja oder Nein beantwortet zu werden. Deshalb zwinkerte ich einfach nur und nahm mir noch ein Stück Kuchen. Ana lachte und fuhr mit der Hand durch das struppige Fell auf meinem Kopf.

„Ich finde, du solltest anfangen zu schreiben", sagte Signor Fidardo. „Die Memoiren der Sally Jones. Das wäre sicher eine interessante Lektüre."

Ich nahm diesen Vorschlag nicht ernst. Aber dennoch muss der Gedanke irgendwo in meinem Hinterkopf Wurzeln geschlagen haben.

Signor Fidardo kochte immer neuen Kaffee und Ana ging noch zweimal in die Konditorei Graça, um weitere belegte Brote zu holen. Es gab so viel zu besprechen. Signor Fidardo wollte alles über die unvergleichlichen Feste des Maharadschas hören, über das große Konzert im Park des Palastes und darüber, was Ana von meinen Abenteuern als Flugzeugmechaniker des Maharadschas wusste. Als ich den Turban des Maharadschas vorzeigte, musterte Signor Fidardo ihn lange und sorgfältig. Dann sah er mich an und sagte:

„Ein einzigartiges Stück Kunsthandwerk. Und die Edelsteine sehen echt aus. Ich glaube, der Maharadscha hat dich zu einem ziemlich wohlhabenden Gorilla gemacht."

Ich zuckte mit den Schultern. Es spielte für mich keine Rolle. Ich hatte nicht vor, mich je vom Turban des Maharadschas zu trennen, egal wie viel Geld mir dafür auch geboten würde.

Am Ende erzählte Ana von der Reise nach Cochin und der Suche nach Alphonse Morro zusammen mit Ayesha Narayanan. Signor Fidardo hörte aufmerksam zu. Ab und zu sah er ernst und ein wenig besorgt zu mir herüber. Zu guter Letzt sagte er:

„Dann können wir nur hoffen, dass Morro und Alfredo Simão wirklich ein und derselbe sind. Und dass er jetzt auf dem Weg nach Lissabon ist. Und dass er die Reise überlebt."

Seiner Stimme war anzuhören, dass er da seine Zweifel hatte. Mir war das egal. Ich wusste, was ich wusste. Alphonse Morro würde bald wieder in Lissabon sein.

Als wir uns schließlich erhoben, war es vor den Fenstern dunkel geworden. Die Gaslaternen in den Straßen waren schon vor mehreren Stunden angezündet worden. Wir trugen zu dritt Anas Reisekoffer nach oben in ihre Wohnung. Dort roch es muffig und gleich hinter der Tür lag ein Stapel Post. Die meisten Briefe hatten die gleichen cremefarbenen Umschläge Marke Canson. Sie kamen von Anas heimlichem Verehrer. Er schrieb ihr noch immer jede Woche und sie hatte noch immer keine Ahnung, wer er war.

Es gab auch zwei Rechnungen und einen kleinen grauen Umschlag, auf dem in krakeliger Schrift Anas Namen und Adresse standen. Ana öffnete diesen Umschlag zuerst. Wir wussten beide, von wem er kam.

Verehrte Frau Ana Molina,

ich bin so froh, dass ich Ihnen schreiben muss, auch wenn ich weiß, dass es bis zu Ihrer Rückkehr aus Indien noch dauern wird. Heute bekam ich einen Brief von Ihrem Freund Herrn Fidardo. Sie hatten ein Telegramm geschickt, weil Sie Sally Jones gefunden haben.

Ich wünschte, ich könnte in Worte fassen, wie glücklich ich bin. Ich danke Ihnen so sehr!

Hochachtungsvoll
Ihr Henry

An diesem Abend las ich den Brief des Chiefs mehrere Male, während Ana ihren Koffer auspackte. In ihrem Schrank war kaum Platz für all die schönen Kleider und Saris, die der Maharadscha auf keinen Fall hatte zurücknehmen wollen. Als der Koffer endlich leer war, war es höchste Zeit, um schlafen zu gehen.

Ana schlief fast sofort ein, ich dagegen lag auf der Bank noch lange wach und lauschte durch das angelehnte Mansardenfenster den Geräuschen der Stadt. Als meine Augen sich an die Dunkelheit gewöhnt hatten, nahm ich den Brief des Chiefs wieder hervor und las ihn noch zweimal. Ich war rastlos, aber auf eine glückliche Weise. Wir hatten ja Morro gefunden. Er lebte noch. Und er war auf dem Weg nach Lissabon. Bald würde die ganze Welt mit eigenen Augen sehen können, dass der Chief kein Mörder war!

Wenn er das nur wüsste …

~

Kaum hatten am nächsten Morgen die Läden geöffnet, da ging Ana los und kaufte für mich einen neuen Blaumann und eine Schirmmütze. Sie wusste, dass ich nicht mehr in meinen indischen Kleidern herumlaufen wollte. Der Blaumann passte perfekt, nachdem sie hier und da einen Abnäher gemacht hatte.

Am Nachmittag fuhren wir vom Rossio mit der Bahn nach Campolide. Der Himmel war von tief hängenden Wolken bedeckt und ein kalter Wind wehte über die breiten Kieswege. Auf dem Weg zum Gefängnis erzählte Ana, dass sie weiterhin an zwei Sonntagen im Monat hergekommen war, um für den Chief und die anderen Häftlinge zu singen, nachdem ich mit der *Song of Limerick* nach Indien gefahren war. Ich freute mich, als ich das hörte. Aber es überraschte mich nicht. Ich kannte Ana ja schließlich.

Nichts hatte sich geändert. Das Gefängnis sah noch immer so düster und verlassen aus wie in meiner Erinnerung. Und die kleine Anhöhe war noch immer zugemüllt und mit Disteln und welkem Gras überwuchert. Als Ana dann aber anfing zu singen, schien alles Graue und Schmutzige plötzlich Farbe zu bekommen. Das Hässliche wurde schön. Das Traurige und Seelenlose erwachte zum Leben. Hinter den Gittern der kleinen Fenster tauchten bleiche Gesichter auf. Hände klammerten sich um die Gitterstäbe. Aus dem Zellenfenster des Chiefs wurde eine Hand gestreckt. Sie winkte und ich winkte auch.

Die Hand wurde zurückgezogen und gleich darauf war die Ziehharmonika des Chiefs zu hören. Die Töne des Instrumentes folgten der Melodie von Anas Gesang leicht und frei. Es klang so schön. Ich konnte fast nicht glauben, dass hier wirklich der Chief spielte.

Die Sonne kam hervor und wärmte uns. Ana sang und der Chief spielte fast eine Stunde lang. Ich dachte, dass sie einander schon lange kannten. Obwohl sie sich niemals begegnet waren.

KAPITEL 63

Warten

Nun fing das Warten an.

Das Warten auf Alphonse Morro.

An den ersten Tagen saß ich am Fenster im Treppenhaus vor Anas Wohnung und schaute hinunter auf die Straße. Ich hatte mir ausgerechnet, dass Morro von Cochin aus mindestens einen Monat, wahrscheinlich aber mehr als zwei unterwegs sein müsste. Inzwischen waren sechs Wochen vergangen, seit er Cochin verlassen hatte. Deshalb musste ich bereit sein. Morro konnte jederzeit um eine Ecke biegen oder aus einer Straßenbahn steigen und zu uns heraufschauen.

Nach drei Tagen kam Signor Fidardo, um ein ernstes Wort mit mir zu reden.

„Wenn Alphonse Morro aus Indien hergekommen ist, um dich zu treffen und sein Medaillon zurückzubekommen, dann wird er dich finden. Komm runter in die Werkstatt und mach dich ein bisschen nützlich! Das ist doch besser, als hier zu sitzen und dich müde zu glotzen."

Signor Fidardo hatte sich für die großen Fenster in der Werkstatt Jalousien zugelegt. Und zwar meinetwegen. Wenn alle, die draußen vorübergingen, sehen könnten, dass ich wieder da wäre, würde es sicher nicht lange dauern, bis auch Kommissar Garretta davon Wind bekommen hätte.

Kürzlich waren zwei Ziehharmonikas zur Reparatur gebracht worden. Die eine war ein skandinavisches Dur-Akkordeon, die andere ein großes chromatisches Hohner-Instrument mit undichten Klappen. Ich sollte mich um das Hohner-Akkordeon kümmern.

„Du brauchst eine sinnvolle Aufgabe", sagte Signor Fidardo. „Eine, die deine Gedanken beschäftigt."

Es machte Spaß, wieder in der Werkstatt zu sein. Nach nur wenigen Tagen mit unserer üblichen Routine hatte ich fast das Gefühl, mir die ganze Reise nach Indien nur zusammenfantasiert zu haben.

Eines Tages ging Signor Fidardo in die Stadt, ohne zu sagen, was er vorhatte. Er verschwand gleich nach dem Frühstück und kam den ganzen Tag nicht wieder zurück. Ana und ich saßen gerade beim Abendessen, als er an ihre Wohnungstür klopfte. Ana bat ihn herein und stellte einen Teller Suppe vor ihn hin.

Es war deutlich, dass Signor Fidardo etwas zu erzählen hatte, aber er wartete doch, bis Ana nach dem Essen Kaffee gekocht hatte. Dann steckte er sich eine Zigarette an und sagte:

„Ich war heute Nacht wach und habe nachgedacht. Über diesen geheimnisvollen Mann in Cochin. Alfredo Simão. Und da kam mir eine Idee."

Er zupfte sich einige Tabakflocken von der Oberlippe und fügte hinzu:

„Ein Portugiese, der ins Ausland reist, braucht einen Pass. Der Pass wird hier in Lissabon im Passamt ausgestellt. Ich kenne jemanden, der dort arbeitet. Er ist sogar der Abteilungsleiter. In seiner Freizeit spielt er Laute. Und ich habe sein Instrument gebaut."

Signor Fidardo trank einen Schluck Kaffee.

„Heute habe ich meinen Bekannten, den Abteilungsleiter, besucht. Ich habe ihn gebeten festzustellen, ob für einen gewissen Alfredo Simão ein Pass ausgestellt worden ist. Es war offenbar nicht so leicht, das herauszufinden, denn es hat einen halben Tag gedauert, bis er antworten konnte."

Signor Fidardo trank noch einen Schluck Kaffee. Dann sah er mich an und sagte:

„Die Antwort war Nein. Kein Alfredo Simão hat einen Pass bekommen."

Wir schwiegen einen Moment, schließlich sagte Ana:

„Was bedeutet das?"

„Das bedeutet", antwortete Signor Fidardo, „dass der Mann in Cochin, der sich Alfredo Simão genannt hat, ein Betrüger ist. Offenbar ist er mit einem falschen Pass nach Indien gereist. Die wahrscheinlichste Erklärung ist, dass er eigentlich anders heißt."

„Alphonse Morro", sagte Ana. „Aber das wussten wir doch schon."

Signor Fidardo verzog verärgert das Gesicht.

„Nein, das wussten wir nicht. Wir haben es vermutet. Und jetzt wirkt es wahrscheinlicher, dass unsere Vermutung richtig war. Wir wissen aber noch immer nicht, ob Morro wirklich nach Lissabon zurückkehren wollte, als er Cochin verlassen hat. Wir können nur hoffen. Und dürfen nicht vergessen, dass das Risiko einer Enttäuschung groß ist."

Beim letzten Satz sah er mich an.

Als Ana an diesem Abend eingeschlafen war, stand ich ganz leise von der Bank auf und schlich zum Fenster im Treppenhaus. Nachdem ich Signor Fidardos spannende Mitteilung gehört hatte, konnte ich nicht schlafen. Jetzt kam Alphonse Morro mir näher vor denn je. Ich saß bis zur Dämmerung dort und schaute hinaus auf die Straße.

In der nächsten Nacht saß ich wieder dort. Und in der übernächsten. Eine Woche verging und dann noch eine. Jede Nacht hielt ich Wache und jeden Moment rechnete ich damit, plötzlich Alphonse Morro in der Dunkelheit stehen und an unserem Haus nach oben blicken zu sehen.

Und eines Nachts geschah es dann.

Das, worauf ich gewartet hatte.

KAPITEL 64

Eine bekannte Handschrift

Der Mann kam durch die Rua de São Tomé. Er ging mit langsamen Schritten und drückte sich an die Wände. Ungefähr zwanzig Meter von unserem Haus entfernt blieb er unter einer Straßenlaterne stehen. Mir lief ein Schauder über den Rücken und ich kniff die Augen zusammen, um deutlicher sehen zu können.

Der Mann war mager und bohrte die Hände in die Taschen seines kurzen dunklen Mantels. Das Gesicht war im Schatten seiner Hutkrempe versteckt, aber ich ahnte einen schmalen Schnurrbart.

Genau so einen Schnurrbart, wie Alphonse Morro gehabt hatte.

Und seine Schultern hingen wie die von Morro nach unten.

Ich hielt den Atem an und rührte mich nicht. Der Mann unter der Straßenlaterne stand ebenfalls ganz still. Sein Blick haftete jetzt einwandfrei an unserem Haus.

Wie lange das ging? Das weiß ich nicht. Es kam mir vor wie eine Sekunde und zugleich wie eine Ewigkeit. Die Straße war menschenleer, bis die Straßenbahn vom Largo das Portas do Sol hochgerasselt kam. Rasch zog sich der Mann in eine Seitengasse zurück. Ich glaubte schon, er habe aufgegeben. Aber als die Scheinwerfer der Straßenbahn an ihm vorübergestreift waren, trat der Mann wieder aus der Gasse.

Abermals schaute er zu unserem Haus herüber. Ich hatte deutlich das Gefühl, dass er Mut sammelte, um die Straße zu überqueren und an unsere Tür zu klopfen.

Was sollte ich tun? Mein erster Gedanke war, dass ich Ana oder Signor Fidardo wecken müsste. Aber dann müsste ich ja das Fenster verlassen. Und was, wenn der Mann an der Straßenecke inzwischen verschwand?

Während ich noch versuchte einen Entschluss zu fassen, setzte sich der Mann plötzlich in Bewegung. Er klappte den Mantelkragen hoch und ging an unserem Haus vorbei in Richtung Norden.

Ohne nachzudenken, rannte ich die Treppen hinunter. Meine Hände zitterten und ich hätte die Haustür fast nicht aufschließen können. Als sich die Tür endlich öffnete, wollte ich eigentlich hinter dem Mann herstürzen. Aber dann riss ich mich zusammen, machte im Eingang kehrt und zog einen von Signor Fidardos schmutzigen Arbeitskitteln und eine große blaue Schirmmütze an, die er zwischendurch aufsetzte, um keinen Schleifstaub in die Haare zu bekommen.

Der Mann war schon weit weg. Ich entdeckte ihn an die fünfzig Meter weiter unten an der steilen Calçada de Santo André. Statt ihn einzuholen, wurde ich langsamer und versuchte meine Gedanken zu sammeln.

Sollte ich versuchen den Mann zur Rede zu stellen? Einfach zu ihm gehen und mich zeigen? Morro würde mich doch bestimmt wiedererkennen.

Ich konnte mich nicht entscheiden. Stattdessen folgte ich dem Mann, der in Gedanken versunken war. Er ging leicht vornübergebeugt, mit den Händen in den Taschen und den Blick zu Boden gerichtet. Er hatte es nicht eilig und schaute sich nie um.

Nach einer Weile erreichten wir den Figueiraplatz. Der Mann ging über den Platz und dann weiter nach Westen, über den menschenleeren Rossioplatz und den Hang zum Bairro Alto hoch. Am Ende bog er in eine enge, dunkle Gasse ab und hielt auf einen Park zu, dessen Namen ich nicht kannte. Ich war ein Stück zurückgefallen, und als ich um die Ecke bog, war der Mann verschwunden.

Ich blieb unschlüssig stehen. Hatte er mich entdeckt? Was, wenn Morro sich hier in einem dunklen Torweg versteckte und darauf wartete, dass ich vorüberging? Was, wenn er noch die Pistole hatte, mit der er den Chief bedroht hatte …

Meine hektischen Gedanken kamen zum Stillstand, als im Haus gegenüber ein Fenster im dritten Stock geöffnet wurde. Ich lief rasch zum Tor unter dem Fenster. Das war abgeschlossen. Neben der Tür sah ich hinter vergilbtem Glas vier Zettel mit Namen, einen für jeden Stock. Der Name auf dem obersten Zettel war in einer zierlichen Handschrift geschrieben:

Pêro Botelho.

Der Name sagte mir nichts. Die Handschrift dagegen kam mir bekannt vor. Ich war fast sicher, dass ich sie schon einmal gesehen hatte.

Vielleicht auf den Briefen mit dem Geld, die Morro geschickt hatte?

Ich schaute am Haus hoch. Gleich neben dem Fenster, hinter dem Licht brannte, lief eine Regenrinne entlang. Die Straße war menschenleer. Es war mitten in der Nacht. Wenn ich vorsichtig wäre, würde ich sicher nicht entdeckt werden.

Ich brauchte nur wenige Sekunden, um zum dritten Stock hochzuklettern. In dem erleuchteten Fenster waren die Vorhänge halb geschlossen. Dazwischen sah ich ein sehr kleines Zimmer mit überfüllten Bücherregalen und einigen an die Wand gehefteten Zeichnungen. In der einen Ecke stand ein Schreibtisch, in der anderen ein schmales und ordentlich gemachtes Bett. Neben dem Bett gab es eine abgenutzte Kommode mit einem Grammofon. Neben dem Grammofon stand der Mann, den ich verfolgt hatte. Er hatte soeben eine Schallplatte aufgelegt und zu meinem Erstaunen hörte ich jetzt Anas Stimme ganz leise singen.

Der Mann drehte sich um und ging zum Schreibtisch. Dort sah ich ein Gestell für Schreibfedern, ein Tintenfass und eine Schreibmaschine. Neben der Schreibmaschine lagen ein Stapel Briefpapier und Umschläge.

Briefpapier und Umschläge waren gleichermaßen cremefarben.

Plötzlich wusste ich, wo ich die Handschrift von dem Namenszettel unten an der Tür schon gesehen hatte.

Nicht auf den Briefen von Morro,

… sondern auf denen von Anas heimlichem Verehrer.

Ehe der Mann sich an den Schreibtisch setzte, erblickte ich für einen Moment sein Gesicht. Das war schmal und blass und hatte einen dünnen schwarzen Schnurrbart.

Ansonsten aber hatte er kaum Ähnlichkeit mit Alphonse Morro.

Leise und vorsichtig ließ ich mich wieder nach unten gleiten. Danach ging ich mit langsamen Schritten nach Hause. Die Enttäuschung machte meine Beine bleischwer.

KAPITEL 65
Der Anruf

Ich spielte mit dem Gedanken, Ana den Namen ihres heimlichen Verehrers auf einen Zettel zu schreiben, aber ich entschied mich dagegen. Der Mann, der Pêro Botelho hieß, wollte sich ja offenbar nicht zu erkennen geben, und das war sein gutes Recht. Außerdem schien Ana es spannend zu finden, über ihren unbekannten Verehrer fantasieren zu können.

Deshalb erfuhren Ana und Signor Fidardo niemals, was ich in dieser Nacht erlebt hatte. Aber sie merkten mir an, dass etwas passiert war. Plötzlich war ich nicht mehr so sicher, dass Morro zurückkehren würde. Es war jetzt fast drei Monate her, dass er Cochin verlassen hatte. Er war vielleicht auf der Reise seiner Krankheit erlegen. Oder er war aus Cochin geflohen, um sich anderswo zu verstecken. Irgendwo, wo ich ihn niemals wiederfinden könnte …

Ich versuchte mir einzureden, dass Morro auf der Reise nur aufgehalten worden war. Es gab viele mögliche Gründe. Vielleicht war es in Piräus oder Neapel schwer gewesen, ein Schiff nach Lissabon zu finden. Vielleicht hatte er seine Reise unterbrochen, um sich irgendwo auszuruhen.

Aber mit jedem Tag, der verging, fiel es mir schwerer, nicht zu verzweifeln.

Es war, wie wenn der Dampfkessel auf einem Schiff ein Leck hat. Der Dampf quillt heraus und in der Maschine gibt es keine Kraft mehr. Ich brachte es nicht mehr über mich, nachts am Fenster Wache zu halten. Ich lag auf Anas Bank, starrte zur Decke hoch und dachte an den Chief im Gefängnis und dass er wohl noch über zwanzig Jahre dort bleiben würde. Wenn ich doch nur zwei Wochen früher nach Cochin gekommen wäre! Dann wäre Morro nicht entkommen. Und der Chief wäre vielleicht schon frei. Ich war zwei Wochen zu spät gekommen. Zwei elende Wochen …

Morgens war ich immer so müde, dass ich kaum aufstehen konnte. In der Werkstatt gelang es mir nur mit Mühe, mich auf die Arbeit zu konzentrieren. Signor Fidardo wusste, was mit mir los war. Er gab mir neue Aufgaben. Bisher hatte ich vor allem die Mechanik in allerlei Ziehharmonikas repariert, aber jetzt zwang mich Signor Fidardo auch Saiteninstrumente zu bauen. Dazu musste ich mehr über die Arbeit mit dem Holz lernen. Signor Fidardo ließ mich sein teures Spezialwerkzeug benutzen und erklärte mir geduldig alle Handgriffe.

Mein erster Auftrag bestand nun darin, bei einem Cello den Hals auszutauschen. Das war schwer und zudem eilig. Aber Signor Fidardo ließ mich alles allein machen. Ich musste eine Woche lang ununterbrochen von morgens früh bis abends spät daran arbeiten. Kaum war das Cello fertig, musste ich eine Laute mit gesprungenem Rücken reparieren. Danach war wieder ein Akkordeon an der Reihe. Abends war ich zu müde, um wach zu liegen und zu grübeln. Ich schlief meistens direkt nach dem Abendessen ein.

Ich wusste, dass Signor Fidardo genau das beabsichtigt hatte.

Signor Fidardo trieb mich so hart an, dass für ihn kaum noch etwas zu tun war. Fabulous Forzinis Pianoakkordeon war schon längst fertig. Der Weltstar hatte es selbst abgeholt, während ich in Indien gewesen war. Es war schade, dass ich das fertige Instrument nie gesehen hatte. Es war bestimmt ein wahres Meisterwerk.

Signor Fidardo war gut bezahlt worden, aber mit dem Geld hatte er vor allem alte Schulden abgetragen. Dennoch war wohl etwas übrig geblieben, denn er hatte sich ein Telefon gekauft. Es war ein modernes Tischtelefon mit Sprechmuschel und Hörmuschel an einem Stück. Signor Fidardo war sehr stolz auf seinen neuen Apparat.

Das Telefon hatte in der Werkstatt einen Ehrenplatz. Neben den Telefontisch hatte Signor Fidardo seinen allerschönsten, selbst gezimmerten Sessel gestellt, damit er beim Telefonieren bequem saß.

Das Einzige, was noch fehlte, war jemand, mit dem er telefonieren könnte. Signor Fidardos Freunde und Kunden riefen nur selten an. Sie kamen lieber in die Werkstatt und plauderten bei einer Tasse Kaffee oder einem Schnaps.

Eines Mittwochvormittags aber klingelte dann Signor Fidardos Telefon. Er lief hin und nahm mit erwartungsvoller Miene den Hörer von der Gabel. Nachdem er einen Moment zugehört hatte, zog er seine Mundwinkel nach unten.

„Es tut mir leid, gnädige Frau“, sagte er. „Sie sind offenbar falsch verbunden. Das kommt ja leider bisweilen vor. Sicher hatte die Dame von der Vermittlung ein schlechtes Zahlengedächtnis und … Ach so … aha … doch, das stimmt, ich wohne in der Rua de São Tomé Nummer 28 … sicher, das können Sie … dann willkommen. Auf Wiedersehen.“

Als Signor Fidardo aufgelegt hatte, sah er mich an. Jetzt machte er ein verdutztes Gesicht.

„Das war eine Ärztin“, sagte er. „Sie wusste offenbar nicht, wen sie da angerufen hatte. Aber sie wollte trotzdem heute Nachmittag herkommen. Ich habe keine Ahnung, worum es geht. Seltsam …“

Signor Fidardo war für den Rest des Morgens zerstreut. Ich wusste, dass der Besuch der Ärztin ihn beunruhigte. Eine Ärztin bringt ja selten gute Nachrichten.

Gegen halb sechs wurde an die Eingangstür geklopft. Signor Fidardo öffnete erst, als ich mich im Hinterzimmer versteckt hatte. Das machten wir jetzt sicherheitshalber immer so.

Durch das Schlüsselloch sah ich, wie Signor Fidardo seinen Gast eintreten ließ. Die Frau war groß und mager und hatte ihre grauen Haare unter ihrem Hut zu einem Knoten hochgesteckt. Sie sah unsicher aus und blieb in der Tür stehen, ehe sie eintrat.

„Ich heiße Rosa Domingues", sagte sie und schüttelte Signor Fidardos ausgestreckte Hand. „Doktor Rosa Domingues. Ja, ich habe Sie heute Morgen schon angerufen. Entschuldigen Sie bitte die Störung. Aber es geht um einen meiner Patienten. Haben Sie einen Moment Zeit?"

„Natürlich", sagte Signor Fidardo und wies auf den großen Tisch mitten in der Werkstatt. Als sie sich gesetzt hatten, erklärte die Ärztin, warum sie gekommen war.

Dr. Rosa Domingues berichtete, dass sie in der Infektionsabteilung des São-José-Krankenhauses arbeitete. Am Vortag war ein schwer kranker Mann in ihre Abteilung gebracht worden. Der Mann lag auf der Rückbank eines Taxis. Der Taxifahrer hatte ihn bewusstlos bei den Cais do Sodré auf der Straße gefunden.

„Ich konnte ziemlich schnell eine Diagnose stellen“, sagte die Ärztin dann. „Ich habe in Angola gearbeitet und kenne die Symptome von Malaria. Leider ist die Krankheit in diesem Fall sehr weit fortgeschritten. Ich glaube eigentlich nicht, dass er überleben wird.“

Malaria!

Mich durchfuhr ein Stoß, als ich dieses Wort hörte. Ich faltete die Hände und hielt den Atem an.

„Da der Mann Malaria hat“, sagte nun Dr. Domingues, „muss er vor Kurzem in den Tropen gewesen sein. Vielleicht war er gerade erst mit einem Schiff von dort zurückgekehrt, schließlich hat ihn der Taxifahrer im Hafen gefunden. Aber das ist nur eine Vermutung. Der Mann hat kaum ein Wort gesagt, seit er wieder zu Bewusstsein gelangt ist. Er hat keinerlei Papiere und weigert sich seinen Namen zu nennen. Er ist ein Rätsel.“

„Bitte, erzählen Sie weiter“, bat Signor Fidardo mit gespannter Stimme.

„Der Mann hatte Schüttelfrost und fast vierzig Grad Fieber, als er bei uns ankam“, sagte Dr. Domingues. „Heute Morgen haben wir seine Temperatur senken können. Da bat er um Papier und einen Stift. Und das hier hat er geschrieben.“

Die Ärztin zog einen Zettel aus ihrer Handtasche und reichte ihn Signor Fidardo. Der starrte den Zettel an.

„28 Rua de São Tomé“, sagte er. „Ihr Patient hat diese Adresse hier aufgeschrieben …“

Mein Herz schlug immer heftiger.

Schiff aus den Tropen ... die Adresse ...

Ich wusste, dass Signor Fidardo genau dasselbe denken musste. Er fuhr sich über das Kinn und starrte dann immer weiter den Zettel an.

„Sagen Sie“, sagte er. „Kann dieser Mann sich seine Krankheit in Indien geholt haben?“

„Ja, natürlich“, antwortete Dr. Domingues. „Warum fragen Sie?“

Jetzt konnte ich es in meinem Versteck nicht mehr aushalten. Ich riss die Tür auf und lief in die Werkstatt. Dr. Domingues hob die Augenbrauen.

„Das ist Sally Jones“, sagte Signor Fidardo. „Und wenn ich mich nicht irre, möchte Ihr namenloser Patient Sally Jones treffen.“

KAPITEL 66

Der Patient

Wir fuhren mit der Straßenbahn zum Martim-Moniz-Platz. Die Fahrt kann nicht mehr als eine Viertelstunde gedauert haben, aber mir kam sie sehr viel länger vor. Vor dem Fenster flimmerten in den engen Straßen der Mouraria Menschen, Autos und Schaufenster vorüber. Es fiel mir schwer, meine Gedanken zusammenzuhalten, und die Spannung prickelte unter meinem Fell.

Signor Fidardo und Dr. Rosa Domingues saßen neben mir und unterhielten sich leise.

„Haben Sie sich schon an die Polizei gewandt?“, fragte Signor Fidardo.

„Ja, natürlich“, sagte Dr. Domingues. „Sie haben nachgesehen, ob eine Vermisstenmeldung vorliegt, die auf meinen Patienten zutreffen könnte, aber das war nicht der Fall. Mehr unternimmt die Polizei unter solchen Umständen nicht.“

Die Sonne stand hoch über den Hausdächern. Die über den Martim-Moniz-Platz eilenden Menschen warfen lange Schatten über die abgenutzten Pflastersteine. Wir gingen eine steile Seitenstraße hoch und erreichten dann einen Durchgang in einer hohen Mauer. Hinter diesem Durchgang lag das Krankenhausgelände, mit düsteren vierstöckigen Steinhäusern. Dr. Domingues führte uns zu einem Tor mit einem Schild „Infektionsabteilung. Personaleingang“.

Kaum waren wir eingetreten, musste ich eine Art Überzug über meine Füße streifen und einen weißen Kittel und einen Mundschutz anlegen.

„Wir müssen an die Hygiene denken“, sagte Dr. Domingues, wie um sich zu entschuldigen. „Eigentlich ist es verboten, Tiere mit ins Krankenhaus zu bringen.“

Wir gingen durch lange leere Korridore mit kahlen Wänden und abgenutzten Fußböden. Der Geruch von Putzmitteln und Desinfektionsalkohol konnte den süßlichen, fauligen Krankheitsgeruch nicht überlagern. Durch offene Türen sah ich große Krankensäle mit Betten in zwei Reihen. Die Luft war erfüllt von unruhigen Seufzern und Jammerlauten.

Am Ende blieben wir vor einer verschlossenen Tür stehen. Dr. Domingues warf uns einen mahnenden Blick zu, dann öffnete sie diese Tür und betrat vor uns das Krankenzimmer.

Wenn ich die Augen schließe, sehe ich diesen Raum so deutlich vor mir, als ob ich auf der Türschwelle stünde und hineinschaute. Es war ein sehr kleines Zimmer. An den Wänden blätterte der Verputz ab und einige Bodenfliesen waren gesprungen. Unter dem Bett gab es verblasste Flecken, die nicht weggewischt werden konnten. Ein Fenster mit rostigen Beschlägen stand auf Kipp. Trotzdem war die Luft stickig. Abgesehen von einem weiß lackierten Eisenbett gab es nur einen schlichten Schrank, ein Medizinkästchen und einen Krankenhauswagen auf Rädern. Unter der Glaskuppel der Deckenlampe surrten einige Fliegen.

Der Mann in dem schmalen Bett lag bewegungslos und mit geschlossenen Augen da. Dr. Domingues trat neben das Bett und berührte vorsichtig seinen Arm. Langsam, offenbar mit großer Mühe, öffnete der Mann die Augen. Zuerst starrte er die Decke an, dann drehte er sich zu der Ärztin um. Danach schaute er mich an.

Mein erster Gedanke war, dass er abgenommen hatte. Seine Wangen waren eingefallen und dadurch sahen seine Augen größer aus als in meiner Erinnerung. Den schmalen Schnurrbart hatte er sich abrasiert.

Ansonsten hatte sich Alphonse Morro nicht verändert.

Ich nahm die Mundbinde ab und wir sahen einander an.

„Sally Jones …“, sagte er mit kaum hörbarer Stimme. „So heißt du doch, oder?“

~

Vor den hohen Krankenhausfenstern hatte die Dämmerung Lissabon in blauen Dunst gehüllt. Gelbliche Deckenlampen verbreiteten in dem dunklen Gang ein trübes Licht, als Signor Fidardo und ich warteten, während Dr. Domingues bei Alphonse Morro Fieber maß und ihm seine Abendmedizin gab.

Als wir wieder ins Zimmer durften, lehnte Morro am Kopfende und hatte ein Kissen im Nacken. Dr. Domingues hatte Stühle für mich, Signor Fidardo und sich selbst geholt.

„Danke, Frau Doktor“, sagte Alphonse Morro, als wir uns gesetzt hatten.

Dann schaute er Signor Fidardo an.

„Wer sind Sie?“

Er hörte sich misstrauisch an.

„Mein Name ist Fidardo“, antwortete Signor Fidardo sofort. „Ich bin Instrumentenbauer. Sally Jones arbeitet seit einigen Jahren in meiner Werkstatt. Sie hatte ja kein Zuhause mehr, als der Seemann Koskela ins Gefängnis musste.“

Alphonse Morro nickte und schloss die Augen, als könnte er sie plötzlich nicht mehr offen halten.

„Ich verstehe“, sagte er mit leiser Stimme.

„Verstehen Sie auch, dass Sie einem Unschuldigen drei Jahre seines Lebens gestohlen haben?“, fragte Signor Fidardo.

Alphonse Morro sank ein wenig in sich zusammen. Sein Gesicht nahm einen gequälten Ausdruck an. Dr. Domingues sah Signor Fidardo an und sagte leise:

„Er darf sich nicht aufregen."

Morro hob die Hand von der Bettdecke.

„Danke, Frau Doktor", sagte er. „Machen Sie sich meinetwegen keine Sorgen. Das habe ich nicht verdient. Sie müssen wissen, mein Name ist Alphonse Morro. Ich bin seit drei Jahren auf der Flucht. Ich habe Lissabon verlassen, um mein Leben zu retten. Damit niemand nach mir suchte, habe ich alle glauben lassen, ich wäre tot. Damals erschien mir das eine gute Idee. Später habe ich erfahren, dass ein Mann wegen des Mordes an mir im Gefängnis gelandet war. Das war nun wirklich nicht meine Absicht gewesen. Das müssen Sie mir glauben. Ich hatte furchtbare Gewissensqualen. Aber ich habe mich nicht zurückgetraut. Bis jetzt, meine ich."

Wir schwiegen eine Weile. Dann sah Morro mich an und fragte:

„Hast du mein Medaillon gefunden?"

Ich nickte.

„Das habe ich geahnt", sagte Morro. „Aber wie konntest du wissen, dass ich am Leben war? Und der Zettel mit dem Gedicht … wie ist der nach Cochin geraten?"

Ich blickte zu Signor Fidardo. Der räusperte sich und erzählte Alphonse Morro dann, wie ich das Grab der Elisa Gomes gefunden hatte und wie die Briefe mit dem Geld uns zu der Überzeugung gebracht hatten, dass Morro noch am Leben war. Er erzählte weiter von Anas Idee, in ganz Südostasien Zettel mit dem Vers zu verteilen, und am Ende berichtete er noch von meiner Reise nach Indien.

Morro hörte aufmerksam zu und ließ seine fieberglänzenden Blicke zwischen mir und Signor Fidardo hin und her wandern. Als Signor Fidardo fertig war, beruhigte sich Morros Miene endlich.

„Danke", sagte er. „Ich bin froh darüber, dass es so enden kann …"

Morro fing plötzlich an zu husten, bellend und trocken. Sein Körper spannte sich und er schien um Atem zu ringen. Als er wieder das Wort ergriff, war seine Stimme heiser und müde.

„Doktor Domingues", sagte er. „Bitte, rufen Sie morgen früh alle großen Zeitungen an. Bitten Sie alle, einen Reporter herzuschicken."

Dr. Domingues schien zuerst widersprechen zu wollen, doch dann nickte sie ernsthaft.

Morro wandte sich an mich.

„Mir wird zuerst niemand glauben. Aber ich kann beweisen, wer ich bin. Und sowie meine Identität festgestellt ist, wird Henry Koskela freigelassen werden. Alles andere ist unvorstellbar."

Morro atmete einige Male kurz und röchelnd. Dann fügte er hinzu:

„Ich verstehe, dass ihr noch viele Fragen habt, und ich verspreche euch, sie alle zu beantworten. Aber noch nicht sofort. Das wäre zu gefährlich für euch. Was ich zu berichten habe, wird großes Aufsehen erregen …“

Er hustete wieder. Dr. Domingues erhob sich und legte Morro eine Hand auf die Stirn.

„Senhor Morro“, sagte sie. „Sie sind glühend heiß. Sie müssen sich jetzt ausruhen.“

Morro schob mit schwacher Hand die der Ärztin von seiner Stirn und hielt sie fest, während ein weiterer Hustenanfall seinen mageren Körper schüttelte. Es war deutlich zu hören, dass seine Kräfte fast aufgebraucht waren.

Ich steckte die Hand in die Tasche und zog das Medaillon hervor, das ich nun schon so lange mit mir herumtrug. Ich ging zum Bett und legte es in Morros Hand. Er sah zuerst das Schmuckstück an und dann mich. Sein Blick war so gequält wie bei unserer ersten Begegnung im O Pelicano vor drei Jahren. Aber er roch nicht mehr nach Angst. Nur noch nach Krankheit.

Als wir das Zimmer verließen, war Alphonse Morro eingeschlafen. Das Medaillon drückte er auf sein Herz.

KAPITEL 67
Unruhe

Ich hätte überglücklich sein müssen.

Alles, was ich erhofft und wofür ich gekämpft hatte, schien jetzt eingetroffen zu sein. Morro war am Leben. Er war wieder in Lissabon. Und der Chief würde bald frei sein.

Und dennoch war ich eher traurig als froh, als Signor Fidardo und ich das Krankenhaus verließen und durch den warmen Abend zur Straßenbahnhaltestelle gingen. Traurig und zugleich unruhig, ohne richtig zu verstehen, warum. Signor Fidardo schielte einige Male nachdenklich zu mir herüber. Er schien etwas sagen zu wollen, tat es dann aber doch nicht.

Als wir unser Haus erreicht hatten, ging er mit mir hoch in Anas Wohnung. Sie war soeben aus der Fabrik gekommen und kochte Reis, als wir über die Schwelle traten.

„Hast du Wein im Haus?", fragte Signor Fidardo.

Ana sah ihn fragend an.

„Ich finde, du solltest eine Flasche aufmachen", sagte er und lächelte. „Wir müssen feiern! Alphonse Morro ist am Leben. Er ist in Lissabon. Wir waren eben bei ihm."

Ana ließ den Kochtopf los und schlug die Hände vor den Mund. Und so blieb sie stehen, während Signor Fidardo von Dr. Rosa Domingues und unserem Besuch im São-José-Krankenhaus erzählte.

„Das ist doch … einfach fantastisch", sagte sie dann, während ihr Freudentränen in die Augen stiegen. „Wir haben es geschafft! Es ist uns gelungen!"

Sie umarmte mich und drückte mich fest und lange an sich. Inzwischen suchte sich Signor Fidardo selbst eine Flasche Wein und öffnete sie. Mir schenkte er ein Glas Apfelsaft ein. Erst als wir angestoßen hatten, merkte Ana, dass etwas nicht stimmte.

„Aber … du kommst mir gar nicht richtig glücklich vor", sagte sie und musterte mich überrascht.

Signor Fidardo legte mir die Hand auf die Schulter.

„Doch, sicher ist Sally Jones glücklich", sagte er. „Ich glaube nur, die Begegnung mit Morro hat sie etwas mitgenommen. Er war so krank. Ehrlich gesagt glaube ich nicht, dass er noch lange leben wird."

~

An diesem Abend waren wir lange auf. Ana und Signor Fidardo freuten sich so für mich. Signor Fidardo erzählte Ana immer wieder über unseren Besuch bei Morro und unser Gespräch mit ihm. Sie wollte jede Einzelheit wissen.

„Er hatte hohes Fieber", sagte Signor Fidardo. „Es ist nicht unmöglich, dass er ein wenig fantasiert hat. Er glaubte wohl, wir könnten in Gefahr sein, wenn er uns erzählte, warum er aus Lissabon geflohen ist und sich tot gestellt hat. Er hat etwas davon gesagt, dass seine Geschichte großes Aufsehen erregen wird."

„Wieso denn Aufsehen?", fragte Ana.

Signor Fidardo zuckte mit den Schultern.

„Keine Ahnung", sagte er. „Das hat er uns nicht verraten. Wie gesagt, ich glaube, das Fieber ist schuld daran, dass er sich alles Mögliche einbildet."

Ana sah mich fragend an.

Auch ich zuckte mit den Schultern, wenn auch etwas zögerlicher.

Ich hatte ja auch nicht begriffen, was Morro meinte. Aber ich war sicher, dass er nicht fantasiert hatte.

Und vielleicht war das der Grund, warum ich so unruhig war.

~

Als wir dann endlich schlafen gingen, war auch ich müde. Es war ein sehr langer Tag gewesen. Ich kroch unter die Decke auf der Bank, schloss die Augen und versuchte mir vorzustellen, wie sich das große schwarze Eisentor des Gefängnisses öffnete und der Chief hinaus in die Freiheit trat.

Aber stattdessen tauchte vor meinem inneren Auge ein ganz anderes Bild auf.

Ich sah Morro im Bett im São-José-Krankenhaus liegen. Und in Gedanken hörte ich seine Stimme. *Ich habe Lissabon verlassen, um mein Leben zu retten. Damit niemand nach mir suchte, habe ich alle glauben lassen, ich wäre tot.*

Was hatte Morro damit eigentlich sagen wollen? War sein Leben damals, vor drei Jahren, in Gefahr gewesen? Weshalb? Hatte jemand ihn bedroht? Und wenn ja, wer?

Das waren Fragen, auf die ich keine Antwort hatte. Noch nicht jedenfalls. Ich musste warten, bis Morro den Zeitungen alles erzählt hatte, was er wusste.

Und eigentlich war es mir auch egal, warum Morro aus Lissabon geflohen war. Das einzig Wichtige war, dass er wieder da war. Und dass der Chief bald frei sein würde.

Ich legte mich auf die Seite und versuchte an etwas Schönes zu denken, um einschlafen zu können. Morgen würde ein großer Tag sein!

Aber der Schlaf wollte nicht kommen. Stattdessen wanderten meine Gedanken immer weiter. Morros Worte im Krankenhaus wollten mir keine Ruhe lassen. Etwas sagte mir, dass sie wichtig waren, dass ich versuchen musste sie zu verstehen. Und dass es damit eilte.

Ich wälzte mich auf der Bank hin und her. Am Ende stand ich auf und trank ein Glas Wasser. Statt wieder unter die Decke zu kriechen, setzte ich mich auf die Kante der Bank.

Ich versuchte klar zu denken, aber ich wusste einfach nicht, an welchem Ende ich anfangen sollte. Meine Gedanken strebten in unterschiedliche Richtungen und ich konnte keine Ordnung hineinbringen. Mir fielen nur immer weitere Fragen ein.

Aber dann tauchte in meiner Erinnerung plötzlich ein neues Bild auf.

Ich erinnerte mich an Bischof de Sousa im Theater São Carlos. Ich erinnerte mich an den Moment, als unsere Blicke sich im Gewimmel trafen. Wir hatten einander erkannt. Zuerst sah ich Überraschung in seinen Augen. Dann einen Funken der Angst.

Ja, so war das gewesen. Ich hatte mich nicht geirrt. Der Weihbischof von Lissabon hatte Angst gehabt. Aber warum?

Die Antwort stellte sich sofort ein. Der Bischof hatte Angst gehabt, weil ich ihn erkannt hatte!

Und das war ja eigentlich kein Wunder. Er hatte versucht eine große Waffenladung nach Lissabon hineinzuschmuggeln. Was er mit den Waffen vorgehabt hatte, wusste ich nicht. Aber es war sicher etwas Verbotenes. Etwas, in das ein Bischof eigentlich nicht verwickelt sein durfte. Deshalb hatte er sich in

Agiere verkleidet und Papa Monforte genannt. Und deshalb bedeutete ich für ihn eine Bedrohung.

So hing das natürlich zusammen. Und um mich loszuwerden, hatte der Bischof zuerst Signor Fidardo überreden wollen, mich dem Zoo zu überlassen. Als ihm das nicht gelungen war, hatte er Kommissar Garretta geschickt, um mich mit Gewalt zu holen und dann umzubringen …

Jetzt sah ich schon viel klarer. Ich gab mir Mühe, diese Gedankenkette festzuhalten.

Alles schien sich um Geheimnisse zu drehen. Gefährliche Geheimnisse, für die der Bischof und Kommissar Garretta zu einem Mord bereit gewesen waren.

Plötzlich konnte ich sehen, wie Morro mit ins Bild passte. Er hatte doch den Chief und mich angeheuert, um die Kisten aus Agiere zu holen. Morro hatte sicher gewusst, dass wir Waffen nach Lissabon bringen sollten und keine Fliesen. Bestimmt war er deshalb im O Pelicano so nervös gewesen und hatte nach Angst gerochen.

Auch Morro kannte also das Geheimnis des Bischofs.

Und er musste begriffen haben, dass es gefährlich war, dieses Geheimnis zu kennen.

Ich habe Lissabon verlassen, um mein Leben zu retten …

Das hatte er heute Abend zu mir und Signor Fidardo gesagt. Und jetzt glaubte ich endlich zu verstehen, was er gemeint hatte.

Morro war aus Lissabon geflohen, um für Bischof de Sousa

und Kommissar Garretta nicht mehr erreichbar zu sein. Er hatte sich tot gestellt, damit sie ihn nicht suchten!

Eine kurze Sekunde lang war ich zufrieden, weil ich nun Ordnung in meine Gedanken gebracht hatte. Gleich darauf krampfte sich mein Magen vor Angst zusammen.

Jetzt war Alphonse Morro wieder in Lissabon.

Und er wollte sein Wissen den Zeitungen offenbaren.

Was würde passieren, wenn Bischof de Sousa oder Kommissar Garretta davon erführen?

Der Knoten in meinem Magen wurde fester. Ich wünschte mir so sehr, es wäre schon morgen, die Reporter hätten Morro bereits aufgesucht und die ganze Stadt wüsste nun, dass er noch am Leben war.

Dann würde ich mich beruhigen können.

Aber erst dann.

~

Die Gedanken wirbelten mir noch lange durch den Kopf. Am Ende bin ich wohl aus purer Erschöpfung eingeschlafen.

Es war plötzlich Viertel vor eins, als ich die Augen aufschlug.

Von der Tür her hörte ich ein lautes Klopfen. Deshalb war ich aufgewacht.

Ana kam im Nachthemd und mit einer Jacke über den Schultern aus ihrer Schlafnische.

„Aufmachen! Ich bin's!“, rief Signor Fidardo auf der anderen Seite der Tür.

Er trug einen Schlafanzug und eine Nachtmütze und sah eigentlich ziemlich komisch aus. Aber daran dachte ich in diesem Moment nicht.

„Morro ist verschwunden", sagte er atemlos.

Jetzt war ich hellwach.

Ana zündete eilig die Petroleumlampe auf dem Nachttisch an. Ich zog meinen Blaumann an und Signor Fidardo ließ sich auf einen Stuhl fallen.

„Dr. Domingues hat mich eben angerufen", sagte er. „Vor einer Dreiviertelstunde kam ein Polizist ins Krankenhaus. Er wollte Alphonse Morro festnehmen. Der Polizist behauptete, der Patient heiße gar nicht Morro, sondern ganz anders, und er sei ein geistesgestörter Verbrecher, der sofort in die Anstalt zurückgebracht werden müsse, aus der er ausgebrochen war."

Ana schlug entsetzt die Hände vor das Gesicht.

„Dieser Polizist hat seinen Namen nicht genannt", sagte nun Signor Fidardo. „Er hat nur gesagt, dass er Morro mitnehmen wolle. Dr. Domingues hat sich natürlich geweigert. Sie sagte, der Patient sei zu krank, um verlegt zu werden. Da fing der Polizist an sie zu bedrohen. Er zwang Dr. Domingues, sie zu Morros Zimmer zu führen. Als sie dort ankamen …"

Signor Fidardo holte tief und zitternd Atem.

„Als sie dort ankamen, war das Zimmer leer."

„Leer!", sagte Ana.

Signor Fidardo nickte.

„Ja", sagte er. „Leer. Morro lag nicht mehr in seinem Bett. Und seine Kleider waren aus dem Schrank verschwunden. Ohne um Erlaubnis zu bitten, fing der Polizist dann an, die Krankensäle zu durchsuchen. Dr. Domingues verlangte seinen Dienstausweis. Den zeigte er ihr nicht. Aber nach einer Weile gab er auf."

„Und Morro?"

Signor Fidardo zwirbelte nervös seine eine Schnurrbartspitze.

„Weg", sagte er. „Dr. Domingues hat die ganze Infektionsabteilung durchsucht. Er ist nicht mehr da. Und die Türen zwischen den Abteilungen werden nachts abgeschlossen. Morro muss das Krankenhaus verlassen haben. Vermutlich durch ein Fenster."

Wir schwiegen eine Weile. Ich konnte einfach keine Ordnung in meine Gedanken bringen. Von draußen waren gedämpft die Geräusche der Stadt zu hören. Eine Straßenbahn klingelte in der Ferne und ein Hund bellte. Ein Auto bremste und blieb mit laufendem Motor stehen.

„Aber ich verstehe das nicht", sagte Ana. „Wie konnte dieser Polizist wissen …"

„Ich habe Dr. Domingues danach gefragt", sagte Signor Fidardo. „Sie begriff das auch nicht. Der Einzige, der etwas über Morro erfahren und ihn besucht hat, ist der Krankenhausgeistliche von São José. Dr. Domingues wollte ihn darauf vorbereiten, Morro die letzte Ölung zu geben, wenn sich dessen Zustand verschlechterte. Sicher hat der Krankenhausgeistliche dann den Polizisten informiert …"

Von der Straße unten war noch immer das Geräusch des laufenden Automotors zu hören.

Und nun begriff ich plötzlich.

Ein Polizist. Der nach Morro suchte. Und der jetzt wusste, dass wir im Krankenhaus gewesen waren …

Wir waren in Gefahr!

Ich sprang auf, um die Tür zu schließen und zu verriegeln. Aber ich kam einige Sekunden zu spät.

„Ganz richtig“, hörten wir eine raue Stimme vom Wohnungseingang her. „Genauso war es.“

KAPITEL 68

Linie 4 nach Estrela

Ana und Signor Fidardo fuhren gleichzeitig herum. Das Gesicht des Mannes lag im Schatten, aber das Licht der Küchenlampe spiegelte sich in zwei schmalen Augen unter der Hutkrempe. Er hielt eine Hand in der Tasche seines langen Mantels. In der anderen hielt er einen Revolver.

Es war Kommissar Garretta.

„Wo ist er?", fragte Garretta sofort und machte zwei lautlose Schritte ins Zimmer.

Weder Ana noch Signor Fidardo antworteten. Wir starrten alle drei die blanke Waffe an, die auf uns gerichtet war.

„Na", sagte Garretta und spannte mit lautem Klicken den Hahn.

Signor Fidardo schluckte hörbar.

„Sie sind nicht im Dienst, Kommissar", sagte er mit überraschend ruhiger Stimme. „Wir sind durchaus nicht verpflichtet, Ihnen …"

„Mund halten", fiel Garretta ihm ins Wort. „Versuchen Sie ja nicht, sich hier aufzuspielen. Das bringt überhaupt nichts."

Ein sehr kurzes Lächeln huschte über das kantige Gesicht des Kommissars, als er hinzufügte:

„… jedenfalls nicht, solange Sie diese Mütze auf dem Kopf haben."

Zwei rote Flecken der Verlegenheit zeigten sich auf Signor Fidardos bleichen Wangen.

„Jetzt frage ich noch einmal", sagte Garretta. „Wo ist Morro? Wo haben Sie ihn versteckt?"

„Er ist nicht hier", sagte Ana.

Sie sprach sehr leise. Aber der Zorn in ihrer Stimme war trotzdem nicht zu überhören.

„Senhora Molina", sagte Garretta unerwartet freundlich. „Ich bin ein großer Bewunderer Ihrer Kunst. Deshalb ist es mir überaus unangenehm, in Ihr Zuhause eindringen zu müssen. Aber mir bleibt nichts anderes übrig. Alphonse Morro hat hier in der Stadt keine Freunde. Keine, außer Ihnen in diesem Haus.

Der Affe und der Herr Ziehharmonikareparateur haben ihn vor ein paar Stunden besucht. Und da ist es doch anzunehmen, dass er sich hier versteckt. Oder was?“

Er legte eine Pause ein, aber nicht lange genug, um Ana protestieren zu lassen. Dann fügte er hinzu:

„Sie beschützen einen Verbrecher. Ich muss ihn mitnehmen. So einfach ist das. Deshalb haben Sie die Wahl …“

Er richtete den Revolver auf mich.

Ana und Signor Fidardo schnappten nach Luft.

„Entweder verraten Sie mir, wo Sie Morro versteckt haben, oder ich erschieße den Affen. Das hätte ich übrigens schon längst tun sollen. Jetzt zähle ich bis drei. Dann knallt es. Und Sie sollten sich lieber die Ohren zuhalten, Senhora Molina. Ich möchte Ihr feines musikalisches Gehör doch nicht beschädigen.“

„Aber um Himmels willen, Mann!“, rief Signor Fidardo. „Haben Sie den Verstand verloren? Morro ist nicht hier. Wir haben keine Ahnung, wo er steckt.“

„Eins …“, sagte Garretta.

Ana wollte aufspringen, aber Garretta verschob den Tisch, sodass Ana zwischen Tischkante und Speisekammertür feststeckte.

„Zwei …“

Es wurde ganz still. Ana und Signor Fidardo sahen einander mit weit aufgerissenen Augen an.

„Drei“, sagte Kommissar Garretta und fast im selben Augenblick schrie Signor Fidardo:

„In meiner Werkstatt! In meiner Werkstatt!"

Noch immer den Revolver auf mich gerichtet, musterte Kommissar Garretta Signor Fidardo forschend. Dann ließ er die Waffe sinken.

„Du bist ein mieser Lügner, Opa", sagte er. „Morro ist überhaupt nicht hier."

Garretta ließ den Revolver in seiner Manteltasche verschwinden.

„Dann gibt es nur noch einen Ort, wo ich suchen kann", sagte er und ging zur Tür. „Aber glaubt bloß nicht, dass ich mit euch fertig bin. Jetzt habe ich Wichtigeres zu erledigen, aber danach seid ihr dran. Schönen Abend noch."

~

Ich hatte nie gedacht, dass Garretta schießen würde. Deshalb hatte ich auch keine Angst gehabt. Das ist schon seltsam, aber so war es jedenfalls.

Kaum hatte er die Tür hinter sich zugeknallt, da wusste ich, was ich zu tun hatte. Ich sprang von der Bank auf, öffnete das Fenster und kletterte aufs Dach. Weder Ana noch Signor Fidardo konnten mich aufhalten. Ich stieg gerade noch rechtzeitig über den Dachfirst, um Kommissar Garrettas Autoscheinwerfer die Häuser in der Rua de São Tomé anleuchten zu sehen.

Als ich unten auf der Straße anlangte, war das Auto verschwunden. Ich rannte in die Richtung, in die es gefahren war. Einzelne Nachtschwärmer sprangen zur Seite, als sie mich sahen. Meine Handknöchel schlugen hart auf das Pflaster. Ich hatte einen Druck auf der Brust und meine Augen tränten.

Beim Largo das Portas do Sol musste ich aufgeben. Das Auto war auf dem Platz nicht zu sehen und ich hatte keine Ahnung, in welche Richtung Garretta von hier aus gefahren war. Erschöpft ließ ich mich mit dem Rücken gegen einen Laternenpfahl sinken.

Ich brauchte einige Minuten, um mich zu sammeln. Ich musste Morro finden, ehe Garretta seiner habhaft wurde. Aber wo? Wo sollte ich suchen …?

Plötzlich hörte ich in Gedanken Garrettas Stimme:

Dann gibt es nur noch einen Ort, wo ich suchen kann.

Hatte er das nicht eben erst gesagt? *Nur noch einen Ort …*

Ich sprang sofort wieder auf.

Jetzt wusste ich, wohin er unterwegs war!

Das lag doch auf der Hand.

An der Haltestelle auf dem Platz stand ein Straßenbahnwagen. Der Fahrer döste bis zur Abfahrtszeit vor sich hin. Ich hatte Glück. Es war die Straßenbahn nach Estrela, Linie 4.

Die auch beim Friedhof von Prazeres hielt.

KAPITEL 69

Der Schuss

Fünf Ewigkeiten währende Minuten später fuhr die Straßenbahn los. Ich hatte mich an Bord geschlichen und unbemerkt vom Fahrer nach ganz hinten gesetzt. Nun fuhren wir durch die engen Gassen der Alfama abwärts. Die elektrischen Lampen im Wagen verbreiteten ein schwaches gelbes Licht, das unruhig blinkte, wenn der Wagen sich in den Kurven schief legte.

Ich war jetzt ganz sicher. Alphonse Morro hatte das Krankenhaus verlassen, weil er nach Prazeres wollte.

Er wollte ein letztes Mal Elisas Grab besuchen.

So musste es sein. Und das hatte sich auch Kommissar Garretta ausgerechnet. Und er würde vor mir dort sein …

Vielleicht aber auch nicht! Der Friedhof war ja wie ein riesiges Labyrinth und Garretta war bestimmt nicht so oft dort gewesen wie ich. Außerdem war es Nacht. Vielleicht würde er sich verirren. Ich dagegen wusste den Weg zu Elisas Grab auswendig.

Aber was, wenn ich doch zu spät käme?

Im tiefsten Herzen wusste ich, dass es auf diese Frage nur eine Antwort gab.

Garretta würde Morro umbringen. Damit der nicht die Wahrheit darüber verraten könnte, was vor drei Jahren geschehen war.

Meine Atemzüge wurden plötzlich kurz und hart. Es fiel mir schwer, Luft zu holen. Ich klemmte den Kopf zwischen meine Knie und versuchte mich zum tiefen, langsamen Durchatmen zu zwingen.

Ich werde es schaffen, dachte ich. Ich muss es schaffen.

Nach einer Weile konnte ich mich wieder aufrichten. Durch das Fenster sah ich, dass Chiado schon hinter uns lag. Die Straßen wurden immer einsamer und dunkler, je weiter wir nach Westen kamen.

Endlich waren wir am Ziel. Sowie der Wagen an der Haltestelle angekommen war, drückte ich die Türen auf und lief zum Friedhofseingang hinüber. Die Straßenbahn fuhr weiter und verschwand hinter der nächsten Ecke. Die Oberleitungen summten noch eine Weile, dann wurde es still. Jetzt war nur noch das Rauschen des feuchten Nachtwindes in den hohen Zypressen auf dem Friedhof zu hören.

Nein, es gab noch ein anderes Geräusch. Ein kaum hörbares Ticken. Es war ein Geräusch, das ich erkannte.

Ich blieb stehen und sah mich um. Ein Stück weiter, ganz dicht vor der Friedhofsmauer, stand ein Auto. Ein schwarzer Ford T.

Garrettas Auto!

Es schien leer zu sein.

Ich rannte hinüber. Das Ticken kam vom Motor, der jetzt abkühlte. Die Motorhaube war noch warm. Garretta hatte keinen großen Vorsprung! Ich lief auf den Friedhof.

Das kleine Haus des Friedhofsaufsehers war dunkel und abgeschlossen. Ich blieb auf dem Kiesweg stehen und überlegte kurz, ob ich João wecken sollte. Aber das würde Zeit erfordern. Und Zeit hatte ich nicht.

Ich wollte schleichen, damit nicht das Knirschen des Kieses unter meinen Füßen zu hören wäre. Doch meine Beine gehorchten mir nicht. Sie rannten. Schnell, schnell. Die endlosen Reihen von Familiengräbern und Mausoleen huschten an mir vorüber wie die Wände in einem Tunnel.

Alles hier sah jetzt in der Nacht anders aus. Plötzlich wusste ich nicht mehr, wo ich war. Musste ich bei der nächsten Kreuzung nach links oder nach rechts? Oder war ich schon falsch gelaufen und müsste umkehren?

Unschlüssig blieb ich stehen. Die Blätter der Zypressen bewegten sich. Der Wind brachte ein leises Rauschen der Stadt außerhalb des Friedhofs mit sich. Sonst war alles still.

Erst als der Mond durch den Dunst am Himmel schien, kannte ich mich wieder aus und hätte weiterlaufen können. Aber ich blieb trotzdem stehen.

Ich hörte ein Geräusch. Wie Schritte im Kies.

Ich hielt den Atem an und lauschte. Plötzlich war das Geräusch verschwunden. Oder hatte ich es mir nur eingebildet?

Ich hatte keine Zeit zum Überlegen. Ich musste weiter. Ich war nicht weit gekommen, als ich schon wieder langsamer werden musste. Der Mond hatte sich hinter die Wolken verzogen und die Schatten verschmolzen zu einer undurchdringlichen Finsternis. Mit vorsichtigen Schritten folgte ich dem Rand des Kieswegs. Ich versuchte das scheußliche Gefühl zu verdrängen, dass jemand ganz in der Nähe war. Mehrmals blieb ich stehen und lauschte nach Schritten. Aber nichts war zu hören.

Der Mond kam wieder zum Vorschein. Jetzt konnte ich einen Hügel mit drei hohen Zypressen erkennen, die sich vor dem unruhigen Nachthimmel abzeichneten. Dahinter lag der Bereich mit den kleineren Grabsteinen und den schlichteren Kreuzen. Und dort lag das Grab der Elisa Gomes. Ich lief schneller. Der Druck auf meiner Brust war wieder da. Ich atmete nur noch stoßweise.

Ich fand den Weg, der auf den Hügel führte, und rannte, so schnell ich konnte. Meine Handknöchel schlugen auf das Gras auf. Es waren nur noch wenige Dutzend Meter bis zur Spitze des Hügels. Dann wäre ich am Ziel.

Da knallte es.

Es war ein kurzes, scharfes Geräusch.

Ich duckte mich instinktiv und geriet aus dem Gleichgewicht. Mein eines Bein knickte ab und ich sank dicht vor einer Zypresse zu Boden.

Dann war es wieder still.

Unwirklich still.

Lange Sekunden gingen vorüber. Der Knall hatte wie ein Pistolenschuss geklungen. Es war schwer, Richtung und Entfernung zu schätzen. Aber ich hatte das Gefühl, dass der Knall von der anderen Seite des Hügels gekommen war.

Zitternd kam ich auf die Füße. Meine Beine wollten mich kaum tragen. Der Mond war wieder hinter den Wolken versteckt. Ich konnte nur die Umrisse der nächstliegenden Gräber ahnen. Alles war still.

Ich wollte einen vorsichtigen Schritt machen, als mich eine Bewegung im Dunkeln innehalten ließ. Jemand kam über den Weg auf mich zu.

Ohne zu atmen, blieb ich zwischen den untersten Zweigen der hohen Zypressen stehen.

Es war Garretta. Er ging mit raschen Schritten und hielt seinen Revolver in der Hand. Ich sah sein Gesicht nur für einen kurzen Moment, als er an mir vorüberlief. Wir waren kaum zwei Meter voneinander entfernt, aber er schaute zu Boden und sah mich nicht. Als ich mich vorsichtig nach ihm umdrehte, war er bereits von der Dunkelheit verschluckt.

In der Luft hing der Geruch von verbranntem Pulver.

Ich weiß nicht, wie lange ich unter der Zypresse stand. Es war, als ob es in mir einen Kurzschluss gegeben hätte. Ich konnte nicht mehr denken und mich auch nicht mehr bewegen.

~

An das, was danach geschah, habe ich nur noch vage Erinnerungen.

Der Mond muss dann wieder hinter den Wolken hervorgeschaut haben. Ich weiß noch, dass der Friedhof in einem kalten, blassen Licht dalag, als ich langsam auf der anderen Seite des Hügels den Weg zwischen den Gräbern hinabging.

Ich hielt Ausschau nach dem Grab der Elisa Gomes. Ich fand es. Aber ich fand auch noch etwas anderes. Auf dem Boden vor dem Grabstein lag ein unförmiges schwarzes Bündel. Einen Moment lang begriff ich nicht, was es war. Dann sah ich den zum Grabstein hin ausgestreckten Arm. Es war ein Mensch.

Alphonse Morro.

Ich wusste sofort, dass er es war. Und dass er tot war.

Vielleicht war das der Moment, in dem ich aufschrie. Ich kann mich nicht daran erinnern, aber João sagt, einige Zeit nach dem Schuss sei auf dem Friedhof ein langer Jammerschrei zu hören gewesen.

Ich weiß nur noch, dass ich mich neben Morro setzte und seine Hand nahm. Sie war sehr mager, aber noch warm.

So blieb ich sitzen.

Langsam ging die Nacht in graue Morgendämmerung über.

Alphonse Morros ausgestreckte Hand wurde in meiner langsam kalt.

KAPITEL 70

Spuren

João war von dem Revolverschuss geweckt worden. Zuerst glaubte er geträumt zu haben. Er lag wach und horchte hinaus in die Dunkelheit.

Dann vernahm er den Schrei. Der war das Unheimlichste und Traurigste, was er je gehört hatte, hat er mir später erzählt.

„Ich war ganz sicher, dass es der Schrei eines Wiedergängers war, der gerade aus seinem Grab aufstieg", erklärte er. „Ich habe sofort alle Fensterläden geschlossen und die Tür verriegelt. Danach bin ich wieder ins Bett gestiegen und habe mich unter der Decke verkrochen."

Dort blieb João liegen, bis die Uhr auf seinem Nachttisch halb sieben zeigte und die Sonne aufgegangen war. Dann zog er sich an und stärkte sich mit einer Tasse Kaffee, ehe er hinausging, um nachzusehen, was passiert war.

Es tat mir leid, dass João diese schreckliche Entdeckung machen musste. Er blieb lange stehen und starrte mich und den toten Morro an. Dabei sagte er immer wieder dasselbe: „Ach Grundgütiger ... Grundgütiger ... Grundgütiger im Himmel ..."

Am Ende zog er mich auf die Füße und führte mich zu seinem Häuschen. Von dort rief er Signor Fidardo an. João war so erschüttert, dass er kaum ein vernünftiges Wort herausbrachte. Erst nach einer ganzen Weile gelang es ihm zu erklären, was passiert war. Eine halbe Stunde später kam Signor Fidardo mit einem Taxi, um mich zu holen.

Kaum waren wir gefahren, rief João die Polizei an. Darum hatte Signor Fidardo ihn gebeten. João war noch immer außer sich. Es fiel ihm schwer, deutlich zu sprechen, und die Polizei glaubte, es mit einem Betrunkenen zu tun zu haben. Erst nach dem dritten Anruf versprachen sie eine Streife nach Prazeres zu schicken.

Zwei Stunden darauf war der Friedhof abgesperrt und die Kriminalpolizei hatte die Ermittlungen aufgenommen.

Inzwischen war ich auf Anas Bank eingeschlafen. Ich verschlief den ganzen Tag und die ganze darauffolgende Nacht. Am nächsten Morgen trank ich ein wenig Milch und schlief gleich wieder ein.

Ana blieb zu Hause, um auf mich aufzupassen. Ich schlief und schlief und wurde nur wach, wenn ich etwas trinken musste. Dann spürte ich noch immer Alphonse Morros kalte, magere Hand in meiner. Ich sah das glückliche Auffunkeln in seinen Augen, als ich ihm im Krankenhaus das Medaillon reichte. Ich hörte in Gedanken den scharfen Knall des Revolvers. Wieder und wieder, bis ich abermals einschlief.

Fünf Tage und fünf Nächte stand ich fast nicht von der Bank auf.

Ich wusste nichts davon, was in dieser Zeit passierte.

Das habe ich erst später erfahren.

~

Die Untersuchungen auf dem Friedhof wurden von einem Inspektor namens Fernão Umbelino geleitet. Und er selbst hat mir erzählt, wie er den Fall gelöst hat. Inspektor Umbelino ist ein ziemlich guter Erzähler und ich habe mir jedes Detail eingeprägt.

Er kam am Tag nach dem Mord gegen neun Uhr morgens zum Friedhof. Anfangs untersuchte er den Tatort. Der Inspektor ist ein sehr dicker Mann und deshalb bewegte er sich langsam. Aber seine Augen und sein Gehirn arbeiteten dafür umso schneller. Nach weniger als einer halben Stunde konnte er seine ersten Schlüsse ziehen.

Der Ermordete war von einem einzigen Schuss getötet worden. Dieser Schuss hatte ihn voll ins Herz getroffen. Spuren im Kies verrieten, dass der Mörder sich beim Schuss ungefähr fünf Meter vom Opfer entfernt hinter einem Grabstein versteckt hatte. Auf dem Boden lag keine Patronenhülse. Da es so dunkel gewesen war, musste der Mörder ein geübter Schütze sein. Und die Mordwaffe war vermutlich eher ein Revolver als eine Pistole, da Pistolen Patronenhülsen hinterlassen.

Bis hierhin war Umbelino sicher. Aber er wusste noch nicht, wer ermordet worden war. Der Tote hatte keinerlei Papiere und auch sonst nichts bei sich, was einen Hinweis auf seine Identität hätte geben können.

Im Kies um den Tatort waren die Fußabdrücke von vier Personen zu sehen. Drei davon waren leicht zu identifizieren: das Opfer, der Mörder und der Friedhofsaufseher João. Das vierte Paar Fußabdrücke war dagegen überaus verwirrend. Es stammte von jemandem, der offenbar barfuß gegangen war und sich mit den Fingerknöcheln auf den Boden aufgestützt hatte. Nachdem er die Spuren zurückverfolgt hatte, fand Umbelino schließlich deutliche Abdrücke im weichen Boden unter einer Zypresse. Nun ging ihm auf, dass die vierte Person überhaupt kein Mensch war. Aber solche Fußabdrücke hatte der Inspektor noch nie gesehen.

Umbelino ließ einen Zeichner kommen, der für die Polizei

Porträts von gesuchten Personen anfertigte. Der Mann kopierte die geheimnisvollen Fußabdrücke, dann wurde das Bild per Express an den Lissaboner Zoo geschickt. Eine Stunde darauf teilte der Zoo mit, die Spuren stammten aller Wahrscheinlichkeit nach von einem Affen, vermutlich von einem Gorilla.

Und nun ahnte Fernão Umbelino, dass es eine ungewöhnliche Mordermittlung werden würde.

~

Am selben Tag nach dem Mittagessen vernahm Inspektor Umbelino João. Sie saßen sich bei einer Tasse Kaffee im Haus des Friedhofsaufsehers gegenüber. João war schrecklich nervös. Er wollte nicht erzählen, dass ich am Tatort gewesen war. Er hatte Angst, ich könnte sonst unter Mordverdacht geraten. Das war sehr umsichtig von ihm.

Umbelino begann die Vernehmung mit der Frage, ob João wisse, wer der Tote war.

„Er heißt Alphonse Morro“, erwiderte João. „Und er ist ein Gespenst.“

Umbelino hob ein wenig die Augenbrauen.

„Ich meine … er war schon tot, als er gestorben ist“, erklärte João.

„Ach so“, sagte Umbelino ruhig. „Und wann ist dieser Alphonse Morro zum ersten Mal gestorben?“

„Vor drei Jahren. Er wurde ermordet.“

„Damals auch?“

João nickte mit ernster Miene.

„Ja, aber er ist nicht richtig gestorben ... er hat Briefe geschrieben. Von der anderen Seite. Und Geld geschickt. Für das Grab. Damit wir uns darum kümmern."

„Er hat Geld für sein eigenes Grab geschickt?"

„Nein, nein, für das Grab von Elisa. Das war seine Verlobte."

Umbelino machte einige Notizen und kratzte sich im Nacken. Dann sagte er:

„Na gut, darauf kommen wir später noch zurück ... Aber jetzt erzählen Sie mir von dem Gorilla."

João lief plötzlich rot an. Das macht er offenbar immer, wenn er zu lügen versucht.

„Von Sally Jones?", fragte er. „Von der weiß ich nichts. Wer ist das überhaupt?"

Inspektor Umbelino lächelte freundlich. Die Augen leuchteten blau in seinem breiten geröteten Gesicht.

„Der Gorilla heißt also Sally Jones", sagte er und machte sich immer weiter Notizen. „Und wieso war sie am Tatort?"

Der arme João wusste nicht, was er antworten sollte. Umbelino legte Block und Stift beiseite und sah ihn an.

„Ich finde, Sie erzählen das jetzt mal von Anfang an, João", sagte er. „Ich habe Zeit genug."

João wusste, dass er ein elender Lügner war. Und außerdem wirkte Inspektor Umbelino doch freundlich. Da konnte er auch gleich die Wahrheit sagen.

João holte tief Luft und erzählte dann die ganze Geschichte, von unserer ersten Begegnung am Grab der Elisa Gomes zwei Jahre zuvor bis zu dem Moment vor einigen Stunden, als Signor Fidardo mich mit einem Taxi geholt hatte.

Umbelino hatte in seinen zwanzig Jahren bei der Kriminalpolizei ja schon viele seltsame Geschichten gehört. Aber diese hier gehörte zu den allerseltsamsten.

KAPITEL 71

Inspektor Umbelino und die Wahrheit

Nach dieser Vernehmung fuhr Inspektor Umbelino zur Wache in der Baixa. Dort ging er ins *Personenarchiv,* um zwei Namen überprüfen zu lassen, Alphonse Morro und Elisa Gomes.

Es stellte sich heraus, dass beide Namen bei der Polizei in der Kategorie „Mordopfer" verzeichnet waren. Elisa Gomes war fast sieben Jahre zuvor einem Sprengstoffattentat zum Opfer gefallen. Ihr Verlobter, Alphonse Morro, war einige Jahre später im Hafen von einem Seemann ermordet worden.

Und nun, nach weiteren dreieinhalb Jahren, war also auf Elisa Gomes' Grab ein Mann erschossen worden. Laut Aussage des Friedhofsaufsehers João handelte es sich dabei um den ermordeten Alphonse Morro. Aber das konnte natürlich nicht stimmen. Anders als João glaubte Inspektor Umbelino nämlich nicht an Gespenster. Und außerdem konnte ein Gespenst doch wohl nicht erschossen werden?

Nur wer war dann der Tote vom Friedhof? Und warum war er auf dem Grab der Elisa Gomes ermordet worden? Es konnte natürlich ein Zufall sein. Doch Inspektor Umbelino glaubte an Zufälle so wenig wie an Gespenster. Deshalb ging er weiter zum *Fallarchiv für abgeschlossene Ermittlungen.* Er ließ sich alle Unterlagen über die Morde an Alphonse Morro und Elisa Gomes geben. Mit den Unterlagen in seiner Aktentasche begab er sich in sein Lieblingscafé, A Brasileira, und bestellte sich eine große Kanne Kaffee und einen Korb *Pastéis de nata,* ein leckeres Blätterteiggebäck mit Vanillecreme.

Als Kaffee und Gebäck verzehrt waren, war es acht Uhr abends. Inzwischen hatte der Inspektor alle Unterlagen gelesen. Er war nachdenklich geworden. Etwas stimmte nicht mit den Ermittlungen über den Mord an Alphonse Morro vor drei Jahren. Umbelino wusste, wie schwer es ist, jemanden wegen Mordes verurteilen zu lassen, wenn es keine Leiche gibt. Dieser Fall war offenbar eine Ausnahme. Ein finnischer Seemann war zu fünfundzwanzig Jahren Gefängnis verurteilt worden, weil er Morro ermordet haben sollte. Als Beweise hatten offenbar die

Aussagen von Leuten im Hafen gedient, die bezeugt hatten, dass der Seemann Koskela Morro zuerst bewusstlos geschlagen und ihn dann in den Fluss geworfen hatte. Alle diese Zeugen waren von ein und demselben Polizeibeamten vernommen worden, nämlich dem für die Ermittlungen zuständigen Kommissar. Der hieß Raul Garretta.

Umbelino wusste, wer Kommissar Garretta war, auch wenn sie noch nie im selben Bezirk gearbeitet hatten. Nach allem, was Umbelino gehört hatte, galt Garretta als fähiger Kriminalist.

„Aber irgendwas stimmt da doch nicht", murmelte Umbelino, als er die Unterlagen in seine Aktentasche steckte und nach Hause ging, um zusammen mit seiner Frau das Abendessen zu kochen. „Irgendwas stimmt einfach nicht …"

~

Am nächsten Morgen rief Inspektor Umbelino bei Signor Fidardo an. João hatte ihm die Telefonnummer gegeben.

„Ich müsste mit Ihnen und Senhora Molina sprechen", sagte Umbelino, nachdem er sich vorgestellt hatte. „Es geht um den Mord auf dem Friedhof. Könnten Sie heute Nachmittag auf die Wache in der Estrela kommen?"

„Nein, leider nicht", sagte Signor Fidardo.

„Wie bitte?"

„Senhora Molina und ich haben durchaus nicht vor, auf irgendeine Wache zu kommen. Das ist ganz einfach ausgeschlossen."

„Aber warum denn?“, fragte Inspektor Umbelino überrascht.

„Wir haben Angst vor Kommissar Garretta“, antwortete Signor Fidardo. „Wir trauen uns nicht aus dem Haus.“

Nach diesem Gespräch blieb Inspektor Umbelino in seinem Schreibtischsessel sitzen und überlegte lange. Zum zweiten Mal tauchte in dieser Ermittlung Kommissar Garrettas Name auf. Das musste natürlich etwas bedeuten. Aber was?

Umbelino griff zu einem der Jahrbücher der Lissaboner Polizei, die er im Regal stehen hatte. Er blätterte, bis er das Gesuchte gefunden hatte. Mit dem Jahrbuch in der Aktentasche verließ er dann sein Büro und nahm die Straßenbahn zur Alfama. Unterwegs kaufte er eine große Tüte Hefebrötchen mit Zuckerstreuseln, um zu zeigen, dass er nicht gefährlich war.

Signor Fidardo wollte ihn zunächst nicht einlassen. Erst als der Inspektor ihm versichert hatte, dass er unbewaffnet war, öffnete Signor Fidardo die Tür. Bald darauf saßen sie beim Kaffee an Anas Küchentisch. Umbelino zog das Jahrbuch der Polizei aus der Aktentasche und blätterte bis zu einem Gruppenfoto der Kriminalbeamten des Bezirks, in dem Garretta Kommissar war.

„Kennen Sie hier jemanden?“, fragte er.

Ana entdeckte sofort Garretta in der hintersten Reihe.

„Das ist er. Der vor einigen Tagen nachts hier war“, sagte sie. „Er hat uns mit einer Pistole bedroht.“

Signor Fidardo nickte zustimmend.

Inspektor Umbelino kratzte sich am Kopf.

„Das klingt seltsam. Warum um alles in der Welt sollte ein Kommissar von der Lissaboner Polizei Sie bedrohen?“

„Er suchte Alphonse Morro“, antwortete Signor Fidardo.

Inspektor Umbelino machte ein skeptisches Gesicht.

„Alphonse Morro“, sagte er. „Den Namen habe ich gestern auch gehört, vom Friedhofsaufseher. Der erzählte eine überaus merkwürdige Geschichte. Ich weiß noch immer nicht, ob ich die glauben soll oder nicht … Haben Sie zufällig hier im Haus einen Gorilla? Einen Gorilla namens Sally Jones?“

Ana und Signor Fidardo wechselten einen raschen Blick. Dann stand Ana auf und zog den Vorhang vor ihrer Schlafnische beiseite. Umbelino erhob sich und schaute hinein. Dort lag ich unter einer Decke und schlief tief.

„Erzählen Sie von ihr“, sagte Umbelino, als sie sich wieder gesetzt hatten. „Und zwar von Anfang an.“

Fünf Stunden darauf verließ der Inspektor das Haus in der Rua de São Tomé. Ihm war ein wenig schwindlig, nachdem er sich den Bericht von Ana und Signor Fidardo angehört hatte. Alles kam ihm einfach unglaublich vor. Aber Umbelino war lange genug bei der Kriminalpolizei, um Wahrheit und Lüge auseinanderhalten zu können. Und er wusste, dass alles stimmte.

Aus der Alfama fuhr Inspektor Umbelino sofort zum São-José-Krankenhaus und sprach mit Dr. Rosa Domingues. Sie fuhr zusammen, als er ihr das Foto von Kommissar Garretta zeigte.

„Ja, das ist er“, sagte sie. „Das ist der Polizist, der hier war und den Patienten mitnehmen wollte.“

„Und wie hieß dieser Patient?“

„Alphonse Morro“, antwortete Dr. Domingues. „Das hat er jedenfalls gesagt.“

KAPITEL 72

Onkel Alves

Am nächsten Morgen kam Inspektor Umbelino schon früh in sein Büro auf der Wache im Stadtteil Estrela. Nachdem er einige Nachforschungen angestellt hatte, wusste er, dass Alphonse Morro nur noch einen Verwandten gehabt hatte, einen Onkel, der Alves Morro hieß und im Bairro Alto ein Bestattungsunternehmen betrieb.

Umbelino erreichte Onkel Alves am Telefon und verabredete sich mit ihm im städtischen Leichenhaus.

Die meisten halten Leichenhäuser für unangenehme Aufenthaltsorte. Alves Morro war eine Ausnahme. Ihm machten die großen kalten Säle, in denen der Leichengeruch immer in den Wänden hing, sosehr man die Fliesen auch abschrubbte, offenbar gar nichts aus. Aber Alves Morro war ja in der Branche tätig. Das hätte Umbelino sich übrigens denken können, nachdem er einen Blick auf ihn geworfen hatte. Alves Morros Aussehen war düsterer als der Tod selbst.

Umbelino hob das Laken, mit dem der Ermordete vom Prazeres-Friedhof zugedeckt war. Alves Morro schaute sich das magere, kalkweiße Gesicht an. Mit einem leisen Schnauben sagte er:

„Ja, das ist er. Das ist mein Neffe Alphonse."

„Sind Sie sicher?", fragte Umbelino.

Alves Morro verzog gereizt das Gesicht.

„Natürlich bin ich sicher. Alphonse ist bei mir und meiner Frau aufgewachsen."

~

Umbelino hob die Augenbrauen.

„Dann muss er für Sie doch wie ein Sohn gewesen sein?"

„Natürlich", sagte Alves Morro, aber es schien nicht von Herzen zu kommen.

Umbelino kratzte sich nachdenklich am Kinn.

„Dieser Mann ist vorgestern gestorben", sagte er. „Wie kann er dann Ihr Neffe sein? Alphonse Morro wurde doch schon vor drei Jahren ermordet."

Alves Morro sah den Inspektor mit ausdrucksloser Miene an.

„Das hier ist Alphonse. Also ist er vor drei Jahren offenbar nicht gestorben", sagte er.

Nein, offenbar nicht, dachte Umbelino und nickte langsam.

Dann sagte er:

„Ich vermute, Sie möchten sich selbst um die Beerdigung kümmern, Senhor Morro."

Alves Morro trat mit leicht verlegener Miene von einem Fuß auf den anderen.

„Und wer soll das bezahlen?"

Umbelino war von dieser Frage ein wenig überrascht.

„Ja … Sie sind doch selbst Bestattungsunternehmer. Und noch dazu sein Onkel …"

„Leider, Inspektor. Ich habe für den Knaben schon mehr als genug getan. Es wird eine Armenbeisetzung werden. Falls mich niemand für eine bessere Beerdigung bezahlt, natürlich nur."

Die Begegnung mit Alves Morro hatte die Ermittlung einen entscheidenden Schritt vorangebracht. Das Opfer war jetzt mit Sicherheit identifiziert. Dennoch verließ Inspektor Umbelino das Leichenhaus in niedergeschlagener Stimmung. Onkel Alves war keine angenehme Bekanntschaft gewesen.

Doch das war bei Weitem nicht alles, was den Inspektor bedrückte. Er hatte nun eine Theorie zu der Frage, wer Alphonse Morro erschossen hatte. Eigentlich hätte er ja zufrieden sein müssen. Aber diesmal war die Sache komplizierter. Sein Verdächtiger war nämlich Polizist. Und noch dazu Kommissar. Einen Kollegen des Mordes zu bezichtigen, war eine ziemlich schwerwiegende Angelegenheit.

Was sollte er tun? Um sich einen guten Rat zu holen, verabredete er sich mit seiner Frau Rita in ihrer Lieblingskneipe. Während sie Lammfrikadellen in Tomatensoße verzehrten, schilderte Umbelino den Fall. Als er fertig war, legte Rita ihre Hand auf seine und meinte:

„Hier gibt es nur eins, was du tun kannst, mein Lieber: das Richtige. Aber das wusstest du bereits, oder?"

Inspektor Umbelino nickte und biss energisch in den Pflaumenstrudel mit Sahne, den er sich als Nachtisch bestellt hatte.

„Wenn ich mich irre, werde ich in die Fußstreife versetzt."

„Du irrst dich aber eigentlich nie, Fernão", sagte Rita.

Und mit einem vielsagenden Blick auf den Pflaumenstrudel fügte sie hinzu:

„Und Fußstreife laufen würde dir eigentlich gar nicht schaden."

„Dann habe ich ja nichts zu verlieren", sagte Umbelino lächelnd.

„Rein gar nichts, mein Lieber", antwortete seine Frau. „Rein gar nichts."

An diesem Nachmittag suchte Umbelino seinen Chef auf, Polizeiintendent Servioz, um diesen über seinen Verdacht gegen Garretta zu informieren. Servioz war wütend und empört. Da kam einer seiner Inspektoren und bezeichnete einen Kollegen als *Mörder*! Das war ein Skandal! Hatte Umbelino denn den Verstand verloren?

Nachdem Umbelino auf seiner Meinung beharrt und sie begründet hatte, erlaubte Servioz ihm widerwillig, sich mit dem Chef des Polizeibezirks zu besprechen, wo Garretta arbeitete. Aber das musste selbstverständlich sehr diskret vor sich gehen. Und auf eine Vernehmung von Kommissar Garretta durfte Inspektor Umbelino sich natürlich keine Hoffnungen machen.

„Jetzt musst du dieses peinliche Missverständnis klären – ohne dass es dich deinen Posten kostet, Umbelino", sagte Servioz abschließend mit strenger Stimme.

Am nächsten Morgen kam Inspektor Umbelino zu spät zur Arbeit. Er hatte sich bis in den frühen Morgen den Kopf über den Fall zerbrochen und dann verschlafen. Intendent Servioz war verständlicherweise irritiert. Aber er konnte Umbelino interessante Dinge berichten:

„Kommissar Garretta scheint verschwunden zu sein", erzählte er. „Sein Vorgesetzter hat ihn seit drei Tagen nicht mehr gesehen. Eine Streife ist heute Morgen zu Garrettas Wohnung in der Rua do Norte gefahren. Niemand hat aufgemacht, egal wie energisch sie an die Tür geklopft haben."

Umbelino schlug seinem Chef vor, das Schloss an Garrettas Wohnungstür aufzubrechen und eine Hausdurchsuchung vorzunehmen. Dazu aber war Servioz nicht bereit.

„Es muss ja wohl Grenzen geben", sagte er. „Raul Garretta ist ein erfahrener Kriminalkommissar! Wir können ihn nicht wie einen Verbrecher behandeln! Eine Hausdurchsuchung kommt nicht infrage, Umbelino. Jedenfalls nicht, solange du nicht erklären kannst, warum Kommissar Garretta in diesen Mordfall verwickelt sein sollte. Wo liegt das Motiv?"

„Garretta hat dafür gesorgt, dass der Seemann Koskela unschuldig wegen Mordes ins Gefängnis musste", sagte Umbelino. „Vielleicht hatte Garretta Angst, dass ihm selbst etwas passieren könnte, wenn sich herausstellte, dass Morro gar nicht tot war. Und deshalb hat er Morro aus dem Weg geräumt."

„Das reicht nicht", wehrte Servioz ab. „Niemand hat sich über die Ermittlung beklagt, durch die Koskela überführt wurde. Er wurde einstimmig verurteilt. Garretta kann doch nichts passieren, nur weil sich herausstellt, dass Morro in jener Nacht vor drei Jahren gar nicht ertrunken ist."

Inspektor Umbelino nickte widerwillig. Der Intendent hatte ja recht.

„Dann muss es ein anderes Motiv geben", sagte er.

„Oder einen anderen Mörder." Damit beendete Servioz das Gespräch.

Für den restlichen Tag grübelte Inspektor Umbelino weiter. Er ging noch immer davon aus, dass Garretta Alphonse Morro auf dem Friedhof von Prazeres erschossen hatte. Und es lag nahe, dass der Mord etwas mit Morros Verschwinden vor dreieinhalb Jahren zu tun hatte. Aber diese Spur führte nur zu immer weiteren Fragen. Warum war Morro nach Indien geflohen und hatte alle in dem Glauben gelassen, er wäre tot? Was war eigentlich an jenem Abend im Hafen passiert, als Morro in den Fluss gestürzt war? Hatte Garretta dafür gesorgt, dass Henry Koskela unschuldig wegen Mordes verurteilt wurde? Oder hatte der Kommissar einfach nur seine Arbeit gemacht, wie Intendent Servioz meinte? Das war natürlich auch möglich. Aber warum hatte Garretta dann so verzweifelt nach Morro gesucht, in der Nacht, in der der Mord auf dem Friedhof begangen worden war?

Es musste noch eine weitere Verbindung zwischen Raul Garretta und Alphonse Morro geben. Da war Umbelino sicher. Nur wie sollte er diese Verbindung finden? Morro war tot und Garretta war verschwunden.

Inspektor Umbelino studierte abermals die Ermittlungsakten, aber davon wurde er auch nicht klüger. Er wollte gerade Feierabend machen, zu Rita nach Hause fahren und Wirsingsuppe mit Frikadellen kochen, als an seine Bürotür geklopft wurde. Es war ein Wachtmeister, der eine Nachricht von der kriminaltechnischen Abteilung der Wache in der Baixa brachte. Umbelino solle sich sofort dort einfinden.

Umbelino konnte mit dem Wachtmeister im Auto mitfahren. In der Kriminaltechnik wartete bereits eine Expertin. Sie machte einen zufriedenen Eindruck.

„Wir haben soeben die Untersuchung der Kleider abgeschlossen, die Alphonse Morro bei seinem Tod am Leibe hatte. Schauen Sie mal, was wir gefunden haben!"

Auf einem Tisch lag Morros Jackett. Das Futter war herausgeschnitten. Zwei portugiesische Pässe lagen neben dem zerfetzten Kleidungsstück.

„Die Pässe waren in das Schulterpolster eingenäht. Das war sehr saubere Arbeit. Wir hätten sie fast übersehen", sagte die Kriminaltechnikerin.

Inspektor Umbelino sah sich die Pässe an. Der eine gehörte Alphonse Morro, der andere war auf einen gewissen Alfredo Simão ausgestellt.

„Alfredo Simão gibt es nicht", sagte die Technikerin. „Dieser Pass ist eine Fälschung."

Umbelino verspürte eine leichte Enttäuschung. Er hatte auf etwas Besseres gehoffft. Dass Alphonse Morro zwei Pässe gehabt hatte, von denen der eine eine Fälschung war, war kaum eine Sensation. Die Ermittlung wurde davon jedenfalls nicht weitergebracht.

„Etwas anderes habt ihr nicht gefunden?", fragte Umbelino.

Die Kriminaltechnikerin lächelte zufrieden und nickte.

„Doch, jetzt sehen Sie mal her."

Sie griff zu einer großen Blechdose. In der Dose lag ein Paar Schuhe. Die Technikerin hob den linken Schuh hoch, zog die Einlegesohle heraus und bat Umbelino, einen Blick in den Schuh zu werfen. Dort gab es eine ungefähr fünf Millimeter große Vertiefung.

„Ein kleines Geheimfach, könnte man wohl sagen", meinte die Kriminaltechnikerin. „Und hier ist das, was darin versteckt war. Ich glaube, das ist ein Brief."

Sie reichte Umbelino einen Stapel zusammengefalteter Papiere. Umbelino nahm diese Papiere vorsichtig entgegen. Es war Reispapier, so dünn, dass es fast durchsichtig war. Jeder Bogen war mit winzigen Buchstaben in überaus engen Zeilen bedeckt.

Umbelino setzte seine Lesebrille auf und las die ersten Zeilen des ersten Bogens. Und dann ahnte er, dass der Fall bald gelöst sein würde.

An diesem Abend saß er noch viele Stunden zu Hause in seinem Lieblingssessel. Mithilfe eines Vergrößerungsglases und einer zusätzlichen Leselampe arbeitete er sich durch den langen Brief. Der Brief stammte von Alphonse Morro.

Nach dem Lesen war Fernão Umbelino sehr traurig.

Aber zugleich auch zufrieden.

Jetzt hatte er die Antworten auf alle seine Fragen.

~

Am nächsten Tag zeigte Umbelino den Brief seinem Chef. Servioz las mit wachsender Bestürzung. Danach gestattete er Umbelino endlich die Durchsuchung von Garrettas Wohnung in der Rua do Norte.

Unter einem lockeren Bodenbrett in Garrettas Schlafzimmer fand Umbelino fünf Schachteln voll Patronen desselben Fabrikats und vom selben Kaliber wie die Kugel, von der Morro getötet worden war. Er fand auch ein Paar Schuhe, dessen Sohlenmuster mit den Fußabdrücken übereinstimmte, die der Mörder auf dem Friedhof von Prazeres hinterlassen hatte.

In der Wohnung gab es Anzeichen dafür, dass Garretta sein Zuhause in aller Eile verlassen hatte. Offenbar hatte er nicht vorgehabt so bald wieder zurückzukehren. Er hatte sein Bankkonto geleert und das Geld mitgenommen. Auch sein Pass war unauffindbar. Niemand wusste, wohin Garretta verschwunden war.

Polizeiintendent Servioz beschloss Kommissar Garretta als Verdächtigen im Mordfall Alphonse Morro zur Fahndung auszuschreiben.

KAPITEL 73

Red sails in the morning

Ich wurde wach und merkte sofort, dass etwas anders war. Ich konnte nicht wieder einschlafen. Mein Körper weigerte sich. Mein Magen brannte vor Hunger.

Ana kochte mir einen Brei aus Milch und Weizenflocken. Ich aß eine Portion nach der anderen. Geräusche und Bilder in meinem Kopf verblassten langsam. Aber sie verschwanden nicht ganz. Das sind sie übrigens noch immer nicht. Noch immer sehe und höre ich sie, sowie ich an Alphonse Morro denke.

Als ich sechs Teller Weizengrütze geleert hatte, glaubte ich, nun wieder schläfrig zu werden. Aber das wurde ich nicht. Stattdessen tauchten die Fragen auf. Draußen schien es zu dämmern. War das die Morgen- oder die Abenddämmerung? Wie spät mochte es sein? Wie lange hatte ich eigentlich geschlafen?

Ana hatte meine Gedanken offenbar erraten. Sie sagte:

„Du hast fast fünf Tage geschlafen. Wir haben uns Sorgen um dich gemacht, aber Dr. Domingues war mehrmals hier und hat nach dir gesehen. Sie hat gemeint, es sei kein Wunder, dass du schlafen musstest. Bei all dem Schrecklichen, das du durchgemacht hast."

Dann fügte sie mit einem Hauch von Besorgnis in der Stimme hinzu:

„Du erinnerst dich doch an Dr. Domingues?"

Ich nickte.

Ana lächelte und fuhr mit der Hand über meinen struppigen Kopf.

„Alles wird gut", sagte sie und sah ganz ruhig aus. „Und es ist ein Glück, dass du gerade jetzt aufgewacht bist. Wir bekommen gleich Besuch."

Ana räumte den Tisch ab und deckte ihn dann mit Kaffeetassen und Tellern. Nach einer Weile hörte ich schwere Schritte und murmelnde Stimmen auf der Treppe. Die eine Stimme gehörte Signor Fidardo und er öffnete nun die Tür.

„Sieh an, sieh an! Du bist wach!", sagte er zufrieden, als er mich auf der Bank sah. „Das wurde aber auch mal Zeit."

Hinter Signor Fidardo kam ein riesiger Kerl, der sich das Jackett über den Arm gehängt hatte. Sein Kopf ruhte schwer in einem Bett aus Doppelkinnen. Seine Haare waren zerzaust und rot, seine Augen strahlend blau und in der Hand trug er eine altmodische lederne Aktentasche.

Die Treppe schien die gesamten Kräfte dieses riesigen Mannes aufgebraucht zu haben. Er lehnte sich an den Türrahmen, strich sich den Schweiß von der Stirn und lockerte seine Krawatte, ehe er Ana begrüßte und sich mir vorstellte:

„Guten Abend, Sally Jones", sagte er mit heller, freundlicher Stimme. „Ich habe in den vergangenen Tagen viel von dir gehört. Ich freue mich, dass du aus deinem Tiefschlaf erwacht bist, damit ich dich endlich kennenlernen kann. Ich heiße Fernão. Fernão Umbelino. Ich bin bei der Kriminalpolizei."

Bei dem Wort „Polizei" schielte ich ängstlich zu Ana hinüber. Sie nickte beruhigend und sagte:

„Inspektor Umbelino soll den Mord an Alphonse Morro aufklären. Du brauchst keine Angst vor ihm zu haben."

„Nur Schurken brauchen Angst vor mir zu haben." Der Inspektor lachte und ließ sich auf einen Stuhl am Tisch fallen.

Ana servierte Kaffee, Brot und Kirschschnaps. Ich trank Milch. Inspektor Umbelino erzählte von seiner Ermittlung. Er fasste das Wichtigste kurz zusammen, die Details mussten bis später warten.

Ich war noch immer benebelt von meinem langen Schlaf, aber was der Inspektor erzählte, vertrieb allen Dunst aus meinem Kopf. Es prickelte jetzt in meinem ganzen Leib. Ich konnte nur mit Mühe stillsitzen.

„Es steht nun also fest", sagte Umbelino endlich, „dass der Mann, der vor fünf Tagen auf dem Friedhof von Prazeres gestorben ist, Alphonse Morro war. Deshalb habe ich mich gestern mit meinem Chef, Intendent Servioz, besprochen. Er hat sich seinerseits direkt an den portugiesischen Justizminister gewandt und die Lage geschildert. Der Justizminister hat mich heute am frühen Nachmittag in sein Büro gerufen. Er hat mir einen unterschriebenen Gerichtsentscheid gegeben und mich gebeten mich sofort zum Zentralgefängnis in Campolide zu begeben."

Inspektor Umbelino trank einen Schluck Kaffee und musterte mich über die Tasse hinweg mit ernster Miene. Schließlich erzählte er weiter:

„Im Gefängnis in Campolide habe ich dem Gefängnisdirektor den Gerichtsentscheid ausgehändigt. Der Gefängnisdirektor hat mich zu Henry Koskela gebracht. Koskela war auf meinen Besuch natürlich überhaupt nicht vorbereitet und total überrumpelt. Ich musste ihm fünfmal erklären, warum ich gekommen war, ehe er es verstanden hatte. Danach musste ich ebenso oft schwören, dass ich die Wahrheit gesagt hatte, ehe er mir glaubte."

Der Inspektor legte wieder eine Pause ein. Dann lächelte er.

„Henry Koskela gilt nun nicht mehr als Alphonse Morros Mörder. Er wird gleich morgen auf freien Fuß gesetzt werden."

In dieser Nacht konnte ich kein Auge zutun. Aber das war ja wohl kein Wunder. Ich hatte das Gefühl, schon für mehrere Wochen im Voraus geschlafen zu haben.

Deshalb schlich ich mich aus dem Fenster, als Ana eingeschlafen war. Ich kletterte über die Dächer, bis ich eine geschützte Stelle einige Häuser weiter hinter einem Schornstein gefunden hatte. Genau dort hatte ich mich vor mehr als drei Jahren in einer langen schweren Nacht versteckt. Jetzt wie damals war die Nacht schwarz und die Stadt funkelte mit ihren vielen Lichtern. Dennoch fand ich mich kaum zurecht. Damals war die Aussicht beängstigend und bedrohlich gewesen. Jetzt fühlte ich mich in der Dunkelheit vollkommen sicher. Die vielen Tausend Lichtpunkte glitzerten mir freundlich zu.

Ich dachte nicht sehr viel. Ich saß einfach da und schaute auf Lissabon, bis das Licht der Straßenlaternen zu verbleichen begann, als die Dämmerung heraufzog. Der glühende Himmel im Osten färbte die Segel der Schiffe im Hafen rot. Es würde Sturm geben. Das Morgenrot kündigte schlechtes Wetter an. *Red sails in the morning – sailor take warning!* Diesen Spruch hatte ich vom Chief gelernt.

Und jetzt würde es nur noch wenige Stunden dauern, bis ich ihn endlich wiedersah!

KAPITEL 74

Das Eisentor

Um kurz vor acht hatte Inspektor Umbelino angerufen und erzählt, dass der Chief um Punkt zwölf aus dem Gefängnis entlassen würde. Umbelino war bereits auf dem Weg nach Campolide. Er hatte allerlei dringliche Fragen, über die er mit dem Chief noch vor dessen Entlassung reden wollte. Es ging um den Brief, den er in Morros Schuh gefunden hatte. Mehr wollte Umbelino am Telefon nicht verraten, aber er versicherte, dass es keinen Grund zur Beunruhigung gebe.

Das Unwetter erreichte die Stadt am Vormittag. Schwere Windstöße fegten durch die Straßen und der Regen trommelte wütend auf den Dachziegeln der Alfama. Um elf Uhr nahmen Ana, Signor Fidardo und ich die Bahn nach Campolide. Ana und Signor Fidardo wirkten nervös und angespannt. Das konnte ich verstehen, mir ging es ja auch nicht anders.

In der Tasche hatte ich Zigarren für den Chief. Signor Fidardo hatte mir geholfen bei der Witwe Pereira eine gute Marke auszusuchen. Ich nahm an, der Chief sei längst fertig mit den Zigarren in der Kiste, die ich ihm im vergangenen Jahr geschickt hatte. Er würde sicher große Lust auf eine Zigarre haben, wenn er aus dem Gefängnis kam.

Ana war im Blumenladen gewesen und hatte einen großen Strauß besorgt, den sie dem Chief überreichen wollte. Der Strauß war in Seidenpapier eingeschlagen und wunderschön. In der Straßenbahn wurde Ana plötzlich unsicher.

„Das mit den Blumen sieht vielleicht komisch aus“, sagte sie ängstlich. „Eigentlich schenken doch Männer Frauen Blumen, nicht umgekehrt. Und wir kennen uns ja nicht einmal …“

Sie hielt Signor Fidardo den Strauß hin.

„Den musst du ihm geben.“

Signor Fidardo weigerte sich.

„Ich? Nein, also wirklich! Wie würde das denn aussehen? Du hast die Blumen gekauft. Da musst du sie auch überreichen.“

Sie stritten sich noch eine Weile, dann schien beiden gleichzeitig derselbe Gedanke zu kommen. Sie drehten sich um und sahen mich an.

Und so kam es, dass ich eine Weile später mit einem großen Strauß aus Lilien und Tulpen in der Hand vor dem Gefängnis in Campolide stand. Ich kam mir blödsinnig vor. Ein Maschinist schenkt seinem Kapitän doch keine Blumen!

Ana und Signor Fidardo hatten Regenschirme mitgenommen und das war ein Glück. Der Regen prasselte nur so auf den kahlen Kiesplatz vor der Gefängnismauer. Der elektrisch geladene Stacheldraht oben auf der Mauer summte und sprühte Funken. Wolkenfetzen jagten über den Himmel.

Nicht ein Mensch war zu sehen und das schwere Eisentor in der Mauer war verschlossen.

Ich hatte das starke und grausige Gefühl, dass wir vergeblich warteten, dass alles nur ein Missverständnis oder ein gemeiner Scherz war.

Aber dann war durch das Prasseln des Regens ein lautes Klicken zu hören. Eine kleinere Tür in dem riesigen Tor wurde geöffnet.

Zuerst erschien Inspektor Umbelino in einem Regenmantel, der über seinem Bauch spannte.

Hinter ihm kam der Chief.

Er trug dieselben Kleider wie an dem Tag, an dem ich ihn zuletzt gesehen hatte, vor mehr als drei Jahren. Nur saßen sie jetzt lockerer. In der einen Hand hielt er den schwarzen Instrumentenkasten mit dem Akkordeon.

Der Chief blieb einige Augenblicke stehen und hob das Gesicht in den prasselnden Regen. Dann kam er auf uns zu. Er sah zuerst mich an, dann Ana und am Ende Signor Fidardo. Niemand sagte etwas. Der Chief schien zu weinen, aber vielleicht war das, was über seine Wangen lief, nur Regenwasser.

Signor Fidardo räusperte sich und sagte:

„Schön Sie kennenzulernen, Senhor Koskela. Willkommen in der Freiheit!"

Nun stellte der Chief den Instrumentenkasten auf den Boden. Dann machte er zwei Schritte nach vorn und umarmte Signor Fidardo. Danach nahm er Ana in die Arme und drückte sie, bis sie offenbar keine Luft mehr bekam. Am Ende presste er auch mich an seine Brust. Und ich drückte ihn an mich. Fest und lange. Der Blumenstrauß wurde ganz einfach zerquetscht.

~

Inspektor Umbelino hatte ein Auto. Ana durfte vorn sitzen, während Signor Fidardo, der Chief und ich uns hinten zusammendrängten. Allen fiel es nach wie vor schwer, Worte zu finden. Der Chief hatte noch kaum etwas gesagt.

Der Einzige, der vollkommen unbeschwert wirkte, war der Inspektor. Er pfiff zufrieden vor sich hin, während er sein Auto durch die holprigen Straßen von Campolide lenkte.

Plötzlich quoll unter der Motorhaube weißer Rauch hervor.

„Warum raucht das denn?", riefen Ana und Signor Fidardo gleichzeitig.

„Keine Ahnung“, sagte Inspektor Umbelino und fuhr rasch an den Straßenrand.

Der Chief stieg hinaus in den Regen und ich sprang hinterher. Wir hoben die Motorhaube hoch.

Der Fehler war nicht schwer zu finden. Aus einem Spalt im Zylinderblock sickerte Kühlwasser.

„Wir müssen den Wagen wohl hier stehen lassen“, sagte der Chief.

Ich nickte. Diesen Eindruck hatte ich auch.

Der Chief überlegte kurz. Dann schaute er sich auf der Straße um.

„Sind wir nicht eben an einem Schrottplatz vorbeigekommen?“

Das stimmte. Wir wechselten einen Blick. Jetzt wusste ich, woran der Chief dachte.

„Ist es einen Versuch wert, was meinst du?“, fragte er.

Ich nickte eifrig.

Der Schrottplatz lag nur zwei Ecken weiter. Der Besitzer saß auf der Veranda vor seinem kleinen Schuppen und rauchte und schaute in den Regen. Er schien aufzuleben, als der Chief ihm erklärte, warum wir gekommen waren. In wenigen Minuten hatte er alles zusammengesucht, was wir brauchten: ein Stück Blech, eine Dichtung, einige kleine Maschinenschrauben, eine Bohrkurbel und einen Gewindebohrer. Der Chief bezahlte das Material und versprach das Werkzeug bald zurückzubringen.

Während der Chief und ich im strömenden Regen an der Arbeit waren, warteten Ana, Signor Fidardo und der Inspektor im Auto. Nach einer halben Stunde hatten wir den Riss abgedichtet, wenn auch nur provisorisch. Während ich das Werkzeug zurückbrachte, füllte der Chief Wasser in den Kühlertank. Dann bat er Inspektor Umbelino, den Motor wieder anzulassen. Der lief tadellos. Unsere Dichtung hielt.

„Das haben Sie doch so geplant", sagte der Chief mit einem breiten und glücklichen Grinsen, als er sich wieder auf die Rückbank setzte. „Denn witziger hätte das Leben in Freiheit gar nicht anfangen können!"

KAPITEL 75

Der große Skandal

Der Chief zog zu uns in das Haus in der Rua de São Tomé. In den ersten Tagen saßen er, Ana und Signor Fidardo vor allem in Anas Küche und redeten. Es gab so unendlich viel zu erzählen und zu erklären. Der Kessel blubberte auf dem Herd. Es roch nach Kaffee, Hefebrötchen und Zigarrenrauch. Ich hockte auf der Bank und wünschte, wir könnten für immer hier bleiben, alle vier.

Der Chief hatte sich verändert. Nicht sehr, aber so, dass ich es sofort bemerkte. Er hatte eine hässliche Narbe auf der einen Wange und seine Nase saß jetzt ein bisschen schief. Die Haare an seinen Schläfen waren grau geworden. Er bewegte sich auch anders. Wachsamer, irgendwie. Unerwartete Geräusche ließen ihn zusammenzucken und er kehrte niemandem den Rücken zu, wenn sich das irgendwie vermeiden ließ. Ich glaube, dass ihm das selbst gar nicht klar war.

Als Ana fragte, ob das Leben im Gefängnis hart gewesen sei, antwortete der Chief ausweichend.

„Na ja“, sagte er. „Das schon, aber die Abende waren in Ordnung. Dann hatte ich meistens in der Zelle meine Ruhe und konnte auf meinem Schifferklavier üben. Ich habe in meinem Leben nie so ein schönes Geschenk bekommen. Und dass du gekommen bist und gesungen hast, Ana … ja, diese Freude kann ich mit Worten gar nicht beschreiben.“

Ich hatte mir keine Sorgen gemacht, ob sich der Chief mit Ana und Signor Fidardo verstehen würde. Es wäre aber auch nicht nötig gewesen. Sie schienen sich vom ersten Moment an zu mögen. Als der Chief am Ende vom vielen Sitzen und Reden nervös wurde, bot Signor Fidardo ihm an, mit in der Werkstatt zu arbeiten.

„Das mache ich gern, wenn ich es schaffe und nicht zur Last falle“, sagte der Chief. „Aber Lohn will ich nicht und für Kost und Logis bezahle ich. Der Gefängnisdirektor hat mir bei der Entlassung Geld gegeben, ich bin also nicht total abgebrannt. Außerdem schulde ich dir und Ana ohnehin schon mehr, als ich jemals zurückzahlen kann.“

Nun waren wir also zu dritt in der Werkstatt. Signor Fidardo baute eine Geige, die er einem seiner Kunden schon lange versprochen hatte. Der Chief und ich übernahmen die Reparaturen. Der Chief lernte das schnell. Wie man ein Akkordeon repariert, wusste er bereits. Um sich im Gefängnis die Zeit zu vertreiben, hatte er seine Ziehharmonika mehrmals auseinandergenommen und wieder zusammengesetzt.

Als wir dort bei der Arbeit saßen, der Chief und ich, merkte ich, dass er sich noch auf andere Weise verändert hatte, als mir bisher aufgefallen war. Auf der *Hudson Queen* hatte der Chief bei der Arbeit immer gleichzeitig eine Menge anderer Dinge gemacht. Er hatte über alles Mögliche Selbstgespräche geführt, hatte gepfiffen, sorglos ein Lied geträllert oder laut über das Problem nachgedacht, mit dem er gerade beschäftigt war. Jetzt war er meistens stumm. Ehe er ins Gefängnis gekommen war, hatte ich fast immer seine Gedanken erraten können, wenn er nichts sagte. Jetzt war das unmöglich.

Eines Tages, als der Chief seit fast einer Stunde gearbeitet hatte, ohne auch nur einen Mucks hören zu lassen, merkte er plötzlich, dass ich ihn ansah. Er lächelte ein müdes, trauriges Lächeln.

„Mach dir keine Sorgen", sagte er. „Drei Jahre sind eine lange Zeit. Da findet man nicht gleich wieder zurück."

Nach Feierabend machte der Chief lange Spaziergänge. Meistens mit mir, manchmal allein oder mit Ana. Die Spaziergänge führten kreuz und quer durch die Stadt, endeten aber immer unten im Hafen. Er schaute sich die Boote an und erkundigte sich bei den Seeleuten, wie es mit der Arbeit aussah. Wenn der Wind von Westen kam, stand er oft lange mit geschlossenen Augen da und hielt die Nase in Richtung Meer. Einmal murmelte er vor sich hin:

„Ob sie wohl noch da liegt?"

Mir war klar, dass er an die *Hudson Queen* dachte.

~

Freitags und samstags gingen wir ins Tamarind und hörten Ana zu. Der Chief hatte jedes Mal Tränen in den Augen. Eines Abends schlug Ana ihm vor, die Ziehharmonika mitzunehmen. Sie wusste ja, dass er die meisten Lieder konnte, die sie immer sang.

„Kommt nicht infrage", sagte der Chief mit einem kurzen Lachen. „Das wäre, wie Petroleum in eine Sahnesoße zu gießen."

Ana fragte mehrmals, doch der Chief ließ sich nicht beirren. Er wollte nicht auftreten. Zu Hause aber griff er gern zum Akkordeon, wenn Ana sang und Signor Fidardo Gitarre spielte. Das waren schöne Stunden.

Ab und zu jedoch, wenn er spielte, machte der Chief ein Gesicht, wie ich es noch nie gesehen hatte. Es sah ihm einfach nicht ähnlich, fand ich. Er hielt den Kopf ein bisschen schräg und runzelte die Stirn, als ob ihm etwas wehtäte. Sein Blick ging in die Ferne, zu etwas, das nur er sehen konnte.

Vielleicht wird er niemals wieder richtig froh, dachte ich.

Und dann werde auch ich niemals wieder richtig froh.

~

In diesem ersten Monat, nachdem der Chief seine Freiheit zurückerlangt hatte, passierte viel in Lissabon. Fast jeden Tag schrieben die Zeitungen über den „großen Skandal". Eine Verschwörung war entlarvt worden. Mächtige Männer und Frauen aus den obersten Schichten der Gesellschaft hatten einen Putsch geplant, um die Republik zu stürzen. Offenbar hatte der landflüchtige König Manuel aus England zurückkehren und in Portugal die Macht an sich reißen wollen.

Der Putsch war fehlgeschlagen, aber nicht entdeckt worden. Doch jetzt war endlich alles ans Licht gekommen. Viele waren festgenommen worden und nach anderen wurde gefahndet. Kommissar Garretta wurde sowohl wegen Mordes als auch wegen Landesverrats gesucht. Bischof de Sousa war aus dem Land geflohen und hielt sich unter päpstlichem Schutz im Vatikan auf.

Der Chief und ich hatten natürlich begriffen, dass alles, was nun an den Tag gekommen war, mit uns und Alphonse Morro zu tun hatte. Aber wie das Ganze zusammenhing, begriffen wir nicht. Bis uns Inspektor Umbelino dann den Brief zeigte.

~

Es war an einem frühen Abend mitten in der Woche, als Inspektor Umbelino anrief und fragte, ob er wohl etwas später zu einer Tasse Kaffee vorbeikommen könnte. Er würde dann selber Sirup- und Zimtschnecken aus der Konditorei Graça mitbringen. Er wollte mit uns allen vieren reden.

Es war schon fast zehn, als Umbelino an die Tür klopfte. Der Kaffee war fertig und in Anas Küche war der Tisch gedeckt. Wir redeten zuerst über alles Mögliche. Natürlich waren wir neugierig darauf, was der Inspektor eigentlich so spät noch wollte. Am Ende zog er einen Umschlag aus der Tasche. Er legte ihn mitten auf den Tisch.

„In diesem Umschlag", sagte er, „liegt der Brief, den Alphonse Morro in seinem linken Schuh versteckt hatte. Meine Chefs erlauben mir leider nicht, euch diesen Brief zu zeigen. Der Brief ist ja Beweismaterial in einer Mordermittlung. Aber das ist mir egal. Wenn überhaupt irgendwer das Recht hat, zu lesen, was Alphonse Morro geschrieben hat, dann ja wohl ihr."

Wir schwiegen alle fünf eine Weile und sahen den Umschlag an. Dann schaute Inspektor Umbelino uns an und erhob sich.

„Nein, also hört mal, jetzt ist es aber höchste Zeit, dass ich nach Hause fahre. Ich komme morgen früh wieder und hole den Brief, den ich hier offenbar vergessen habe. Guten Abend und vielen Dank für den Kaffee."

Als Umbelino gegangen war, wandte sich Signor Fidardo an den Chief und sagte:

„Fang du an."

Der Chief schüttelte den Kopf.

„Danke, aber ich lese so langsam“, sagte er. „Ihr seid allesamt eingeschlafen, bis ich fertig bin. Vielleicht kann Ana ihn uns vorlesen?“

Ana nickte. Sie streckte die Hand nach dem Umschlag aus, öffnete ihn und faltete die knisternden Briefbögen auseinander. Dann fing sie an vorzulesen.

KAPITEL 76

Ein Brief von einem Toten

Ich schreibe diese Zeilen in der griechischen Hafenstadt Piräus. Hier habe ich mir ein Zimmer gemietet und warte auf ein Schiff nach Lissabon.

Ich bin krank. Fieber und Husten werden jeden Tag schlimmer. Wenn ich die Reise nicht überlebe, sollen diese Aufzeichnungen für sich sprechen. Das hier ist mein Geständnis, mein Zeugnis und meine traurige Lebensgeschichte.

Mein vollständiger Name ist Alphonse Eugene Morro. Ich wurde vor neunundzwanzig Jahren in der Stadt Torrão geboren, in derselben Nacht starb meine Mutter. Mein Vater war Aalfischer. Er ertrank, als ich zehn war. Ich wurde zu meinem Onkel Alves und seiner Frau Odilia nach Lissabon geschickt. Sie sind meine engsten Verwandten. Deshalb mussten sie sich um mich kümmern.

Onkel Alves hatte ein Bestattungsunternehmen. Dort musste ich nach der Schule und am Wochenende arbeiten. Ich fegte den Boden und stellte frische Blumen in den Empfangsraum. Als Onkel Alves fand, ich sei nun alt genug, musste ich dabei helfen, die Leichen für die Beerdigung zurechtzumachen. Immer stanken meine Kleider nach Formalin und Tod.

Nach dem Abitur machte ich einen Abendkurs in Buchführung und Rechnungswesen. Um diesen Kurs zu bezahlen, musste ich im Bestattungsunternehmen arbeiten. Ich lernte nachts und präparierte tagsüber Tote.

In meiner Freizeit ging ich oft in ein Café bei der Kirche São Roque. Und da sah ich Elisa Gomes zum ersten Mal. Sie arbeitete dort als Kellnerin. Ich war schon in sie verliebt, als ich noch längst nicht wagte, sie nach ihrem Namen zu fragen.

Ich fand heraus, wann sie arbeitete, und ich wusste, für welche Tische sie zuständig war. Auf diese Weise konnte ich fast jeden Tag in ihrer Nähe sein. Irgendwann wechselten wir dann immer ein paar Worte, wenn sie mir meinen Kaffee brachte. Nach einigen Monaten fasste ich mir ein Herz und fragte, ob ich sie für den kommenden Sonntag zu einem Glas Wein im botanischen Garten einladen dürfte.

Sie sagte Ja. Das war der glücklichste Augenblick in meinem Leben.

Elisa wohnte in einem Zimmer im Heim der Dominikanerinnen für elternlose junge Frauen. Sie war die Einzige in ihrer Familie, die einige Jahre zuvor die Spanische Grippe überlebt hatte.

Elisa und ich wurden füreinander zur Familie. Wir trafen uns, so oft wir konnten, und machten lange Spaziergänge durch die Parks von Belém. Oder wir fuhren mit dem Zug nach Cascais und setzten uns zu einem Kaffee in ein Strandrestaurant.

Wir fingen an zu träumen. Von einer gemeinsamen Zukunft.

Nach meiner Ausbildung fand ich eine Stelle als Sekretär in einer Schiffsversicherungsfirma. Elisa nahm eine Arbeit im Haus des Bankiers José Carvalho und seiner Familie an. Wir sparten und knauserten, um heiraten und uns eine eigene Wohnung mieten zu können. Nach einem Jahr setzten wir den Tag für unsere Hochzeit fest. Wir wollten im Juni heiraten.

Am 14. Mai probierte Elisa ihr Hochzeitskleid an.

Am Tag darauf wurde sie ermordet.

Es war eine Briefbombe. Sie war für José Carvalho bestimmt, aber dem passierte nichts. Elisa nahm die Post entgegen und die Bombe explodierte in ihren Händen. Die Polizei war sicher, dass hinter dem Attentat irgendwelche Anarchisten steckten, konnte aber niemals jemanden dingfest machen.

Das Geld, das ich für die Hochzeit gespart hatte, gab ich nun für Elisas Grabstein aus. Nach der Beerdigung saß ich drei Wochen an ihrem Grab. Die Versicherungsgesellschaft kündigte mir, als ich nicht zur Arbeit kam. Ohne Lohn konnte ich Onkel Alves nichts für Kost und Logis bezahlen. Er verlangte, dass ich nun wieder bei ihm arbeitete und die Leichen fertig machte. Das konnte ich nicht mehr.

Also wurde ich von Onkel Alves vor die Tür gesetzt.

Ich wusste nicht, wohin. Ich trieb mich einfach in der Stadt herum. Am Ende wurde ich von der Polizei wegen Landstreicherei festgenommen und landete zuerst im Gefängnis und dann im Armenhaus. Im Armenhaus bleibt niemand lange. Wer nicht an einer Krankheit stirbt, verhungert. Ich ging davon aus, dass das Ende nicht mehr weit war. Und das war gut so.

Meine Rettung wurde ein Geistlicher, der bisweilen das Armenhaus besuchte. Er hieß Pater Felipe. Durch ihn bekam ich Arbeit in der Suppenküche, die von der Gemeinde der Santo-António-Kirche betrieben wurde. Der Lohn bestand aus Essen und einem Schlafplatz in der Herberge der Kirche.

Ich hätte gern gewusst, warum Pater Felipe ausgerechnet mir aus dem Armenhaus herausgeholfen hatte. Ich ging davon aus, dass ich einfach Glück gehabt hatte.

Aber so war das nicht. Das begriff ich dann später.

Pater Felipe wurde zu meinem Freund. Ab und zu gingen wir die Hänge zum Castelo São Jorge hoch, um die Aussicht zu genießen und zu plaudern. Wir sprachen vor allem über meinen Kummer. Ich fand, ich hätte nichts mehr, wofür ich leben könnte, jetzt, wo Elisa nicht mehr da war.

Pater Felipe behauptete, dass ich mich irrte. Das Leben habe mir eine neue Aufgabe gegeben, sagte er. Ich sollte Elisas Erinne-

rung dadurch ehren, dass ich gegen das Übel kämpfte, das sie mir geraubt hatte.

Das kam mir vor wie ein tröstlicher Gedanke.

Unsere Gespräche handelten immer mehr von Politik und Religion. Pater Felipe bezeichnete die Anarchisten, die Elisa ermordet hatten, als Werkzeug des Teufels. Sie seien gottlos und von Hass erfüllt, sagte er. So sei es auch mit den Republikanern, die das Land seit der Revolution von 1910 regierten und die damals König Manuel ins Exil gezwungen hatten. Die Republikaner seien Gegner der Kirche und verfolgten die Priester, erklärte mir Pater Felipe.

Wir müssen kämpfen, um unseren König zurückzubekommen, sagte er oft. Sonst wird sich die Finsternis für immer über Portugal senken.

Ich kam immer mehr zu der Überzeugung, dass Pater Felipe recht hatte. Und für Elisa wollte ich nun auch aufseiten des Guten kämpfen.

Meine erste Aufgabe war das Verteilen von Flugblättern, um diese Botschaft zu verbreiten. Jeden Abend ging ich zu einem kleinen Café im Bairro Alto, wo ich eine Tasche mit Flugblättern und eine Liste der Stellen bekam, wo ich sie verteilen sollte. Auf den Flugblättern stand so ungefähr das, was Pater Felipe auch immer sagte. Sie waren mit den Buchstaben MB unterzeichnet.

MB stand für Monarchistische Bruderschaft.

Es gab noch andere Flugblattverteiler, aber die anderen lernte ich nicht kennen. Ich erfuhr nicht einmal ihre Namen. Die Mon-

archistische Bruderschaft war eine verbotene und überaus geheime Organisation. Die Anweisungen, die ich erhalten hatte, waren klar und deutlich: Wenn die Polizei kam, sollte ich mich verstecken. Wenn sie mich doch sähen, sollte ich weglaufen. Wenn sie mich festnähmen, sollte ich schweigen. Wenn sie mich misshandelten, sollte ich noch immer schweigen. Bis in den Tod, wenn das sein müsste.

Wegen dieser Gefahr kam meine Aufgabe mir wichtig vor. Zum ersten Mal seit Elisas Tod hatte ich das Gefühl zu leben.

Nacht für Nacht verteilte ich meine Flugblätter. Mehrmals wäre ich fast verhaftet worden, aber ich hatte Glück und konnte entkommen. In einer heißen Nacht im August war mein Glück zu Ende. Ich wurde in eine Sackgasse gejagt, verhaftet und auf die Wache in Chiado gebracht.

Fünf Polizisten verhörten mich vier Stunden lang. Sie brachten kein Wort aus mir heraus. Am Ende kam ein Kommissar und sagte, sie könnten mich auch gleich wieder laufen lassen. Sein Name war Garretta.

Da ich der Polizei jetzt bekannt war, wollte Pater Felipe mich keine Flugblätter mehr verteilen lassen. Ich war verzweifelt, aber Pater Felipe legte mir die Hand auf die Schulter und sagte:

„Du hast das richtige Feuer, Alphonse. Da ist es an der Zeit für neue und wichtigere Aufgaben."

Einen Monat darauf konnte ich eine Stelle im Lissaboner Hafenkontor antreten. Es war ein guter Posten. Mit meinem Lohn konnte ich die Herberge verlassen und mir eine eigene kleine Wohnung nehmen. Pater Felipe hatte mir durch seine Beziehungen Arbeit und Wohnung besorgt.

„Die Bruderschaft braucht einen zuverlässigen Mann im Hafenkontor", sagte er. „Der Hafen ist strategisch wichtig. Wer den Hafen kontrolliert, kontrolliert die Stadt."

Ich wurde zum Spion. Einmal pro Woche traf ich mich mit Pater Felipe und gab ihm die Listen der Schiffe, die in dieser Woche den Hafen von Lissabon anlaufen oder verlassen würden. Die Listen hatte ich an meinem neuen Arbeitsplatz heimlich kopiert. Die großen Kanonenboote der Flotte teilten immer im Voraus mit, wann sie einen Ankerplatz an der Reede brauchten. Deshalb konnte ich Pater Felipe auch über ihre Pläne informieren.

Pater Felipe war überaus zufrieden mit mir. Aber ich glaubte zu merken, dass er bei jeder unserer Begegnungen gespannter war. Ich ahnte, dass bald etwas Entscheidendes passieren würde.

~

An einem späten Abend suchte mich Pater Felipe unerwartet in meiner Wohnung auf und sagte, ich solle mitkommen.

„Unser Innerer Rat trifft sich um Mitternacht", erklärte er. „Und du bist eingeladen."

Wir spazierten sicher eine Dreiviertelstunde durch die Stadt, während Pater Felipe sich davon überzeugte, dass wir nicht beschattet wurden. Am Ende gingen wir durch das Tor eines prachtvollen Privatpalastes in Chiado. Ich war vor Nervosität in kalten Schweiß gebadet. Der Innere Rat der Monarchistischen Bruderschaft war natürlich geheim, aber Gerüchten zufolge gehörten ihm nur mächtige und hochstehende Persönlichkeiten an.

Der Palast gehörte Maria Monserro, der Baronin von Castedo. Sie empfing uns an der Tür und führte uns in einen der vielen Salons im Palast. An einem riesigen Mahagonitisch saßen dreißig düster aussehende Männer. Darunter waren Adlige, Direktoren, Generäle, Geistliche und Polizeichefs. Ich erkannte mehrere von ihnen von Bildern in der Zeitung. Der Einzige, der mir schon einmal begegnet war, war jedoch Kommissar Garretta, der mir damals geholfen hatte, als ich beim Verteilen von Flugblättern festgenommen worden war.

Die Besprechung dauerte zwei Stunden. Die Stimmung war ernst und gleichzeitig erwartungsvoll. Die Zeit war gekommen. Die Stunde der Entscheidung rückte näher. Die monarchistische Revolution sollte in nur zehn Tagen stattfinden. Die Verschwörer bei Armee und Flotte waren bereit, wie auch die Männer der Kirche und die Polizei.

Ein Problem musste noch gelöst werden. Damit die Machtübernahme gelang, musste die Bruderschaft ihre Anhänger in Lissabon schnell bewaffnen können. Deshalb war kürzlich eine große Waffenladung aus Spanien ins Land geschmuggelt worden. Organisiert hatte das der Weihbischof von Lissabon, Rodrigo de Sousa, der dem spanischen Königshaus nahestehende Freunde hatte.

Auch Bischof de Sousa war bei dieser Besprechung zugegen. Er versprach persönlich dafür zu sorgen, dass die Waffen rechtzeitig nach Lissabon geschafft würden. Das Einzige, wobei er Hilfe brauchte, war, sie in die Stadt zu bringen. Die Republikanische Garde bewachte alle Straßen, die aus der Stadt oder in die Stadt führten. Deshalb schien es sinnvoller, die Waffen für das letzte Wegstück über den Fluss zu transportieren.

„Um keinen Verdacht zu erregen, werden die Waffen in Holzkisten aus einer Fliesenfabrik verpackt sein", erklärte der Bischof. „Aber wir können nicht vorsichtig genug sein. Deshalb müssen wir ein Schiff finden, dessen Besatzung keine unnötigen Fragen stellt."

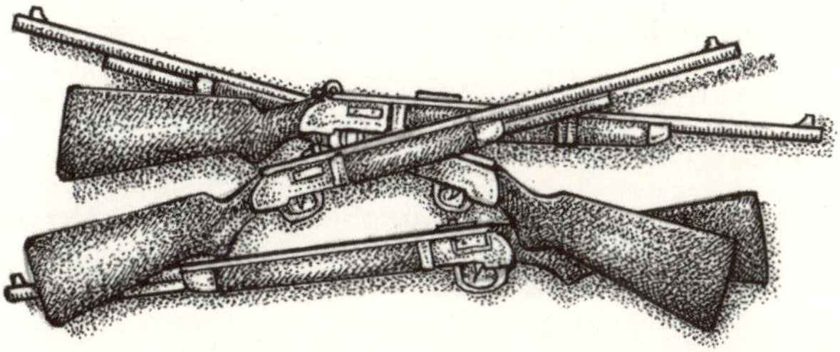

„Eure Exzellenz", sagte Pater Felipe zum Bischof und legte mir zugleich die Hand auf die Schulter. „Das hier ist Alphonse Morro. Er ist eines von unseren treuesten Mitgliedern. Außerdem arbeitet er im Hafenkontor. Wenn überhaupt jemand das richtige Schiff für den Transport finden kann, dann er."

Alle am Tisch sahen mich an. Unter ihren harten, fordernden und herablassenden Blicken zitterten mir unter dem Tisch die Knie.

„Na, Senhor Morro", fragte Bischof de Sousa. „Fällt Ihnen ein passendes Schiff ein?"

Einige Augenblicke lang stand in meinem Kopf alles still. Dann fiel mir plötzlich ein Schiff ein, das sicher für diese Aufgabe perfekt wäre.

„Ja, Eure Exzellenz", sagte ich und staunte darüber, wie sicher meine Stimme trotz allem klang. „Ich glaube, schon."

„Hervorragend", sagte der Bischof. „Pater Felipe hat viel Gutes über Sie erzählt. Da ich mich auf ihn verlasse, verlasse ich mich auch auf Sie. Morgen werden Sie die Einzelheiten erfahren und dann können Sie den Transport in die Wege leiten."

Nach diesem Treffen war ich stolz und freute mich über das Vertrauen, das mir entgegengebracht wurde. Aber die Freude war nicht von langer Dauer. Noch in derselben Nacht, als ich wieder in meiner Wohnung war, überkam mich eine heftige Unruhe. Mir ging plötzlich der Ernst der Lage auf. Eine bewaffnete Revolution. Es würde Straßenkämpfe geben. Blut würde fließen.

Im tiefsten Herzen hörte ich eine Stimme, die mich fragte, ob meine Elisa das wirklich gewollt hätte.

Ich hörte nicht auf diese Stimme. Das konnte ich nicht. Es war zu spät, um noch auszusteigen.

~

Am nächsten Tag machte ich mich daran, meine Aufgabe auszuführen. Das Schiff, an das ich dachte, war die Hudson Queen, *ein kleiner Frachtdampfer, der unterhalb der Alfama im Hafen lag. Der Kapitän hieß Koskela und kam aus Finnland. Die Besatzung bestand ansonsten nur aus einem großen Affen, der Gerüchten zufolge ein hervorragender Maschinist war. Soviel ich wusste, stellen weder Finnen noch Affen überflüssige Fragen. Außerdem wartete die* Hudson Queen *schon seit über einem*

Monat auf eine Fracht und Koskela brauchte bestimmt dringend Geld.

Am folgenden Abend fand ich ihn in der Kneipe O Pelicano. Er aß zusammen mit seinem Maschinisten, dem Affen, eine Suppe. Unsere Begegnung war unangenehm. Koskela kam mir vor wie ein sympathischer Bursche, der es nicht verdiente, in eine gefährliche Angelegenheit wie diese hineingezogen zu werden. Sein Affe musterte mich mit einem Blick, der eher menschlich denn tierisch war. Ich hatte das unangenehme Gefühl, dass der Affe sehen konnte, wie verängstigt und verzweifelt ich in Wirklichkeit war.

Koskela nahm den Auftrag an und am nächsten Morgen fuhren er und der Affe nach Agiere, dem verlassenen kleinen Hafen, wo die Waffen abgeholt werden sollten. Sie kamen dort an und trafen sich mit Bischof de Sousa und dessen Leuten. Aber dann ging alles schief. Aus irgendeinem Grund kam es zum Streit, als die Waffen an Bord geschafft werden sollten. Die Hudson Queen lief auf Grund und versank im Fluss.

Ohne Waffen konnte der Aufstand nicht wie geplant stattfinden. Nach einer nächtlichen Krisensitzung beschloss der Innere Rat der Bruderschaft, in letzter Sekunde alles abzublasen.

Das erfuhr ich von Kommissar Garretta. Er tauchte um vier Uhr morgens bei mir auf und behauptete, ich trüge die Schuld an diesem Fiasko. Er hätte mich am liebsten auf der Stelle erschossen, sagte er, aber der Rat hatte beschlossen mir noch eine letzte Chance zu geben.

„Du musst diesen Kapitän umbringen, der unsere Waffen auf

den Flussboden geschickt hat. Wenn er redet, ist die Gefahr zu groß, dass unsere Feinde begreifen, was wir vorhatten."

Er gab mir eine geladene Pistole.

„Bring den Kapitän um, sowie er in Lissabon auftaucht. Und vergiss nicht, dass es deine letzte Chance ist. Wenn der Kapitän morgen um diese Zeit noch am Leben ist, wirst du an seiner Stelle sterben."

Den ganzen Tag wanderte ich durch die Alfama und den Hafen. Ich hatte schreckliche Angst davor, was passieren würde, wenn ich Koskela begegnete. Ich hatte schreckliche Angst davor, was passieren würde, wenn ich ihm nicht begegnete. Es gab keinen Ausweg, keine Fluchtmöglichkeit.

Mehrmals versuchte ich Pater Felipe aufzusuchen, um mir einen Rat zu holen, wie ich aus diesem schrecklichen Dilemma herauskommen sollte. Aber er hatte sich versteckt.

Irgendwann am späten Abend fand ich Koskela und seinen Affen im O Pelicano. Zitternd vor Gefühlen, die ich einfach nicht in Worte kleiden kann, wartete ich vor dem Lokal auf die beiden. Als sie zum Hafen gingen, schlich ich hinterher.

Ich holte sie unten am Kai ein und zog die Pistole hervor. Aber ich konnte Koskela nicht erschießen. Das hatte ich eigentlich schon die ganze Zeit gewusst. Während wir dort standen, Auge in Auge, schämte ich mich bis ins Mark. Die Pistole lag wie heißes Blei in meiner Hand. Am Ende steckte ich sie in die Tasche und rannte los.

Am Comércioplatz holte Koskela mich ein. Er packte mich am

Kragen, als ich gerade über etwas stolperte, wahrscheinlich über eine Schiffstrosse. Gleich darauf glitt ich aus seinem Griff und fiel kopfüber in den Fluss.

Das hier ist wichtiger als alles andere in diesem Brief:

Koskela hat mich nicht ins Hafenbecken geworfen oder gestoßen. Ich bin gefallen. Ich hatte ihn mit dem Tod bedroht. Nicht umgekehrt.

Als ich den Kopf über die Wasseroberfläche heben konnte, war ich bereits dreißig Meter von der Stelle entfernt, an der ich ins Wasser gefallen war. An diesem Abend war die Strömung sehr stark. Ich bin kein guter Schwimmer und wäre sicher ertrunken, wenn ich nicht einen Pfosten an einer weit ins Wasser ragenden Pier erwischt hätte. Inzwischen war ich schon einen halben Kilometer stromabwärts getrieben.

Meine Erinnerung daran, was anschließend passierte, ist ein bisschen verschwommen. Auf irgendeine Weise konnte ich mich ans Ufer ziehen und dann lief ich los. Es war schon nach drei Uhr morgens, als ich wieder in meiner Wohnung ankam. In aller Eile raffte ich einige trockene Kleider, meine in einer Küchenschublade versteckten Ersparnisse und meinen Pass zusammen. Danach ging ich zum Bahnhof Rossio und nahm den Frühzug nach Porto. Ich musste weg aus Lissabon. Das war mein einziger Gedanke.

In Porto blieb ich eine knappe Woche. Zuerst hatte ich keine Ahnung, wo ich nun hinsollte, aber nach einigen Tagen nahm ein Plan in meinem Kopf Form an.

Mit etwas Glück fand ich einen Mann, der gefälschte Pässe verkaufte. Unter dem Namen Alfredo Simão reiste ich mit einem Schiff nach Genua in Italien. In Genua fand ich eine Überfahrt in die portugiesische Kolonie Goa in Indien. Diese Reise dauerte einen Monat.

In Goa erreichte mich die Nachricht von meinem Tod. Die Zeitung, die ich las, war drei Wochen alt und sie berichtete, ein Seemann namens Henry Koskela habe mich im Tejo ertränkt. Er sitze nun im Gefängnis und warte auf seinen Prozess. Die Anklage laute auf Mord.

Ich wusste sofort, dass Koskela keine Chance hätte. Garretta würde Beweise fälschen und Zeugen bedrohen, um für einen Schuldspruch zu sorgen. Außerdem wusste ich, dass auch Richter und Staatsanwälte zu den Angehörigen der Monarchistischen

Bruderschaft gehörten. Gemeinsam würden sie Koskela vernichten. Das Einzige, was ihn vor einer sehr langen Haftstrafe retten könnte, wäre meine Rückkehr nach Lissabon. Ich beschloss sofort die Heimreise anzutreten. Ich konnte doch nicht zulassen, dass meinetwegen das Leben eines Unschuldigen zerstört würde.

Aber meine Heimreise verzögerte sich.

Nicht einmal. Nicht zweimal. Ich schob sie drei Jahre lang immer wieder auf.

Jeden Abend sagte ich mir: Morgen muss es passieren. Morgen buche ich eine Überfahrt nach Lissabon. Dann lag ich nachts schlaflos da, aus Angst, Kommissar Garretta könnte in meinen Träumen auftauchen. Wenn die Dämmerung heraufzog, dachte ich:

Heute nicht. Aber morgen. Dann besorge ich mir die Fahrkarte …

Wochen und Monate vergingen. In dieser Zeit fand ich Arbeit in Goa, bei einer Firma namens Albaquerque Trading Company. Sie handelten mit Gewürzen. Ich machte meine Arbeit und blieb ansonsten allein. Ich wollte keine Freunde. Was hätte ich mit Freunden machen sollen? Ich würde ja doch bald nach Lissabon zurückfahren. Das redete ich mir jedenfalls ein.

Die Monate wurden zu Jahren. Ich wurde immer unglücklicher, aber ich hatte keine Kraft, etwas daran zu ändern. Einige Male schickte ich dem Friedhof in Prazeres Geld für Elisas Grab. Das war das Einzige, das meinem Leben noch einen Sinn gab.

Die ganze Zeit hatte ich furchtbare Angst, jemand könnte

meine wahre Identität herausfinden. Ich bildete mir ein, in Goa werde über mich geredet. Als sich dann die Möglichkeit bot, mich um eine Versetzung in die Firmenniederlassung in Cochin zu bewerben, griff ich zu. Dort wurde ich Filialleiter. Keiner von den Angestellten war Portugiese. Ich war überhaupt der einzige ortsansässige Portugiese in ganz Cochin. Jetzt würde mich niemand finden.

Diese Sicherheit war nicht von Dauer. Ich hatte mich schon in Goa mit Malaria angesteckt, aber in Cochin verschlechterte sich mein Gesundheitszustand weiter und es fiel mir immer schwerer, meine Arbeit zu verrichten. Der Direktor von Albaquerques Hauptniederlassung in Goa feuerte mich und schickte einen Nachfolger.

Ich musste meine Dienstwohnung in Fort Cochin aufgeben und suchte mir ein billiges Zimmer in der Jew Town von Mattanchery. Die Leute, bei denen ich mich einmietete, wurden zu den ersten und einzigen Freunden, die ich in Indien fand. Sie pflegten mich, als ob ich zur Familie gehörte. Diese Erinnerung tut mir weh, da ich sie plötzlich und ohne Erklärung verlassen habe. Eines Abends ging ich zum Hafen und buchte eine Passage auf einem Frachter, der schon in der Morgendämmerung nach Piräus in Griechenland aufbrechen würde.

Die Reise dauerte sechs Wochen. Das Schiff lief unterwegs mehrere Häfen an. Wir sind vor einem Monat hier angekommen. Inzwischen war ich eher tot als lebendig. Der Kapitän des Frachters sorgte dafür, dass ich im portugiesischen Seemannsheim von Pi-

räus ärztiche Behandlung bekam. Sowie ich mein Krankenbett verlassen durfte, suchte ich mir eine Überfahrt nach Lissabon. Das Schiff wird in acht Tagen in See stechen.

Ihr, die ihr dies lest, fragt euch sicher, warum ich nun doch wieder nach Hause gereist bin. Ich schreibe die Wahrheit nur zögernd auf, da ihr dann vielleicht meinen werdet, ich hätte den Verstand verloren. Aber dieses Risiko muss ich eingehen, denn ich will ein vollständiges Geständnis ablegen.

In Cochin fand ich eine Mitteilung. Sie stand auf einem schlichten Zettel, den jemand an einen Anleger im Hafen genagelt hatte. Die Mitteilung bestand aus einem kurzen Vers, den meine geliebte Elisa einst auf ein Miniaturporträt schreiben ließ. Dieses Bild hatte sie von sich malen lassen und es sollte ein Geschenk für mich sein. Ich trug es immer in einem Medaillon um den Hals, bis das Medaillon an dem Abend verschwand, als ich in der Nähe des Comércioplatzes ins Wasser fiel.

Ich glaube, dass jemand das Medaillon gefunden und den Zettel als Botschaft ausgesandt hat, die ich verstehen sollte. Ich habe auch eine Ahnung, wer dieser Jemand sein könnte, aber die behalte ich für mich.

Die Dunkelheit hat sich über Piräus gesenkt. Aus meinem Fenster sehe ich, wie der Mond über der Ägäis aufgeht. Es hat viel Kraft gekostet, das alles aufzuschreiben, doch nun ist es geschehen. Ich habe zu lange mit der Rückreise gewartet und jetzt weiß ich nicht einmal, ob ich den Rest noch schaffen werde. Aber vielleicht spielt es keine Rolle, ob ich lebend oder tot in Lissabon ankomme. Mein Körper, mein Pass und dieser Brief müssten ausreichen, um Koskela zu befreien.

Wenn ich doch am Leben bleiben kann, habe ich nur einen einzigen Wunsch, der mich selbst betrifft: Ich möchte ein letztes Mal Elisas Grab besuchen.

Piräus, 27. März

Alphonse
Morro

KAPITEL 77

Leichenschmaus

An dem Tag, an dem Alphonse Morro beerdigt wurde, war der Himmel von einem Horizont zum anderen von dünnen, hellen Wolken bedeckt. Die stillstehende Luft duftete süß nach den Bougainvilleen, die in Lissabons Gärten und Parks blühten.

João hatte dafür gesorgt, dass Alphonse neben Elisa begraben wurde. Der Chief und ich hatten den Sarg gezimmert, während Signor Fidardo aus Lärchenholz ein schönes Kreuz für das Grab geschnitzt hatte.

Wir waren bei der Beerdigung zu siebt. Neben dem Geistlichen waren der Chief und ich, Ana und Signor Fidardo, João und Inspektor Umbelino anwesend. Auch Dr. Domingues hatte kommen wollen, aber sie hatte an diesem Vormittag Dienst im Krankenhaus. Ana sang ein Lied über die Liebe und wurde dabei von Signor Fidardo und dem Chief begleitet. Niemand weinte, aber João und Inspektor Umbelino hatten glänzende Augen.

Nach der Beerdigung fuhren wir alle ins O Pelicano. Die Kneipe war eigentlich geschlossen, doch Senhor Baptista und Senhora Maria wollten zum Leichenschmaus einladen. Zuerst war unsere Stimmung ein wenig bedrückt und feierlich, aber je mehr Bierflaschen und Aguardente-Gläser Senhor Baptista auf den Tisch stellte, umso lauter und fröhlicher klangen die Stimmen an unserem Tisch. Als Senhora Maria am Nachmittag dann Rippchen briet, rief Inspektor Umbelino seine Frau Rita an und sagte, sie solle zu Hause die Kartoffeln vom Herd nehmen und lieber ins O Pelicano kommen. Zugleich kam zufällig einer der Gitarristen aus dem Tamarind draußen vorbei. Kaum hörte er das Lachen aus der geschlossenen Kneipe, wollte er nachsehen, was denn los sei. Bald darauf waren auch die beiden anderen Gitarristen zur Stelle, mit Frauen und Kindern und Instrumenten und allerlei anderen Musikern aus der Alfama und der Mouraria.

Das Gerücht über unser Gelage verbreitete sich sehr schnell im Viertel. Als Rosa Domingues an diesem Abend nach Dienstschluss zu uns stieß, war es im O Pelicano so voll, dass viele auf der Fensterbank sitzen und die Beine nach draußen baumeln lassen mussten. Ich half Senhor Baptista, die Bierkisten aus dem Keller zu holen. Er stand hinter dem Tresen und schenkte ein und dabei sang er aus vollem Hals bei den Liedern mit, die das für diesen Abend zusammengestellte Orchester spielte.

Gegen Mitternacht wurden Tische und Stühle beiseitegeschoben und es wurde getanzt.

In den frühen Morgenstunden kam eine Polizeistreife, um der Sache ein Ende zu machen. Irgendwer in der Nachbarschaft hatte sich beklagt. Der Erste, den die Polizisten sahen, als sie sich zur Tür hereingezwängt hatten, war Inspektor Umbelino, der mit Dr. Domingues in einem feurigen Foxtrott an ihnen vorübersauste. Die Polizisten verschwanden rückwärts den Weg, den sie gekommen waren.

Ich wurde nun langsam müde, wollte aber noch nicht nach Hause gehen. Deshalb kletterte ich auf den Stapel aus Tischen, der in einer Ecke des Lokals errichtet worden war. Dort konnte ich dann sitzen und meine Freunde unten im Gewimmel beobachten. Hinter dem Tresen erzählte João den Kindern der Nachbarschaft Spukgeschichten. Signor Fidardo tanzte mit Rita Umbelino. Er schien sich kaum zu bewegen, glitt aber dennoch eng umschlungen mit Senhora Umbelino über die Tanzfläche. Der Chief spielte mit dem Orchester Akkordeon. Er schielte ein wenig von dem vielen Bier, das er getrunken hatte, aber seine Finger fanden die Tasten sofort. Ana tanzte mit Inspektor Umbelino.

Dr. Domingues musste einen Seemann verbinden, der sich beim Armdrücken mit Senhor Baptista den Daumen verstaucht hatte.

Das Fest lief noch immer auf Hochtouren, als die Sonne aufging. Das Orchester spielte für die letzten tanzenden Paare einen innigen Walzer. Ich saß mit Signor Fidardo in einer Fensternische und sah zu, wie Ana und der Chief Wange an Wange tanzten. Sie sahen zusammen wunderbar aus.

Das fand auch Signor Fidardo. Er sah mich an und fragte: „Meinst du, er könnte sich vorstellen, an Land zu bleiben?"

Ich überlegte. Dann schüttelte ich langsam den Kopf.

„Das habe ich geahnt", seufzte Signor Fidardo. „Schade."

Eine Woche nach diesem gewaltigen Leichenschmaus im O Pelicano sollte Ana zu einem Auftritt im Théâtre des Champs-Élysées nach Paris fahren. Ihre Schallplatte hatte in Frankreich großen Erfolg.

Nach vielem Hin und Her hatte sich Signor Fidardo entschlossen sie zu begleiten. Er war schon oft von Frankreichs bedeutendstem Sammler von Musikinstrumenten eingeladen worden, der noch dazu in Paris wohnte.

Signor Fidardo war wohl schon sehr lange nicht mehr auf Reisen gewesen. Er hatte furchtbares Reisefieber und brauchte zwei ganze Tage, um seine kleine Reisetasche zu packen. Der Chief und ich wurden genau unterwiesen, was wir während seiner Abwesenheit in der Werkstatt zu tun und zu lassen hatten.

Signor Fidardo konnte seine Sorge, wir könnten seine Sachen in Unordnung bringen, nicht verhehlen.

„Am liebsten wäre es mir, wenn ihr zwei auch Ferien machen könntet“, sagte er am Ende. „Das habt ihr doch wirklich verdient.“

Am frühen Morgen kam das Taxi, um Ana und Signor Fidardo zum Rossio zu bringen. Der Chief und ich winkten ihnen auf der Straße hinterher und wünschten ihnen eine gute Reise. Als sie weg waren, sagte der Chief:

„Wir könnten ja auch mal einen kleinen Ausflug machen. Was hältst du von einem Abstecher nach Agiere?“

Das hielt ich für eine gute Idee.

KAPITEL 78

Die letzte Mahlzeit an Bord

Am nächsten Morgen fuhren wir mit einem frühen Flussdampfer von den Cais do Sodré nach Constância. Wir kamen am Abend an und fanden zum Übernachten eine schlichte Pension.

Bei Sonnenaufgang wurden wir vom Lärm von Pferdehufen und Karrenwagen auf dem Kopfsteinpflaster draußen geweckt. An diesem Tag war in Constância Markt. Zwei Stunden später wimmelte es auf den Straßen von Menschen. Auf dem Markt standen die Karren der Bauern in Reih und Glied. Von der Ladefläche herunter wurden Gemüse, Fische, Wein, Hausrat und Werkzeug verkauft.

Der Chief kaufte einen Proviantbeutel mit Brot, Käse, Dörrfisch und Obst. Dabei fing er immer wieder Unterhaltungen mit den Händlern an. Nach einer Weile schloss er Bekanntschaft mit einem Weinhändler, der einige Dutzend Kilometer von Agiere entfernt ein Weingut betrieb. Der Weinhändler war bereit uns einen Teil des Weges mitzunehmen. Als Gegendienst sollten wir ihm beim Weinverkauf helfen.

Sicher hatten nur wenige auf dem Markt schon einmal einen lebendigen Gorilla gesehen. Viele kauften Wein, nur um mich aus der Nähe betrachten zu können. Nach einer halben Stunde war der Karren leer und wir konnten aufbrechen.

Nachdem wir zwei Stunden lang über einen holprigen Kiesweg geruckelt waren, wurden wir bei einer Weggabelung abgesetzt. Der Bauer fuhr in die eine Richtung weiter, der Chief und ich gingen in die andere. Die Sonne brannte und vom Weg stob Staub auf. Aber die Natur um uns herum war freundlich und schön.

Der Weg folgte dem Zêzere, manchmal in einiger Entfernung, manchmal dicht am Ufer. Wir sahen, dass der Wasserstand jetzt nicht so hoch war wie bei unserem ersten Besuch hier. Vögel mit schmalen Schnäbeln und langen Beinen warteten an den tieferen Stellen bei den flachen Sandbänken.

Nach zwei Stunden waren wir am Ziel. Von einer Anhöhe aus

konnten wir sehen, dass die *Hudson Queen* noch immer dort lag, wo wir sie verlassen hatten. Unsere Schritte wurden plötzlich schneller und leichter.

Der Weg führte hinunter zu dem verlassenen Haus am Flussufer. Ein Stück des Daches war inzwischen eingebrochen. Ansonsten sah alles noch so aus wie damals. Wir gingen hinaus auf den baufälligen Anleger. Ein Fischadler hob mit schwerem Flügelschlag vom Schornstein der *Hudson Queen* ab, als er uns erblickte.

Wir standen lange da und sahen das Wrack an, das aus dem langsam strömenden Wasser des Zêzere aufragte. Plünderer waren am Werk gewesen. Drähte und Blöcke aus der Takelage fehlten. Auch die Beschläge am Schornstein waren verschwunden so wie der Signalmast auf dem Dach des Steuerhauses.

„Aber sie liegt immerhin noch da“, sagte der Chief. „Das ist ja schon mal was.“

~

Ein Stück weiter flussauf fanden wir ein altes undichtes Ruderboot zwischen den Schilfrohren. Es war lange nicht mehr im Wasser gewesen. Der Chief konnte problemlos sein Messer durch die Bretter bohren.

Wir ließen das Boot zu Wasser und dichteten es provisorisch mit Tannennadeln und Moos aus einem verlassenen Ameisenhügel ab. Man lässt das Moos in allen Spalten und Rissen Wasser ziehen, und wenn es dann vor Feuchtigkeit aufquillt, ist das Boot mehr oder weniger dicht.

Ich ruderte und der Chief schöpfte. Wir banden das Boot am Steuerhaus der *Hudson Queen* fest und kletterten auf das Dach. Da das Wasser im Fluss jetzt nicht mehr so hoch stand, lag ein größeres Stück des Bootes als vor drei Jahren über der Wasseroberfläche. Im hellen Sonnenlicht konnten wir den Grund des Flusses deutlich sehen. Der Schiffsrumpf ruhte auf weichem Sand. Ein Wirbel im Strom dreißig Meter achtern zeigte, wo wir auf Grund gelaufen waren. Vermutlich lag dort ein Felsblock oder ein Steinbrocken.

Wir saßen bestimmt eine Stunde lang schweigend nebeneinander. Beide überlegten wir, wie wir unser Schiff bergen könnten. Am Ende seufzte der Chief tief und sagte:

„Das geht nicht ohne einen starken Kran auf einem großen Ponton. Und so was können wir doch nie im Leben herschaffen. Schon gar nicht ohne Geld."

Er hatte recht. Die *Hudson Queen* würde hier liegen bleiben. Ich hatte plötzlich das Gefühl, schon wieder einer Beerdigung beizuwohnen. Wir waren hergekommen, um uns von unserem Schiff zu verabschieden. Etwas anderes blieb uns nicht übrig.

Mit einem weiteren Seufzer öffnete der Chief den Proviantbeutel.

„Die letzte Mahlzeit an Bord", sagte er und deckte auf dem Kajütendach.

Nach dem Essen blieben wir noch eine Weile sitzen. Es fiel

uns nicht leicht, uns loszureißen. Der Chief lag auf dem Rücken, schaute aus zusammengekniffenen Augen in die Sonne und trank ab und zu einen Schluck aus der Weinflasche, die der Winzer ihm gegeben hatte.

Plötzlich setzte er sich auf und schaute über meine Schulter. Kam da jemand? Ich drehte mich um und folgte seinem Blick. Außer der kleinen Stromschnelle weiter flussaufwärts war nichts zu erkennen.

Ich sah den Chief fragend an. Seine Augen ruhten noch immer auf der Stromschnelle. Aber sein Blick ging jetzt ins Leere.

„Dynamit", murmelte er. „Mit Dynamit könnte es möglich sein …"

Ich dachte für einen Moment, der Chief rede irre.

Doch dann begriff ich plötzlich, was er meinte.

Wir starrten beide die Stromschnelle an. Der Chief trank einen tiefen Schluck und sagte:

„Glaubst du, das geht?"

Ich zuckte mit den Schultern. Vielleicht. Vielleicht auch nicht.

„Aber dann müssen wir uns die Sache auf alle Fälle mal ansehen, oder nicht?", fragte der Chief.

Ich nickte.

Wir ruderten so weit flussauf, wie das überhaupt nur möglich war, und zogen das Boot zwischen einige Steinbrocken. Das Ufer war steil und überall lagen zwischen krummen Tannen, die sich im mageren Boden festkrallten, riesige Granitblöcke herum. Wir kletterten aufwärts, bis wir über die Stromschnelle hinweg den Fluss sehen konnten. Der war breit und gerade und schien weiter oben aus einem See zu fließen.

„Besser könnte es doch gar nicht sein“, sagte der Chief und nun leuchteten seine Augen.

Ich stimmte zu. Besser hätte es wirklich nicht aussehen können.

~

Bald darauf saßen wir wieder im Ruderboot und waren auf dem Weg nach Süden und nach Constância. Jetzt schöpfte ich und der Chief ruderte mit langen, kräftigen Ruderschlägen. Er dachte die ganze Zeit über laut nach. Ab und zu unterbrach er sich, um ein Lied zu summen, das ihm gerade in den Kopf kam. Dann redete er weiter darüber, wie wir die Bergung angehen sollten und was wir uns in Constância alles besorgen müssten.

„Das Wichtigste sind Dynamit und Lunte. Und natürlich Zündhölzer. Die dürfen wir nicht vergessen. Werkzeug haben wir ja im Boot, nur kommen wir nicht daran … oder doch, das tun wir wohl! Meinst du nicht?“

Ich nickte.

„Aber Stahlblech, das brauchen wir“, sagte der Chief. „Und Nieten. Oder haben wir Nieten an Bord?“

Ich nickte wieder.

„Sehr gut. Wenn es in Constância Nieten gibt, dann kaufen wir trotzdem sicherheitshalber welche. Und Mennige. Und

Lumpen brauchen wir auch. Und Kohle. Etwas, in dem wir Feuer machen können … Ja, verdammt! Das wird lustig!“

Der Chief war wieder er selbst und ich war plötzlich sehr, sehr froh.

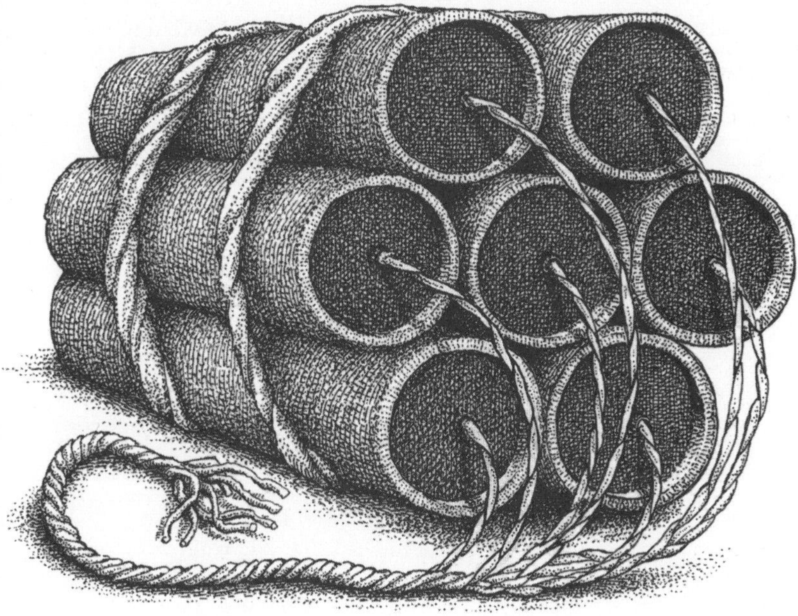

KAPITEL 79

Dynamit

Wir kamen mitten in der Nacht in Constância an und schliefen auf einer Uferwiese unter freiem Himmel. Als wir aufwachten, stand die Sonne schon hoch am Himmel und wir liefen in den Ort, um einzukaufen. Da hörten wir die Kirchturmglocken. Wir hatten vergessen, dass Sonntag war. Die Läden würden erst am nächsten Morgen wieder öffnen.

An diesem Tag spazierten wir mehrmals durch die engen Gassen von Constância, schauten uns die Boote auf dem Fluss an und feilten an unseren Plänen. Uns fielen noch weitere wichtige Dinge für unsere Einkaufsliste ein. Außerdem fanden wir ein größeres und besseres Ruderboot. Es hatte einen breiten, flachen Boden, zwei Paar Ruder und ein Verkaufsschild am Vordersteven. Es kostete nicht allzu viel, deshalb kaufte der Chief es sofort.

Am nächsten Morgen standen wir schon bereit, als der Eisenwarenhändler von Constância seinen Laden öffnete. Zwei Stunden später hatten wir unsere Einkäufe an Bord unseres neuen Bootes geschafft und machten uns auf den langen Weg zurück nach Agiere. Wir waren schwer beladen, hatten die Strömung gegen uns und zudem das alte Ruderboot im Schlepp.

Bis wir endlich in Agiere ankamen, hatte uns schon seit Stunden ein silberblanker Mond den Weg beleuchtet.

Sowie es wieder hell wurde, trugen wir das Dynamit die steile, steinige Böschung am Ufer im Norden der Stromschnelle hoch. Im Flusstal lag noch immer dichter Morgennebel, aber es schien ein schöner Tag zu werden. Wir arbeiteten konzentriert und ohne Eile. Wenn man mit Dynamit zu tun hat, muss man vorsichtig sein.

Unser größtes Problem war die Entscheidung, wo das Dynamit angebracht werden sollte. Bei der Lawine, die wir auslösen wollten, mussten die Felsbrocken ja in die richtige Richtung geschleudert werden. Wenn uns das nicht gelang, würden wir keine zweite Chance bekommen. Der Chief kletterte an der Böschung auf und ab und versuchte zu beurteilen, was passieren würde, wenn wir es so, anders oder noch anders machten. Das war keine leichte Aufgabe. Im Grunde konnten wir ja doch nur das Beste hoffen.

Zum Frühstück aßen wir Brot, Käse und Wurst aus Constância. Der Chief hatte einen Kessel gekauft, damit wir mit dem frischen Flusswasser Kaffee kochen konnten. Nach dem Kaffee steckte sich der Chief eine Zigarre an, die ich für ihn gekauft hatte.

„Das wird uns Glück bringen", erklärte er.

Alle Vorbereitungen waren getroffen. Wir kletterten zur Dynamitladung hoch und rollten einige Meter Lunte aus. Der Chief zündete die Lunte an der Zigarre an und dann rannten wir den Hang hoch und gingen hinter zwei riesigen Tannen in Deckung.

Es gab einen gewaltigen Knall!

Die Druckwelle riss mich vom Baumstamm los und ich wäre fast mit den Felsbrocken in den Fluss gestürzt. Als ich wieder auf die Beine kam, sah ich, dass der Chief mit den Armen fuchtelte und hinter seinem Baum auf und ab hüpfte. Er schien total außer sich zu sein. Seine Mütze war weggeflogen und die Haare standen ihm zu Berge. Er hatte die Augen weit aufgerissen und er schien vor Lachen keine Luft mehr zu bekommen. Aber ich konnte ihn nicht hören. Meine Ohren klingelten noch immer von der Explosion.

Als ich zur Stromschnelle hinunterschaute, sah ich sofort, dass wir es geschafft hatten. Kies, Steinbrocken und gewaltige

Felsstücke hatten sich wie ein Wehr vor die Stromschnelle gelegt.

Der Fluss war aufgestaut. An diesem Wehr kam kein Tropfen vorbei.

Jetzt müsste der Wasserstand unterhalb der Stromschnelle eigentlich sinken.

Und wenn er genügend gesunken wäre, müsste die *Hudson Queen* auf dem Trockenen liegen.

~

Sowie wir uns von der Explosion erholt hatten, ruderten wir zur *Hudson Queen* hinüber. Der Wasserstand war schon um einen ganzen Dezimeter gesunken.

Eine Stunde später konnte man backbords trockenen Fußes über das Deck gehen. Wir ruderten zurück an Land und stiegen dort, wo die Lawine niedergegangen war, an der Böschung nach oben. Von hier aus konnten wir sehen, dass das Wasser auf der anderen Seite des Dammes kaum gestiegen war. Dort war der Fluss ja viel breiter.

Alles ging perfekt nach Plan.

Gegen Mittag war der Flussboden um die *Hudson Queen* ganz trocken. Wir hatten die handbetriebene Lenzpumpe in Gang gebracht und die letzten Wasserreste aus dem Schiff entfernt. Hier und dort fanden wir zappelnde Fische, die wir in Eimern zu einem kleinen Teich brachten, der sich an der ehemals tiefsten Stelle des Flusses gebildet hatte.

Das Loch im Schiffsrumpf befand sich weit unten auf der Backbordseite. Wir mussten eine Grube in den Sand auf dem Flussboden graben, um uns den Schaden von außen ansehen zu können. Zu unserem Glück hatten die Spanten keinen größeren Schaden davongetragen.

Das Loch war einen halben Meter lang und das Stahlblech darüber war eingedrückt worden. Deshalb war das Schiff so rasch gesunken.

Jetzt begann der Wettlauf. Der Fluss stieg oberhalb des Dammes immer weiter, auch wenn es langsam ging. Wir mussten das Leck abdichten, ehe das Wasser anfing über das Wehr zu strömen.

Wenn uns das nicht gelang, würde sich die *Hudson Queen* wieder mit Wasser füllen. Aber wenn es uns gelang, würde sie schwimmen!

~

Wir arbeiteten ununterbrochen rund um die Uhr. Zuerst klopften wir die Platten aus, die beim Schiffbruch eingedrückt worden waren. Danach maßen wir eine neue Platte ab, die das Deck abdichten sollte. Mit unseren Bohrkurbeln bohrten wir fünfzig Löcher in den Schiffsrumpf und die neue Platte. Allein dafür brauchten wir sechs Stunden.

Damit alles dicht und gegen Rost geschützt wäre, brachten wir zwischen Platte und Schiffsrumpf mit Mennige getränkte Lumpen an. Als es dunkel wurde, machten wir ein Kohlefeuer und fingen an die Nieten zu erhitzen. Im Licht von vier Petroleumlampen wurde die Platte mit den rot glühenden Nieten befestigt. Der Chief klopfte sie dann fest und ich hielt von der Innenseite her dagegen.

Bei Sonnenaufgang mussten noch zwei Nieten befestigt werden. Inzwischen war das Wasser hinter dem Damm so weit gestiegen, dass nur noch fünfzehn Zentimeter fehlten. Der Druck steigerte sich mit jeder Minute. Hier und da hatte das Wasser das Wehr bereits durchdrungen und sprudelte auf der anderen Seite in dünnen, harten Strahlen hervor.

Wir hatten gerade die letzte Niete angebracht, als der Damm anfing nachzugeben. Ich befand mich im Kielschwein und merkte erst etwas, als der Chief oben an Deck brüllte:

„Jetzt geht's los! Jetzt geht's los!"

Ich war kaum die Leiter hochgeklettert und stand an Deck, da gab der Damm aus Kies und Steinen in der Mitte nach.

Eine Sturzflut aus Wasser kam auf uns zu.

Die *Hudson Queen* erhob sich, als die Flutwelle sie von schräg achtern traf. Einen Moment lang hatte ich das Gefühl, in hohem Tempo rückwärtszufahren.

Dann hob sie vom Boden ab.

Mit einer Wellenbewegung wurde zuerst der Achterteil hochgehoben, dann der vordere. Die *Hudson Queen* schlug noch einige Male auf den Sandboden auf, bevor die starke Strömung sie in die Fahrrinne führte.

Die *Hudson Queen* war wieder flott!

~

Eine halbe Minute darauf hatten wir Agiere hinter uns zurückgelassen. Der Chief stand am Ruder und ich saß am Navigationstisch und ließ die Beine baumeln. Die *Hudson Queen* trieb lautlos zwischen Sandbänken und grünen Ufern entlang. Wir hörten nur noch Vogelsang und das leise Rauschen des Flusses.

Der Chief zog die andere Zigarre aus der Brusttasche. Als er sie angesteckt hatte, summte er ein Lied, das ich schon so oft gehört hatte. Nur war das lange her.

Du grausames Mädchen, leb wohl,
leb wohl, goodbye, farewell,
ich will nicht länger warten
und segle von Pol zu Pol.

Mein Schiff liegt an der Reede
und wir segeln um die Welt,
und ohne deine Liebe
leb ich, wie's mir gefällt!

HERBSTABEND

Vor meinem Kajütenfenster wird es jetzt schnell dunkel. Das letzte Tageslicht verschwindet hinter dem westlichen Horizont. Ich habe die Petroleumlampe angezündet, um noch eine Weile schreiben zu können. Ich habe das Gefühl, dass der Herbst in Lissabon Einzug gehalten hat, auch wenn die Luft noch warm ist.

Es ist nun fast ein halbes Jahr her, dass der Chief und ich die *Hudson Queen* vom Boden des Zêzere geborgen haben. Von Agiere aus ließen wir uns von der Strömung nach Constância tragen und von dort wurden wir von einem Flussdampfer nach Lissabon bugsiert.

Seitdem liegt die *Hudson Queen* unterhalb der Alfama vertäut. Und hier wird sie noch eine ganze Weile liegen bleiben. Ohne Dampfkessel kommt sie nicht weiter, jedenfalls nicht aus eigener Kraft.

Der Dampfkessel wurde bei der Explosion zerstört, die zum Schiffbruch der *Hudson Queen* geführt hatte. In den drei Jahren, die sie im Zêzere lag, ging auch alles andere an Bord verloren. Es wird zahllose Arbeitsstunden und eine Menge Geld erfordern, unser Schiff wieder richtig instand zu setzen.

Aber das wird uns gelingen.

Und sie wird noch schöner sein als früher!

Dazu sind der Chief und ich fest entschlossen.

Um das Geld zusammenzubringen, nehmen wir alle Aufträge

an, die wir bekommen können. Und in unseren freien Stunden arbeiten wir an der *Hudson Queen*. Wir klopfen Rost, kratzen und malen. Den Motor haben wir auseinandergenommen. Allein das hat einen ganzen Monat gedauert. Ich mag nicht einmal raten, wie lange wir brauchen werden, um ihn wieder zusammenzusetzen.

Ich bin manchmal traurig und mutlos, wenn ich daran denke, wie unendlich viel wir noch austauschen oder reparieren müssen. Der Chief dagegen ist immer guter Laune. So kommt es mir jedenfalls vor.

„Davon habe ich im Gefängnis jeden Tag und jede Nacht geträumt", sagt er. „Frei zu sein und Arbeit in den Händen zu haben. Warum sollte ich mich also jetzt beklagen?"

Aber ich weiß, dass der Chief die Sache im tiefsten Herzen auch ab und zu hoffnungslos findet. Einmal, als er die geringe Summe durchzählte, die wir bis dahin hatten sparen können, holte ich den Turban des Maharadschas hervor. Der ist doch sicher ein Vermögen wert. Mit diesem Geld würden wir die *Hudson Queen* in zwei Monaten wieder flottmachen können.

Der Chief begriff, woran ich dachte. Er schüttelte den Kopf und sagte:

„Dieser Turban war ein Freundschaftsgeschenk des Maharadschas an dich. Von dem darfst du dich niemals trennen."

Ich hatte mir schon gedacht, dass der Chief so etwas sagen würde. Aber ich freute mich trotzdem. Der Turban ist eine schöne Erinnerung.

Und es geht wirklich voran mit der Instandsetzung der *Hudson Queen*, auch wenn es uns an Geld fehlt. Vor fünf Wochen hat Signor Fidardo uns zu einer billigen Partie guten Holzes verholfen. Daraus haben wir eine neue Einrichtung für die Kajüte gezimmert. Die ist gestern Nacht fertig geworden. Und heute Abend wollen wir sie einweihen!

Während ich das hier schreibe, kann ich den Chief in der Kombüse singen hören. Ich glaube, er kocht eine Fischsuppe. Und ich habe in unserer neuen Kajüte den Tisch schön gedeckt, mit Stoffservietten und Kerzen. Ana und Signor Fidardo kommen zum Essen. Das wird lustig!

Ana war in Spanien auf Tournee, deshalb haben wir sie länger nicht gesehen. Ansonsten treffen wir uns oft. Ich gehe mehrere Male in der Woche in das Haus in der Rua de São Tomé. Dann holt Signor Fidardo uns aus der Konditorei Graça ein paar Leckereien, während ich seine Messer und Stemmeisen schleife. Ab und zu kann ich auch ein Akkordeon für ihn reparieren. Ich habe noch immer meinen Arbeitstisch vor dem Fenster.

In letzter Zeit bin ich manchmal ein bisschen traurig, wenn ich auf Anas Bank hocke und meinen Freunden zuhöre. Ich weiß auch, warum. Die *Hudson Queen* wird noch nicht so bald fertig sein, aber ewig wird es auch nicht dauern. Früher oder später wird sie wieder seetüchtig sein. Und dann heißt es, Leinen los, und wir werden Lissabon verlassen. Einerseits sehne ich mich nach diesem Tag. Andererseits wünschte ich, dass er niemals käme. Ich will niemals von Ana und Signor Fidardo Abschied nehmen müssen.

Jetzt höre ich über mir an Deck Schritte. Unsere Gäste sind an Bord gekommen! Das ist also das Letzte, was ich auf meiner Underwood No. 5 schreibe. Es ist sowieso Zeit, den Schlusspunkt zu setzen. Ich bin fertig mit dem, was ich mir vorgenommen hatte: die Wahrheit über den Mord an Alphonse Morro zu erzählen. Ich habe drei Monate dafür gebraucht. Dreihundert Blatt Papier habe ich voll geschrieben und vier Farbbänder verbraucht. Das Schreiben hat meine Albträume nicht ganz verschwinden lassen, aber sie stellen sich jetzt seltener ein. Und damit bin ich zufrieden.

Ehe ich heute Abend schlafen gehe, werde ich meine Underwood No. 5 reinigen, schmieren und polieren. Dann werde ich sie ganz unten in meine Seekiste packen. Dort kann sie bleiben.

Denn wer weiß, vielleicht finde ich ja irgendwann einen Grund, sie wieder hervorzuholen.

SALLY JONES
Erster Maschinist
Underwood
OIL